中国多民族文学丛书 / 第五辑

民族文学新声

白庚胜/著

作家出版社

白庚胜 纳西族，作家，评论家，研究员，教授，文学博士。1957年生于云南丽江。1980年大学毕业后，先后在中国社科院、中国文联、云南省政府、中国作协从事学术研究、创作评论、行政管理工作，并先后在国内外在职攻读语言文化学、人类学、民俗学硕士博士学位，并作博士后研究，先后担任中国社科院研究生院等20多个大专院校教授、研究员。出版专著、译著、编著近40种，主编丛书30余种近万册，发表论文、译文、评论、一般文章近千篇，创作发表文学作品200多篇并出版多部专集，主持多项国家重大课题，荣获数十项国内外大奖，并开创中国色彩文化学、国际纳西学、中国文化遗产学，在中国少数民族文学、中国民俗学、中国民间文艺学等学科建设，以及文化主权、文化安全、地名文化、文化产业、产业文化等领域的学术研究及组织领导中贡献卓著，被国务院授予全国民族团结模范，以及政府特殊津贴，被中组部等7部委授予优秀留学回国人员成就奖，被中国文联授予全国优秀青年文艺家称号，被推举为党的19大代表。

作者近照

作者故乡—云南丽江

编 委 会

主　任：吉狄马加

副主任：邱华栋　邢　春　王　璇

编　委：王　冰　赵兴红　谭　杰

　　　　赵　飞　程远图　王锦方

目　录

宏观研究

对谈对话

作品鉴赏

专题研究

附译　域外关注

序

吉狄马加

宋代大文豪苏轼说："其为人深不愿人知之，其文如其为人。"这句话在当今如果用在白庚胜先生身上是比较恰当的。现在，许多人只要在学术上有一点成绩，就会利用各种便捷的传播工具大肆炒作，生怕天下人不知道。白庚胜先生则不然，如果你与他不是相知相熟，真还不知他的修养和学术背景的堂奥到底有多幽深。

虽然我与他是多年的朋友，但真正在一起作为同事的时间却不长。披阅完他的《民族文学新声》书稿后，我才对他又有了一个更为全面深入的了解。这部即将出版的书稿基本上由三部分组成：第一部分内容与他多年分管的工作有关，大多是工作报告或演讲，但这不是一般的工作报告或演讲。他分管的工作业务性非常强，而他是个学有专长的领导，在中国作协系统独一无二，是中国作协大楼里唯一的双博士，受过中日两国文学及人类学的严格学术训练，自然具有极强的学术素养。他曾任中国社会科学院民族文学研究所副所长，中国民间文艺家协会分党组书记，驻会副主席，中国文联党组成员、书记处书记，后又任中国作协党组成员、书记处书记、副主席分管创联工作。所以，他的工作报告与演讲基本上都关乎民间文艺、文化遗产与文学。其中，又都以中国少数民族的文化、历史、文学为重点。在这些报告与演讲中，他看待问题的角度虽然大多从工作出发，但其中却渗透和显现了他对中国少数民族历史文化的熟知和对中国少数民族文学建设事业的清晰思路；第二部分是他进行中国少数民族文学及少数民族历史文化学术研究的文章。其中，许多文章读完后让人深受启发，并且能够引起共鸣。比如，在《唐代南诏与岭南少数民族文人文学》一文中，他综述了乌蛮（彝族）与白蛮（白族）在南诏政权时期，其贵族文人用汉语进行文学创作的盛况，以及达到的惊人高度，展示了中原汉文化对南诏国文化历史的深远影响情况，令读者对民族融合传统的源远流长感叹不已。这些文章的文化学术价值无疑是巨大的；第三部分是他的日汉学术翻译文集。庚胜先生曾在日本攻读人类学博士学位。我知道，日本的文科博士学位论文答辩比较苛刻，要顺利通过答辩实属不易。庚胜先生能够圆满拿到日本人类学博士学位，肯定是经历了一段艰苦的求学过程。从他翻译的日本学界有关中国少数民族文化历史方面的文章来看，日本学者注重田野作业、审慎求证的严谨学术精神值得我们学习。如，君岛久子对长篇叙事诗《阿诗玛》在民间形成过程中有关"兄妹"含义的语境、语义分辨就很精准。《阿诗玛》为彝族支系撒尼人的民间叙事诗，如果将主人公阿黑与阿诗玛以"兄妹"相称，误以为是有血亲关系的兄妹，那么这个故事在情节走向方面的情理逻辑就难以成立，其趣味性也要大打折扣。我想，留学生活给庚胜先生的学术影响是巨大的

总之，能够像庚胜先生这样在繁忙的行政工作之余仍然咬住青山不放松，耐得住寂寞，长期一以贯之地致力于民族文化方面的深入研究，不仅需要持久的毅力，而且也需要有独到而长远的眼光。庚胜先生为人淳朴、厚道、善良而不屑于心计，所以在学术上才会有秉持与作追索的恒久心力，而且卓有成就。

中国各民族之间的文化互相影响。在总体上，中原文化作为主流对少数民族文化影响巨大。而另一方面，中国少数民族文化因相比于汉文化其所处地域比较偏远，故而大都具有相对的独立性，数千年来的传承完整有序，并与它的存在地域和生存特征相统一，具有非常鲜明的纯粹性。在每次与中原文化的交流和融合中，它们也都对中原文化做出过巨

大的贡献。最早的中国史地概念中，除了中心地带就是其周边的四夷居住地。四夷在先秦以前就是指东西南北方向的少数民族。其中，孔子所代表的儒家文化属于东夷少数民族文化，到了汉代才转化为中原王朝的正统文化；以屈原的《楚辞》为代表的辞赋是南蛮少数民族的文化，也是到了汉代以后才被中原文化所吸纳，成为古汉语中最为华丽的文学经典；中古以后的胡人乐舞对隋唐乐舞贡献极大，甚至其曲调直接影响了五代与宋代的词曲，继而影响到五代及宋以后汉语书面语言的表达。等等。可见，少数民族文化并不因其小众而魅力变小，而是因其小众而应验了物因稀为贵的真谛。

我想，白庚胜先生作为当代中国具有影响力的一位文化学者，正因他所偏好的领域更显现出他的研究与著述的弥足珍贵。是为序。

2017 年 11 月 28 日

宏观研究

正名、立规、改制、定位、固向

——中国社科院少数民族文学研究所整改思路谈

1999 年，中国社会科学院少数民族文学研究所迎来建所 20 周年。20年来，少数民族文学研究所从无到有、从小到大，经历了艰难曲折的发展过程。到目前为止，少数民族文学研究所的行政与科研体制逐渐确立；从硕士到博士的人才培养基地基本建成；多品类、多民族的图书资料有了一定的积累。少数民族文学研究所已经建立起一支素质较高、集合了各民族专家的队伍，曾受委托主持全国性重大学术项目，参与、组织一系列国际学术交流活动，承担了大量国家及院、部级科研课题，推出了一批批学术成果。对加强民族团结、维护祖国统一、繁荣社会主义新时期文学、推动少数民族文学事业的兴旺发达发挥了重要的作用。

然而由于种种人为的与客观的原因，少数民族文学研究所的建设在软件与硬件两个方面还存在种种不足。譬如在学科定位、学术方向、学术管理、研究课题设计、研究室设置、研究队伍建设等方面缺乏宏观性的、战略性的、前瞻性的考虑，致使少数民族文学学科及少数民族文学研究所本身的建设受到一定的制约。如果不对已经暴露出的弊端进行整改，如果不从时代的高度与学科本身的需要进行创新，少数民族文学研究所将无力承担起在充满竞争的 21 世纪参与重构人文社会科学新体系的重任，无从参与完成党和国家所要求的把中国社科院建设成为中国人文、社会科学最高学术机构的任务。抱残守缺是没有出路的，唯有勇敢地开拓进取才有光明前途。

少数民族文学研究所的整改工作是一项复杂的系统工程，既要考虑到其基本体制的稳定性、基本工作的连续性，还要顾及它在现实条件下的承受力。对那些实践证明严重阻碍学科建设、学术发展的问题必须加以解决。整改是手段，其目的在于多出成果，多出人才，产生大家，产生精品。

少数民族文学研究所的整改工作原则应该是：高品位、大目标、规范化、讲实际、求效果。具体的整改内容包括：正名，立规、改制、定位、固向。

一、正名

"名不正则言不顺，言不顺则事不举。"长期的学术实践及科研的现代化进程都表明：在保证其性质、任务、方向都不发生变化的前提下，少数民族文学研究所所名有必要从"少数民族文学研究所"改称为"民族文学研究所"。这种"正名"的好处：一是减少"少数"二字，满足名称须"简洁"的要求；二是以"民族"代替"少数民族"，与国内所有同类机关、事业单位的名称相统一，符合名称的"规范化"要求；三是以"民族文学"代替"少数民族文学"，避免了对它作多种缩写的可能，可确保电脑网址的"准确性"。

二、立规

研究所要靠规章制度治所。建立、健全规章制度并确保它的有效执行，既是少数民族文学研究所管理工作规范化的必然要求，也是创造良好科研环境、维护少数民族文学研究所正常秩序、造就学术大家与创造学术精品的可靠保证。只有以规章制度治所，才能保持稳定性，避免随意性，变人治为法治。

少数民族文学研究所急需制定和完善的规章制度如下：1.考勤条例；2.科研管理条例；3.行政管理条例；4.科研工作量化考核条例；5.财务管

理及报销条例；6.住房分配条例；7.人事工作及其管理条例；8.学术委员会工作条例；9.学位委员会工作条例；10.职称委员会工作条例；11.所务委员会工作条例；12.出差、出国管理条例；13.研究生系工作条例；14.学术团体管理条例。

三、改制

20年的实践证明，除办公室、科研处、财务室、资料室、编辑部等保持不变外，少数民族文学研究所的研究室建制应本着合理配给资源的原则，既着眼于现实条件，又顾及发展趋势，重新进行合理的设置，使之突出少数民族文学特点，有利于学科建设，便于课题组织，以强化研究室的功能，增大室主任的权力、义务，调动科研人员的积极性与创造力。

改制后，少数民族文学研究所的研究室设置情况应是：1.理论室：从事中国少数民族文学学科的理论建设；2.当代室：从事当代中国少数民族文学的研究、评论工作；3.书面文学室：从事当代以外的所有中国少数民族书面文学研究（包括经籍文学与古代、现代作家文学）；4.史诗室：从事中国少数民族史诗研究；5.口头文学室：从事除史诗以外的所有中国少数民族口头文学研究。鉴于目前的实际情况，理论室与当代室宜暂合为一，并称为"理论、当代研究室"，待条件成熟之后，再各自独立设室。

对于少数民族文学学科建设中具有重要意义，但所内力量不足，且需要跨地区、跨部门合作进行的学科，应通过设立"中心"等方式加以解决。这些"中心"分别是：1.少数民族女性文学研究中心：组织少数民族女作家、女评论家、女研究家，从事少数民族女性文学的研究、评论等，以推动少数民族女性文学的繁荣与发展；2.少数民族当代文学研究中心：组织少数民族当代文学研究及评论界的力量，积极关注少数民族文学现实问题，影响并指导当前的少数民族文学创作；3.萨满文化研究中心：组织少数民族文学及文化工作者，对作为少数民族，尤其是少数民族的以口头文学为存在背景的、以萨满（巫术、史前文化等）文化为代表的少数民族民间文化进行研究与交流，以加深对少数民族文学的认识与理解。

四、定位

少数民族文学研究所是中国少数民族文学研究的最高学术机构，理应将高品位、高档次、开放性、创新性作为研究所追求的目标。在这个最高学术机构里，必须拥有最丰富、最真实的研究资料，必须拥有最灵敏、最迅捷的信息系统，必须拥有一批饮誉海内外的学术大家、专家，必须推出一批批富于创见性的学术精品，做到显学、强学、绝学、新学——"四学"定位。

所谓"显学"，是指早已盛行于国际学术界并蔚为大观的蒙古学、突厥学、藏学、满通古斯学、朝鲜学等学科。我们应占领这些显学中的文学阵地，利用既有的学术网络，使我们的研究迅速走向世界，与国际学术界接轨。

所谓"强学"，是指少数民族文学研究所最具实力，其研究在中国文学乃至世界文学中处于强势的学科。如史诗、神话、叙事长诗等即属此类。目前，这些"强学"或显或隐，有的已经尽显风采（如史诗），有的正在初露端倪（如神话、叙事长诗）。少数民族文学研究所已经成为中国史诗学中心，但还应继续建成中国神话学中心、中国叙事诗学中心。

所谓"绝学"，是指研究者需要具备特殊研究能力（语言、文学），且在学术上有特殊意义的学科。如东巴文学、毕摩文学、贝叶文学等经籍文学研究以及西夏文献、敦煌文献、辽金文献、满文献中的文学研究皆属其列。它们有的已经受到国际学术界的关注，有的将发展成为21世纪的显学与强学。需要逐渐调进一些掌握傣文、西夏文、古藏文、契丹文、女真文的学者（已有掌握纳西、彝、满文的学者）从事这方面的工作。这些"绝学"是少数民族古典文学的主要部分，在中国文学史上占有极重要地位。

所谓"新学"，是指即将在21世纪成为少数民族文学发展新热点的学科。它代表着少数民族文学发展的新趋势。如当代少数民族文学评论与研究、少数民族文学关系研究、少数民族文学理论研究都在此列。由于书面创作将日益成为少数民族文学的主流，21世纪多元一体的中华文学将主要通过作家作品的丰富性与多样性来体现，所以我们必须加强对当代作家作品的评论研究，必须加强对当代文学创作的指导。如果忽视对现实文学实际的关注，就意味着放弃我们的责任与使命，必将导致丧失少数民族文学研究所的存在根基。目前少数民族文学研究所正在进行的少数民族文学关系研究将一步步引向深入，必将从起步阶段的汉族与少数民族文学关系研究拓展为民族与民族的、语支与语支的、语族与语族的、语系与语系的，甚至是跨国民族内部与跨国民族之间的文学关系的研究。严格意义上的比较文学将由此得到开展、生发。长期以来，少数民族文学理论研究在少数民族文学研究所一直被忽视，不加强这一方面的研究，势必影响少数民族文学学科的建设。

五、固向

少数民族文学所将史诗研究、当代少数民族文学评论与研究、少数民族文学关系研究确定为研究所发展的几个方向，这是实事求是、科学合理的，为此，应该继续坚持并加以巩固，在人才配置、研究室建置、经费保障、课题设置等几个方面加以落实。目前，这几个方向面临的问题是严峻而深刻的，如不采取果断措施，有的将丧失优势，有的将徒有其名，有的将无所适从。

1997 年 10 月 10 日

阳光雨露二十年

——中国社会科学院少数民族文学研究所

20 世纪，中国人文社会科学研究取得了辉煌成就，其中少数民族文学研究是最为炫目的亮点之一。

尽管从中华文明的黎明时期起，中国少数民族文学就参与到了多元一体的中国文学建设之中，但因政治、经济、文化的长期弱势地位和自身发展不平衡，其地位一直得不到应有的承认，更不可能有其本体建设。只有当历史的车轮滚滚驶进本世纪之后，奇迹才开始出现，中国少数民族文学学科才惊天问世。它缘于近百年来中国社会发生的巨大裂变，缘于中国人民如火如荼的斗争和建设生活，缘于中外各种思想与文化的大交流、大冲撞。更直接的原因是，它得益于马克思主义文学理论、民族理论在中国的传播与实践，得益于中国共产党在中国大地上彻底铲除了滋生民族压迫与文学沙文主义的土壤——万恶的剥削制度及其意识形态，建立起旨在加强民族团结平等的社会主义制度。中国社会科学院少数民族文学研究所的诞生、发展，正是中国少数民族文学学科登上学术舞台的重要标志。

自 1980 年正式成立以来，少数民族文学研究所便沐浴着党的阳光雨露健康成长。在中国社会科学院的正确领导及全所同志的艰苦努力下，少数民族文学研究所从无到有、从小到大，一如涓涓的溪流，在穿过高山峡谷之后，终成浩荡的江海。到今天，它已拥有一个较详备的科研和行政体制；从硕士到博士、博士后的人才基地已经建成；多品类、多语文的图书资料得到一定的积累；一支多民族、高素质的学术队伍基本形成。它曾受委托主持许多国家级重大学术项目，曾承担大量的院、部级科研课题，曾参与组织一系列国际学术活动，对加强民族团结、维护国家统一、繁荣社会主义文学、推动少数民族文学事业的兴旺发达，发挥了重要的作用。我们不会忘记胡乔木、周扬、何其芳、钟敬文、马学良、毛星、贾芝、王平凡等同志为少数民族文学学科及少数民族文学研究所的建立做出的功绩。

少数民族文学研究所始终将加强自身建设、组织社会力量推动本学科的发展作为崇高的使命。在中国文学的整体研究以及中国少数民族文学的总体研究、族别研究、分体研究、关系研究等方面勇于探索，取得了一批又一批的成果，尤其是在史诗研究、神话研究、少数民族文学史编写及其研究、少数民族现当代作家作品研究、少数民族文学理论研究等领域建树颇多，在国内外学术界赢得了较高的声誉。已经出版《中国少数民族史诗研究丛书》（共 5 部）、《中国少数民族文学史、文学概况丛书》（共 82 部），正在进行《〈格萨尔〉精选本》（共 40 部）与《〈格萨尔〉桑珠说唱本》（共 50 部）编纂工作。《中国少数民族文学关系研究》（共 3 部），行将启动的"中国少数民族文学资料库"项目等，都是其代表性工程；《〈格萨尔〉与藏族文化》《民间诗神——〈格萨尔〉艺人研究》《原始叙事性艺术的结晶》《〈江格尔〉论》《〈玛纳斯〉论》《尹湛纳希评传》《款词研究》《老舍评传》《东巴神话研究》《鹰与诗魂》《多重选择的世界——当代少数民族作家文学的理论描述》《萨满神歌译注》《草原交响诗——玛拉沁夫小说创作论稿》等，都是其标志性成果。

少数民族文学研究所一贯坚持向民族地区与国际两极延张的方针，前者使少数民族文学研究寻找到坚实的根基与明确的服务对象、亟须解决的学术问题。许多研究人员因之深入到边疆山寨、牧场作田野考察，为丰富中华文化宝库，收集了许多濒临消失的口头文学作品、手抄本、木刻本，以及民俗、宗教、文化资料；后者使少数民族文学研究得以开阔视野、开拓前路，呼吸到域外学术思想、学术信息的清新空气，寻找到发展自己的国际空间。至今，少数民族文学研究所已与十几个国家的学术机构建立了良好的关系，所内绝大部分学者都有过出国留学、研修、访问、合作研究、讲学等经历。"越是民族的，越是世界的"这句名言在少数民族文学研究所已经被证明为真理。

目前，少数民族文学研究所正处在继往开来、重新认识自己、重新塑造自己的关键时期。根据李铁映院长关于要办名所、出大家、产精品的指示精神，结合中国社会科学院"2000—2015年发展规划"，高品位、高档次、开放性、创新性已被确定为本所追求的建所目标。拥有最丰富、最真实的研究资料，以及最灵敏、最迅捷的信息系统，做到"显学""强学""绝学""新学"兴所，造就一代代饮誉海内外的学术大家、专家，推出一批批富有创见性的学术精品等，已是少数民族文学研究所的发展方向。

21世纪前夜，回眸少数民族文学研究所20年来所走过的道路，展望她未来光辉灿烂的前景，令我们振奋，更让我们神往。

1999年11月1日

为中国少数民族文学在
新世纪的繁荣创新而奋斗

　　这是一个值得铭记的时刻：在历经 20 年的风雨岁月之后，中国少数民族文学学会终于迎来了自己的第五次代表大会。这是学会全体会员期盼中的盛事，也是关心中国少数民族文学事业的各界朋友共同努力的结果，更是云南省人民政府民族事务委员会积极扶持少数民族文化事业的义举。

　　处在世纪之交，这次代表大会将为过去一百年的少数民族文学学科建设画上一个圆满的句号。同时，为她在新千年的发展与繁荣奠定第一块基石。

　　20 世纪是世界历史的沉重遗产，同时又是人类命运的巨大转折。在这个时代，民主与专制的较量，激荡了几代人的情怀；战争与革命的洗礼，使人类的心智更加坚韧与成熟；文明之舟在科技进步与信息革命的浪潮推拥下奋然前行；希望之光在对日益恶化的生态环境与急剧膨胀的人口压力的迎战中闪烁；全球一体化的进程，使各民族间的交流与联系比以往任何时候都更加密切与深刻，但地球村的形成不但没有磨灭各种文化的风采，反而使各自的个性愈益灿烂。这一切，构成了 20 世纪世界文化的基本内核，也铸造了 20 世纪世界文学的黄钟大吕。

　　在这一百年间，中国人民历尽屈辱与光荣，血火重铸中华魂，赢得了第二次世界大战的胜利，捍卫了民族尊严，实现了国家的独立与统一。由于辛亥革命、新民主主义革命、社会主义革命的连续胜利，中国历史实现了从半殖民地半封建社会向社会主义社会的跨越，从传统农业文明向现当代工商业文明的转型。在此过程中，中国现当代文学始终关注社会，直面人生，展现时代精神，反映人民心声，以胡适、鲁迅、郭沫若、茅盾、巴金、钱钟书等巨匠的杰出创造，以及白话文文学、解放区文学、革命文学、新时期文学等的艰苦探索，完成了从文体到题材、从文学语言到文学观念的全面革命，成为中国文学史上，乃至中国文化史上、思想史上不朽的丰碑！

在这座丰碑镌刻的众多辉煌中，中国少数民族文学是最为炫目的亮点之一。尽管从中国历史的发轫期就有少数民族文学参与中国文学史的建设，但由于政治、经济、文化的弱势，使中国少数民族文学发展既不平衡又总体受压，其半壁江山的地位一直得不到应有的承认，更不可能有学科的建设。只有当历史的车轮滚滚驶进本世纪后，奇迹才开始出现，颠倒的历史重新被颠倒了过来。它缘于 20 世纪中国社会的裂变，缘于中国人民如火如荼的斗争与建设生活，缘于中外各种思想与文化的大交流、大冲撞。更直接的原因是得益于马克思主义文学理论、民族理论在中国的传播与实践、实现，得益于中国共产党在中国大地上彻底铲除了滋生民族压迫与文学沙文主义的土壤——万恶的剥削制度及其意识形态，建立了旨在加强各民族团结与平等的社会主义制度。

每个时代都有自己的标志性文学。在 20 世纪，中国少数民族文学奉献给中国文坛乃至世界文学宝库的是老舍、沈从文这样的大家，《格萨尔》《江格尔》《玛纳斯》这样的收集整理成果，"中国少数民族文学史丛书"这样的宏伟工程。令人振奋的是，中国少数民族文学学科终于登上学术舞台。它从无到有，从小到大，一如涓涓的溪流，终于汇成浩荡的江海。到今天，它已拥有了一个由作家、评论家、学者组成的队伍，一个由学士、硕士、博士、博士后教育构成的人才培养体系，一个由报纸、杂志、出版、网络结成的信息系统，一个由学会、协会、学校、研究所合成的学术体制。尤其是在改革开放的新时期，中国少数民族文学的创作与研究在时间上与空间上都有极大的张扬，无论是量还是质都有重要的突破。最为可喜的是，几乎所有少数民族都已拥有自己的作家文学。回想许多民族在半个世纪前还停留在口头文学阶段的历史，这是一个多么巨大的社会进步！

今天，经过先行者的努力，沐浴着党的民族政策的阳光雨露，中国少数民族文学的发展正在从自然转变为自觉，正在逐步融合到我国主流文学之中，正在日益成为世界文学的组成部分。

此时此刻，伫立在新世纪的门槛，新时代的钟声撞击我们的情怀，令我们激动，让我们神往！21世纪将是人类文明全面创新的时代，知识创新、文化创新、科技创新、制度创新将不可避免地带来文学创新。中国少数民族文学也不能例外，她所经受的挑战是深刻的、全面的，涉及从方法到手段、从技巧到观念的方方面面。处在知识经济的年代，我们必须寻找文学与经济的最佳结合点；置身科技革命的岁月，我们应该探索网络文学的前路；在西部开发的热潮之中，西部文学建设的重任已历史性地压在我们的肩上；加入WTO组织在即，需要我们接受挑战，也把握住机遇，更好地与世界接轨；全球经济一体化，迫使我们站在人类与时代的高度，审视自己，塑造自己，寻找新的突破口与增长点；改革开放不断向纵深推进，要求中国少数民族文学更好地营造有利于自己发展的环境，建立更有效的秩序；加强显学、强学、绝学、新学的研究，必然能使中国少数民族文学借船出海，承前启后，扬长补短，走向未来。只要我们适时、适度地调整自己的目标，既继承我国优秀文学传统，又吸取世界文学的营养，唱响主旋律，打好主动战，就能取得创作与研究的双丰收，推出大家，促成精品，更好地为社会主义精神文明建设服务，更好地代表中国先进文化的前进方向。

作为一种奠基，这次代表大会负有这样的使命：

1. 修改学会章程；

2. 通过上届理事会工作报告；

3. 选举新一届领导班子；

4. 探讨本学科发展前路。

我们必须不断完善学会工作的规则，真正体现依法治会、民主办会的精神；我们需要认真总结学会工作的经验教训，使今后的发展前进少付不必要的代价；我们要选拔一大批政治上可靠、业务上出色的学者专家，尤其是青年学者专家进入领导班子，以加强领导力、增强凝聚力；我们要从理论上探讨中国少数民族文学在 21 世纪的发展新思路，使学科建设更加科学化、系统化。虽然会期短暂，但在全体代表及来宾的共同努力下，本次大会必将完成自己的神圣使命，成为中国少数民族文学史的又一座里程碑。春城将永远与少数民族文学的繁荣发展前景联系在一起。

2000 年 2 月 8 日

新世纪　新发展

2001 年 6 月 8 日，将是一个载入中国少数民族文学史乃至整个中国文学史的日子，由中国少数民族文学学会、中国作家协会民族文学委员会暨《民族文学》杂志社、中央民族大学语言文学学院、中国社会科学院少数民族文学研究所主办，由中央民族大学语言文学学院少数民族文学研究所承办的"21 世纪少数民族文学发展讨论会"如期举行。

这是一种标志。它表明由创作、翻译、研究、教学共同构成的中国少数民族文学事业正在从个别的竞秀趋于整体的繁茂，从自然的蔓生变为自觉的追求，从盲目的模仿转向自觉的原创。

这也是一个起点。新千年的中国少数民族文学将继承既有的优秀遗产，尽享科技进步、全球经济一体化、信息革命所带来的物质与精神成果，经受自然环境恶化、文明冲突、民族与宗教纷争等的严峻挑战，将自己所生存的中国大地作为基点，走向世界，拥抱人类，同时也用世界的眼光审视自己的传统与现实，以人类的情怀关注自己的民族和国家。

新世纪的道路已在我们脚下延伸，新时代的史诗正在我们手中谱写。只要我们继续育成有利于中国少数民族文学成长的社会环境，培植推动中国少数民族文学进步的人才，扬弃既有的文学观念，造就"百花齐放""百家争鸣"的创作与学术氛围，鼓励理论上、方法上的创新，那么，诺贝尔文学奖离我们将不会遥远，建树学术丰碑也不是想入非非。而且，比之诺贝尔文学奖与有关学术成就，更为重要的是我们将以自己独具民族特色的精神重建与艺术表现，为中华文学殿堂再创辉煌，为世界文学画廊增添奇彩，为全人类的相互理解与和平、发展作出积极的贡献。

　　为了铸成中国少数民族文学事业的新气象，本次会议在形式与内容上都将作一定的创新，不但有著名作家、学术大家的精彩演讲，而且有对敏感话题的追踪；不但有少数民族文学本身的"自语"，而且有她与大中国文学其他部分乃至世界文学的"对话"；不但有对有关学术问题的切磋，而且有对一些作家作品的专门讨论。希望这些探索能起到确立本体、繁荣学术、推动创作、丰富与深化教学的作用。

　　我们以能在中央民族大学召开 21 世纪首次有关少数民族文学发展问题的讨论会而感到荣幸，因为这座学府一直是推动中国少数民族文学事业发展进步的主要孵化器之一。在半个世纪的风雨历程中，她已经为这一事业的人才培养、学科建设作出过太多的贡献。在她成立 50 周年的大喜日子里，我们有理由将此会作为给她的特殊献礼。

　　2001 年 6 月 8 日之所以充满荣光，还由于时值中国共产党诞生 80 周年前夕。历史已经证明，中国少数民族文学事业的产生与存在，是马克思主义文艺理论与民族理论在中国的实践结果，以及中国共产党的民族政策与文艺政策的伟大成果。只有按照党指引的为人民服务、为社会主义服务的方针前进，她才有光辉灿烂的未来，她才能体现中国先进文化的前进方向。让我们谨以召开本次会议的形式，隆重纪念中国共产党的八十华诞。

2001 年 6 月 8 日

民族文学　花甲回望

新中国成立前，我国少数民族就已产生作家文学，有的还在中国文学史上闪烁耀眼的光彩。但是，有作家文学的少数民族仅有十几个，大多数少数民族仅有丰富多彩的民间文学，作家文学一直是空白。其中，有母语创作的有藏、蒙古、维吾尔、朝鲜、纳西、傣、彝、哈萨克等民族，有汉语创作的有元、明、清等朝代的回、蒙古、满、白、纳西、土家、壮等民族。

我国自古就是多民族的国家，文学也自然为多民族的文学。多民族性虽是中国文学的特点之一，但由于汉民族的文学传统悠久、成就斐然，中国文学发展史也就一直呈现出以汉文学为中心，而少数民族文学则呈边缘化的特点。新中国的成立才给少数民族文学带来发展机遇，从根本上改变了这种不合理的局面。从而使新中国成立后的60年的少数民族文学经历了三个发展时期：新中国成立后十七年，改革开放初期至20世纪90年代中后期，90年代中后期至2009年。

一、新中国成立后17年（1949—1966）

新中国的成立为少数民族的历史掀开了新的篇章。从此，各民族平等团结、各民族共同繁荣发展的民族政策，为少数民族各项事业包括少数民族文学提供了无限广阔的发展空间。解放初期，少数民族在政治上翻了身，在经济上获解放，在文化教育上迈出了新的步伐，但文学创作等方面依然存在着事实上的不平等。因此，20 世纪 50 年代，老舍先生曾提出赶上汉族文学、解决事实上的不平等，是少数民族文学创作发展的当务之急。当时，和汉族文学相比，少数民族文学存在几个问题：一是作家少，二是作品少，三是阵地少，四是许多民族存在培养第一代作家的任务。

新中国成立以前，少数民族作家不但人数少，没有组织，没有形成作家群体，而且大多以"单兵作战"的形态从事文学创作，一些作家缺乏民族意识。新中国成立后，开展的民族识别工作，逐渐确定我国除汉民族外共有 55 个少数民族，并首先在全国各地开展了少数民族民间文学的搜集整理活动，促成一批少数民族青年开始走上文学创作之路。

在少数民族文学发展中，中国作协和各地方作协，以及少数民族地区各级民委、文化机构起到了重要作用，使少数民族作家沐浴着新中国的文学阳光成长起来。茅盾先生在 1949 年《人民文学》第 1 卷第 1 期的《发刊词》中说：开展国内各少数民族的文学运动，使新民主主义的内容与各少数民族的文学形式相结合，各民族间互相交流经验，以促进新中国文学的多方面的发展。1953 年 9 月，这一句被写进中国作家协会章程。1956 年 6 月，在中国作协第二次理事（扩大）会议上，老舍先生又具体提出了"开展各民族文学工作"的八条措施，指出："中国作家协会应吸收兄弟民族有成绩的作家作为会员。以会员为中心，兄弟民族的作家们应有经常联系、定期学习的组织。"为此，中国作家协会要"成立民族文学委员会"，还要"选取兄弟民族青年作家到文学讲习所学习"。同时，从中央到地方要多出版兄弟民族作家作品，各级刊物"应多发表兄弟民族作家的作品"。这些有力的措施，极大地促进了少数民族作家队伍的形成、壮大和发展。

在我国少数民族文学发展史上，最有意义的首先是为其"正名"。新中国成立之初，先是提出"兄弟民族文学"的概念，后又出现"少数民族文学"的概念，并且这两个概念一度同时存在。一直到 1960 年，老舍先生在中国作家协会第三次理事会（扩大会）上作了《关于少数民族文学工作的报告》后，"少数民族文学"概念才正式确定下来。从"兄弟民族文学"到"少数民族文学"概念的转变，是一种从感性认知向理性认识的转变，明确了少数民族文学与汉族文学的关系，为少数民族文学发展开辟了道路。

新中国把少数民族纳入到整体民族发展事业之中，发展少数民族文学被包含在政治、经济、文化、教育之中。从此，它不再仅仅是少数民族作家个人的事，而是关系到每个少数民族的发展，关系到我国民族政策的全面落实，关系到我国多元文学的繁荣。

在这样的政治、文化条件下，我国少数民族文学开始展翅飞翔，一些民族的文学顺利实现从民间文学到作家文学的过渡。首先是少数民族诗歌创作开始崛起，一些民族出现了以民间文学为基础的代表性诗人，如傣族康朗英、康朗甩、相庄；仫佬族包玉堂，纳西族木丽春、牛相奎，壮族韦其麟等。一些作家文学历史较久的民族的文学也获得新的机遇，如满族作家老舍、舒群，回族作家穆青，彝族作家李乔，纳西族作家李寒谷、赵银棠，壮族作家陆地等老一代作家焕发创作生机。蒙古、壮、彝、赫哲、回、满、维吾尔、藏、朝鲜、苗、土家、侗、哈萨克、白等民族也涌现出一批优秀作家。如，蒙古族作家玛拉沁夫最早创作出《科尔沁草原的人们》（1951 年）、《茫茫的草原》（1956 年）；壮族诗人韦其麟发表了叙事长诗《百鸟衣》；彝族作家李乔创作出长篇小说《欢笑的金沙江》；赫哲族作家乌·白辛创作出《冰山上的来客》（1961 年）、《赫哲人的婚礼》（1963年）。藏族擦珠·阿旺洛桑，蒙古族纳·赛音朝克图、巴·布林贝赫，维吾尔族尼米希依提、铁依甫江等各族诗人也先后创作发表激动人心的诗歌。这些优秀作品有一个共同的时代特征，就是在激荡的社会历史变革中展现少数民族人民对新生活的渴望与追求，同时表现少数民族作家为新社会而讴歌的兴奋心情。这说明，新旧社会各民族人民生产、生活的翻天覆地变化，以及作协等组织的培育，激发了各民族作家用手中的笔描绘社会变革的壮丽画卷，其文学自觉终于被激活。正如玛拉沁夫曾说过的那样："纵观中国少数民族文学，新中国成立后发展最快、影响最大、成绩最为突出的，当数当代作家文学，即我们通常所说的社会主义新文学。"由此可见，新中国为我国少数民族文学创作的发展开辟了康庄大道，少数民族作家再也不用像五四运动以后的老舍、沈从文、特·穆特里夫、舒群、李乔等人那样"单兵作战",而是开始以一个群体登上了中国文坛。尽管这一时期的少数民族文学从指导思想、构思、创作方法等具有与汉文学共同的特征,但其人物、情节、语言、艺术手法等都具有民族化特点。其诗歌所受民族传统影响更深一些;小说、诗歌数量较大;散文、报告文学、儿童文学较弱;女作家较少;有书面文学的民族仍然不多,仅有十几个;中国作协会员仅有 57 名;理论批评基本上是空白。

在此对这一时期的我国少数民族文学作一总结:

1. 对其十七年发展的认识,不能囿于文学领域,而要从政治、经济、文化、教育等方面作把握;

2. "少数民族文学"是对我国除汉文学之外所有民族的科学定义,少数民族文学是中国文学中的有机组成部分;

3. 新中国成立后,少数民族文学及其作家才第一次以群体的形式登上中国文坛;

4. 十七年少数民族文学为以后的发展奠定了坚实的基础,没有它便没有今天的少数民族文学繁盛局面;

5. 十七年少数民族文学处于其起步阶段,尚存在许多薄弱环节和不足。

二、改革开放初期至 90 年代中后期

党的十一届三中全会确定了实事求是、解放思想的政治路线和改革开放的战略决策,不但为我国的社会主义事业开创了新纪元,也为中国少数民族文学乃至中国文学的大发展、大变化、大繁荣开辟了前路。

1976 年 6 月,"中国少数民族文学学会"诞生;同年秋天,全国少数民族民间歌手、诗人座谈会在京召开,中国社科院少数民族文学研究所宣告成立。1980 年夏天,全国少数民族文学创作会议在京召开,全国 30 多个少数民族 100 多位作家、评论家参加会议,并受到党中央领导的接见。这次会议,总结了新中国成立十七年少数民族文学发展的成就和经验,清算了"文革"对少数民族文学的摧残,制定少数民族文学发展的宏伟蓝图,成为少数民族文学发展的又一座里程碑。1981 年,全国性少数民

文学月刊《民族文学》创刊，中国作家协会和国家民委共同举办全国少数民族文学创作优秀作品评奖，共有38个民族140篇作品（包括长、中、短篇小说，长诗、短诗、散文、报告文学、儿童文学、电影文学、剧本）获奖。获奖作者中，有不少人属于人口较少的少数民族，如普米、拉祜、独龙、羌、锡伯、布朗、佤、景颇、鄂温克、畲、黎、高山等。不久，鲁迅文学院招收少数民族作家班，各民族文学史或文学概况的编写全面启动。1983年中国社科院少数民族文学研究所创办《民族文学研究》，对推动少数民族文学创作和研究发挥了重要作用。紧接着，省区级、地区级、县旗级有关刊物如雨后春笋，成为少数民族文学创作和研究的重要园地，并形成一个从中央到地方的庞大网络。各省区社科院及从中央民族大学到各地方民族院校，以及民族地区其他相关高校形成的庞大研究与教学两大系统，亦成为少数民族文学事业的重要力量。众多出版社出版了数量巨大的少数民族文学作品，长篇小说、中短篇小说集、诗歌集、散文集、报告文学集、论文集、评论集和专著译著遍地开花。所有这些都对少数民族文学的发展、繁荣发挥了重要作用。

可喜的是，改革开放后，少数民族文学创作开始多样化，国内外一些新的文学潮流、创作方法、表现形式等，开始对少数民族文学创作发挥催化作用，从而不但其作品大量出现（母语和汉语），而且其创作思想更具有时代感和历史责任感，其题材、主题、手法更崭新，风格绚丽更多彩，其质量不断攀升，其新人大量涌现，其佳作不胜枚举，许多作品达到中国当代文学的一流水平，在国内外产生了广泛的影响。

在这一时期，少数民族作家的民族意识不断回归和增强，并成为其生存和发展的重要基点。这是拉美文学、非洲文学以及一些国外的少数民族文学（如美国的黑人文学、犹太文学）影响的结果。这种民族意识的回归和增强，成为当时许多少数民族作家创作的重要动力，催促着他们将对自己民族历史、文化的学习、认识、理解融入创作中，甚至把有关创作视作一种民族责任。

1996年11月，中国作协和国家民委共同举办10万人口以下的22个民族作家笔会，标志着我国几十个没有作家文学的民族实现了零的突破，表明我国55个少数民族都有了自己的作家。

在少数民族文学创作蓬勃发展之时，少数民族文学的理论建设也随之炽热起来。学界提出了一系列少数民族文学创作理论问题，最为重要的是对"少数民族文学"作界定。经过几年的热烈争论，到20世纪80年代中期终于达成了一致，即凡是少数民族作家创作的文学作品都属于少数民族文学。在我国文学史上第一次为少数民族文学正了名。1986年，《民族文学》和《民族文学研究》共同发表的特邀评论员文章《民族特点、时代观念、艺术追求——对少数民族文学创作理论的几点理解》，从有关发展经验和现实创作出发，就少数民族文学发展的基本方向作出了理论指导，促进了少数民族文学的发展。此外，作家和评论家对少数民族文学还进行了许多有意义的探讨：关于少数民族作家的民族意识和主题意识；关于少数民族文学的批判意识和忧患意识；关于少数民族文学的立足民族和超越民族；关于加强少数民族文学作品的历史积淀和文化内涵；关于少数民族文学对传统的继承和创新；关于少数民族文学对汉文学以及外国文学的学习和借鉴；关于少数民族文学创作的语言水平等；关于母语创作的问题和翻译问题，等等。这些讨论对少数民族作家开启思想、加强理论修养、提高创作质量意义非凡，且丰富了我国文学理论的内涵，成为我国少数民族文学在这一阶段的一个亮点。

值得一提的是，此时的少数民族文学史和文学概况的编写工作亦取得很大成绩，到90年代中后期已有数十种文本面世，特别是数部当代少数民族文学史的出版，对新中国成立以来重要的少数民族作家、作品进行了评析，对一些文学现象作了重点介绍。

从改革开放到90年代中后期，我国少数民族文学所取得的成就是在我国社会、政治、经济、文化、教育等方面不断变革和飞速发展的大环境下完成的，也是伴随着我国主体文学（汉文学）日新月异的繁荣进步取得的。

这一阶段少数民族文学的发展及其成就可归纳为以下几个特点：

1. 改革开放为少数民族文学开辟了广阔的发展道路；

2. 20世纪70年代末到20世纪80年代初，以"全国少数民族文学创作会议"为主要标志的一系列有关少数民族文学的大事件、大活动，是我国少数民族文学发展的新的里程碑。

3. 少数民族作家意识的回归和增强是这一阶段民族文学发展的重要动力。

4. 这一阶段少数民族文学所取得重大成就的重要标志是：作家群不断壮大（包括各年龄梯队和女作家）；55 个少数民族都有了自己的作家；少数民族文学园地大量出现；文学作品（包括母语创作和汉语创作）取得了大丰收，涌现出一大批文学佳作。

5. 少数民族文学理论研究和评论工作有了较大的进展，特别是关于"民族特点、时代观念、艺术追求"的提出，对众多少数民族作家的创作起到了引领的作用。

6. 少数民族文学史和文学概况的编写取得较大成绩。可以说，在这一阶段，少数民族文学整体发展已走向成熟，基本上实现了与我国主体文学（汉文学）的并驾齐驱，基本上完成了老舍先生在 50 年代提出的"赶上汉族文学"的目标，成为我国文学重要的、有机的、不可或缺的组成部分。

三、90 年代中后期至 2009 年

在这一阶段，我国正处于经济社会转型期，社会主义市场经济体系得以确立，全球化、多元化的潮流席卷世界。作为其积极参与者，我国经济大发展，政治社会、文化大变革，文学也出现新变化，世界各种文学思潮和创作方法在我国大行其道。宽松的政治文化环境，给文学的发展提供了有利条件，也为少数民族文学的创作和发展注入了新活力。

当时，我国主流文学出现了主旋律和多样化相交融的姿态，创作方法、表现形式、写作手法等渐趋多样化，促进了我国文学的百花齐放、百家争鸣，一批优秀作品应运而生。少数民族文学也出现新的发展态势，大多数作家所遵循的"民族特点、时代观念、艺术追求"（即民族性、时代性、艺术性）不断注入"全球化、地域化、多元化、个性化"的因素，出

现了"回归民族与走向世界的心灵碰撞""民族性深化与民族弱化""民族身份与作家身份"交融与分离等新气象和特点。许多学者热烈讨论我国文学"多元一体"的本质，为少数民族作家开启了创作思路，也为少数民族文学的存在和发展提供了新的可能性。

进入改革开放后的十几年间，少数民族文学意气风发、万马奔腾，即使那些人口较少民族的文学创作也有了长足进步，不但大多数民族有了作家群，文学水平也普遍提高，存在问题主要是与汉文学发展不平衡，理论界主要强调少数民族文学整体发展与提高。不过，当少数民族文学基本上与汉文学并驾齐驱时，过去被掩盖的一些问题逐渐突出起来：各民族文学间发展不平衡；各民族文学在发展中存在不尽相同的问题；各民族文学的民族特点和传统存在差异；同一地区几个文化相近的民族文学间存在共同性；每个民族各文学门类发展参差不齐。因此，从 20 世纪 90 年代中后期开始，少数民族文学创作的一些新趋向更加明显，即各民族作家、评论家以及文学机构更加关注本民族的文学发展，更加关注本地区（基本上以行政区域为单位）的民族文学的发展。许多民族和地区，更加认真、努力地探讨本民族、本地区的文学发展情势和存在问题，如"鄂西南文学""桂军""草原文学""雪域文学""新疆当代文学""贵州民族文学"等提法屡见不鲜。以某一民族文学或某一区域民族文学为主题的"论坛""研讨会"遍地开花。比如，"布依族文学论坛""撒拉族文学创作研讨会""哈萨克族语言文学学术讨论会""中国水族文学创作研讨会""傣族文学讨论会""贵州民族文学讨论会""青海民族文学研讨会""新疆少数民族文学讨论会"等举不胜举。这一新特点也反映在少数民族文学批评上。一是更加注重单一民族或相近族群（地区）文学的批评；二是对单一作家、作品的评论增多；三是对女性文学、草原文学、一个民族单一门类（小说、诗歌、散文等）的批评更深更细；四是对少数民族文学整体问题的评论明显减少，但也提出了有价值的共同课题，如"民族回归与走向世界"、文学翻译中存在的问题、少数民族作家的文化心理，等等。1999—2008《民族文学研究》共发表有关当代少数民族文学的文章292篇。其中，评论作家作品的191篇，占65.41%；评论单一民族文学有关问题的48篇，占

16.44%；有关某一地区有关问题的 19 篇，占 6.51%；有关少数民族文学整体问题的 34 篇，仅占 11.64%。

另外，当时的少数民族文学出现了两种发展趋势：回归民族与走出民族。回归民族表现为更深入、更广泛、更细致地表现本民族的历史和现实生活，开辟本民族文学创作的新领域，塑造本民族新的人物形象，展现本民族的文化风范，继承和发扬本民族的文化传统，反映本民族历史和现实生活的本真，从而进入新的民族性境界，民族性不再是"贴标签"，不再满足于表面现象。于是，发掘和抒发本民族更深刻的矛盾与激情，表现更具历史意义和人性价值的真实，也就成为作家对艺术境界的新的追求。走出民族表现为社会的发展、经济的繁荣、城镇化进程的加快，使更多的少数民族人口生活在各民族大聚合、大融合的城镇里，使各民族有了更多的共同性，即共同的生产方式、共同或相近的生活方式，甚至在许多领域中有了共同或相近的思维方式，导致在当今繁杂纷纭的日益现代化的城市及我国飞速发展的进程中，各民族都在发生巨大而深刻的变化。他们所面临的社会矛盾、他们的物质利益和精神追求、他们的人生轨迹和命运遭际、他们的欢乐与苦恼、理想与希冀等，都日益相同或相似。从而，少数民族作家，特别是生活在城市的少数民族作家，尤其是青年作家，逐渐融入到和汉族以及其他民族共同的生存环境中。他们熟悉的或热衷的是不带有或少带有民族影子的共同生活和人情世故。他们更关心人类共同的命运和中华民族共同关心的问题。他们所目睹的、所思考的、所要表达和所要发泄的，越来越只代表作家个体及其体验和认知，而不代表某个民族。他们从特定的民族中走出来，"民族"对他们变成了一个符号。他们只是人类的一分子、中国人口的一分子、某一生活领域的一分子。"回归民族"和"走出民族"，也可以说是"强化民族性"和"弱化民族性"，它们在这一时期不断明显。

此外，母语创作在此期间也得到新发展，遇到新情况。先说母语。我国是一个多民族、多语种的国家，共有 55 个少数民族，1 亿多人口。其中，53 个民族有自己的语言，加上同时使用的不同民族语言，共有 80 多种语言，使用人口 6000 多万。另外，共有 22 个民族使用 28 种民族文字，使用人口近 3000 万，这意味着母语文学有其存在与发展的基础条件。进入 20 世纪 90 年代中期以来，少数民族母语作品增多，作品质量提高，各自作家群扩大，且眼界开阔，受国内外文学影响增强，创作方法和艺术手法日益多元化，传统的叙述和表现方法不断突破，虽有一些语种的创作获得新生，但大多数少数民族作家使用汉语创作的大趋势不可逆转。母语创作与汉语创作的复杂交织，也使使用母语创作的民族创作出现不同趋向。当时，以母语创作为主的民族有维吾尔、哈萨克、乌兹别克、柯尔克孜、塔吉克等；母语与汉语并行创作的民族有藏、蒙古、朝鲜等；用母语创作为辅以汉语创作为主的民族有彝族、壮族、景颇族。以上四种情况在创作上存在不同的发展态势和不同的问题。而母语文学创作的新现象是原来北方民族的母语作家文学比较发达，如今却是：有仅以汉语创作的民族如满、白、土家、纳西等。南方民族的母语作家文学迎头赶上，仅壮族就有 1 万多篇中短篇小说、散文发表。2007 年，广西民族出版社还出版了第一部 40 万字的壮族母语长篇小说《节日》。目前，广西壮文文学阵地就有《广西民族报》和《三月三》，已经形成一定范围的作者群和读者群。因此，发展母语创作已成为少数民族文学工作的主要任务之一。加强母语与汉语创作的交流、沟通，无疑是提高母语创作的重要途径。

由于制约母语文学发展的瓶颈主要是翻译问题，以往就曾出现翻译人才少、水平不齐、互译作品少的情况，所以要把母语作家文学推向全国，就必须重视翻译问题。对此，中国作协一直重视使许多母语创作作品得到及时翻译介绍，如在《民族文学》就先后翻译发表维吾尔族、蒙古族、朝鲜族、藏族、哈萨克族、柯尔克孜族、乌孜别克族、塔吉克族、景颇族、傈僳族、壮族、彝族等近 20 个民族的母语作家作品，并于 2009 年下半年创办了蒙古、维吾尔、藏三种语言文字版。这对民族作家的培养功不可没。同时，地方作协也高度重视母语创作作家的培养。比如新疆的"汗腾格里文学奖"就专门为维吾尔文创作而设立。自 1989 年以来至 2009 年共举办 16 届，评选出大批优秀的维吾尔文学作品。1981 年创办的《新疆柯尔克孜族文学》也是全国唯一以柯尔克孜文向国内外公开发行的纯文学双月刊，走出作家诗人 36 人。

网络文学的兴起是这一时期的又一亮点。在此阶段，少数民族网络文学有以下特点：它和汉族网络文学几乎是同时起步，但由于条件与观念的限制，少数民族网络文学一直处于追随汉族网络文学的状态，一些少数民族文学新人从网络中走上文坛。一些地区的和一些民族的网络成为团结民族作家、培养文学新人的重要平台，如"中国民族文学网""藏人文化网""藏族网""西域网""蒙古文化网""中国羌族文化信息网""彝人网""壮族在线""昭通文学艺术网"等就属此类。同时，少数民族文学期刊也将视线投向网络，搭建自己的网络平台，如《花的原野》《回族文学》等就是这样。在网络上，发现新人新作是与将网络文学纸面文学结合在一起的。不过，虽然网络文学开始被少数民族文学界所关注，但它缺乏力度和制度保证，各地各族的网络文学发展也不平衡。目前网络文学在少数民族文学发展中越来越显示出其重要作用，并已出现博客文学，一些少数民族作家在博客上发表文学作品，并以散文、诗和书信居多。其中，有些诗文写得感情真挚、内容充实、文笔流畅。一些评论家也在博客上发表对少数民族文学（包括某一民族的文学、某一地区的文学、某一作家作品以及有关少数民族文学发展）的看法和评析，且具一定水平。

自 90 年代中后期至 2009 年底，我国少数民族文学出现的新趋向和新特点主要有如下几点：

1. 国内外形势的大变化，促使大多数少数民族作家所遵循的"民族特点、时代观念、艺术追求"被注入"全球化、地域化、多元化、个性化"诉求；

2. 一些曾经被掩盖或被忽视的问题开始显现，其不平衡性、差异性或趋同性受到重视与关注；

3. "回归民族"与"走出民族"，即"强化民族性"和"弱化民族性"成为少数民族作家的两种悖反选择；

4. 母语创作有了新的发展，取得长足的进展，但翻译问题成为制约它的瓶颈；

5. 少数民族网络文学和博客文学初步兴起。

总之，新中国成立60年来，我国少数民族文学取得了大发展、大变化、大创新。其人才辈出，佳作频传，风光无限，前景灿烂。回顾60年来我国少数民族文学所走过的历程，令人心旷神怡，但又备感任重道远。我们坚信，在党和国家的正确领导下，我国少数民族文学必将在历史的进程中应对新的挑战，去创造新的辉煌。

2011 年 2 月 10 日

文学"诺奖"与民族文学

大家都知道，诺贝尔是一位瑞典工程师，他生于 1833 年，去世于 1896 年，在其生前，主要在硝酸甘油引爆、硝酸甘油炸药、雷管、黏着性炸药几个方面有重大发明，并赚了不少钱。这位工程师有无限宽广的胸怀，在其遗嘱中确定以其名义及 712 万美金作基金设立诺贝尔奖，每年为物理、化学、医学与生物科学、文学及和平颁奖。这一愿望于 1901 年变为现实。到 1969 年，瑞典政府为该基金注入资金，并增设了经济学奖。

诺贝尔文学奖与中国多次擦肩而过，一次是 1912 年，在辜鸿铭与泰戈尔的竞争中，辜先生失利；一次是 1927 年高本汉委托斯文·赫定找到刘半农，要他推荐中国的诺贝尔文学奖候选人。据我所知，刘先生当时推举的是梁启超与鲁迅，但鲁迅不仅自己婉拒，也不赞成梁启超。这是因为：一、如果是因黄种人未获过奖而加照顾，他宁可放弃；二、当时的中国正处"四一二"政变时期，若授中国文学界以诺贝尔文学奖，就等于国际社会肯定当时中国的白色恐怖；三、如得诺奖，会导致中国文学界自以为是，以个别作家之成就掩盖中国文学整体实力之不足。于是，诺贝尔文学奖委员会也就不再动议此事。此后，胡适、巴金等都先后引起诺贝尔文学委员会的关注，但终因种种原因未能遂愿。

就少数民族文学与诺贝尔文学奖关系而言，满族作家老舍、苗族作家沈从文都曾是热门候选人。作为目前的 18 个诺贝尔文学奖委员之一的马悦然就是老舍的好友。他说，如果老舍不于 1967 年去世，次年的诺贝尔文学奖就非他莫属，因他是当年的被提名人选。沈从文也于 1988 年被提名，但他于此前几个月逝世。当然，沈从文是否真是苗族还存疑，他在《边城》中称自己是屯军者的后代，迁自江西，只是有一位参加过辛亥革命的苗族表哥。但是，他至少很认同苗族，与台湾作家李敖也称自己是苗族还不太一样。2004年，我曾访问斯德哥尔摩，与马悦然、罗多弼谋面。据他们说，除莫言之外，当时他们最关注的是藏族作家扎西达娃与阿来、回族作家张承志、土家族作家孙健忠等的创作。也就是说，诺贝尔文学奖离少数民族文学并不十分遥远。关于这方面的详细情况，我已写过一篇旧作《文学诺奖一席谈》，这里就不再赘谈。

我在这里要说的是，获诺贝尔文学奖并不是中国少数民族文学的目的。我们的目的是为人民服务、为祖国服务，但也不放弃参与全球性文学竞争与全人类文学共享。获不获诺贝尔奖，中国文学及其少数民族文学都曾存在并还将存在。过去，中国作家未能入选诺奖应该是诺贝尔文学奖的不幸，因为它与5000年的文学传统长时间绝缘，与人类1／5的人口长时间绝缘。当然，这也是中国文学的遗憾，是中国作家近100多年来的纠结所在。它在一定意义上影响了诺贝尔文学性的全球性意义，也伤害了中国作家的尊严，影响了中国文学的地位。今天，莫言获诺贝尔文学奖才让其名副其实，让中国文学恢复了自尊、自信。总有一天，少数民族文学作家也会为中国文学在诺贝尔文学奖历史上创造辉煌。

我知道，在108个诺贝尔文学奖中中国文学缺席有很多复杂的原因：中国白话文文学创作从1919年才开始，它有一个漫长的成熟过程；二是不能否定诺贝尔文学奖似曾存在种族歧视；三是诺贝尔文学奖委员会委员难免受意识形态影响，社会主义中国的文学当然不太受西方价值观的认可，要么不授予你，要么授予持不同政见的华文作家；四是中国文学尚需改善其形式、内容、观念，并做好翻译推介工作。在这个总背景下，中国少数民族文学很难异军突起。

今天，中国的发展进步与世界的距离越来越近，中国少数民族文学离诺贝尔文学奖亦不再遥远。这是因为：一、少数民族文学已经有过与诺贝尔文学奖的数度亲密接触；二、少数民族文学已经有量的扩充与质的提升，并越来越引发国内外极大关注；三、少数民族文学中充满了神幻的色彩及传统的底蕴、精神的光彩、淳厚的人性。从福克纳、马尔克斯、特朗斯特罗姆、莫言等获诺奖的情况看，今天的文学界注重的是怎样将传统的、美的力量驾驭现代社会、科技文明，而这正是少数民族文化、少数民族文学的力量所在、优势所在。

为了实现这一目标，中国作协于2012年做了以下几件大事：一是理顺其体制机制，适时调整少数民族文学委员会，全面恢复其业务活动，并挑起协助中国作协组织、联络、协调少数民族文学的重担；二是开展少数民族文学现状大调研，以了解其最新情况，掌握其最新资料，倾听第一线呼声，以理清发展繁荣少数民族文学的思路；三是组织系列研讨，举办各地区少数民族优秀中青年作家作品系列研讨会，效果十分喜人；四是召开第五届少数民族文学创作会议，就当前少数民族文学创作理论与实践问题进行或宏观或微观或总体或专题的探讨；五是举办第十届全国少数民族文学创作"骏马奖"评奖活动，有力推动了少数民族文学的发展繁荣；六是创新办刊理念，在《民族文学》杂志已有汉、蒙、藏、维文版的情况创办哈、朝文版，使之成为我国境内拥有最多语文版的文学园地；七是加大力度做培训工作，先后举办新疆、内蒙古、西南六省区三个培训班，为少数民族文学创作输送了一批高素质人才；八是组织鲁院十二期学员回京汇报工作，得到党和国家领导同志的高度重视，鼓舞了斗志，坚定了信心；九是启动"中国少数民族文学发展工程"，分别从人才培训、重点作品创作、优秀作品出版及翻译、理论批评建设等方面扶持入手，开启了系统性、长期性推动少数民族文学发展繁荣的新篇章；十是在发展中国作协会员方面继续作倾斜性扶植，使9448名中国作协会员中的少数民族会员增加到1117名。总而言之，中国作协是动真情实感、花真金白银、求真绩实效，为少数民族文学事业发展进步开展了一系列卓有成效的工作的。可以这样自豪地说，在这个世界上，没有第二个国家像中国这样关心、扶持少数民族文学、文化的发展与繁荣。最近，我们又在启动一个"中国少数民族文学发展工程"，每年投资2000万元，从人才培养、重点作品创作扶持、优秀作品翻译扶持、优秀作品出版扶持、理论批评建设扶持五个方面整体性、长远性推进少数民族文学事业，想来会有丰硕的收获。

在今后的工作中，中国作协将高举中国特色社会主义伟大旗帜，坚持社会主义文化发展道路，在科学发展观指导下，坚守"共同团结奋斗、共同繁荣进步"的原则，按照"平等团结、互助和谐"的方针，不断激活文学创作活力，不断提高创作与审美水平，坚持以人民为中心的创作导向，在体制机制保障、工作方法创新、园地平台建设、优秀作品创作扶持、母语作品创作及民族语文作品翻译、对外推荐介绍等方面大有作为，为文化强国建设及少数民族文学事业大繁荣大发展做出新贡献。无论是否获诺贝尔文学奖，我们都将力求文学之树常青，让各族群众享受最好的精神食粮。

莫言获诺贝尔文学奖对我国少数民族文学的启示是多样的：一、要执着于民族传统、民间传统，千万不要与母体文化与草根文学断绝血脉；二、坚持以人民为中心的创作原则，写人民、为民族而写，写人性、写人类，而不是满足于自我欣赏、自言自语；三、忠于文学，而不是为了金钱、名誉、地位、权力，永远捍卫文学的尊严；四、开放心态，无论是古典的、现代的，无论是民族的、世界的，也无论是现实主义的、浪漫主义的，也无论是魔幻的、写实的，一切形式技巧都可"拿来"为我所用，一切文学营养都尽情汲取；五、坚守道德情操，负起社会责任，促进人类进步与世界和平。我们不要太抱怨西方世界、诺贝尔文学委员会的种族歧视、意识形态偏见。我们还是要更多地进行一流的创作、一流的表达，用伟大的艺术成就证明我们的存在与实力。我在这里负责任地说，虽然有一些评委存在意识形态上的偏见，但诺贝尔文学奖委员会还是基本坚持了不受任何政党政府支配的原则的。

我已从事少数民族文学及文化工作多年，最大的感受是我国少数民族作家完全有望为中国文学与世界文学争光荣。比如，纳西族1000多卷东巴卷卷是神话，没有任何文学比它更神怪魔幻；藏族的《格萨尔》、蒙古族的《江格尔》、柯尔克孜族的《玛纳斯》为世界上最长的英雄史诗，其体量、容积、空阔、深厚、精湛是滋润当代文学巨制的丰沃土壤；维吾尔族的《突厥语大词典》与纳瓦依、哈萨克族的阿拜、满族的纳兰性德与曹雪芹、苗族的沈从文早就是国际级文学大师。对于我们来说，关键是看少数民族文学传统的活化能力有多强、对它们的转换水平有多高，并对现当代生活的认识有多深。

　　我恳切地希望各界，尤其是少数民族同学重视中国文学、多关心中国少数民族文学、文化的发展与繁荣。它们是我们的血脉与精神家园。尽管我们的目的不是为了获奖，但我还是希望有更多的少数民族作家参与并获得茅盾奖、鲁迅奖、少儿奖、骏马奖及各种国际大奖，尤其是诺贝尔文学奖。中国应该负起文学大国的责任，中国少数民族文学应该更多地参与国内外文学活动，在全球文化交流越来越密切的今天，我们不能游离于世界文学之外，而是应该掌握更多的文学话语权。今天的世界发展得太快、创新得太多，我们必须更好地利用文化与文学艺术、人文社会科学软化社会刚性、抚慰人们的心性，把握精神方向，控制前行速度。我们应当负起这一责任。

2012 年 12 月 16 日

"美丽中国"的民族承担

"美丽中国"是党的十八大提出的生态文明建设新目标。其全部内涵是："坚持节约资源和保护环境的基本国策，坚持节约优先、保护优先、自然恢复为主的方针，着力推进绿色发展、循环发展，形成节约资源和保护环境的空间格局、产业结构、生产方式、生活方式，从源头上扭转生态环境恶化趋势，创造良好生产生活环境，为全球生态安全做出贡献。"

由于分布于70%以上广袤的国土，不仅总括有各条大江大河之源、统领着各道崇山巨岳之脉，而且还拥有丰富多样的文化传统，我国55个少数民族在"美丽中国"建设事业中责任特别重大、使命十分光荣，必须有大承担、做大贡献，并迎来兴盛民族的最佳机遇期。其原因是：只有确保少数民族地区的环境良好、生态优美，"五位一体"的全面小康社会才拥有最佳的自然空间、丰富的物质条件、强大的资源支撑、深厚的文化底蕴；只有保证少数民族地区的自然美、社会美、人性美、心灵美、风俗美，生态文明建设才能充溢巨大的生命、生产、生活力量。万万不可忘记的是："美丽中国"建设，"关系人民福祉，关乎民族未来"；只有自然环境良好，才有人类繁衍、民族存在；只有生态环境优质，方能文化灿烂、社会和谐。

我国少数民族大都居住在边疆地区，其传统社会特点显著、自然依存度较高。万千年来，正是应对从南到北、由东至西的复杂自然环境与多样生态条件，我国各民族才各自创造出多姿多彩的物质文化与精神文化，形成了各具特色的生命方式、生存之道、营生智慧，建立起与大自然、与周边族群的生命关系，造就了各自的民族性格与民族精神。只要看一看他们或定居农耕，或游动畜牧，或从事渔捞、狩猎，或经营采集、工艺，有的温柔细腻，有的勇猛刚烈，有的以锄犁雕凿千山万壑，有的用双手锦绣平地坝子，有的固守于深谷高峡，有的跨地域而生息，有的建立过国家文明，有的止步于原初社会不前，我们就可以照见他们对环境的适应以及对环境的反作用能力是何等的奇妙智慧。仅就长期积累起来的生态文化而言，侗族的十八衫、纳西族的祭署、白族的护鸟节、傈僳族的封山、维吾尔族的坎儿井、布朗族的万亩古茶园、壮族的稻作、哈尼族的梯田等都是天人合一、顺应自然的结晶。而一旦人们所依赖的自然环境遭到破坏，其恶果不外乎是或迁徙流亡，或械斗掠地，或崩溃湮灭。因河水干涸而灭绝的罗布泊人而今安在哉？被风沙所掩埋的楼兰城早已"夜阑马嘶晓无迹"，抚仙湖底的俞阳县遗址更是"说尽无限伤心事"。前事不忘，后事之师，我们岂能无视历史的悲剧？

　　新中国成立以来，尤其是改革开放以来，党和国家一直致力于少数民族地区自然环境与自然生态、文化生态的综合保护，并取得了三北防护林建设、治理沙漠化与石漠化、退耕还草还林、天然林保护、断库还河等一系列重大成果，使少数民族居住区的生态环境不断趋好、变优，促进了其经济、社会、文化的全面繁荣。同时，由于全球性气候变化异常加剧，伴随着工业化的环境污染不断蔓延，以及部分地区在社会转型过程中重开发轻保护、先开发后治理，不能科学转换发展方式及合理调整产业结构，导致局部地区资源限制趋紧、环境污染加大、生态系统脆弱，环境危机的形影开始显现，生态恶化的警钟已经敲响。

　　正是在这样的背景下，党的十八大精辟总结人类文明史上的环境生态教训，响亮发出了"努力建设美丽中国，实现中华民族永续发展"的伟大号召，以动员全党、全国各族人民坚持科学发展观，树立尊重自然、顺应自然、保护自然的生态文明理念，把生态文明放在突出的地位，把它融入经济、政治、文化、社会建设各个方面和全过程，为少数民族地区的环境保护与生态文明建设指明了方向。我认为，只要坚持马克思主义生态观，我们就一定能够在"美丽中国"建设的伟大进程中处理好发展与保护的关系，解决好环境与民生的问题，不仅向现代环境生态科学要知识、要方法，而且积极活化利用好各民族古老的生态经验、生态技术、生态文化遗产，对尚好的环境生态严防死守，对已经濒危的生态环境紧急改善保护，对已被破坏的生态环境全力修复补救，对已显现的生态环境隐患细加排除并未雨绸缪，坚决为祖国守望"源头活水"、蓝天白云，坚决为中华民族捍卫自然与精神双重家园，坚决为子孙后代奠定绿色基业。

我坚信，通过各族人民的艰苦努力，"美丽中国"必将在我们手中建成，"美丽边疆""美丽西部""美丽民族地区"一定会成为"美丽中国"的重要内涵。

可见，要全面建成小康社会，我国各少数民族不可以不弘毅，任重道远。以"美丽中国"建设为己任，不亦重乎？以复兴中华文明为使命，不亦远乎？

2012 年 12 月 20 日

少数民族数字影视文学事业展望

展示各民族共同团结奋斗、共同繁荣发展的时代风采，弘扬民族文化，繁荣少数民族题材电影创作，以电影电视更好地宣传少数民族和民族工作，是影像时代扩散少数民族影响力的重要手段。

电影、电视是人们了解社会、学习知识、获取信息、休闲娱乐的重要渠道，是弘扬文化、宣传思想、引领风尚的重要载体，是群众喜闻乐见的一门综合艺术。通过电影、电视来介绍少数民族、宣传民族工作、弘扬民族团结进步主旋律，是一种非常好的宣传形式，有利于促进各民族之间相互交流、相互学习、相互借鉴、相互欣赏，对推动民族团结进步，具有积极的作用。少数民族悠久的历史、独特的自然条件、多彩的文化、生动的现实社会、鲜活的现实生活，可以为电影创作提供丰富的故事素材。少数民族是影视创作素材的宝库，历来得到创作者的关注，产生了许多成功的范例，像电影《刘三姐》《五朵金花》《冰山上的来客》等闻名海内外，曾风行一时。从这个意义上讲，创作民族题材电影对丰富和发展我国影视业具有重要意义。目前电影播出平台众多，市场需求巨大，创作民族题材影视有政治意义和现实需求。但从目前的情况看，民族题材电影由于受到市场化冲击，越来越边缘化，不仅数量少，质量也不高。据不完全统计，现有的少数民族题材电影只涉及 28 个少数民族，占全部少数民族的 50.9%，还有 27 个民族没有自己的电影。这种情况，应引起政府和社会关注，需要进一步推动中国少数民族数字电影、电视工作，为每个少数民族各拍摄一部数字电影、电视，以影视手段展示我国少数民族的生动画面。

实施少数民族数字电影、电视工作具备良好条件。政策方面，国家高度重视民族文化建设，支持发展旅游影视事业，出台了一系列扶持措施。各地也重视民族文化事业和影视事业发展。特别是，各地经济条件不断改善，宣传自身的意识增强，支持民族题材影视作品动力增大。争取各级政府在政策和资金上支持工程实施成为可能。资金方面，除了争取政府的支持，还要通过市场化运作，利用影视社会影响和市场需求，争取社会投资；同时利用宣传民族团结进步的公益性质，争取社会赞助；通过产品的销售，获取资金补充。目前有关地方政府、企业和相关公益机构已经表现出兴趣。人才和技术方面，新中国成立后，每一个民族都有自己的当代作家。这些作家的作品以独特的文化视角和丰富的历史内涵，成为中国文学的重要组成部分。一批当代作家包括本民族作家对本民族文艺创作充满热情。而这些由本土作家书写的故事，正是中国少数民族数字影视工作的文学基础。我国有大批影视工作者，他们当中有许多人涉足过民族题材影视、热爱民族题材影视。

中国少数民族数字影视工作由55个少数民族的各55部故事片数字影视片组成，每部影片时长为90分钟，内容主要反映各少数民族的历史文化和经济社会发展中的精彩故事。

其具体可按以下准备进行：

（一）资金准备。以政府支持、市场化运作方式筹措资金，争取政府支持、社会赞助、企业投资，资金专款专用。

（二）剧本准备。专家组组织推荐供改编影视的文学作品，征求有关方面意见，确定后由剧组组织改编，最后报组委会审批。

（三）摄制工作。按程序进行各项报批工作，成立剧组，按影视制作规律进行拍摄。每年计划拍摄完成各10部影视片。

（四）作品推广。在北京国际电影节以及其他电影节上向国内外宣传推荐每年出品的优秀影片。中央电视台影视频道每年安排各约10部影视片播出。争取国家新闻出版广电总局协调新媒体及网络发行。争取国家新闻出版广电总局电影局推荐并由农村流动数字电影放映队无偿播放，有的译成少数民族语言，满足边疆少数民族文化需求。积极向海外市场推广。选出少数民族数字影视的优秀影片，进行数字片源转制胶片工作，参选国际有影响力的影视节，参加国内各项电影节评奖及"五个一工程"评奖，向全国城市数字院线推广放映。

2013 年 5 月 20 日

展示与起点①

——《新时期中国少数民族作品选集》序言

在第五届全国少数民族文学创作会议上，中国作家协会正式推出"中国少数民族文学发展工程"。这项工程得到中宣部、财政部的大力支持，旨在按照党的文艺政策及民族工作总方针，进一步加大对少数民族文学的政策支持和经费投入，从培养人才、鼓励创作、加强译介、资助出版和理论批评建设等方面采取切实有力的措施，提高少数民族文学创作质量，繁荣民族文学创作，从而推动社会主义文艺的大发展、大繁荣。

佳作荟萃，群星璀璨。作为"中国少数民族文学发展工程"的一部分，我们编辑出版了"新时期中国少数民族文学作品选集"。这是对新时期我国少数民族文学成果的梳理和检阅，是我国少数民族发展的大事，也是中国当代文坛的盛事。这套丛书编选了各个少数民族各类题材的代表性作品，集中展示了新时期我国少数民族文学繁荣发展的景象，也拓展和扮靓了中国当代文学的版图。

中华民族，是由我国56个民族组成的；中华文明，是由我国56个民族共同构建的；中国文学，是由我国56个民族共同创造的。新中国成立60多年来，我国各民族翻身解放，社会面貌和精神面貌都发生了巨大的变化。作为共和国平等一员的55个少数民族，都以自己的方式投身于社会主义的国家建设。文学创作是参与文化建设的重要途径和内容，因而促

① 此文与丹增合写。

使各民族的文学也逐步走向发展、创新和繁荣。特别是新时期以来，我国多民族、多语种、多门类与多梯次的文学队伍正在壮大。目前，55个少数民族在中国作家协会都有了自己的会员。他们有的是本民族的第一代作家，有的是本民族作家群的代表，有的在国内和国际都产生了重要的影响。

本次入选的作品，是1976年至2011年在国内公开出版发表的中短篇小说、散文、报告文学和短诗等门类的佳作。长篇小说、长篇诗歌和长篇报告文学则暂列存目，适时另行选编出版。

从语种上看，入选的作品有直接用汉语言文字创造的，有用本民族语言文字原创后译成汉文的。由于历史文化与生产生活的演变，我国少数民族有的有自己的语言文字，有的曾经有过但现在不再通用，有的有语言而没有文字。文学的民族特点和民族风格是由多重元素构成的，如语言文字、题材、主题、族属、审美心理、抒情方式、风俗画、风景画和哲学宗教理念等。所以，考查文学的民族性要综合多重进行，避免片面性和单一性。从入选的用汉语文创作的作品来看，他们同样表现了本民族的文化自觉，写出了本民族"精神生活的花朵和果实"。"真正的民族性不在于描写农妇的无袖长衣，而在具有民族精神。"还有很多生动具体事例都证明了运用汉语言创作的少数民族作家同样可以创作出优秀的民族作品，同时表现出我们很多少数民族作家深厚的汉语言修养与杰出的才智。所以，提倡学好汉语言、用好汉语言也是提高文学艺术质量所需要的。我们这个多民族的国家需要一种通用的语言来便于相互之间的沟通，增进相互的理解。另一方面，一种语言就是一个博物馆。民族语言文字蕴含着民族心理的密码，承载着传统文化特有的审美方式。它在抒情表意方面，有些地方是极其微妙而难以取代的，况且，我国边远的少数民族牧区、林区或农区广大读者受众，还是对本民族的语言文字最熟悉、最有亲切感。所以，我们必须积极扶持民族语言的创作，发挥民族语言的优势，推动民族语言的创作。《民族文学》增设蒙古、藏、维吾尔、哈萨克和朝鲜五种文字版本便收到了良好的成效。在一个国家，有不同语言文字的创作，在一个民族也有不同语种的创作，这种差异更易于张扬文学自由和审美的效能，激活新的审美感受和艺术张力，更容易形成各个类型的作家之间互相激发、互相补充、互相促进的局面，以保持我国文学发展繁荣持续性的活力，同时更好地保证众多读者多元性的审美需求。没有差异，不会前进；没有差异，不会多彩；不承认差异，不会有平等。肤浅的趋同论，是不科学的，是无益的。它的实质是单一论、终止论。这也是为中华文明乃至世界文明的演进发展所验证的道理。

从马克思主义理论看来，每一个民族无论其大小，都有为此民族所有、为他民族所无的优秀特质。文学的根脉在本土，文学创作不能脱离精神母体。文学的原创性和民族性源远流长，具有相对的稳定性和传承性。从当前直到久远，必须重视文学的民族特点和民族风格。另一方面，既然大家都有优秀的方面，自然也应该有不如别人的地方，这就决定了民族性的鲜明和稳定是与民族的狭隘保守性相悖的命题。民族文化的自信与书写、开掘与张扬，源于那些积极有价值的珍贵特质。这就要求每个民族的作家都能以宽阔的胸怀和开放的姿态，积极学习其他兄弟民族的优长之处，并敢于面对世界，积极进行共同交流，善于取长补短，反思追问，以民族的优秀传统为依托，创作出具有时代高度和国家情怀，能体现人类共同追求的作品。我国新时期少数民族的优秀文学作品，都鲜明地体现着这样的文学品格。很多优秀作家也有这方面深切的感受和体验。

我国当代少数民族诗歌具有鲜明的地域特色和民族特色。各少数民族的诗人对本民族独特的社会历史的描绘，对独特的心理素质和感情的表达，对源远流长的民族民间诗歌形式的学习和创新，对珍贵诗歌艺术资源的借鉴和吸纳，使当代少数民族诗歌呈现丰富多样的风格与光彩。从诗歌的话语特征上看，当代少数民族诗歌不同时期表现出不同的话语亮色。新时期以来，随着改革开放，我国进入了全球文化的开放、冲撞和交流的时代。优秀的少数民族诗人们，继承传统，扎根本土，放开眼界吸纳有益的艺术元素，趋利避害自由地驰骋在时代拓宽的艺术空间中。由于政治性不再是文学创作单一的标准，少数民族作家和诗人正放开更丰富的眼界，焕发更通达的灵性，使少数民族的文学作品彰显出更天然的民族和地域特色。同时，随着世界视野的拓展，诸多带有人类性的艺术体验和诗歌题旨也自然成了少数民族诗歌的书写内容。除诗歌之外，我国少数民族其他题材的文学作品曾相对贫弱。由于生产方式、生活方式、文化传统、社会状态和语言等方面的影响，除若干人口较多、语言文字成熟完整的民族外，很多少数民族曾经几乎没有小说等作品。新中国成立后，随着少数民族经济、文化和教育的发展，随着各民族之间广泛通畅的交流与互动，少数民族小说创作队伍从无到有，从小到大，得到快速的发展。特别是新时期以来，我国少数民族小说创作从边缘进入主流，成为中国文坛的亮丽风景，不仅有众多的少数民族作家得过"茅盾文学奖""鲁迅文学奖""优秀儿童文学奖""五个一工程奖"及"骏马奖"，有些还获得国际上的相关奖项，跻身于世界著名作家的行列。

国家的统一，民族的团结，是建设中国特色社会主义祖国的根本保证，是国家在世界崛起的应有姿态。在这方面，文学应该走在前面积极发挥历史责任和主动精神。党和国家历来重视少数民族文学事业的发展，并在各方面给予了特殊的扶持。1981 年周扬同志就曾说过："民族文学的书，民间文学的书，要适当多出版一些，现在还是太少"，"要搞四个现代化，要建设社会主义的高度精神文明，文学艺术要发展，少数民族艺术也要发展"。特别是第五届全国少数民族文学创作会议上，刘云山同志明确提出："繁荣少数民族文学，发展少数民族文化，是社会主义文化大发展大繁荣的题中应有之义，是促进民族团结和谐、实现人民幸福生活的时代要求。"1991 年，赵朴初老先生在看到一篇关于增强中华民族凝聚力的文章后，曾欣喜地赋诗一首："出题能令亿民思，九派群科念在兹。功德日增凝聚力，灵根长发万年枝。"我们坚信，广大少数民族作家不会辜负党和国家的厚望与重托，将牢记使命和宗旨，以自己的勤奋与才华创作出更多无愧于时代与人民的优秀作品。

"新时期中国少数民族文学作品选集"是一个时期成果的展示，又是走向新征程的起点。对于这套丛书，我们坚持科学性、时代性和权威性的标准，怀着使之臻为典藏读本的愿望，进行了认真的组织、策划、编辑和出版。在此，谨向为此付出辛劳的各界朋友致以真诚的谢忱，并对我们的作者和译者表示崇高的敬意！

2013 年 11 月 12 日

中国作协 2013 年度少数民族文学
重点作品扶持述略

中国作家协会 2013 年度少数民族作家重点作品扶持项目 1 月 7 日正式发布工作条例和征集通知。截至 5 月 30 日，收到申报选题 178 个。6 月 27—28 日，中国作协少数民族文学发展工程办公室（以下简称办公室）组织专家组成少数民族作家重点作品扶持项目论证委员会，对申报的选题进行评估、论证。经过认真审议和投票，91 个选题获委员人数 2/3 以上赞成票，入选建议名单。

一、申报概况

今年是中国作协实施少数民族文学发展工程第一年。第一次设立专项资金，开展少数民族作家重点作品扶持工作。创联部在积极学习借鉴创研部重点作品扶持工作成熟经验基础上，根据少数民族文学工作特点，充分考虑各民族文化传统、民族特点及地域分布等因素，在工作原则、申报条件、选题设定、论证专家组成等方面，既重视鼓励和推出少数民族优秀作家的精品力作，又侧重关注人口较少民族作者、边远地区、基层作者和民族语文创作者等多方面利益诉求。

为扎实稳妥地做好此项工作，办公室在向各团体会员及民族文学杂志社等相关单位寄发工作条例和征集通知后，利用各种机会多次与多民族聚居省份作协进行沟通和协调，指导各地作协积极申报，确保在第一年的工作中能有较高水平和质量的少数民族作家作品申报上来。起个好头儿，夯实地基，为今后更好地工作搭建起扎实、广阔的平台，积极提高少数民族重点作品扶持项目的辐射面和影响力，争取扩大这项工作在边疆地区的号召力。

同时，办公室及时与各有关部门沟通，避免与定点深入生活和创研部重点作品扶持项目重复。

经核查，本年度申报的 178 个选题中，不符合推荐程序的 3 个，申报者已获得其他项目扶持的 3 人。有效申报 172 部，作者 173 人（3 个选题2 人合著，有 2 人各申报 2 个选题）。

民族语文创作作品 33 部。藏语 9 部，蒙古语 8 部，朝鲜语 7 部，维吾尔语 5 部，哈萨克语 3 部，壮语 1 部。汉语文创作作品 139 部。小说64 部，散文 31 部，诗歌 15 部，报告文学 12 部，理论评论 11 部，剧本 5部，儿童文学 1 部。

173 位作者中，藏族 25 人，回族 25 人，满族 20 人，蒙古族 16 人，土家族 14 人，朝鲜族 10 人，维吾尔族 9 人，壮族 6 人，瑶族、哈萨克族、彝族各 4 人，白族、东乡族、侗族、黎族、纳西族各 3 人，布依族、达斡尔族、哈尼族、毛南族、苗族、畲族各 2 人，傣族、仫佬族、撒拉族、水族、土族、裕固族各 1 人，另有汉族 3 人（申报理论评论专项）。其中，有毛南族、仫佬族、撒拉族、土族、裕固族等人口较少民族 5 个，作者 6 人。

二、专家论证情况

根据申报情况，办公室在充分考虑民族创作特点、地区分布的同时，兼顾各文学门类，聘请熟悉民族文学创作情况的作家、编辑家、文学组织工作者组成论证委员会，分民族语文组；小说一组、二组；散文、报告文学组（含传记文学、纪实文学）；综合组（含诗歌、理论评论、影视剧本、儿童文学）5 个组对申报选题进行评鉴、论证。

25 位专家经过两天时间阅读材料、小组讨论和全体评议、投票，民族语文 33 个选题通过 22 个，小说 64 个通过 31 个，散文 31 个通过 16 个，报告文学 12 个通过 5 个，诗歌 15 个通过 9 个，理论评论 11 个通过 7 个，剧本 5 个通过 1 个，儿童文学 1 个未通过。

专家一致认为，少数民族重点作品扶持项目对民族文学事业的发展繁荣将会起到巨大的推动作用。在标准把握上，专家提出第一年评审从严掌握，对今后的工作能起到积极的示范和引导作用。民族语文组专家认为，民族作家用汉语创作的能够参与各种扶持项目，但民族语文作者很难，平台很少，因此对母语创作的扶持力度可以更大些、步伐再快些。新疆作协主席阿扎提·苏里坦特别强调，文学在感化、教育民众方面有不可忽视的作用。在新疆，绝大多数民族作家使用母语进行创作，更需要在意识形态领域积极引导，"这不仅仅是个文学问题，还是个政治问题"，民族文学的繁荣和发展对促进民族团结和谐具有积极而重要的意义。例如，今年推荐的维吾尔族作家吐尔逊·买买提，是在且末县文化馆工作，这样的基层作者被扶持会受到极大鼓舞，社会反响会特别好。青海省作协主席梅卓介绍说，青海省作协十分重视这次少数民族重点作品扶持项目申报，从基层区县到地市作协，一级一级层层筛选，又经主席团会议研究讨论，在众多申报材料中推荐了 10 名作者。他们的推荐十分慎重而颇具含金量。

综合民族语文组专家意见，我们认为对内蒙古、西藏、青海、新疆、延边等以民族语文作者为主要创作群体的团体会员，适度增加推荐名额是合理诉求，应该得到足够的重视。

专家认为，今年申报的选题体裁多样、题材广泛，突显民族特色，颇具文学价值。1. 反映民族优秀传统文化、表现民族精神品格的创作选题。从历史文化变迁，民族生存史、心灵史的描摹到对当代现实生活的思考。有关注民族迁徙或抗争史的宏大叙事，也不乏对一个蒙古医生、一个打更人等个体命运的抒写。2. 关注现实，反映在时代变革中民族地区社会生活的深刻变化以及普通人生存现状的作品。例如新一代青年面对物质诱惑与情感纠葛的选择，牧民定居、文化交融等社会发展进程中的普通人的生活与内心以及对民族间团结、互助的诉求与向往。3. 关注民间文化生态、关于人与自然的关系、自然生态的平衡与保护的选题，展现边地壮美风景和独特人文景观，反思人类对自然环境的破坏。4. 既有梳理本民族新时期以来文学发展状况和走势的宏观把握，也有对特定族群和单个作家及作品的专题研究，以及关注当下少数民族文学创作倾向、理论评论走向的文学理论专著。民族语文和理论评论通过率略高。专家组认为，理论评论对于少数民族文学的发展也至关重要。

论证通过的 91 个选题作者，来自全国各地的 27 个民族，创作实力雄厚，既有名家，也有不少来自大山、牧区的基层作者。本次入选的作家中，有鲁迅文学奖获得者赵玫（满族）、田耳（土家族），有阿拉提·阿斯木（维吾尔族）、夏木斯·胡玛尔（哈萨克族）、布仁巴雅尔（蒙古族）、许顺莲（朝鲜族）、平措扎西（藏族）等 10 余位全国少数民族文学创作"骏马奖"获得者，有创作实力旺盛的中青年作家格致（满族）、马笑泉（回族）、存文学（哈尼族）、铁穆尔（裕固族）、居·格桑（藏族）等，有鲁院高研班学员满全（蒙古族）、苦金（土家族）、严英秀（藏族）、和晓梅（纳西族）等，来自基层边远地区的青年作家热孜玩古丽·于苏普（维吾尔族）、娜恩达拉（达斡尔族）等，以及知名的理论批评家李美皆、纳张元（彝族）等。

办公室根据申报总体情况和部分专家意见，补充推荐人口较少民族作家祁建青（土族）入选。

三、补贴标准

本次少数民族重点作品扶持经费标准，民族语文各种体裁作品每部扶持 22000 元，长篇报告文学每部扶持 20000 元，长篇小说每部扶持 17000 元，其他作品专集每部扶持 14000 元。

总体而言，今年少数民族重点作品扶持工作顺利进行，得益于各团体会员和专家论证委员会的大力支持与配合。办公室将进一步落实党组、书记处的指示要求，加强团结和服务意识，更好地开展工作。

专此报告。

2013 年 7 月 2 日

高举伟大旗帜　繁荣民族文学

　　建设社会主义文化强国是党的十八大所确定的宏伟目标。其中，"繁荣发展少数民族事业"是极具战略意义的重要任务之一。由于具有前沿性、敏锐性、高端性、原创性，以及政治、经济、文化多种价值意义，少数民族文学在繁荣发展少数民族文化事业中居于重要地位。

　　中国少数民族文学是一个伟大的宝库。它在中华民族演进过程中不断创造、积累、传承而成，并在新中国成立后获得新生、整体成长，日益彰显出它的独特魅力，以及"血脉"作用、"灵魂"价值、"精神家园"意义。只要民族众多、历史悠久、文化灿烂、多元一体的文化国情不发生变化，中国少数民族文学就必将永续发展；只要中国特色社会主义旗帜高高飘扬，中国少数民族文学的生机勃勃便不容置疑。

　　作为55个少数民族的精神创造、文化表达、审美呈现，在中华文明的历史光照与中国特色社会主义文化建设的现实激活下，中国少数民族文学已经、正在并将继续对我们这个时代、我们这个国家产生巨大的"引领风尚、教育人民、服务社会、推动发展"的作用，并且具有精神提振、审美探索、文明积累的意义。现在，关键的问题是我们怎样沿着党中央所指引的中国特色社会主义文化发展道路，增强少数民族文学创作活力，让其源泉充分涌流，使之持续迸发，产生更多的名家大师和精品力作，以促进社会主义文艺事业的大发展大繁荣。

　　2012年，中国作协为迎接党的十八大召开，并为之营造良好的文化氛围，确定本年度为"少数民族文学年"。其具体内容是：一、理顺工作体制。适时调整少数民族文学委员会，全面恢复其业务活动，承担起协助中国作协党组、书记处在少数民族文学领域进行组织、协调、服务的职能。二、调研少数民族文学现状。新年伊始，便由党组、书记处领导带队分4个片区进行少数民族文学现状大调研，了解了大量情况，掌握了大量资料，倾听了基层的呼声，进一步理顺了发展的思路。三、组织系列研讨。创研部全年分别召开内蒙古、西藏青海甘肃四川、云南、新疆、青年5场研讨会，由知名专家对近50位优秀中青年作家的文学创作作或宏观或微观地点评，效果喜人。四、召开创作会议。仲秋时节，第五届全国少数民族文学创作会议在京举行，先后有11个团体会员及15位个人会员代表发言，交流有关组织工作与文学创作经验，进一步明确了方向、取得了共识、凝聚了力量、鼓舞了斗志。五、进行评奖。经过充分准备，第十届少数民族文学创作"骏马奖"于国庆前揭晓并举行盛大颁奖晚会，共评出25部优秀作品奖及5个优秀翻译奖，反响热烈。上述四、五两项活动得到党和政府的高度重视，分别由李长春同志发来贺信、刘云山同志发表重要讲话，先后有7位党和国家领导人出席有关典礼。其规格之高、影响之大，创历届之最。六、创新办刊。在中国作协刊物《民族文学》杂志已有汉、蒙古、藏、维语文刊本的情况下，本年度实现哈、朝两种语文刊本创办，使之成为国内刊本最多的文学刊物，大大丰富了社会主义文学园地。七、加大培训。鲁迅文学院进一步加大对少数民族青年作家的培养力度，先后举办新疆、内蒙古、西南6省区3个培训班，计有50余位少数民族文学青年接受培训，为少数民族文学创作队伍建设注入了新的活力。八、组织座谈。鲁院第12期学员于离校3年之后在毛泽东同志《在延安文艺座谈会上的讲话》发表70周年之际受邀返回中国作协参加有关活动，受到刘云山同志的接见与勉励，倍感温暖与鼓舞。九、启动工程。经过多方努力，中国作协于下半年正式启动实施"中国少数民族文学发展工程"，分别以人才培养、优秀作品创作、优秀作品翻译、优秀作品出版、理论批评建设为切入口，翻开了系统性、整体性、长期性扶持少数民族文学的新篇章。十、发展会员。在年度发展会员工作中，继续坚持对少数民族作家在保证质量前提下的倾斜原则，发展新会员67人，使9448名中国作协会员中的少数民族会员增加到 1117 名。总之，在"少数民族文学年"，中国作协党组、书记处坚持以科学发展观为指导，从高着眼、从长计议、从实入手，为发展繁荣少数民族文学事业动真情实感、拿真金白银、做真抓实干、求真绩实效，开展了一系列卓有成效的工作。

我们之所以对少数民族文学事业投入如此巨大的热情与力量，是因为少数民族文学为我国文学版图的重要部分，多民族文学关系乃是我国多民族政治、经济、文化关系的生动反映。没有少数民族文学，就没有完整意义上的中国文学及其历史。中国共产党人在长期的新民主主义革命与社会主义革命、社会主义建设中，始终把坚持政治、经济、文化上的民族解放、民族平等、民族团结、民族繁荣作为自己的基本任务之一，并一一实践之、奋斗之、实现之，取得了一个又一个辉煌的成就。在改革开放新背景下，我们党肩负振兴中华民族、复兴中华文明的历史责任，切实有效地推动少数民族文学事业不断发展繁荣，使之服从于"共同团结奋斗、共同繁荣进步"的民族工作总体目标，并恪守"平等团结、互助和谐"的民族工作总方针，为全面建成小康社会提供精神动力、智力支持、知识保障，尤其是培育"自尊自信、理性平和、积极向上的社会心态"，营造良好的社会氛围，丰富各族人民的精神世界，增强各族人民的精神斗志，让各族人民享有健康丰富的精神文化生活。

在今后的工作中，中国作协将高举中国特色社会主义伟大旗帜，在科学发展观的指导下，继续在少数民族文学领域坚持社会主义先进文化的前进方向，树立高度的文化自觉和文化自信，坚持以人民为中心的创作导向，在体制机制保障、工作方法创新、园地平台建设、人才队伍培养、优秀作品创作扶持、母语创作及鼓励民族语文翻译、对外推荐介绍、阅读群体育成等方面扎扎实实工作、诚心诚意服务，不负党和国家的重托，不负各族人民的厚望，为社会文化生活更加丰富多彩、人们思想道德素质和科学文化素质全面提高、中华文化国际影响力不断增强而努力奋斗。

当前，中国作协的少数民族文学工作以贯彻落实十八大精神、兴起社会主义文化建设新高潮，并按照李冰同志《在第五届全国少数民族文学创作会议上的讲话》精神，切实抓好"中国少数民族文学发展工程"为第一要务。我们一定要站在巩固国家统一、维护民族团结、繁荣社会主义文艺、增强国家文化软实力、建设社会主义文化强国的高度，策划好、组织好、实施好其每一个具体专项、每一个具体工作，争取各方支持与合力，抓好每个环节与细节，确保质量与进度，把钱用在刀刃上，让活儿见诸成果中。我们决不搞形式主义，决不做"形象工程"，而是要用实实在在的精神创造参与社会主义文化强国建设，用真真切切的工作回应各族人民的文化期待，用沉甸甸的文学收获为中华民族的伟大复兴做贡献。

2013 年 8 月 15 日

民族文学新声

架设心灵沟通的彩虹[①]

在中国作协主持实施的中国少数民族文学发展工程中，翻译扶持专项以其丰富的内涵、独特的创意引人瞩目。它在中国作协成功创办《民族文学》杂志蒙古、藏、维吾尔、哈萨克、朝鲜五种文字版的基础上进行，更得益于中国少数民族文学 60 多年来量的积累及质的提升终成大观，是我国社会主义民族文化、民族翻译、民族文学工作相结合的有益实践与探索。

在我国，少数民族文学的汉语文翻译早已存在。如，古老的《越人歌》《白狼歌》就开先河于战国至秦汉之间。其后，无论是中国文学的民汉互译还是中外互译中的少数民族文学翻译，都连绵不断、不绝如缕，对促进我国各民族间乃至我国文学与世界文学间的互相了解、互相欣赏、互相借鉴、互相促进发挥了重要作用。当然，由于历史的原因，它们长期处于个别性的、散漫性的状态，还没有形成整体的、持续的气势与规模，尚未能造就一支井然的少数民族文学翻译队伍，更没能构建起少数民族文学翻译体系。今天，由于改革开放事业的不断深化，以及综合国力的不断增强，全国各族人民对建设共同精神家园的期盼日益强烈，国内外文化交流的日益频繁，少数民族文学发展繁荣势头强劲，进一步加强少数民族文学翻译工作才水到渠成，并成为建设社会主义强国的迫切需要。

为了回应时代的呼唤，也为了适应我国文学发展的大好形势，在中宣

---

① 此文与丹增合写。

部、财政部及刘云山等中央领导同志的大力支持与关怀下，中国作协于八次作代会后迅即组织实施"中国少数民族文学发展工程"，并将翻译扶持专项作为其中最重要的内容，下设民译汉、汉译民、中译外、外译民四个部分："民译汉"就是将少数民族语文原创优秀作品翻译为汉语文作品在汉语文世界传播，"汉译民"就是精选上年度汉语文小说、诗歌、散文、报告文学优秀作品并翻译成少数民族语文作品在少数民族语文读者中交流，"中译外"就是把汉语文少数民族文学优秀作品翻译成多种外国语文向国际文学界推荐，"外译民"就是将最新锐、最优秀的外国文学作品直接翻译为各种少数民族语文作品。

鉴于目前的人才、财力、物力，以及少数民族语文应用与翻译的实际，我们的工作只能起步于汉语文作品与蒙古、藏、维吾尔、哈萨克、朝鲜语文作品的互译，以积累经验并与《民族文学》五种少数民族语文版相对应；与外国语文作品的互译也只能暂时限于将少数民族语文原创作品翻译为外国语文作品，并完全以原作者的意愿及国际翻译界的需求为依据；及时扩张其他少数民族语文作品与汉语文作品之间的互译、少数民族语文作品间的互译及将外国语文作品直接翻译为少数民族语文作品等工作，需要我们假以时日扎实稳步跟进。

开展这项工作的意义由中国国情所决定，且出于发展繁荣社会主义文化之实际需要，也缘于尊重多元文化、共享人类文明成果的世界潮流汹涌澎湃。我国的基本国情是：中华民族自古多元一体，虽然居住地区多样、生产形式多姿、生活方式多彩、社会形态各异、民族系统互别，但国家统一、民族和睦、社会和谐一直是其主流；我们的基本文化国情是：历史悠久灿烂，宗教林林总总，语言丰富斑斓，文艺百花竞放，风情美美与共，文化互相尊重，为世界四大文明的硕果仅存；我们的基本文学国情是：各民族都创造有弥足珍贵的文学传统及文学遗产，而且大多呈跨民族及跨区域，甚至跨国界分布状态，少数民族多口头遗产，汉族丰书面珍品，各种类型、体裁、题材、风格、样态、意蕴的文学精粹应有尽有、各有所长，共同构成了中国文学的洋洋大观，并为世界文学做出了特殊的贡献。问题在于：因自然地理、社会时空、文化传统，尤其是语言文字障碍，它们之间的交流还十分有限，这些资源的利用还非常欠缺，这些价值的活化还有待加强。直到目前，不仅大量的少数民族语文文学遗产依然沉睡如故，许多汉族文学经典也不为广大少数民族读者所知，而且这种趋势还在加大之中，已影响到中国文学的整体性、统一性存在。而一旦充分挖掘出它们的潜质、动员起它们的力量，我们的文学园地将获得源源不断的源头活水！要实现这一目的，我们离不开文学创作，更离不开富有成效的文学翻译。这是因为文学翻译具有从审美的层次、文化的视域、精神的高度，促成族际了解、推进文化对话、驱动社会进步的功能，并搭建心灵沟通的彩虹，化解疑惑与孤寂，根除怨懑及仇恨，养成开放并包容，学会谦虚和共享。

在现实层面上，我国是多民族社会主义国家。在这个大家庭内，各民族一律平等，各民族文学的共同进步、共同繁荣谱写着当代中国文学的雄大史诗，时代与人民都在呼唤文学进一步承担起激活精神创造、推动道德建设、凝聚社会共识、增强国民素养的责任。由于种种原因，尽管新中国成立以来党和政府已经做了种种努力，中国少数民族文学的存在及发展程度至今仍不尽平衡：有的拥有发达的书面文学传统，有的只有口头文学；有的长于母语创作，有的兼作双语书写；有的作家文学历史悠久，有的自新中国成立以后，尤其是改革开放以后才开始出现自己的作家作品；有的母语创作比例极高，有的大部分甚至全部用外民族语文创作；有的大师精品层出不穷，有的尚处全新培育的阶段。这需要我们采取种种手段，加大支持力度，强化整体推进，力求重点突破，使之在建立新型民族关系、实现高度国家认同、凝聚各种社会力量方面大有作为，并在文学本体意义上不但尊重与倡导多语文创作，而且借助少数民族文学翻译的参与和支持，积极实现国内外各种理念的碰撞，作各民族优秀成果的交流，进一步提高各民族作家的审美水平与创作能力，实现各种经验的借鉴与转换，在交流中吸取营养、获得自信、完成自立，在交往中学会讲述、懂得倾听、乐于欣赏和被欣赏，引领人们不断向上、向善、向美，为实现国家富强、民族复兴、人民幸福为内核的中国梦而奋斗。

谈到国际文化背景，中国少数民族文学是中华文学的半壁江山，并正在日益成为世界文学的一个部分。它不能放弃自己的精神家园而存在，更不能离开中国文学而成长，也不能孤立于世界文学之外而兴旺。事实证明：在当今文坛，任何一个具有实力与影响力的少数民族作家，除了本民族文学母亲的哺育及自己的深厚生活积累、艰苦生命体验、精深思想锤炼，无不是在其他民族文学与世界文学的滋养下成长起来的。在今天这样一个大开放、大交流、大碰撞、大竞争的国际文化环境中，少数民族文学特别需要国家责任、世界眼光、人类情怀，礼敬一切文明成果，讲述好自己的故事，展示好自己民族的独特创造，塑造好自己国家的形象，共同推进人类和平事业。在此过程当中，少数民族文学及其翻译因我国许多民族的跨境分布而独具国际传播优势及特殊意义，完全可以在推动中国文化走出国门，在安邻、睦邻、富邻为目的的周边文化外交工作，以及反对文化沙文主义、抵御文化渗透、增进各国人民友谊、促进各国友好往来、捍卫国家文化主权、确保国家文化安全工作中充分发力。

翻译在我国古代称"传译"，董仲舒在《春秋繁露》"王道篇"中就有"四夷传译以朝"之说。其所传译者，应当既有口头语言又有书面语言。而所传译之内容，在古代大多为政治、商贸、宗教、军事及部分文学，到现当代则平添了科技、哲学、思想、法律等，而且文学所占的比重越来越大，以至于出现了"文学翻译"这样的概念。毫无疑问，文学翻译与其他翻译一样，都须谨守严复所倡导的"信""达""雅"原则，即内容真实精准、表述流畅明快、辞藻优雅美丽，还必须"神领意得"，从思想内涵、象征意义、感情表达、艺术形式等方面精益求精，做到传神传韵、出神入化，充满美感及魅力。鸠摩罗什、法显、玄奘、严复、林琴南、傅雷、冯至、季羡林等，就是这样一些学养深厚的大师、驾驭笔墨的高人、艺术审美的天才。中国少数民族文学发展工程翻译扶持专项的承担者，也大多是当今中国少数民族语文翻译领域的杰出代表。他们都对文学怀有深爱，都对发展繁荣少数民族文化负有重任，且德高艺精、志趣坚定、甘于奉献。正是他们的呕心沥血、精益求精，才使这项工作得以高质量推进，创造了中国少数民族文学翻译事业的新辉煌。这项工作还得到内蒙古、西藏、新疆、青海、甘肃、延边等自治区、省、自治州作协的全力支持。他们怀着"这是我们自己的事业"的信念精心组织、精心翻译、精心编校、精心设

民族文学新声

计，"夙兴夜寐，靡有朝也"，才使广大汉语文读者自此以后自如走进少数民族母语原创文学的心意深处成为可能，也满足了少数民族母语读者最快倾听到中国文学最新信息、前沿话语并享受最新成果的愿望，更让那些长于驾驭双语阅读的读者得以潜龙在天、飞龙在地，尽情怡然于中国文学的多姿多彩、光怪陆离。

当这些翻译成果一一付诸出版之际，我们不能不怀着无比崇敬的心情，对各民族文学翻译家群体与被翻译之作家作品表示衷心的祝贺！对克勤克忠组织领导这些翻译出版工作的有关自治区、省、自治州作协领导表示崇高的敬意！对中国作家出版集团作家出版社及有关自治区、省、自治州有关出版单位表示深深的谢意！是各方面的关心、爱护、支持、参与，才育成了这一少数民族文学的盛况空前，也让我们对中国文学的美好未来与灿烂前景充满信心！

2014 年 1 月 26 日

建立中国少数民族文学发展中心创意

　　少数民族文学是中国文学不可或缺的重要组成部分，在中国作协的工作中占有重要地位。以 1981 年创办《民族文学》杂志，举办"全国首届少数民族文学创作奖"（第四届由当时的国家副主席乌兰夫题写"骏马奖"更名至今）为发端，中国作协的少数民族文学工作进入快速发展时期，受到上级好评及社会各界广泛赞誉。

　　从 1984 年起，中国作协便设立少数民族文学工作处，在党组、书记处直接领导下具体负责少数民族文学的组织协调工作，并提出待条件成熟后再成立少数民族文学工作部代替少数民族文学处。从那时起，少数民族文学处一直具体负责组织"骏马奖"评奖，负责组织召开全国少数民族文学创作会议及翻译会议，编选、翻译少数民族作家作品集，组织少数民族作家培训、采风及与国家民委联系协调等工作，在中国作协工作中发挥了重要作用。至今，作为唯一国家级少数民族文学刊物的《民族文学》已从开初的汉文版扩充为汉、蒙古、藏、维吾尔、哈萨克、朝鲜等 6 种文版；在会员发展方面，至 2014 年已拥有少数民族会员 1228 人，占中国作协会员总数的 12%；"骏马奖"已连续举办十届，评出获奖作品 718 部（篇），获奖作家 765 人（次），每个少数民族都有作家、作品获奖，有的还先后获得茅盾文学奖；由鲁迅文学院主持的少数民族作家翻译家培训班亦取得重要成就，并进入定期化、常态化阶段。在新时期，少数民族文学创作和评论进一步取得丰硕成果，不但出版了大批理论专著，文学批评亦十分活跃，还创办了专门性论坛；母语写作迅速发展，已涌现大量优秀作家作品；在文学翻译方面，中国作协分别于 2004 年和 2008 年召开全国少数民族文学翻译会议，并于 2008 年实施"中国少数民族文学翻译工程"，编辑出版了《中国当代少数民族文学翻译作品选》中篇小说卷、短篇小说卷、散文报告文学卷、诗歌卷。最重要的是，继 2012 年确定为"少数民族文学年"之后，中国作协于 2013 年起实施为期五年的"中国少数民族文学发展工程"，将少数民族文学推向了新的发展阶段，其中包括人才培养、重点作品创作扶持、优秀母语作品翻译扶持、优秀作品出版扶持、理论批评建设扶持等内容，使目前的中国作协少数民族文学工作呈现出多头并进、多线开展的态势。其间，创联部、外联部、创研部、文艺报、作家出版社、鲁迅文学院、民族文学杂志等多个部门均开展了与少数民族文学相关的工作，有力促进了"少数民族文学发展工程"的实施及少数民族文学事业的发展繁荣。

在这一过程中，中国作协少数民族文学工作也暴露出一些有待改善的问题：缺乏强有力的体制、机制保障；缺乏统一长远的工作规划；人力资源困乏且政事不分；各部门间工作缺少相互沟通与衔接；存在各行其是、重复劳动的现象；资金分散且未能形成最佳配置；管理水平有待提高；一些承办部门缺乏对全国少数民族文学创作状况的深刻了解。这一切都要求我们尽快从体制、机制、编制投入着手，进一步针对少数民族文学实际及现实需要，加强组织建设与制度建设，增强运作能力与管理能力，提高统筹水平与创新水平，促进少数民族文学工作的长远规划、系统推进、协调发展。而这也是少数民族文学界在开展党的群众路线教育实践活动中寄望于中国作协的。

为此，经过多次走访及讨论，结合中国作协的职能与有关可能性、可行性，消化有关意见与建议，这里就进一步改进中国作协少数民族文学工作进行了认真的思考、全面的分析，以及系统的梳理，提出了从体制机制入手、从政策措施着眼、以保障协调为重点的解决思路。其中，最主要的是提出成立"中国作协少数民族文学发展中心"的建议，以求其发挥统一组织策划、管理引导、协调保障少数民族文学事业的作用。而这正与中国作协老领导张光年同志于 30 多年前提出的建立"中国作协少数民族文学工作部"的设想形神相通。

具体建议是：

中心在中国作协党组书记处直接领导下工作，由创联部代管，实行成员单位构成制，如在鲁院设少数民族文学部，在《文艺报》设少数民族文学采编室，在"中国作家网"设少数民族文学专页，在作家出版社设少数民族文学编辑室，在现代文学馆设少数民族文学研究室，在创研部设少数民族文学评论室，并由成员单位创联部、创研部、《民族文学》、鲁院、《文艺报》、中国作家网、作家出版社、现代文学馆各有一名领导兼任副主任，下设办公室并由现有民族处代行。

中心运作方式为定期或不定期召开联席会议，分析研判当下少数民族文学导向性问题、热点问题；讨论制定有关中长期发展规划；统一组织协调与国家有关部委、人民团体、群众组织及内部企事业单位的业务联系与合作；贯彻落实中央部委与中国作协党组、书记处指示精神；向党组、书记处提出工作建议；通报协调近期工作；配合处理重大突发性事件；交换相关信息；监督评估中国作协少数民族文学期刊图书、教育培训、专项工程质量；建立少数民族文学年度排行榜；编纂《少数民族文学年鉴》。中心设专项经费以保障日常工作。

中心成立后的先期工作为：

1.《民族文学》杂志在现有汉、蒙、藏、维、哈、朝等六个语文版的基础上逐步增办壮、彝、英文版，使之形成一个特色鲜明的事业性出版集团。

2.创联部民族处除继续发挥现有职能之外代行少数民族文学发展中心办公室职能，并继续负责组织实施中国少数民族文学发展工程的原创、翻译、出版、理论批评等各专项扶持工作。

3.由鲁院少数民族文学教学部专门负责培养少数民族文学人才，使有关教学工作更专业化，更有针对性与稳定性、连续性。

4.由《文艺报》少数民族文学采编室常态化介绍少数民族文学工作，使有关评论、推介更及时、更全面、更持续。

5.由"中国作家网"少数民族文学专页用最快捷的手段及数字化方式，宣传少数民族文学动态及优秀作家作品。

6.由创研部少数民族文学评论室主持"骏马奖"评奖活动及少数民族文学创作会议的组织实施，尤其是设专人开展对少数民族当代作家作品的研究评论。

7.由作家出版社少数民族文学编辑室专门从事少数民族文学发展工程成果等少数民族文学作品的出版工作。

8.由现代文学馆设立少数民族文学研究室对少数民族现当代文学进行梳理研究，致力于中国少数民族近现代文学史研究及理论建设。

该中心结构关系如附图所示：

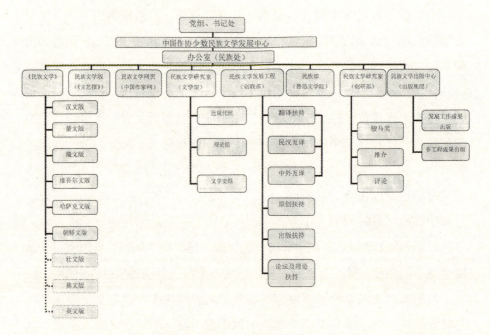

中国作协少数民族文学发展中心的成立必能整合中国作协现有行政、事业、产业资源，实现集中领导、专人负责、统一调配、密切合作，优化高层设计、提高工作效率，形成一套完整、健全、高效的工作机制，强化少数民族文学工作的专业性、针对性、协调性，更好地推动少数民族文学事业的繁荣发展。

2014 年 2 月 20 日

天堑架彩桥　审美变通途

　　对于中国这样一个自古以来就统一并多民族的国家来说，翻译是各种文化族群之间进行互相交流、互相沟通、互相借鉴、互相欣赏、共同繁荣与兴旺、共同发展与进步的重要手段与渠道。如果没有口头的、书面的文化翻译，文化与文化之间、民族与民族之间、国家与国家之间的精神沟通、思想传播、情感传递、审美表达将不可能，更遑论缔结多元一体的中华文明，并与其他文明体系作有效对接，进而共建人类文明大观园。没有翻译，各种文化便永远自我封闭、自言自语，人类社会就万古长如夜；有了翻译，各个民族才连心联手、通情达意，各个文明方做人做强、生机勃勃。正因为这样，我国从很早的时候起，便开启了翻译的山林，并构筑起翻译学的大厦，涌现出众多的翻译大师，以双向性或多维度的语言文化、思维方式、审美经验、文化体式转换，为中华乃至世界文明做出了无双的贡献，并主要表现在宗教、历史、文化、科技等各个方面，尤以文学为甚。

　　仅就中国文学翻译而言，它从战国时代就已经起步，著名的《越人歌》便是越国使臣拜访楚公子皙时所吟诵诗章的翻译作品："今夕何夕兮，搴舟中流。今日何日兮，得与王子同舟。蒙羞被好兮，不訾诟耻。心几烦而不绝兮，得知王子。山有木兮木有枝，心悦君兮君不知"的绝唱，至今仍存活于中国文苑，成为汉文学与少数民族文学共同构建中华文学宝库的最早见证。继之而起的《白狼王歌》三章，也为中国文学翻译进行了坚实的奠基，并确定了它的爱国主义、文学审美基本价值取向。自此以后，伴随着贯穿于丝绸之路这一东西方政治、经济、文化、宗教、科技交流大动脉的形成、大通道的开凿，我国各民族间，我国与印欧、阿拉伯、北非之间的文学交流对话日渐频繁，尤其是有关宗教经籍文学及口头文学、戏剧文学、作家文学的汉藏民族、阿尔泰民族语言文字翻译渐成气候，成为中国中古、近古、近现代少数民族文学翻译的无限风光。其结果是，中国文学在各民族持续、独立地进行着口头的或书面的美学创作的同时，大量吸吮到了族外、域外、国外文学及其理念的浸润，甚至使用其他民族与国家的语言文字及文学形式进行创作，构建了多元一体的中华文学版图，为丰富灿烂的世界文学长廊增添了异彩，更重要的是确立了各民族文学的主体性，构成了各民族文学的本体性，铸就了各民族文学的基本特质。回首望望，翻译带给中国文学的遗产，既有作家、译家、作品星汉灿烂，又有观念、理论、体裁若出江海，还有题材、流派、风格不一而足。同时，中国文学，特别是少数民族文学回馈给了世界文学众多的光辉形象、精彩语言、神奇故事、悠远意境、别样情趣、超凡想象，更主要的是弘扬了中国价值、张扬了中国精神、凝聚了中国力量、树立了中国形象，让中国与世界靠得那么近、贴得那么亲。

新中国成立以来，我国的社会主义翻译事业蒸蒸日上，尤其是社会主义文学翻译事业得到空前繁荣。作为其中的重要一翼，少数民族文学翻译亦有了根本的开拓、长足的进步、显著的飞跃。近70年来，我们已经逐步建立起国家翻译体系，培养起庞大的翻译队伍，成立有从中央到地方的多种翻译社团组织，构筑起多语种的翻译教育体制，创办有许多翻译类报纸杂志及出版社，实施有多类别的翻译工程，设立了多层级的翻译奖。从而，少数民族文学翻译已经成为我国社会主义翻译文学的重要力量与亮丽风景。其魅力在于：它是汉语、外语、少数民族文学翻译之集大成者，它是中国文学翻译事业的有机组成部分；它的价值意义在于：通过翻译工作者的艰苦努力，把本属"暴力"行为的文学翻译，变成了"善于把艺术作品从一种土壤移植到另一种土壤"的"米丘林"式存在，它使本来不可转换的诗歌等文学表达具有了足以信、达、雅地进行审美传递、情感互置可能的潜质；它达成了让使用不同语言文字、拥有不同文化背景的文学受众，能够通过这座桥梁过往彼此心灵的界河，抵达对方思想的心境，沟通互相陌生的感情，共筑美丽的梦想，发酵真、善、美的能量，更重要的是它推动了人类社会的和平进步。

出于中国是一个多民族的国家，世界是一个多元多样的存在，中国文学与世界文学的开放、包容、共创、共享禀性，以及社会主义文学所承担的为人民服务、为社会主义服务、百花齐放、百家争鸣、古为今用、洋为中用、推陈出新的神圣使命，中国作家协会一直重视文学翻译，对少数民族文学翻译的悉心呵护扶持更是用力甚巨。我们一直礼敬拥有56个民族文学历史与现实的中华文学格局，长期致力于国家统一、民族平等团结的民族理论与民族政策在文学版图上的具体体现，将各民族文学平等存在、各民族文学共同发展进步作为工作的强劲动力。从而，自诞生之日起，中国作家协会始终把继承优良文学传统、吸引外来优秀文学营养、推动当代文学创作、发展少数民族文学事业作为天职，并为其赋予既繁荣作家作品创作、收集口头文学作品、挖掘书面文学遗产，又多向度进行各少数民族间、少数民族与汉族间、中国少数民族与世界各国间的文学翻译的重要使命。其结果是：在1285位现有中国作协少数民族会员中，有许多老作家的文学生涯起步于20世纪五六十年代的民族民间文学收集翻译，另一部分则是卓有成就的少数民族文学业余或专业翻译工作者；在中国作家协会主办的国家级传媒群落间，创办有以汉文版为母本的蒙古、藏、维吾尔、哈萨克、朝鲜语《民族文学》刊本；在中国作家协会工作体制内，专门设立有主管少数民族文学创作与翻译工作的少数民族文学处，以及少数民族文学专业委员会；在中国作家协会有关团体会员主管的社团里，已经成立新疆文学翻译协会、内蒙古文学翻译协会等一批文学翻译组织；在中国作家协会主编的中国少数民族文学发展工程等大型文学行动中，专门设立了少数民族文学作品汉语文翻译专项与中国当代文学少数民族语文翻译专项、少数民族文学对外翻译专项。此外，中国作家协会下属鲁迅文学院的作协会员进修培训就曾专门开办少数民族文学翻译高级研讨班，中国作协主持召开的众多文学工作会议就有过少数民族文学翻译专门会议，中国作协主办的11届少数民族文学创作"骏马奖"一直设立有少数民族文学翻译奖项。这些举措，促成了中国少数民族文学翻译从小到大、从弱到强、从局部到整体、从口头文学到书面文学、从经籍文学到作家文学、从文学遗产到现当代文学，以及从文本翻译为主到翻译队伍建设、平台建设、体制机制建设的全面发展进步，出色地完成了党和政府交办的任务，得到各族人民的肯定和文学界的盛赞，以及各少数民族作家、翻译家、读者的欢迎，在国际文化交流中亦产生了广泛深刻的影响。

面对已经创造的辉煌，我们没有陶醉止步；迎接新时代的挑战，我们正在作出新的应对；肩负历史的重任，我们立志充满自信从容、奋发有为；为了未来的发展与进步，我们又在进行新的规划与调适；为了适应中国文学全面兴盛的大好形势，并促进中国少数民族文学整体繁荣的大好局面，同时推进中国少数民族文学的国际对话，育成中国少数民族文学翻译事业自身的一片新绿，我们决心在继承以往工作的基础上，不断开拓创新，不断创造新的辉煌，努力做好以下几项工作：

一、进一步加深对中国少数民族文学翻译工作重要性及其价值意义的认识，并且把它扩及为世界和平、人类进步事业，以及为我国实现两个一百年奋斗目标与中华民族伟大复兴中国梦的政治、经济、文化、社会、生态建设，甚至为国家文化安全、外宣、文化外交等各个领域而发力的高度，使之成为我国社会主义翻译事业的生力军，尤其是承担起文学翻译与民族翻译战线的先锋队、顶梁柱的重任；

二、健全中国少数民族文学翻译体制，使之既有党政领导体系，又有组织实施主体，更有法律保障及监督制度、市场运营秩序，实现从人才培养、实际操作、成果推广，到学术研讨、学科建设、国际交流等都配置合理、有制可依、有法可循、有度可遵、有纪可守，而不是挂一漏万、架床叠屋、随心所欲、散兵游勇的最佳状态；

三、加强中国少数民族文学翻译工作总体规划，并与国家"十二五"经济社会发展纲要、国家文化发展纲要相一致，使之成为社会主义精神文明建设、社会主义核心价值体系建设的重要组成部分，并给予切实有效的政策支持、资金保障，使之有组织、有目标、有任务、有监督、有严守地运营，克服盲动性、临时性、零星性；

四、完善少数民族文学翻译机制，进一步鼓励教育培训、评奖激励、宣传推介等方面的硬件建设与软件建设，调动一切有效手段，协调各方积极力量，配合好少数民族文学原创及理论批评，并推动它们之间的良性互动、美美与共、审美大同。

在此背景下，中国作家协会的紧迫任务是：

一、尽快建立中国少数民族文学翻译学会，并鼓励在已成立内蒙古文学翻译协会、新疆文学翻译协会的基础上组建好广西、藏区、延边、云南、四川、贵州等地的少数民族文学翻译协会，不断扩大覆盖面，不断拓展新领域，形成扁平化、多语种、全国化的少数民族文学翻译网络，与国家民族翻译局、国家外文翻译局等部门的有关工作作有效对接；

二、制定中国少数民族文学翻译中长期规划，分主次、别缓急、辨轻重地将少数民族文学翻译规模化、系统化、连续化、多维度化，实现稳步积累、审慎实施、扎实推行，积小胜为大胜；

三、继续在鲁院开办少数民族文学翻译人才培训班，亦支持在各少数民族地区开展形式多样的培训活动，将其纳入到各省市自治区文学院乃至民族院校语言文学教育体制中，以培养高素质的少数民族文学翻译人才及其队伍，确保翻译的数量质量，传播文学精华，助推文学创作，达成文学繁荣；

四、启动第二期中国少数民族文学发展工程，继续设置民译汉、汉译民专项，并新增外译民与民译外专项，实现中国少数民族文学翻译全面推进、全部打通，促成母语作者及时高效了解其他少数民族文学、中国文学、世界文学的最新动态，以提高母语原创水平，亦令其他少数民族、全中国、全世界文学界迅速吸收、鉴赏中国少数民族文学的崭新成果；

五、在已有《民族文学》杂志 5 种少数民族语文版的基础上，尽快增加其壮文版、彝文版，并逐渐孵化更多民族语文版，同时着手筹划英、法、德、俄、西班牙、日、韩等语文版，将它们数字化、网络化、影视化，形成巨大的少数民族文学传媒群落，强化它的集聚力、扩散力，以展示中国共产党的民族理论与民族政策的巨大成果，中国少数民族的生产生活、精神面貌、创造活力，中国少数民族文学的思想水平、艺术成就、审美高度，为大外宣服务；

民族文学新声

六、建立中国少数民族文学创作评奖、评价机制，在巩固少数民族文学创作"骏马奖"的条件下，力争使其独立，并在其下分设译者奖、译著奖、编者奖、刊物奖、机构奖、组织奖等，进一步彰显少数民族文学翻译在少数民族文学繁荣中的半壁江山意义，并推动它的互动性存在、链条式衔接、协调性发展，发挥好评奖与评价的激励效力；

七、尽快编纂出版多语种"中邻跨国民族文学作品选"丛书，在对外文化传播上，既远交，更近交，做好文学安邻睦邻工作，实现文化外交的刚柔并举，构筑文化安全长城，构建良好、和平、友善的周边文化环境；

八、迅速主编"中国少数民族文学读本"丛书，并翻译成多种少数民族语文、主要国家语文，导读有关优秀作家作品，扩大中国文学影响，进行中国价值传播，塑造中华文明新形象；

九、定期召开中国少数民族文学翻译工作会议、学术研讨会，不断总结既往经验，不断吸收历史教训，不断进行学术探讨，不断开拓发展空间，不断推进工作时间，使少数民族文学翻译更加精准，并与少数民族文学原创、理论批评齐头并进；

十、尽快建立独立的中国少数民族文学翻译基金，或在中华文学基金之下设立少数民族文学翻译专项，对有关人才培养、作品推广、专项工程、学术团体、同仁组织、评奖活动、交流活动、平台建设等提供专门性资金支持、财力保证。

目前，我们伟大祖国在以习近平同志为核心的党中央领导下，正处在全国各族人民团结一心、共筑美好梦想、同奔两个一百年伟大目标的伟大时代。文学在其中应发挥的作用不可推卸，少数民族文学对此应承担的政治、经济、文化、社会，尤其是精神、审美责任无比沉重。让我们共同奋斗，既重视各少数民族文学的母语原创，又做好它们之间、它们与汉文学之间、它们与外国文学之间的翻译转换工作，让文学审美天堑变通途，让少数民族文学为国家统一、民族团结、社会和谐，更为社会主义文学事业更加灿烂做出更大贡献，为世界和平、人类进步事业创造新的辉煌。

2014 年 8 月 16 日

文学论剑　　民族华光

　　癸巳仲秋，"中国少数民族当代文学论坛"瓜熟蒂落于一派红叶烂漫之中。

　　这个论坛以"中国梦的多民族文学书写"为题旨开启论剑，所议者围绕社会转型背景下的少数民族文学，少数民族文学创作的国家、民族、社会责任，少数民族文学与全球视野，少数民族文学的生态意识与生命气象，少数民族文学创作的历史、文化追寻，少数民族文学创作的精神坚守与形式创新等而展开，直击当下少数民族文学的前沿话语、热点问题、突出现象，所探讨的是催生大家与精品的理论与实际问题，所阐释的是发展繁荣少数民族文学创作对实现"中国梦"、建设文化强国所具有的政治、社会、文化、美学价值意义，并为少数民族文学在今后的成长进步作多元性思考，以唤起理论自觉、发挥导向作用、激活创作灵感。两天的交流、讨论十分热烈、和谐，并富有成效，为今后的工作奠定了坚实的基础。

　　由于主题鲜明、站位高、立意新，它的举办深得少数民族文学界的响应与支持，已引发社会各界的关注与期待。仅从论坛发言及所提交的论文看，其成果十分丰硕且令人鼓舞；近百家新闻媒体的有关报道、转载，也证明它所产生的社会影响，以及它所秉持的价值意义，使我们对长年举办这个园地充满了信心与希冀。半年过后，当我们重温与会者们或微观，或宏观，或传统，或新颖，或点评，或纯理论的发言与论述时，怎能不欣然于这些最新的理论收获，并为其精神的高度、思想的深度、美学的精度所折服？为其强烈的现实意识、家国情怀、社会责任所感动？

"中国少数民族当代文学论坛"是中国作协主持的"中国少数民族文学发展工程·理论批评建设扶持"专项下设的一个高端学术平台，与"重点作品创作扶持""优秀作品翻译扶持""优秀原创作品出版扶持""优秀人才培养扶持"四个项目一道，构成了进一步兴盛少数民族文学事业的良好生态，具有很强的针对性：即，弥补少数民族文学理论批评明显滞后于少数民族文学创作之不足；增强少数民族文学理性思维能力；培养少数民族文学理论兴趣；通过文学批评，推动文学生产力的发展、实现艺术创新与突破。本着这一目的，论坛将高端的定位、高端的设计、高端作家学者专家的参与等作为基本追求，并努力实现之。因为，在呼唤精品力作的背景下，我们不能不搭建与之相匹配的学术平台；创作的突破与理论的进步、观念的创新须臾不可分离！

这个论坛强调"当代性"，亦即现实性。这固然与主持单位的职能有关，但更多的是为了防止它的模糊化、泛化、空洞化，以期有更鲜明的个性、更清晰的讨论范畴、更明确的话语时空。如果不是当代人说当代话，当代思想理论辨析当代文学现象，当代理论家评论家点评当代作家作品，当代学术为当代社会的发展进步服务，那么这个论坛就将失去其全部的存在理由、意义与勃勃的生机，而深陷空谈、空论的泥淖，或孤芳自赏的空想怪圈，成为纯形式的摆设，并最终被少数民族文学界所唾弃。

开放的形式、民主的精神、包容的心态、自由的探讨，乃是"中国少数民族当代文学论坛"之必须坚守。即，在坚持马克思主义理论指导地位、坚持社会主义核心价值观、坚持维护国家统一民族团结社会和谐的前提下，举凡议题设置、运思方式、研究对象、表达方式，它都全面开放；在分析现象、探讨问题、阐释观点、赏玩技巧等方面，它都实行学术平等与学术民主；对各种有益的理论、方法、思想、流派，它均予善待和兼容并包。需要特别强调的是，"论坛"不是祭坛，也不是神坛，它杜绝形式主义、反对沙文主义、坚拒权威主义。在学术民主、实事求是、真理面前人人平等的旗帜下，"中国少数民族当代文学论坛"将论出各民族的团结、友爱、各民族文学的发展繁荣，论出创作的丰收与学术的进步，从这个温馨的鸟巢中孵化更多的真知灼见与大美大爱，放飞更精彩的梦想与希望。

在目前的设想中，"中国少数民族当代文学论坛"每年举办一次，其主题及举办地、规模均随机而定，各种重要话题、各个少数民族地区、各种形式与体量都在可考量的范围之内。而且，随着少数民族文学创作本身的生生不息、水清木荣，随着党和国家的支持力度不断加大，这个论坛的影响力必须与日俱增、与时共进。为此，需要不断吁请社会各界、特别是少数民族文学界的是：让我们都来关心它的建设、呵护它的成长，使之在我国社会主义人文社会科学园地"日月光华，旦复旦兮"。

这里，让我们对那些积极促成"中国少数民族当代文学论坛"成功开坛及《中国梦的多民族文学书写》顺利出版的各方朋友、各位同仁表示衷心的感谢和崇高的敬意：中国少数民族文学的丰碑，将永远铭刻你们的勇气、智慧、担当，并恒久闪耀你们的思想光彩。

载《中国梦的多民族文学书写》，作家出版社，2014 年 3 月

呈现"中国梦" 影视无限好

　　继去年在北京首开坛门之后，2014 年 8 月 18 日至 20 日，中国作协少数民族文学委员会、创联部在银川举行"中国少数民族当代文学论坛'中国梦'的多民族影视呈现"研讨会，并得到宁夏回族自治区党委宣传部、宁夏回族自治区文联及其作协的大力支持。与会作家、专家、学者、艺术家在十分开放、和谐、创新的氛围中回顾新中国成立 60 多年来我国多民族影视文学走过的历程，理性总结其成败得失，科学探讨其规律特点，尤其是客观分析它在当下的生存状态、存在问题，以及再突围的可能与条件，对它在未来的发展前景进行了战略审视与战术设计，从而进一步加深了对其所承担的形象展示中国精神、生动讲述中国故事、充分表现中国力量的任务的重新认识，进一步明确了从事这项崇高事业的原则、方向、路径，取得了可喜的成果，达到了预期的目标，使我们对多民族影视文学创作乃至中国少数民族影视事业的繁荣进步更具信心，对实现国家富强、民族振兴、人民幸福为基本内涵的"中国梦"充满期待。

　　大家知道，习近平总书记自十八大以来在一系列讲话中系统阐释了"中国梦"的本质特征、内涵目标、意义作用，以及实现它的指导思想、原则任务、方针方法，从而激发起全国上下各行各业、各地各族"人家都在谈论中国梦，都在思考中国梦与自己的关系，自己为实现中国梦应尽的责任"。中国少数民族文学界也没有例外，迅速在明确方向责任、创新体制机制、加强理论批评、催生精品力作、培养大家精英、培植新型文学样态、实施重点项目等方面积极行动，制定了切实可行的方略，采取了具体有效的措施，为以文学的形式构筑"中国梦"、实践"中国梦"、讲述"中国梦"开展了大量工作，而且正在继续调整、补充、深化及实施之中。举办这个论坛及这次研讨会，正是这项系统工程的一个组成部分。

这次研讨会之所以以"'中国梦'的多民族影视文学呈现"为题，是基于以下几方面的考虑：

一、"中国梦"以实现国家富强、民族振兴、人民幸福为主要内涵，涵盖政治、经济、社会、文化、生态文明等各个方面，目标是实现中华民族的伟大复兴。它是中华民族几千年来历久弥新的梦想，是历代仁人志士的不懈追求，承载着全体中国儿女的共同向往，具有极强的感召力、极大的凝聚力。全面贯彻落实这一伟大构想，将是一项长期且艰巨的任务，将是一个复杂而辉煌的过程，需要社会各方面、各种力量、各个民族的积极参与和奋勇担当。中国少数民族文学应发挥其中国文学半壁江山的特殊作用，调动一切手段与一切形式，尤其是运用影视文学及其艺术手段参与筑梦、圆梦过程，诠释好、表达好"中国梦"的丰富内容、精彩成果，用生动的文学创作与影视艺术形象，反映中华民族大家庭的团结统一景象，尽情展示少数民族地区的社会巨变，生动表现各民族人民的精神状态，讴歌平等团结、互助和谐的新型民族关系，鼓舞各族人民共同团结奋斗、共同繁荣进步，不断满足各族群众不断增长的精神文化需求。这是不二使命，也是天职所在。同时，少数民族影视文学也只能在中国人民创造美好生活、追寻美好梦想的进程中激活灵感、获取素材、提炼主题、迸发激情、完成审美，寻找到自身生存发展的广阔天地与不竭动力。

二、我们之所以借助"多民族影视文学"呈现"中国梦"，是因为中国少数民族文学长期以来仅指传统文学形式，它们有丰富的遗产、优秀的传统，但长期局限于口语或文字的表达与书写，前者囿于口耳相传，后者拘在平面阅读，很少有其他形态的创作与传播、鉴赏。而作为新兴的文学形式，影视文学则在继承传统文学优长的基础上，充分吸收表演艺术、造型艺术的营养，并以屏幕为媒介，积极寻求与声光电技术、数字技术的合作，更加综合、立体、流动地反映社会生活。因此，表现"中国梦"这一当代中国最重要的文化主题当然不能不借助这一最前沿、最现代、最综合

民族文学新声

的文艺形式。

所要说明的是，"多民族影视文学"是一个由"多民族"与"影视文学"集合而成的概念。其中，"多民族"并不完全等同于"少数民族"。虽然其主要部分是少数民族，但所指者为包括汉族在内的民族复合体。之所以这样，是因为我国迄今为止的"民族影视文学"不过是少数民族题材的影视文学，充其量不过是广义性的"少数民族影视文学"。只有作者为少数民族、题材为少数民族的影视文学才是严格意义上的"少数民族影视文学"。在现阶段，称之为"少数民族影视文学"既与作为其上位的"少数民族文学"概念不相对称，也与其发展实际不相吻合。显然，只有经过长期的努力，一个狭义性的"少数民族影视文学"才会逐渐成形。到那时，少数民族影视文学将不仅有量的雄厚积累，而且有质的重大飞跃；不仅有丰富的创作实践，而且有高端的理论建树；不仅在国内成为社会主义文学艺术的重要一翼，而且在国际上具有重要影响力及竞争力；不仅有良好的社会效益，而且会取得可观的经济效益。关于"影视文学"，它在我国以电影文学为起点，改革开放以后才进入电影文学与电视文学并驾齐驱的阶段，并且电视文学的发展势头日益迅猛。其中，电影文学正不断趋于分众化、微型化、数字化阶段，已产生数字影视文学、微电影文学、可移动视频文学等新形式。相比之下，多民族影视文学因种种原因表现出其发展的滞后性，不但微电影文学、数字电影文学、移动视频文学等刚刚萌芽、势单力薄，而且缺乏电视诗歌、电视散文、电视纪实文学。在题材上，我们虽然已经逐渐完成从单一的革命题材向风情题材、历史题材、文化题材的重大转变，但生活题材、生态题材、言情题材、科幻题材、娱乐题材的作品还不多见，需要从多方面、多层次加以开发，使多民族影视文学更加丰富多彩，并跟上国内外影视文学的发展步伐，在社会主义核心价值体系建设传播过程中扮演更重要的角色。

三、研讨"'中国梦'的多民族影视文学呈现"，旨在最终建立起少数民族影视文学体系，逐渐做到：（一）拥有诸如"中国少数民族影视文学学会""中国少数民族影视作家学会"这样一批具有重要影响力的文学团体；（二）造就一支包括各民族、各地区、各种语文在内，既精熟本土又通晓全国、富有世界眼光与人类情怀的少数民族影视文学创作、评论、翻译队伍；（三）每年为我国影视事业与影视产业创作出大量思想内容深刻、艺术精湛的少数民族影视文学精品力作以供拍摄；（四）建立起一个从学士到硕士、博士教育在内的少数民族影视文学人才培养体系，使各类优秀文学人才脱颖而出，并且后备力量源源不断；（五）创建少数民族影视文学学科，使它的整体研究、综合研究与个别研究、分体研究，理论研究、方法研究与具体作家作品研究、流派风格研究井然有序；（六）与影视艺术各要素间作良性互动，使创意、创作与再创作、再表现有机统一，让作为语言艺术的文学与音乐、舞蹈、美术、建筑等表演艺术、造型艺术相得益彰，充分发散其教育功能、认识功能、审美功能；（七）通过与高科技，尤其是与声、光、电、数字技术乃至网络技术、移动视频技术的紧密结合，增强其表现力，创新其传播方式与审美方式；（八）实现与市场的最佳结合，在争取最佳社会效益、社会价值的同时，实现经济效益与市场价值最大化，建立起作品拍卖、版权营销、院线发行等体系，对增强国家文化软实力发挥实质性作用；（九）建立起包括体制、机制、政策、资金、人才、物力，以及创作、评价、转换、表演、拍摄、传播等各个方面、各个层次、各个环节在内的保障体制，实现少数民族影视文学及艺术事业与产业的异军突起；（十）实施类似"中国少数民族电影电视微电影动漫工程"这样的一系列国家行动，发挥其骨干作用、示范作用，以点带面，实现重点突破和全面兴盛；（十一）健全激励机制，建立起自我评价及社会、业内评奖、展演、推荐等体系，使少数民族影视文学及其艺术的发展更为自觉、更为主动；（十二）建成一批有关杂志、创作基地、摄影基地、学术论坛，育成其良好的生态群落与生长环境。

不言而喻，实现这一宏大的目标"渐入佳境"，我们必须坚守这样一些原则：

一、坚持正确的少数民族影视文学发展道路。即，坚持马克思主义文艺理论的指导地位，坚持党的领导，坚持社会主义核心价值观，以及"二为"方向、"双百"方针、"三贴近"原则，唱响爱国主义这个主旋律，创作出无愧于时代、无愧于人民的精品力作，致力于维护祖国统一、民族团结、社会和谐，有利于社会主义核心价值观体系建设，并促进平等团结、互助和谐的新型民族关系构建。

二、坚持科学的少数民族影视文学主体观。少数民族影视文学是少数民族影视事业产业的上游，并从属于少数民族文学乃至中国影视文学，但它有自己的主体性，有自己的承担，有自己主要表现少数民族的生产生活、反映少数民族地区的风光风貌、再现少数民族的历史文化、塑造少数民族的艺术形象、讲述少数民族的精彩故事、表现少数民族的审美理想及审美特点的独特美学追求，为中国影视文学增添少数民族色香，为中国少数民族文学大放影视文学的异彩。

三、坚持少数民族影视文学的本体构建。少数民族影视文学应有自己的本体结构、层次、功能，以及规律特点，既有它的核心，又有它的关联区域及外围部分，从而具有独立的生命支撑，足以自主、自足、自律地走好走远、发展繁荣。

四、坚持少数民族影视文学的多元开掘。迄今为止的多民族影视文学大抵为原创、改编、改写三分天下。其中，以原创为主，改编既有文学作品及改写民间文学作品各占其一部分。在今后的发展中，除了继续加强它的原创力量、提高它的原创水平，把创作最新版少数民族影视文学作品当作首要任务之外，还要将加强改编纸质或网络化、数字化少数民族文学作品作为丰富少数民族影视文学的重要途径，尤其要将改写少数民族民间文学中有关神话、史诗、故事、传说作品作为其重要源泉，使之获得喷涌不断的影视文学题材，既丰富影视文学园地，又最大限度地满足文化市场、视频技术、网络技术、数字技术的需求。

五、坚持少数民族影视文学的多语文拓展。为了更广泛加强各民族间的文化交流交融，少数民族影视文学必须坚持并加大用汉语文学创作，因为汉语文是国家通用语文，但也要顾及我国的语文使用现实：既有汉语文与本民族语文并用的民族，也有全部使用汉语的民族，还有基本使用自己的语言文字、绝大多数人不谙汉语文、95%以上的文学创作阅读都依赖本民族语文的民族。从而，鼓励少数民族影视文学的母语创作将不可避免，也十分必要。少数民族语文与影视文学相结合，更能生动体现民族风格与民族气派，更能准确表现民族韵味，并能更好地为广大少数民族观众服务。

六、坚持少数民族影视文学的主题深化。我们知道，多民族影视文学在"文革"前十七年主要以欢庆翻身解放与当家做主、展示民族地区秀丽风光和淳厚风情等为主题。"文革"期间则被"四人帮"用以单纯反映阶级斗争，使生动活泼的多民族影视文学万马齐喑、一片萧条。进入新时期以来，它才在彻底否定"极左"路线、继承优良传统、积极吸收各国优秀影视文学艺术成果的基础上，有了明显的主题拓展与深化，反映爱国主义、歌颂民族英雄、描写改革开放，以及介绍旅游资源等主题相继涌现。进入 21 世纪之后，甚至出现了保护生态与文化遗产，以及以社会转型条件下文化应对为主题的影视作品。可以说，随着改革开放的不断深入，当今少数民族地区的社会生活正发生着越来越广泛、深刻、全面的变革，各种生产关系所有制形式的并存、各种思想观念的互相激荡、各种文化的斗艳争妍，等等，都为少数民族影视文学创作提供了丰富的题材，急需有关影视文学工作者深入生活、扎根人民、深化主题，创作出更多反映时代本质、揭示历史真实、体现中国精神与中国价值、弘扬真善美的精品力作。

七、坚持少数民族影视文学的语文翻译。长期以来，多民族影视文学主要借助汉语文创作，且有一些作品从汉语文翻译成少数民族语言与外语在国内外传播。新时期以来，随着众多少数民族地区纷纷成立民族影视制作机构，才有了一些民族影视文学母语创作，汉语文影视文学的民族语文翻译亦进一步加强，使我国影视文学语文呈现出一派百花齐放、万紫千红的景象。在今后的发展中，我们除了继续做好民汉语文影视文学作品原创，还要做好民汉互译、民民互译、民外互译，最大限度地满足少数民族影视文学读者及影视艺术观众的语文欣赏需求，做好各种语文影视作品的转换工作，扩大其消费群体，丰富其消费市场，增强其传播能力。

诚如是，中国少数民族影视文学必将迎来灿烂的明天，在实现中华民族伟大复兴"中国梦"的伟大进程中做出新的贡献，并获得自己的成长进步。

2014 年 11 月 24 日

新思路　新实力　新跨越

——在"民族文学影像时代"研讨会上的讲话

中国少数民族文学发展工程、中国少数民族电影工程实施以来的一两年内，在中宣部、财政部的全力支持下，在国家民委、中国作协等单位的统筹部署下，在北京市民委、中国少数民族作家学会等单位的具体落实下，稳步推进，成果丰硕，正受到社会各界越来越多的关注和支持，成为弘扬民族文化、繁荣少数民族文学和电影事业、促进团结进步的重要文化项目。目前我们通过两项工程，推出了一批少数民族文学和影视的精品力作，培养了一批创作和研究人才，这些成绩都是让人欢欣鼓舞的。同时，在两项工程实施过程中，我们也越发感到二者之间有许多尚待开发的合作互补空间。比如，在少数民族文学发展工程的实施过程中，我们通过鲁迅文学院实施的人才培训计划，吸引和培养了一大批少数民族创作人才，但这部分新生力量还没有得到有效机制，转化为影视文学的后备力量；再比如，通过少数民族文学重点作品扶持计划、少数民族文学互译、出版、研讨等渠道，涌现出了大量优秀的民族文学作品，这些作品无疑都为少数民族影视提供了源源不断的资源矿藏，但客观地说，还缺乏更为专业的共享平台进行及时的交流与接洽。同样，少数民族电影工程在实施中，特别是剧本征集和评审环节，也越发深切地感到影视项目的原创能力存在局限，迫切需要文学的支持与介入。换句话说，我们可以作出这样一个判断：在当前，对于少数民族文艺来说，文学与影视作为文化强国战略最重要和醒目的两个门类，迫切地需要对话与合作。唯如此，二者方能共同进步，实现更广泛的发展和更持续的繁荣。

为此，中国作协一直致力于相关领域的探索与实践，力求能够在二者之间再多搭一些桥梁，多建一些平台，多做一些实事。那么大家可能也知道，就在今年8月，在宁夏银川，我们举行了一次论坛，主题是"2014·中国梦的多民族影视文学呈现"。先前，专门谈少数民族影视文学的会很少，而这个会作为中国少数民族文学发展工程的重要品牌，同时也作为中国多民族文学发展论坛的子项目，正是中国作协搭建少数民族文学与影视转化与合作平台的一个有力举措。会后，我们听到了来自众多业界人士的一些好评，还有一些未能参会的少数民族文学与影视从业人员希望继续举办此类研讨会，以更为细化的研讨课题、更为有效的对接方式来促进少数民族文学的影视转化。那么今天，我们非常高兴地看到，"民族文学影像时代"研讨会就是在这样的背景下很及时、很必要地召开了。我想，这次会也是贯彻落实今年召开的党的文艺工作座谈会重要精神的一次体现。今天会议的主题有三个关键词："新思路""新实力""新跨越"，我想，我也围绕这三点和大家交换一下我的看法。

首先是"新思路"。这个"新"，新在哪里呢？上面已经谈到，先前我们在文学、电影两个门类里各自用功很深，但彼此联合不够，那么对于少数民族文艺工作者来说，找到民族文学与影视的嫁接点，找好对话的角度，找对合作的平台，使少数民族文学更多地得到影像转化，也使少数民族影视更多地吸收文学资源，这就是当前形势下我们要致力的重要环节，也可以说是一个新思路。正所谓"落霞与孤鹜齐飞，秋水共长天一色"。具体来说，二者的这种嫁接都可以有很多领域可以探讨和实践。比如，少数民族文学发展工程推出的一系列重点作品、翻译作品，是否在立项公示之初，相关影视制作部门就可以审时度势提前介入，跟踪关注，如果文学与影视同步问世，就可以最大化地集合宣传资源，达到捆绑式、轰炸式的宣传，这也是当下文化产业语境下的一种常态运作机制，但在少数民族领域还尚显滞后。再比如，少数民族文学的创作者、影视编剧和制作机构，这三者之间目前还缺乏一个三位一体式的联合机制，即使有，也缺乏规模化、系统化、常态化。文化产业链上的三个最重要的行家里手面对面，直接洽谈对接，这是一个行之有效的探索，我们今后要在这方面加强支持。

其次是"新实力"。什么是实力呢？实力就是人才。影视艺术固然是一个综合的、复杂的、多环节的艺术，但只要有了好的创作人才，也就有了好剧本，相信其他的制作问题、融资问题、推介问题都不难做。那么我们所倡导的"新"，又新在哪里呢？我的看法是，对人才队伍来说，一是新在民族构成上。现在我们看到越来越多的汉族剧作家、导演、制片人正在踊跃地进入少数民族影视领域，这是一个好事情。因为少数民族虽然在文学创作上已经可以说发展得比较成熟，甚至一些优秀作家作品拿出来完全可以与汉族文学放在一个维度里去考量；但影视毕竟是一个更为复杂的团队艺术，光有好剧本还不够，相关的制作环节都需要完备才能够出精品，而当前少数民族的原创制作能力还是明显存在局限的，这就需要更多有眼光、有实力、有艺术理想的汉族编导和制片人热情地加入和支持。但在这个过程中，我们也希望涉猎民族题材的汉族同仁充分学习少数民族的历史文化、精神传统与内在品格，与兄弟民族密切配合、深入研讨，不要做风俗猎奇、风光展示的表层展示，而是努力拍出灵魂深处的韵味，拍出少数民族兄弟真实的眼神。十七年电影时期，《冰山上的来客》《回民支队》《五朵金花》等民族电影都是由汉族同志主要拍摄的，但却受到了本民族观众的拥护和欢迎，这个经验要充分总结和继承。相反，我们也看到这几年有一些由汉族导演拍摄的艺术质量上乘的民族题材影片，有的甚至在国外拿了大奖，而本民族观众看了却引起一些争议，这需要我们反思。此外，我再谈一点意见，就是人才的"新"上，还体现在年龄构成上。编剧是一个讲阅历、讲生活底子的行当，先前我们的编剧队伍就有老龄化的趋势，在民族题材里更是这样，但现在越来越多的年轻人加入进来了，这是一个最为值得重视的新生力量，各部门要给他们充分的鼓励和扶持。不要怕他们写得不好不深刻，而是要多看到他们的闪光点和朝气，给他们留出充足的成长空间。影视和文学毕竟还不一样，文学可以老气点倒无大碍，但如果影视剧编得太老气、太匠气，那么观众是一定接受不了的。这一点上，必须看到青年人才的优长，特别是艺术院校培养出来的大量懂专业、懂技法、有师承、有闯劲的人才，我们要格外重视，要把他们吸收到少数民族文学与影视的建设事业中来。

最后一个关键词是"新跨越"。我首先想到的是题材的跨越。先前，我们的少数民族电影，好像蒙古族、藏族题材比较集中，其他民族相对少一些，特别是一些人口较少民族长期以来没有自己的电影。实施了少数民族电影工程以后，这个空白在慢慢补上，目前已经听到了一些好消息，一会儿晏彪那里应该会向大家作一个汇报。这就是说，我们在题材上要实现跨越，要让没有电影的民族有电影，要让没有电视剧的民族有电视剧，要让影视少的民族再多拍一些，要让影视原本比较繁荣的民族进一步大发展。还有一点，就是先前的民族题材，乡土味多了一些，城镇生活则少了一些；传统气息多了一些，时代感少了一些；美丽风光多了一些，人物灵魂少了一些；故事好看了一些，思想深度少了一些。这些都需要实现新的跨越。在此，我也希望即将启动的第三届全国少数民族题材影视文学剧本遴选活动能够朝着这个方向去努力。同时我还想说：我们的民族电影应该有这样的眼界，就是立足好民族传统，就是最好地展现了中国气派；讲好了民族故事，就是讲好了中国故事；圆好了民族梦，就是圆好了中国梦。道理很简单，每一个民族都是祖国母亲的孩子，每一个变得优秀了，母亲脸上都有光彩。而这些具有了中国气派、中国故事和中国梦想的民族力作，不正是回答世界对我们的期待，不正是在文化领域用"多元一体观"去回应"全球一体化"的最好作为吗？因此，每一部民族文学和影视作品，都应树立这样的宏观视野，都应有代表中华文化走出去的信心和抱负，唯此才能出精品，唯此才能有远大的未来。

2014 年 12 月 23 日

创办《民族文学》彝、壮文版发想

彝族和壮族都是我国少数民族中的人口较多民族，彝族人口800万，彝文历史悠久，至今仍为彝族群众使用；壮族人口1800万，是少数民族中人口最多的民族。壮族又是跨境民族，国外主要分布在越南北部与我国相邻的地区，识别为岱依族和侬族，统称为岱依族，人口总共270万（2013年数据），是越南人口最多的少数民族。壮文在广西壮族自治区通用并且是人民币上印有的四种少数民族文字之一。彝文和壮文都是党和国家重要会议文件需要译成的少数民族文字。创办《民族文学》彝、壮文版，是落实党的民族政策，贯彻中央民族工作会议精神，维护祖国统一、增强中华民族"命运共同体"认同感、凝聚力，是"办好《民族文学》，特别是少数民族文字版，促进民族团结进步"的有力举措，也是对彝族和壮族的政治、文化地位和权利的尊重。同时，还对做越南和周边国家的工作具有一定的意义。而且，还有助于推动这两个民族母语的规范化和标准化，对保护少数民族语言文字起到积极的作用。

新时期以来，四川、广西、云南、贵州等四省区的彝族和壮族母语文学蓬勃发展，形成了一个颇具潜质、门类齐全的作家翻译家队伍，并取得了丰硕的文学创作成果，比如彝文作家阿蕾短篇小说《根与花》、贾瓦盘加短篇小说集《情系山寨》及其长篇小说《火魂》、时长日黑短篇小说集《山魂》、木帕古体诗集《鹰魂》获全国少数民族文学创作"骏马奖"，还有数十部作品荣获四川省少数民族文学创作优秀作品奖和凉山州彝文文学奖；壮族蒙飞的壮文长篇小说《节日》荣获全国少数民族文学创作"骏马奖"。母语文学创作是对一个民族的文化精神与文化智慧的保护、传承与创新，是一种深度的、动态的文明体验和文化实践，为维护中华民族文化多样性和人类文化多元化作出了积极贡献。

目前，彝族和壮族地区除了拥有彝文和壮文报刊等媒体，还在部分中小学校开展汉彝或汉壮双语教育，并有彝文、壮文中等专门学校或高等院校（如西南民族学院、广西民族大学）彝文、壮文专业。在北京，国家民委所属的中国民族语文翻译局设有彝文和壮文室，中央民族大学少数民族语言文学学院设有彝文、壮文专业并招收本科生、硕士研究生和博士研究生。《民族文学》创办彝、壮文版，可借助这些人才资源作为翻译和审读人员。

《民族文学》蒙、藏、维文版创刊已 6 年，哈、朝文版创刊已 3 年，已经积累了较为成熟的办刊经验，并产生了良好的社会效果。彝、壮文版可按照这五个文版的模式办刊。

决策阶段

1. 中国作协党组领导与国家新闻出版广电总局领导沟通协商后，择时下达创办《民族文学》彝、壮文版的指示。

2. 民族文学杂志社正式向中国作协党组、书记处提交申办彝、壮文版的报告。

3. 民族文学杂志社聘用彝、壮文字编辑各 1 名，为创办刊物提供编辑力量保证（此举有利于刊号申办成功）。

申办阶段

1. 中国作协党组、书记处批准创办《民族文学》彝、壮文版的申请后，民族文学杂志社立即成立由主编、副主编、相关编辑和工作人员组成的筹办小组。

2. 中国作家出版集团和民族文学杂志社立即向国家新闻出版广电总局

申请刊号，并提供申请刊号所需的可行性论证报告、拟任出版单位主要负责人简历证明等材料。

3.《民族文学》蒙、藏、维、哈、朝文版向国家新闻出版广电总局（当时为国家新闻出版总署）申办的是月刊，条件成熟之前暂出双月刊。彝、壮文版照此办理。

创刊阶段

1. 国家新闻出版广电总局批准刊号后，民族文学杂志社即向中国作协党组领导提交彝、壮文版创刊计划。

2. 因 6 年来纸张、印刷和稿酬标准等成本上涨，中国作协给彝、壮文版拨付的办刊经费应略高于或至少与蒙、藏、维三个文版的办刊经费相当（蒙、藏、维三个文版每年获得拨款各 200 万元）。

3. 中国作协党组领导批准创刊计划后，民族文学杂志社领导班子及相关部室主任，彝、壮文版编辑即与中国民族语文翻译局领导班子及彝、壮文室相关专家举行联席会议，商讨彝、壮文版创刊事宜，落实创刊计划，安排翻译和审读，保证刊物安全、按时和优质出版。

4. 民族文学杂志社与制作公司、印刷厂商讨刊物制作出版事宜，确保刊物按时和优质出版。

5. 彝、壮文版各聘请刊前审读员 2 至 3 名，刊后审读员 2 至 3 名。至少有 2 名刊前审读员和 1 名刊后审读员同时审读当期刊物，以保证刊物的安全和优质出版。

宣传发行

1.《民族文学》彝、壮文版创刊，是中国作协繁荣少数民族文学、促进民族团结进步的又一重大举措，应做好创刊发行策划。

2. 创刊号出版后，即在北京举行创刊座谈会，中国作协领导出席，并邀请国家民委相关部门领导，彝族、壮族在京相关文化专家、学者、作家、评论家等及首都主要新闻媒体记者参加。

3. 分别在四川西昌和广西南宁举办创刊座谈会暨彝、壮文版作家翻译家培训班。同时与当地报刊发行部门联系座谈。

4. 民族文学杂志社做好彝、壮文版的发行工作，尤其要拓展刊物在广西壮族自治区和四川省、云南省、贵州省等壮族和彝族聚居地域的发行。

5. 明年是《民族文学》创刊 35 周年，若能顺利批准彝文、壮文版的创刊，对《民族文学》35 周年刊庆是一份最好的献礼，也是对《民族文学》全体人员包括离退休老同志和少数民族文学界极大的鼓舞。

2015 年 6 月 12 日

发展繁荣少数民族文学意义再审视

84 　　中国少数民族文学是一个伟大的宝库。它在中华民族的长期演进中不断创造、积累、传承而成，并在新中国成立以后获得新生、受到重视、茁壮成长，逐渐成为中国文学的重要组成部分，乃至人类文明的珍品。只要民族众多、疆域辽阔、历史悠久的基本文化国情不发生根本的变化，中国少数民族文学的持续永守就理所当然；只要中国特色社会主义文化建设旗帜高高飘扬，中国少数民族文学的继续发展繁荣便前景灿烂，并必将发挥越来越重要的作用。这是因为：作为 55 个少数民族的独特精神创造、文化表达、审美呈现，在历史与现实的光照下，中国少数民族文学对于我们这个世界、我们这个国家与我们这个民族一直具有多重意义。

　　就国际意义而言，首先是新中国成立以来不断被发掘整理出来的少数民族文学遗产向世界表明，作为中国文学的一个有机组成部分，中国少数民族自有它伟大的创造，为丰富世界文学宝库做出了重要贡献，《格萨尔》《江格尔》《玛纳斯》三大英雄史诗是这样，《突厥语大辞典》《福乐智慧》《红楼梦》等名著是这样，西北"花儿"、岭南"歌会"是这样，纳瓦依、仓央嘉措、阿拜等著名作家诗人也是这样。在不断持续开展的世界文化遗产申报过程中，少数民族文学中的蒙古长调等先后列入有关名目，不仅确立了它们在世界文学史上的地位，而且捍卫了国家文化主权，使确保其创造发明权、所有权、享受权、继承权、发展权成为可能与现实；其次是生机勃勃进行中的少数民族文学创作目前仍在为当代世界文学贡献中国少数民族文学的智慧与经验、大家与精品，老舍、沈从文等屡屡被列入诺贝尔文学奖候选人，就显示出中国少数民族文学的强劲实力；其三是在国际文化交流中，已有众多少数民族优秀成果进入国际文化对话领域，成功展示了中国形象、张扬了中国精神、传播了中国价值，促进了人类文明的多元共生共荣，有力反击了一些强势文化企图让世界文化单质化、西方化的逆流。在周边文化外交工作中，少数民族文学更是针对许多民族跨境而居，其宗教习俗、语言文字、文学相通的情况，对促进安邻睦邻、和平进步发挥了特殊作用，如《中蒙文学作品集》的出版和中哈文学合作交流的积极推进就是其成功的事例；其四是它充实了国际中国学的内容，使其内涵更加丰富绚烂、多彩多姿。如，日本就创刊有专门刊物《中国少数民族文学》，并涌现出像君岛久子、牧田英二、西胁隆夫等中国少数民族文学翻译研究大家及其大量成果，加强了国际社会对中国社会及中国文化的全面了解及理性把握。

发展繁荣中国少数民族文学的国内意义，大致体现在政治、社会、文化、文学、艺术、产业、学术、教育几个方面。

一、在政治意义上，中国是一个统一的多民族国家，发展少数民族文学，有利于以文辅政、巩固国家统一、强化民族团结、发展社会主义新型民族关系、坚守各民族共同的思想信仰与价值追求、积聚全体人民的精神力量，为实现两个百年目标及中华民族伟大复兴中国梦而奋斗。历史已经雄辩地证明，清明的政治是文学的保障，黑暗的政治是文学的杀手。同样，高雅的文学是伟大政治的盟友，低俗的文学是腐朽政治的帮凶。少数民族文学只有在中国共产党的领导下、在社会主义制度内、在国家强盛人民幸福民族平等团结的背景下，才能实现发展、进步。它有能力和责任与社会主义政治文明建设同行，唤醒人们的政治自觉，坚定人们的政治信念，歌颂社会主义政治的伟大成就，赞美杰出政治人物的光辉事迹，昭示社会主义政治的美好前景。令人欣慰的是，经过近70年的努力，中国少数民族文学高举中国特色社会主义伟大旗帜，坚持正确的政治方向，已经在为人民服务、为社会主义服务、为伟大祖国而书写与歌唱方面做出了重要贡献。今后，它仍将在建设中华民族共同精神家园，强化国家认同、民族认同、文化认同、政治认同方面承担战略重任，并履行好文学资政、文学戍边的使命，维护好文化安全，致力于社会主义核心价值观的培育与践行。

二、在社会意义上，中国少数民族文学生动记录有各民族的社会历史、精神审美，形象表达了各民族人民的思想感情、社会理想。它既来源于各民族生活，又反作用于各民族社会，在弘扬社会正气、引领时代风尚方面功能突出。无论是神幻浪漫的神话传说，还是气势恢宏的"民族精神武库"英雄史诗，无论是古老的歌谣俚谚，还是现当代作家的优秀创作，少数民族文学都绝不是语言游戏，而是一种极巨大的精神力量，在组织社会、动员社会、和谐社会、服务社会方面威力无穷。在未来建设社会主义社会文明的实践中，我们仍需要继续发挥它的教化、抚慰、净化、提升功能，在释放社会能量、减缓社会压力、表达社会意志、调节社会利益、和谐社会矛盾方面大有作为，以进一步加强各民族间的交流、交往、交融，让我们的社会更加文明、幸福、诗意、美好。

三、在文化意义上，由于文学从属于文化，发展繁荣少数民族文学也就天然具有发展繁荣少数民族文化的意义于其中。可以说，无论是口头文学传统还是书面文学形式，它们的创作、审美方式，它们的载体、题材、样式，都是一定文化的产物，并成为每一个民族的根本标志与符号，具有"百科全书""民族精神博物馆"的价值与意义。正是它，将各民族的生存智慧、生产经验、生活知识、精神道德毕集于各自的文化之中，从而产生民族自豪感、自识力、自信力。作为最敏感、最前沿、最深厚的文化表达，少数民族文学乃是促成各民族大凝聚、中华人文精神重建的推进器。而且，今天的中国少数民族文学本身也已成为一道亮丽的文化风景，正在过去以歌手、故事家、作家为主体，以与宗教、民俗、生产、生活紧密结合，以与口语、书面语言为表达，以及与音乐、舞蹈、美术互为表里而存在的基础上，形成一种以作家、编辑、评论家、学者为主体，与市场及高科技相融合，以影视数字语言作表达，与教育、出版、研究相结合，以推介、评奖为推动的文化生态，使中国特色社会主义文化更加丰富多彩。

四、在文学意义上，中国少数民族文学占有中国文学的半壁江山。在历史上，汉文学以文字创作见长，少数民族文学的特色则主要见之于口头文学。而在现当代，随着教育的普及、城市化的加快与各民族文化交流的频繁，少数民族文学中的作家创作，甚至网络创作正在迎头赶上，并出现了多向度开展文学翻译及理论批评的繁盛局面，终于迎来了各民族文学百花争艳、多样同体的空前繁盛时期。一直以来，在各民族文学传统、汉族与世界优秀文学营养的哺育下，中国少数民族文学始终保有风淳、气正、言美、境远、意深、思精的品质。在未来，我们必须倍加珍惜并发挥这一优势，进一步唱响主旋律，尊重多样化，包容差异性，从文学创作到文学批评、从形式到内容、从体裁到题材、从风格到技巧、从观念到意识、从文学遗产保护到文学理论研究全面继承创新，全面推动其发展，使之更好地交融于中国文学的整体进步之中。

五、在艺术意义上，文学本身就是语言艺术，它同时还是其他许多艺术创作的"上游"。文学兴则戏剧兴，文学荣便百艺荣。所谓的"一剧之本"，指的就是文学文本乃是表演艺术的根本与依据所在。这在文学从口语时代转入文字时代、复进入数字时代后也没有发生根本的动摇与变化，反而得到了加强。少数民族文学也不例外，它当然也是少数民族表演艺术之上游。藏戏、维剧、彝剧、壮剧、白剧等自不待言，它还参与了元杂剧以来的中国戏剧文学建设，并一直有不俗的表现。进入影视乃至动漫、数字时代以来，现当代少数民族电影电视剧创作等更离不开高品位、民族特色鲜明、民族生活气息浓郁的少数民族文学创作为它们提供生动的故事、精彩的语言、鲜明的形象，以及丰厚的内涵、多彩的题材，以成就我国多民族文艺苑地、丰富我国多民族精神宝库，使之具有支撑国家艺术高地及国家美学高峰的根本意义，而不囿于少数民族文学本身。

六、在产业意义上，少数民族文学因其神话、史诗、传说、故事等口头文学众多，《红楼梦》《一层楼》《泣红亭》等言情小说丰富，并与各民族独特的生产生活紧密结合、与各民族地区秀丽的自然风光融为一体、与各民族迥异的文化习俗相得益彰而除社会意义、教育意义、认识意义、审美意义外，还具有重要的产业意义，是旅游、影视、动漫、图书等文化产业开发的不竭资源。因此，我们要在确保思想精深、艺术精湛的前提下，力争其装备精良，并努力开拓市场、强化软实力。《阿凡提》喜剧动画片、《格萨尔》电视连续剧等的成功制作与商业运作，已经昭示它的巨大产业价值。在不久前开启的北京国际电影节上，少数民族题材电影在增强中国文化竞争力、推动中华文化走出去方面又令世人刮目相看，既创造了良好的社会效益，又获得了丰厚的市场回报。而在其背后那只看不见的神秘之手，正是极其丰富的少数民族文学积淀，以及十分活跃的少数民族文学创作。

七、在学术意义上，我国人文科学体系中的少数民族文学学科相当年轻，它在中国文学总体格局中的地位长期得不到确立，直到改革开放后才逐渐建立起一些研究团体、研究机构、学术平台、教学部门，初步培养起一支多层次、多领域、多民族、多方向的学术队伍，产生了一定的学术成果。然而，比之相邻的少数民族历史、语言、文字、哲学、宗教、社会等研究，它依然幼稚。其学科体系建设需要加强，其学科意识有待强化，它与中国文学的整体关系有待厘清，它在中国文学史上的价值、作用需进一步阐释，它的各个分支学科应该一一确立，它的现实关注及理论总结必须得到重视，而不能仅仅满足于各个少数民族文学事象的简单相加，以及各地民族文学遗产的粗放保存与呈示，更不能陶醉于用苏联或现当代西方文学理论、美学理论、民族理论剪裁中国少数民族文学的历史与现实，而是坚持马克思主义美学及历史唯物论、辩证唯物论作指导，站在中华大地上解决中国少数民族文学的发展问题并推动它的繁荣，使之更有机地成为我国人文科学体系的组成部分，从学术思想、学术资料、学术队伍、学术方法、学术成果等各个方面体现中国特色、中国作风、中国气派，以及中国价值及中国精神。

八、在教育意义上，少数民族文学历来是绝好的思想、道德、知识、语言教育及美育资源。因为它形象、生动、优美、质柔、富于想象、饱含情感，表现生命体验与生活趣味，故而最容易成为"生活的教科书""人生的指南针"，让人们懂得什么是真善美，辨别什么是假丑恶，怎样去追求知识真理、公平正义，如何去热爱祖国、服务社会、奉献人民、造福人类。在家庭教育、社会教育、学校教育之传知、解惑、授业过程中，文学所兼具养心、育人、教化的功能，足以鼓舞人们延续文化传统、固守精神家园、开拓生活未来。对不少民族而言，除了宗教信仰体系之外，文学几乎为他们的全部知识系统，作家、民间歌手是他们的精神领袖，歌坛歌垣成为他们最大的"文苑"。或者说，各民族的历史知识、思想情感、生产技能、生活经验，都无一不是凭借文学尤其是口头文学而传承。在当今学校教育越来越普及的情况下，少数民族文学教育仍然是国家教育的重中之重。没有文学教育，少数民族那种崇尚自然、爱惜生灵、热爱生活、勤劳简朴、各族相亲、敬重长者、热情好客、守望相助、讲求道义、勇敢无畏、信守承诺、非义不取、自尊自爱、重情重理等美德和理念就难以系统有序地传承和弘扬。

总之，少数民族文学意义多重。由于它的存在，中华民族始终靠美学的、情感的、精神的力量紧紧凝聚在一起，不仅诗经、汉赋、唐诗、宋词、元曲、明清小说中富集大量的少数民族文学创作，而且三大史诗及东巴神话等亦令长期盛行于国际上的"中国无史诗""中国神话贫乏论"等灰飞烟灭；它使中国文学的语言表达在汉语文之外又增添55种色香；它在创作主体上，除了书面作家还涌现出堪比荷马、蚁蛭的扎巴、玉梅、居素甫·玛玛依等众多口头文学大师；它在传播上除阅读外还拥有对唱、吟游、说唱等多种形式；它在功能上除了认识、教育、欣赏外，还兼有民族记忆、生产协调、社会动员、调解纠纷等实用性；它在文艺理论上，纷呈朝鲜、维吾尔、满、白、藏、彝、傣、纳西等民族在多民族文论及本民族文论方面的不凡表现。在未来的社会主义文学事业建设中，中国少数民族文学仍将是我们永恒的精神家园、丰厚的文学土壤，特别是在题材、体裁、显现形态、表达技巧、传播方式、接受形式，以及文学观念、语言、审美习惯、鉴赏标准等方面，将继续给予我们极大的滋养，令中国文学的民族特色、民族气派与中国特色、中国精神更有机地统一于一体。

总之，在我国统一的多民族文学版图中，具有多重意义的少数民族文学，是元素、是动力，而不是负担和包袱；是遗产、是希望，而不是落后与粗陋；是辉煌、是骄傲，而不是可有可无；是要发展、要进步，而绝不能令停滞令消解。

2015 年 10 月 11 日

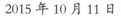

建设共有精神家园

——谈发展少数民族文学在建设共有精神家园中的作用

　　树立并增强文化自信，必须致力于建设中华民族共同的精神家园，亦即坚守中华文化立场，传承中华文化基因，展现中华审美风范。所谓"精神家园"就是精神的寄托、归宿、支撑所在。中华民族及其共有精神家园在漫长的历史长河中逐渐形成，并在社会主义中国蔚然大观。它包括古往今来中华民族共同的物质文明、精神文明、制度文明创造，既有5000年彪炳于世的文明史存在，又有丰富多样的生产形态、生活样态，又有博大精深的思想创造、精神贡献，更有耀眼夺目的文艺成就、科技成果。中国大地上的任何一个族群、中华民族的每一个儿女都是它的创造者、继承者、发展者、享有者、守望者、责任人。正如习近平总书记所说："中华民族具有五千多年连绵不断的文明历史，创造了博大精深的中华文化，为人类文明进步做出了不可磨灭的贡献。经过几千年的沧桑岁月，把我国56个民族13亿多人紧紧凝聚在一起的，是我们共同经历的非凡奋斗，是我们共同创造的美好家园，是我们共同培育的民族精神，而贯穿其中的，更重要的是我们共同坚守的理想信念。"可见，这个家园以中国特色社会主义文化为表征，并以社会主义核心价值观相统领，内蕴有物质性与精神性的交织、传统性与现代性的交汇、历史性与现实性的交融、实用性与审美性的交合统一、中国性与世界性的互渗、民族性与人类性的贯通、主流性与非主流性的光照。

按照习近平总书记的系列重要讲话精神，建设这个家园既有弘扬社会主义先进文化、深化文化体制改革、推动社会主义文化大发展大繁荣、增强全民族文化创造活力、推进文化事业全面繁荣、产业文化快速发展、不断丰富人民精神世界、增强人民精神力量、不断增强文化整体实力和竞争力、朝着建设社会主义文化强国的目标不断前进的战略任务，还有积极吸取一切外来文化优秀成果，以及固本守根、传承文化基因、采纳梳理传统文化资源，让收藏在禁宫里的文物、陈列在广阔大地上的遗产、书写在古籍里的文字都活起来，加大传播力度，提高国际话语权，通过学校教育、理论研究、历史研究、影视作品、文学作品等多种方式加强爱国主义、集体主义、社会主义教育，引导我国人民树立和坚持正确的历史观、民族观、国家观、文化观，增强做中国人的骨气和底气的使命承担。

（一）少数民族文学在共有精神家园中的重要地位

中华民族共同的精神家园构架宏伟、内涵丰富、历史悠久、品质优雅、精神璀璨、形式多样、结构多元，仅其中的少数民族文化就十分灿烂，习总书记已在许多场合对此作了高度评价。比如，他在2014年9月召开的中央民族工作会议明确指出，加强中华民族大团结，最长远和最根本的就是增强文化认同，建设各民族共有的精神家园，积极培养中华民族共同体意识，并把它作为战略任务来抓，要大力弘扬和保护各民族传统文化，努力实现创造性转化和创新性发展。

在中国少数民族对中华民族共有的精神家园的贡献中，文学是最为夺目的珍品之一。它以最庞大的口头文学、经籍文学、书面文学、翻译文学、文论文评自立于中华文学之林；它以最多样的形式、内容、题材、审美为中华美学大海注入源头活水；它以最鲜活的生命、最本真的生活、最纯洁的心性表达对美好理想的追求；它以最优美的语言、最热烈的感情、最率真的表白抒发对祖国的热爱、对故土的眷恋、对民族精神的坚守、对爱情的忠诚，早已引起世界性的关注。自新中国成立，尤其是改革开放以来，在党的民族政策光辉照耀下，中国少数民族文学发展极其迅速，自觉投身于共同精神家园建设的势头不断强劲。至今，其创作队伍、创作水平、平台建设、理论评论、教育培养都已经成为社会主义文学不可或缺的存在，在强化国家统一、促进民族团结、推动社会和谐、攀登美学高峰方面发挥着不可替代的作用，并日益彰显出其多方面的价值意义、多种功能效力。如果说东巴神话、三大英雄史诗以及《突厥语大辞典》《福乐智慧》《红楼梦》等古典作品，贯云石、纳瓦依、仓央嘉措、纳兰性德、阿拜等古典作品作家诗人都在中国甚至世界古代文学史上占有一席之地；老舍、沈从文等曾被列入诺贝尔文学奖候选人，也显示出现当代少数民族文学大师的强劲实力。更可喜的是，在目前的国际文化交流中，又有众多的少数民族文学优秀成果走向世界，成功展示了中国形象、张扬了中国精神、传播了中国价值，促进了人类文明的多元共生共荣，有力反击了一些强势文化企图让世界文化单质化、西方化的逆流，使国际社会对中国社会及中国文化的了解更全面、把握更理性。

（二）少数民族文学的多重价值

在增强文化自信、建设中华民族共同精神家园的进展中，继续繁荣发展少数民族文学具有如下价值意义：

1. 在政治意义上，中国是一个统一的多民族国家，发展少数民族文学，有利于以文辅政、巩固国家统一、强化民族团结、发展社会主义新型民族关系、坚守各民族共同的思想信仰与价值追求，承担起"文以载道"文以资政的责任，唤醒人们的政治自觉，坚定人们的政治信念，歌颂社会主义政治的伟大成就，赞美杰出政治人物的光辉事迹，昭示社会主义政治的美好前景，强化历史认同、国家认同、民族认同、文化认同、政治认同。

2. 在社会意义上，中国少数民族文学生动记录了各民族的社会历史、精神审美，形象表达了各民族人民的思想感情、社会理想，都在组织社会、动员社会、和谐社会、服务社会方面威力无穷。在未来建设社会主义精神文明的实践中，我们仍需要继续发挥它的教化、抚慰、净化、提升功能，在释放社会能量、减缓社会压力、表达社会意志、调节社会利益、化解社会矛盾方面大有作为，以进一步加强各民族间的交流、交往、交融，让我们的社会更加和谐、幸福、诗意、美好。

3. 在文化意义上，无论是口头文学传统还是书面文学形式，少数民族文学都是一定文化的产物，具有"百科全书""民族精神博物馆"的价值与意义。正是它，将各民族的生存智慧、生产经验、生活知识、精神道德集于各自的文化之中，从而产生民族自豪感、自识力、自信力，成为促成各民族大凝聚、中华人文精神重建的推进器。

4. 在文学意义上，少数民族文学是中国文学的半壁江山。在历史上，汉文学以文字创作见长，少数民族文学的特色主要见之于口头文学。而在现当代，其作家创作，甚至网络创作亦迎头赶上，并出现了多向度开展文学翻译及理论批评的繁盛局面，保持了它风淳、气正、言美、境远、意深、思精的品质。在未来，它仍将继续发挥优势，进一步唱响主旋律、提倡多样化、包容差异性，从文学创作到文学批评、从形式到内容、从体裁到题材、从风格到技巧、从观念到意识全面继承创新，更好地交融于中国文学的整体进步之中。

5. 在艺术意义上，少数民族文学之于藏戏、维剧、彝剧、壮剧、白剧等的"上游"意义自不待言，它还参与过元杂剧以来中国戏剧艺术的诸多建设，并一直有不俗的表现。进入影视乃至动漫、数字时代以来，少数民族文学又为我国影视剧动漫业提供了高品位、民族特色鲜明、民族生活气息浓郁的故事、精彩语言、鲜明形象，以及丰厚内涵、多彩题材。

6. 在产业意义上，积淀丰厚的少数民族文学是旅游、影视、动漫、图书等文化产业开发的不竭资源。我们完全可以在确保思想精深、艺术精湛的前提下，进一步实现装备精良，并努力开拓市场、强化软实力与竞争力，既创造良好的社会效益，又获得丰厚的市场回报。

7. 在学术意义上，尽管少数民族文学学科相当年轻，直到改革开放后才逐渐建立起一些研究团体、研究机构、学术平台、教学部门，但到目前已经初步培养起一支多层次、多领域、多民族、多方向的学术队伍，产生了一定的学术成果，而且其现实关注及理论总结日益得到重视，积极引进外来文学理论、美学理论、民族理论却又坚持马克思主义美学及历史唯物主义，站在中华大地上解决中国少数民族文学的发展问题的成果不断涌起。

8.在教育意义上，少数民族文学历来是绝好的思想、道德、知识、语言教育及美育资源。作为"生活的教科书""人生的指南针"，它让人们懂得什么是真善美，辨别什么是假丑恶，怎样去追求知识真理、公平正义，如何去热爱祖国、服务社会、奉献人民、造福人类，在家庭、社会、学校教育之传知、解惑、授业过程中养心、育人、教化，鼓舞人们延续文化传统、固守精神家园、开拓生活未来，把崇尚自然、爱惜生灵、热爱生活、勤劳简朴、各族相亲、敬重长者、热情好客、守望相助、讲求道义、勇敢无畏、信守承诺、非义不取、自尊自爱、重情重理等美德和理念系统有序地传承下去、传扬开来。

显然，在未来的中国特色社会主义文化建设中，中国少数民族文学仍将一如既往是我们的精神家园和永恒、丰厚的文学土壤，特别是在题材、体裁、显现形态、表达技巧、传播方式、接受形式，以及文学观念、语言、审美习惯、鉴赏标准等方面，将继续给予中国文学极大的滋养，令其民族特色、民族气派与中国特色、中国精神更有机地统一在一起。

总而言之，文化自信是协调推进全面建成小康社会、全面深化改革、全面推进依法治国、全面从严治党的精神保证。它将促使我们在现今社会利益格局多样化、文化多元性、观念意识及人们的诉求多样化、面临的矛盾和问题比以往更加复杂的背景下，坚定自信、凝聚力量、汇聚共识，形成全体人民理想认同和价值认同的最大公约数，保持改革开放的定力，推进各项事业不断向前发展。文化自信也是实现中华民族伟大复兴中国梦的内在动力。它将在全球性发展大变革大调整的时期，推动我们充分发挥文化的强大力量，使我们的国家和民族更具创造活力，使中国特色社会主义植根于中华民族文化的沃土中，并反映中国人民的意愿，以适应中国和时代发展的进步要求，让中国文化成为凝聚和拥抱海内外中华儿女的精神家园。文化自信还将促进我们在对外开放不断扩大与深化的形势下，发挥文化优势、打好文化牌，适应各个国家、各个民族总是乐于在文化的互相开放、互相交流、互相吸收中以不同的文化身份表达自身的价值理念与话语主张的现实，实现差别中的交流、竞争中的借鉴，让博大精深的中国文化既作为我们在世界文化激荡中"乱云飞渡仍从容"的根基，成为我们向世界阐释中国的主张和智慧、与全人类分享中国经验与精彩、塑造中国良好国际形象的巧实力。

2015 年 12 月 10 日

丝路文学再精彩

在"一带一路"建设背景下，作为丝绸之路重要支撑点之一的嘉峪关，又一次迎来发展繁荣文学事业的重要契机。为此，嘉峪关市文联于近期编成数卷文学作品专集展示有关成果。

在海洋文明代替陆上文明、在海洋交通取代陆上交通之前，丝绸之路始终是东西方之间最重要的动脉，并由此衍生出了长达两千多年的经济贸易、文化交流史。正是它，长期发挥着草原文明、沙漠绿洲文明与中原文明之间的桥梁作用，佛教文化、伊斯兰教文化与儒教文化、道教文化之间的纽带功能，创造了无数文化的、文学的、艺术的辉煌，说不尽光荣与梦想。诚可谓：秦时明月汉时关，万里长城度春风；铁马金戈纷入梦，本佛回道铸心魂。羌笛霓裳果蔬盛，瓷器丝绸玉茶丰；四大发明边域惠，腾蛟起凤遗嘉声。今天，当"一带一路"建设事业东风劲吹、中华民族又一次回到世界舞台的中心之际，丝路文学的创造力、想象力、审美力将又一次被新的时代所激活，我们亦为能以"中国当代文学"的身份参与到这一历史进程之中而为荣。

丝路文学，它从远古走来，说不尽的牧民、农夫、侠客、骑士、游僧、骚人、行吟者是它的天才主体，看不够的草原、戈壁、沙漠、雪域、高原、峡谷奇丽风光在这里交相辉映，讲不完的农耕、狩猎、畜牧、商贸、械斗、探险故事精彩纷呈，道不竭的离人泪、征夫怨、贬官恨、壮士情错综复杂，听不绝的秋风唱、野狼嚎、战马嘶、鼓号声令人心惊。就在这条文学的大道上，走来了希腊的神话、罗马的史诗、阿拉伯的传奇、印度的戏剧百花争艳，更走出了鸠摩罗什、法显、玄奘、马可波罗、江布尔的审美精彩。

　　毋庸置疑，丝路文学是丝路文化的一个部分，泛指一切与丝路有关的文学创造。由于丝绸之路及其文化具有极鲜明的久远性、国际性、区域性及其多民族性、多语文性、多样态性、多宗教背景性，丝路文学必然会带有漫长的时间深度、辽阔的空间维度、复杂的文化广度。在其背景下审视中国文学，有助于我们确立它在丝路文学中的作用、地位，发现它曾经的辉煌、现实的创新、未来的使命，以及它对周边国家、地区、民族文学的吸收与影响，从而进一步丰富丝路文学的内涵、提升丝路文学的品质，真正做到中国文学的不忘本来、面向未来，古为今用、洋为中用，百花齐放、推陈出新，让丝绸之路重新绽放和平、和谐、和美的鲜花，让丝绸之路沿线国家、地区、民族共享通气、通路、通货、通情、通心的物质与精神成果，并强化各自的国家认同、历史认同、文化认同、世界责任。

　　审视的目的在于发展，而发展离不开充分的自信，自信来源于伟大的历史创造。回首相望，中华民族曾经在丝路文学史上奉献过众多的精神财富：昆仑神话、英雄史诗、长篇叙事诗是它们的绝响，阿肯弹唱、花儿歌会、行吟游诵是这里的奇观，翻译文学、经籍文学、文论探微是其亮丽的风景，英雄主义、尚武精神、和平理想是它不变的坚守，国家统一、民族团结、社会和谐的旋律跃动在各地域奔流不息的文脉里，礼敬自然、崇尚上苍、热爱生活、忠诚爱情与友谊的主题贯穿于口头与书面创作中，神秘、奇丽、粗犷、豪迈、幽默的文学色香处处流溢，从而有了《格萨尔王》《江格尔》《玛纳斯》荣获世界记忆遗产；有了《大唐西域记》《佛香国纪》《西游记》饮誉全球，有了《福乐智慧》《真理的入门》《突厥语大辞典》《乌古斯传》等经典作品西走伊斯兰世界；有了李白、高适、岑参、坎曼尔、喀什噶里、居素甫·玛玛依、纳瓦依、阿拜、仓央嘉措等大师峰峦叠翠，也才有了伏羲女娲、牛郎织女、哈努曼、阿凡提、灰姑娘这样的文学形象东传西送。这些都足以证明中华民族曾经是丝路文学的主要创造者、传播者、坚守者、享有者；她有志气、有能力、有智慧继续为它的再创辉煌文心雕龙。

　　自信还来自于伟大的现实。这是因为在中国共产党的英明领导下，今天的中国各族人民比以往任何时候都离国家富强、民族振兴、人民幸福的"中国梦"更近。随着改革开放伟大事业的滚滚向前，中国重新进入到世界的中心，中华民族又一次登上历史的舞台，古老的丝路及其文化、文学复受到全球性的关注。最主要的是，从新中国成立起，我国各族人民彻底根除了民族压迫、民族歧视的政治制度，并且通过社会主义革命和社会主义建设，尤其是改革开放，实现了经济不断发展、文化不断繁荣、社会更加和谐，使全体人民共同团结奋斗、共同繁荣进步的目标逐步确立，平等团结、互助合作的新型民族关系初步形成，为当代中国文学的发展兴旺提供了强有力的政治条件、经济保障、精神支撑、方向引领，以及更加丰富多样的社会生活、人物形象、时代主题、创作灵感、表现形式，先后涌现出一座座文学高峰，收获了一批批文学精品，创办了成百上千的文学期刊，成立了大量的文学团体，实施了一个又一个重大的文学工程，开展了大量有声有色的文学交流活动，至今已拥有一万多名中国作协会员，从队伍建设、人才培养、平台提供、创作推动到学术研究，为中国文学及丝路文学的再创辉煌奠定了坚实的基础，以及体制机制保障，使我们对中国特色社会主义文学发展道路更加充满自信，对多国家、多地区、多民族共同参与建设的丝路文学再度繁荣并使之从各自孤立的、片断化的自然存在，转化为有机的、联系的、整体的、自觉追求的文学生态充满期待。

　　在丝路文学背景下对中国文学作审视，应该审出我们的责任与使命，发现我们的优势与不足，明确我们的方向与前景，振奋我们的精神与力量。所谓责任与使命，就是确证中国文学既是独特的存在，又是世界文学的一个单元，并与丝路文学息息相关。这种责任与使命中既有文学的内涵，又有政治的、社会的使命，亦即有关文学活动必须有利于世界和平、人类进步、国家统一、民族团结，有利于社会向和、向美和人心向善、向上。这需要远大的目光、宽广的胸怀，既立足于自己的民族与本土，又能超越狭隘的族群意识、疆域意识，努力亲诚惠容、尊重多样、包容异端，用文学的力量化干戈为玉帛，用美学的春雨"润物细无声"。至于优势与不足，前者指我们的历史文化优势、文学传统优势、生产生活优势、社会制度优势、所处时间空间优势，从哲学的、美学的高度深刻发掘文学的价值与意义，充分活化与转化其资源潜质，创作出无愧于时代、无愧于人民的文学精品，努力攀登文学高峰，为世界文学画廊增添奇光异彩；后者指我们要清醒意识到自己在深入生活、体验生命、感悟人生及世界眼光、人类情怀、国家责任、美学修养、创作技能等方面尚存在种种缺欠与幼稚，从而必须尽快改善自己的思想、品格、境界，让自己的创意、表达、驾驭主题与题材的能力得到进一步增强，敢于作大制作，有能力创大品牌，在人类审美巅峰与全世界最优秀的作家及最尖端、最前卫的美学思想、观念、流派平等对话。所谓的方向与前景，就是坚持思想性与艺术性结合、文化性与美学性联袂，力求做到国家性与世界性相统一、历史性与现实性相联通、民族性与人类性相贯通、现实主义与浪漫主义相结合，去开创丝路文学的新天地。所要振奋的精神和力量，就是开拓创新、崇尚真善美、礼敬团结友爱、实现公平正义、追求真理科学的精神，以及促进互相理解、互相尊重的力量，推动和平发展、合作共赢的力量，实现中华民族伟大复兴"中国梦"的力量。

目前，我们对中国文学与丝路文学关系的新认识刚刚开始，许多探讨尚属初步，但它对丝路文化、中外文学交流史，尤其是对进一步发展繁荣中国当代文学所具有的重要意义不言而喻。它是一次文化之旅、审美之旅，更是一次思想观念的大解放与大突围。它历史空前地让中国文学在空间上、精神上与世界离得更近，并深感自己所承担的责任重大、使命光荣。我坚信，只要我们紧密团结在以习近平同志为核心的党中央周围，在马克思主义文艺理论的指导下感知时代、深入生活、扎根人民，并继承中外优秀文学传统，进行艰苦的美学创造，我们就一定能够收获更多有道德、有筋骨、有温度、有高度的文学成果，在振奋民族精神，推动社会进步，促进世界和平，尤其是在推动"一带一路"经济、文化合作方面作出中国文学的独特贡献。

2015 年 10 月 10 日

丝路文学重建中的少数民族文学自信

100

　　丝路文学是丝路文化的一个部分，泛指一切与丝路有关的文学创作。中国少数民族文学，尤其是中国西部少数民族文学是其主要存在。

　　它具有久远性、多国性、多区域性、多民族性、多语文性、多样态性、多宗教背景性等特点。在中国，昆仑神话、英雄史诗、长篇叙事诗是其绝唱，阿肯弹唱、花儿歌会、行吟游诵是其奇观，翻译文学、经籍文学、文论探幽是其风景，英雄主义、尚武精神、和平和谐是其坚守，国家统一、民族团结、社会繁荣是其主旋律，礼敬自然、崇尚上苍、热爱生活、忠诚情谊是其主题，神秘、奇丽、粗犷、豪迈、幽默是其色香。其中，已有《格萨尔》《江格尔》《玛纳斯》横空出世，《福乐智慧》《突厥语大辞典》等饮誉全球，喀什噶里、纳瓦依、阿拜、仓央嘉措、扎巴等大师峰峦叠翠，并有哈努曼、阿凡提、灰姑娘等文学形象东传西送，希腊神话、罗马史诗、印度戏剧、阿拉伯传奇与本土文学结缘。这表明中国，尤其是中国少数民族曾经是丝路文学的主要创造者、传播者、坚守者、享有者、见证者，我们有理由对它在"一带一路"建设背景下再作文心雕龙充满自信。

　　这种自信还来源于伟大的现实，亦即新中国的成立为少数民族文学的繁荣发展提供了强有力的政治保障、经济基础、精神支持、方向引领，以及生活素材、人物形象、时代主题、表现形式，并培育出了铁依甫江、克里木·霍加、李乔、陆地、韦其麟、伊丹才让、玛拉沁夫、张承志、乌热尔图、扎西达娃、阿来等一批批文学大家，催生了《黑骏马》《心灵史》

《尘埃落定》《瞻对》《七叉犄角的公鹿》《雪豹》这样的文学精品，创办了《民族文学》《鸭绿江》《花的原野》《满族文学》《民族文汇》这样的文学平台，尤其是在以习近平同志为核心的党中央领导下，今天的少数民族文学比以往任何时候都离国家富强、民族振兴、人民幸福的"中国梦"更近。只要我们立足于现实，勇于承担责任与使命，广纳百川，正确审视自己的优势与不足，明确自己的方向与任务，振奋自己的精神和力量，坚持不懈地创新与发展，少数民族文学就一定能够在高原之上推出高峰，创造新的审美辉煌。

新疆是中国的西陲、欧亚大陆的交会点、丝绸之路的枢纽，也是多民族文化的汇聚地，在丝路文学振兴中具有重要的先锋作用、承担着神圣的国家责任，我坚信他必能抓住机遇、发挥优势、激活灵感、放飞理想、充满自信地进行文学创作，并举精神旗帜、立精神支柱、建精神家园，弘扬好中国精神，传播好中国价值，凝聚好中国力量，为中国文学乃至世界文学做出更大贡献，在丝路文学重建中大有作为。

2016 年 2 月 14 日

民族文学新声

推进新传媒时代的少数民族文学期刊建设

中国少数民族文学是一个伟大的宝库，它对中华民族共有精神家园具有特殊的、历史的、现实的价值与意义。它以庞大的口头文学、经籍文学、书面文学、翻译文学、义论文评自立于中华文学林；它以多样的形式、内容、题材、审美为中华美学大海注入了源头活水；它以纯洁的心性表现人生的真、人性的善、人情的美，表达了对美好理想的追求；它以优美的语言、热烈的感情、率真的表白抒发了对祖国的热爱、对故土的眷恋、对民族精神的坚守、对爱情的忠诚。

自新中国成立，尤其是改革开放以来，在党的民族政策及文化政策的光辉照耀下，中国少数民族文学发展迅速，其创作队伍、创作水平、平台建设、理论评论、教育培训初具规模，已经名副其实地成为社会主义文学不可或缺的存在。它在强化国家统一、促进民族团结、推动社会和谐、创造美学辉煌等方面发挥了不可替代的作用，并日益彰显出其多方面的功能效力。如果说东巴神话、《格萨尔》《江格尔》《玛纳斯》等英雄史诗，以及《突厥语大辞典》《福乐智慧》《红楼梦》《一层楼》《泣红亭》等古典作品，耶律楚材、贯云石、纳瓦依、仓央嘉措、纳兰性德、曹雪芹、阿拜等古典作家诗人早已在中国甚至世界古代文学史上占有一席之地，老舍、沈从文等曾被列入诺贝尔文学奖候选人显示出现当代少数民族文学大师的强劲实力，那么在当代又涌现出的一大批少数民族优秀作家作品，表现出中国少数民族文学的无限活力。

这一切呼唤着传统的或新兴的传媒，尤其是少数民族文学期刊、网站等为其提供更好的平台、窗口、桥梁，使之更好地为中国文学乃至世界文学做贡献，更形象生动地弘扬中国精神、传播中国价值、凝聚中国力量、扩散中国审美成果、塑造中国形象。这是因为，中国少数民族文学在增强文化自信、建设中华民族共同精神家园、推动世界和平与人类进步事业的进展中具有如此价值意义：在政治上，繁荣发展它，有利于以文辅政、巩固国家统一、强化民族团结、发展社会主义新型民族关系、坚守各民族共同的思想信仰与价值追求，承担起"文以载道"，唤醒人们的政治自觉，坚定人们的政治信念，歌颂社会主义政治的伟大成就，赞美杰出政治人物的光辉事迹，昭示社会主义政治美好前景，强化历史认同、国家认同、民族认同、文化认同、政治认同；在社会上，繁荣发展它，足以生动记录各民族的社会历史、精神追求，形象表达各民族人民的思想感情、社会理想，在组织社会、动员社会、和谐社会、服务社会方面，在建设社会主义精神文明的实践中，发挥它的教化、抚慰、净化、提升功能，在释放社会能量、减缓社会压力、表达社会意志、调节社会利益、化解社会矛盾方面大有作为，以进一步强化各民族间的交流、交往、交融，让我们的社会更加和谐、诗意、美好；在文化上，繁荣发展它，可以发挥其"百科全书""民族精神博物馆"的作用，传承各民族的生存智慧、生产经验、生活知识、文化传统、精神道德，增强各族人民的文化自觉、文化自信、文化自尊、文化自豪，促成各族文化的大繁荣、中华人文精神的大重建；在文学上，它能够强化中国文学版图的构建，通过作家创作、网络文学、文学翻译及理论批评等为社会主义文学事业提供丰富的体裁、题材、主题、类型、风格、技巧、故事、人物原型，唱响主旋律、提倡多样化、包容差异性，推动中国文学的总体进步与整体和谐：在艺术上，它对藏戏、维剧、彝剧、壮剧、傣剧、白剧等的"上游"意义自不待言，还能为我国影视动漫艺术提供高品位、多地域、多民族的元素与资源，成为表演艺术、影视艺术的源头活水；在产业上，它对旅游、影视、动漫、图书等文化产业都有积极的原创、活化、转换意义，完全可以在确保思想精深、艺术精湛的前提下，开拓市场，开发技术，强化竞争力，既创造良好的社会效益，又获得丰厚的市场回报；在学术上，它是少数民族文学学科建设的题中应有之义，只有创作十分活跃，源源不断地推出作家作品，并将它与有关研究团体、研究机构、学术平台、教学部门相结合，才可能培养起一支多层次、多领域、多民族、多方向的学术队伍，产生一定的学术成果，并孕生独特的文学主体论、本体论、结构论、功能论、方法论、审美论、史论等，以丰富中国人文科学园地；在教育上，它有助于我们以之作为"生活的教科书""人生的指南针"，作思想、道德知识、生产生活技能及美育传承，在家庭、社会、学校教育之传知、解惑、授业过程中养心、育人、教化，把中华民族的历史传统、文化体系有序传承。

　　长期以来，将文学这么多的价值与意义、功能和作用加以传递、扩散、实现的正是传媒。在口传的时代，我们对文学文本的传播主要借助于长辈、行吟诗人、民间故事家、民间歌手、巫师等的口传心授；在文字时代，这种传播扩及金石、布帛、竹木、皮革、纸张作载体，使其作超时空的保存与传达变为可能；到了工业革命出现之后，文学传播伴随着印刷技术的突飞猛进与期刊业的问世而逐渐改进其形态，不断扩大其规模，不断壮大其声势，在继续保持口传及多载体传承的基础上，日益演进为以文字传播及报刊传承为主，甚至进入到数字化网络传播初具规模，影视声像对口头与文学文本的内容再现与补充成为其显著的特点。它不但一次次改变了文学的传播方式、接受方式、消费方式，甚至一次次创新了文学的生产行为、创作技巧、鉴赏水平、审美经验、文学理论，而且使文学的立体化呈现、集束式辐射、点线面覆盖成为现实。今天，裹挟于信息革命的浪潮，身处大数据与云计算的问鼎、文字文本与影视声像有效结合的时代，中国少数民族文学的繁荣发展越来越需要它的传媒建设，越来越离不开文学期刊为主的文学网站、文学网络等的助推。在以往的30多年间，我们正是借助国内各大文学期刊的帮助与支持，尤其是《民族文学》杂志的创办及引领，各地各民族语文期刊在"三无"条件下的艰苦创业、艰难拓展，才放飞了中国少数民族文学的一个个梦想，实现了中国少数民族文学的一次次涅槃与浴火重生，为中国乃至世界文坛奉献了一批批杰出的作家、一部部优秀的作品，攀登了一座座审美高峰，增添了一道道亮丽的风光。

作为当代中国社会主义文学的重镇，中国作家协会对少数民族文学期刊建设的关心与投入一直不遗余力，并取得了显著的成效。今后，我们需要在习近平总书记在文艺座谈会上及在中央民族工作会议上的讲话精神指引下，继续做好如下几方面的工作：

一、尽快促成少数民族文学期刊联盟的成立，加强党的领导与方向把握，强化阵地建设与质量提高，增强维权意识与知识产权保护，维护少数民族文学传媒秩序，严肃政治、业务把关，并且帮助有关期刊进入大网络、实现大合作，使之从树木变成森林，实现同传、互助、共赢；

二、尽快建设各民族、各品类文学网站，促进少数民族网络文学的健康成长，弥补目前中国网络文学园地中少数民族网络文学明显滞后的不足，跟上时代步伐，使纸质与网络创作、传播消费均衡发展；

三、继续加强纸质文学期刊生态建设，使之形成由民族语文、汉语文、外国语文同构的少数民族文学期刊群落，鼓励从中央到地方、从公开发行到内部交换的文学期刊的百花争妍、互相辉映，在文学创作评论的繁荣中繁荣自己，在自己的发展中发展少数民族文学事业；

四、尽快建设少数民族文学传媒联动格局，以期刊为主，联合出版部门、广播领域、网站及网络部门加大对少数民族文学作品的转换、活化，及对内对外普及、推广、营销，同时与少数民族文学原创、翻译、理论批评界密切合作，设计大工程，推行大项目，实施大举动，把少数民族文学事业、产业做大做强；

五、逐步推进《民族文学》杂志扩版增版，在现有汉语文版及蒙古、藏、维吾尔、哈萨克、朝语文版的条件下，先增设壮、彝语文版，并创造条件增加其他民族语文版，同时争取开设英、法、德、俄、日、西等语文版，不但贡献于国内的民族团结、文化发展、文学繁荣，而且作用于世界和平、人民互信、社会进步事业；

六、继续坚持数年一度的少数民族文学期刊会议，凝聚各方力量，总结工作经验，探讨理论问题，梳理工作思路，明确工作目标，谋划发展前景，强化少数民族文学期刊建设的自觉性、主动性；

七、深入开展调查研究，不断向党和国家反映少数民族文学期刊建设存在的问题，确保其政策支持、人员编制、办公场所、经费投入、刊号保障。

总之，中国作家协会必须认真履职、勇担责任，依靠党和政府的正确领导，以及有关政策、法律、法规支撑，依靠广大少数民族文学工作者，尤其是少数民族文学期刊等工作者的力量，创造一切条件，积聚一切能量，开拓新思路，采取新手段，提高服务水平，增强协调能力，继续支持以期刊为基础的少数民族文学传媒事业，让它与少数民族文学创作评论、理论与翻译等同呼吸、共命运、齐发展、俱繁荣，为当代中国社会主义文学事业做新贡献。

2016 年 7 月 5 日

民族精神的伟大光照

经中宣部宣教局精心组织动员各方力量，在隆重纪念中国人民抗日战争及世界反法西斯战争胜利 70 周年之际，《重读抗战家书》一书正式精编出版，为全国各族人民更加紧密地团结在以习近平同志为核心的党中央周围，争取实现"两个一百年"奋斗目标，实现中华民族伟大复兴"中国梦"，适时提供了一部举精神旗帜、树精神支柱、建精神家园的高品质教材。

这部读物虽然文仅八万字、信唯卅二件，但做工精致、编选严谨、内涵宏富。它以文本为中心，一一附有作者小传、真迹，篇篇加以校勘、标注，件件进行考据、点评，事事予以背景梳理、交代，极翔实、朴素、完整、清晰地呈现了文本的本来面目、文物价值、学术意义，尤其是对 32 位英雄在抗日战争这场空前的民族灾难与民族浴火重生中所表现出的民族精神，进行了淋漓尽致的展示与诠释。

由于大都是最私密的心灵表白、最现场的生活记录、对至亲至爱的诀别话语，其中所收书信也就成为他们的最后遗爱、最后抱恨、最后见证、最后希望、最后期待，从而也就最能让我们终极性照见他们的灵魂深处、品格底蕴、心理轨迹，以及才情、兴趣与追求；令我们透彻发现浓缩于这些英雄身上并内化于其心中的集体潜意识乃是团结统一、热爱和平、勤劳勇敢、生生不息的民族精神，而外形于他们行为之中的共同特点是：一、都有崇高的理想，都以追求真理与光明、公平和正义为最高目标；二、都有坚定的信念，都忠诚于民族与人民的事业，且永不动摇、永不言败、永不背叛；三、都有高尚的品质及操守，都诚实坦荡、光明正大、不以物喜、不以己悲、虽苦犹乐、虽死犹生；四、都有丰富的情感，都尊人伦、重亲情、讲气节、爱生活、充满人性美；五、都酷爱学习，都与时俱进、旷达理智、情趣高雅；六、都是非冰火，都爱憎分明、浩然正气、敢于同敌人血战到底；七、都有责任感，甘心为时代担当、为社会服务、为祖国牺牲。

我以为，他们这些优秀品质，既以中国古代文明为底色，又熔铸有近现代社会历史的风骨。孔子的仁义礼智信、忠孝节廉耻之道，以及孟子的"富贵不能淫、贫贱不能移、威武不能屈"之论，张载的"为天地立心、为生民立命、为往圣继绝学、为万世开太平"之说，文天祥的"人生自古谁无死，留取丹心照汗青"，李清照的"生当作人杰，死亦为鬼雄"等等精髓，尽与这些家书神合；田横之拒秦、子胥之鞭楚、苏武之气节、木兰之从军、岳飞之精忠、戚继光之荡寇、郑成功之收台等等绝唱，在这些英雄的血管里回响；太史公的《报任安书》、李固的《遗黄琼书》、林觉民的《与妻书》、张问德的《与岛田书》等等书信的血脉、文脉、气脉，亦在这部读物中随处可感可知。

最值得赞叹的是那些共产党员出身的英雄，以马克思主义理论为武装，胸怀共产主义远大理想，以消除剥削压迫为己任，忠诚党的事业，完全彻底地为人民的利益而前仆后继、奋勇牺牲，给我们的民族精神注入了新的活力。从而，不仅广大人民群众，即使是敌对阵营中的清醒者，也把中华民族的未来寄托于中国共产党身上，确认中国共产党才是抗日战争的中流砥柱、中国共产党才是中华民族的精神所系。抗日战争的完胜、新中国的成立，以及改革开放取得的巨大成就，都证明：只有在中国共产党的领导之下、在社会主义制度内、走社会主义道路，中华民族的民族精神才能一如老树新花、硕果累累；或者像灿烂的太阳永放光芒；或者似汹涌的长江黄河滚滚东流，汇入人类文明的大海永不干涸。同时，一代又一代炎黄子孙也将永远依偎在这一民族精神的怀抱里，被她所感召，被她所吸引，并尽享她的恩惠，在她的家园中成长。这是中华民族历史命运的不二法门！

《重读抗战家书》中所充溢的民族精神光华四射，它让我们感到温暖、感到振奋，并更加坚信：只要全党、全军、全国人民紧密团结在以习近平同志为核心的党中央周围，高举中国特色社会主义伟大旗帜，坚持三个自信，坚持实事求是、解放思想、改革开放、与时俱进、科学发展，坚持将以爱国主义为核心的民族精神与以改革创新为核心的时代精神结合在一起，构成伟大的中国精神、中国价值、中国力量，我们的民族就前途无限，我们的国家就大有希望，吉鸿昌、赵一曼、左权、彭雪枫、袁国平等革命先烈的鲜血就不会白流，郝梦龄、张自忠、谢晋元、赵渭滨、戴安澜等优秀儿女的梦想就一定能实现。

　　当然，由于是在短短三个月内急就而成，它也就存在一定的提高空间。比如说，如果按现有的书名，不妨增选一些少数民族界、文化界、文艺界、科技界、教育界、实业界的家书；如果仍保持现有结构，不妨在书名中的"家书"前加上"英烈"两字。这样，将更加名副其实。另外，本书之校勘、标点还应更严谨一些，家书收集对象也可扩及人民大学家书博物馆等民间机构。这是后话，为的是精益求精，把好事办得更好，权当是一个建议吧。

2016 年 7 月 30 日

万水千山话丝路

《丝路心语》是一部收录中国作协所组织"'一带一路'文学之旅"主题采访创作活动的作家作品专集，共包括散文 25 篇、诗歌 5 组 59 首，以及 3 篇综述报道文章。参加这次主题采访创作活动的作家中，既有文坛宿将高洪波、何建明，又有写作新秀马金莲、丛龙瑞；既有专业高手郑彦英、陈应松，又有基层中坚墨白、铁流、刘建东、牛红旗；既有军旅文胆徐剑、马萧萧，又有产业作家徐峙；既有女性俊彦冯秋子、王妹英、黄灵香，又有少数民族神笔王华、阿郎等等。

在历时两年、三批、50 余位作家参与的实地游历采访中，作家们对我国境内陆上与海上丝绸之路沿线或作自然地理的倾情探检，或作历史文化遗址遗物的悉心考察，或对正在进行中的重大工程项目作专门采访，或对丰富多彩的民俗风情作真切体验，以触摸丝路脉搏的律动，倾听丝路文明的诉说，同时经受丝路文化的熏陶，丝路精神的武装，丝路壮美的感动，用诗心、美文、丰情、佳辞、丽句、神韵对丝路遗产进行价值判断、地位确定、意义审视、诉求表达，以智慧、爱心、忠诚记录下我们这个时代的强音，留存住人民作家、诗人在中华民族伟大复兴进程中的行迹、担当及审美经验。

中国作协组织这一活动当然出于传承"文章合为时而著、歌诗合为事而作"的文学传统，更是为了响应习近平总书记于 2013 年 9 月在哈萨克斯坦纳扎尔巴耶夫大学倡议中亚合作建设丝绸之路经济文化，以及于 2013 年 10 月在印度尼西亚倡建中国与东盟合作建设面向 21 世纪的海上丝绸之路经济带的伟大号召，积极、主动地为党和国家制定的"一带一路"战略提供文学助力、美学推动、精神支撑，鼓舞全国各族人民以饱满的热情、开放的心态、创新的精神投入到这场重振汉唐雄风、再造中华文明的伟大洪流之中。

阅读这个专集中有关沙漠丝绸之路、草原丝绸之路的篇篇什什，已让我强烈感受到作家们的政治高度、思想深度、文化厚度、美学向度，有关海上丝绸之路的刘醒龙、范稳、王炳根、马叙、徐常银、刘晓平等作家的一组诗文，更使我照见作家们的国际视野、人类情怀、国家责任、民族担当，令人心驰神往，激昂奋进，深感中国文学及中国作协在这个重振丝路雄风的历史进程中没有缺位，在捍卫国家主权方面没有失职，而是立于社会潮头，发出时代先声，积极回应了人民的期盼，进行了精彩的精神创造，奉献了美轮美奂的文学精品。

值得一提的是，正当我们用文学的火炬烛照这条古老的丝绸之路之际，新世纪"一带一路"建设因在全球范围内得到多助而渐入佳境；从东亚、南亚、中亚、西亚到北非、南欧，从太平洋西岸到爱琴海、地中海周边，丝绸之路沿线各个国家和地区的政治、经济、社会、文化被都被它所激荡、所激活；中国的国际地位、国际影响、国际形象因此而灿然光辉；"政策沟通、道路联通、贸易畅通、货币流通、民心相通"的共识、共享正在一天天变为现实；一个政治互信、经济互利、文化互尊的国际商贸大通道、东西文化大纽带、欧亚生命共同体进一步形成；作为新世纪"一带一路"建设经济支撑的亚投行与"一带一路"基金业已正式设立并开始运营，新疆的中国面向西部桥头堡、兰州的"一带一路"文化论坛、银川的中国阿拉伯合作博览会及空中"一带一路"交通枢纽、西安的"一带一路"博览会、福州的海上丝绸之路博览会及文化论坛、昆明的中国面向南亚桥头堡、南宁的中国面向东南亚贸易辐射中心等如雨后春笋勃然生发，由此造成的投资热、建设热、旅游热、文化热一浪高过一浪，借它带来的世界和平、社会稳定、经济繁荣、民族团结、宗教和谐繁花似锦。在此期间，我们还喜闻我国与哈萨克斯坦、吉尔吉斯斯坦联合申报的天山北段丝绸之路世界文化遗产获得成功。

　　这一切所昭示的新世纪"一带一路"建设生命力是何等的强劲！其前景是何等的灿烂！它使我们对自己所从事的事业更加信心满满，它也给中国文学、乃至中国文化的创造性转化、创新性发展提供了广阔的天地和无限的可能。作为组织者，我为本次考察活动在新世纪"一带一路"建设启动之初就能深度介入到其中并尽情发力而引以为幸，为中国作协没有游离于中华民族伟大复兴的又一个闪光节点而欢欣鼓舞。

　　受中国作协党组、书记处的委托，也因自己的职责所在，我于2013年岁末起便致力于对丝路历史文化的再学习、再认识，并肩负起创意有关主题考察、创作、交流的重任，实际参加了对印度、印尼、捷克、意大利等丝路沿线国家的访问，策划了中国作协所有丝路文学考察活动、创作项目，还与有关作家朋友们一道用双脚丈量了从陕西西安经河西走廊直至南疆喀什，从宁夏银川经巴彦淖尔、包头、呼和浩特直至齐齐哈尔、黑河的沙漠丝绸之路与草原丝绸之路，以走进丝路历史的深处，体验丝路现实的巨变，从而开拓了视野，丰富了知识，洗礼了灵魂，振奋了精神，并初步建立起自己的丝路文化观。

　　倾听这部专集中作家们的声声心语，展现在我眼前的丝绸之路比李希霍芬笔下的时间更为悠远、空间更为广阔、内涵更为丰富、作用更为重大。我开始懂得：它以欧亚大陆物资交流通道为主要特点，但它还是东西方精神交流的大动脉，科学、技术联系的生命线；它虽一般限定于汉唐以后及洛阳、西安至罗马之间的陆上交通，却在秦汉以前就已经存在中原、巴蜀、滇云经南亚次大陆、中亚、西亚直至北非、南欧的另一要道——蜀身毒道，唐宋以后还衍生出从中原逶迤东抵朝鲜、日本的东亚段，以及经黑龙江直达西伯利亚的丝绸之路远东段，元明以后更出现了从太平洋西岸经马六甲海峡、印度洋、阿拉伯海湾通往爱琴海、地中海的海上丝绸之路；它虽在李希霍芬的命名中以丝绸作为标志性符号却远不止于此，宝石、茶叶、药材、瓷器、皮毛、玉石等都是它不可或缺的商品；罗马神话、希腊史诗、阿拉伯故事、印度戏剧由西东渐，李白、白居易、纳瓦依、阿拜作品的从东西传，无不缘此而实现；氐羌人、斯基泰人、波斯人、匈奴人、乌孙人、阿拉伯人的迁徙融合，拜火教、佛教、伊斯兰教、天主教、道教、儒教的传播辐射都无不借此而进行；中华历代文明与古罗马、古希腊、古波斯、古印度的对话无不与它休戚相关，无数商旅传奇、英雄壮歌、离人悲叹、贤哲玄思、文明成果和它共同生命；更有那象雄、突厥、吐蕃、南诏、西夏、辽、金、大元、清王朝在它的身旁先后崛起，《格萨尔王》《玛纳斯》《江格尔》《突厥语大辞典》《福乐智慧》从它的土地上传向四方……于是，张骞凿空西域、班超飞越葱岭、甘英饮马地中海、法显探寻佛香国境、玄奘西行求经、周达观采撷真腊风土、郑和七下西洋，直至马可波罗、白图泰、李希霍芬、伯希和、斯文赫定、斯坦因纷起撩开它的面纱，揭示它的秘密，使之永续不熄的薪火。

在这些心语中，我听到了作家们对世界和平的祈愿、对人类文明的祝祷、对真善美的讴歌，我亦看到了中华民族的自信、自尊、自豪，以及神州大地的风采、希望、前景，中国人民的精、气、神。从而，《丝路心语》在我的心目中也就成了值得珍藏的一份记忆，值得一读的一部佳作。回首八千里路云和月，中国作协需要高度评价文学界对新世纪"一带一路"建设国家战略的生命投入、情感倾注、美学贡献；我本人更要衷心感谢参加"'一带一路'文学之旅"各个分团的作家朋友对此次活动的积极参与，还要对作家出版社促成本专集的及时出版、对孟英杰同志为此所作的奉献表示崇高的敬意。

2016 年 11 月 8 日

网络文学万木春

　　进入 21 世纪以来，中国文学所呈现的亮点之一便是网络文学的异军突起。它是中国文学与时俱进的创新发展成果，也是文学与高科技相融合、与社会转型相适应的新产物。网络文学虽不能代替传统文学，它却补充、丰富乃至局部改变了口头文学、纸质文学的创作、传播、审美形式与习惯，并已成为今天中国文学，尤其是青春文学中创作队伍最庞大、创作数量最海量的文学新军之一。它的影视、市场转换结合能力更是得天独厚，势头强劲。

　　中国少数民族文学如何适应这种迅猛发展的文学形势，如何经受这波文学浪潮的冲击并进行突围，怎样在坚持传统创作的前提下建设自己的网络文学园地，以获得更大的生存发展空间，创新固有的文学观念及创作、传播、欣赏方式，提高审美水平，乃是当今中国少数民族文学事业繁荣发展必须面对的迫切理论和实践问题。我们这次研讨会的主要目的，就是进一步明确其方向，作理性之应对，强化少数民族文学在网络时代的适应能力、影响力度，唤醒少数民族网络文学自觉，争取少数民族网络文学主动，培育少数民族网络文学人才，规范少数民族网络文学行为，推动少数民族网络文学事业健康成长。

　　为此，我们需要围绕怎样实现少数民族网络文学与传统文学的有效对接，怎样强化少数民族文学在中国网络文学世界的作用地位，怎样构建少数民族网络文学队伍与平台，怎样建立少数民族网络文学评价体系，怎样加强少数民族网络文学的服务、管理，怎样体现少数民族网络文学的民族性、地域性等问题，作或宏观或微观，或理论的或实践的，或审美的或技术的，或社会的或市场的讨论，以求同存异，深化认识，让少数民族文学发育得更为完整、更为丰富、更具时代气息，使少数民族网络文学迅速跟上中国网络文学前进的步伐，并融入到中国网络文学发展的大潮之中，为推动中国文学的新繁荣、新进步作出新的贡献。

中国少数民族曾经有萨满神话与东巴神话，《格萨尔》《江格尔》《玛纳斯》史诗，《吉别克姑娘》《布洛陀》《阿诗玛》等叙事长诗，蒙、藏、维、哈、朝、回等民族的翻译文学等彪炳人类文明宝库，也自然有耶律楚材、关汉卿、曹雪芹、纳兰性德、伊湛纳希、哈斯宝、仓央嘉措、纳瓦依、阿拜等大家照彻中国文学的天宇，继之涌现出老舍、沈从文、李乔、铁依甫江、玛拉沁夫、陆地、韦其麟、晓雪、乌热尔图、扎西达娃、阿来、吉狄马加等现当代名家为世界文学画廊增添光彩。于今，中国少数民族文学正迎来都市化、全球化、工业化乃至后工业化的洗礼，经受全新的文学挑战，高举中国旗帜，坚守中国传统，弘扬中国精神，吸纳各种文学营养，驾驭各种文学样式，稔熟各种创作方法，历经歌德文学、伤痕文学、反思文学、寻根文学等风雨征程，取得了长足的进步，同时也面临着新的思想观念、新的题材体裁、新的表现手段、新的技术市场等问题。如何面对方兴未艾的网络文学、怎样驾驭突飞猛进的数字技术，更成为我们必须经受的严峻考验。

多年来，在这些挑战与考验面前，中国作协在党和国家有关部门的具体指导下，进行了一系列积极的应对，并在网络文学领域作了艰苦的攻坚突围。比如，视之为当今文学发展的重要一翼与传统文学等量齐观，在会员发展、鲁院培训、文学评奖、重点项目扶持、重大活动设计、国内外文学交流诸方面倾力支持；已开展有关调研、制定有关发展规划、建立有关体制机制、规范有关行为、明确有关标准、维护有关权益。最值得期待的是，中国作协网络文学学会行将成立，中国作协网络文学研究院即将挂牌，中国作协网络文学论坛就要破土而出。那种视网络文学为"异端文学""大字报文学""庸俗文学"的偏见正在得到改变，网络文学本身的成长越来越强健，网络文学的形象越来越光彩，网络文学为社会主义文学事业做出的贡献越来越巨大。从而，经过精心部署和悉心扶持呵护，无论就作者队伍、平台数量、发行规模、市场占有，还是就读者群体、社会影响而言，今天的网络文学都已成为中国文学的重要力量。

在中国网络文学事业中，少数民族网络文学是极其重要的一部分，同样受到中国作协的重视。只是由于思想观念、语言文字、经济实力、技术水平、通信交通等原因，致使少数民族网络文学虽也从无到有开始生发，但比之内地各省，尤其是沿海地区，毕竟起步迟迟、散兵游勇、势单力薄、作者不多、作品欠精、题材有限、领域较窄、影响不足、效益欠佳，尚未造成气候、形成生力军，传统写作、传播、欣赏仍然是少数民族文学的主流，急需知耻而后勇、奋起直追、后来居上。

直面中国少数民族网络文学的目前处境，我们既要看到它一日日增长着的正能量、一天天展现出来的新希望，不断累积新因素，不断开拓新空间，不断进行新探索，不断取得新突破，变后进为先锋，变被动为主动，又要在关键环节下力，从长、从难、从高用功，为中国少数民族文学事业腾飞插上新翅，为中国网络文学事业出奇兵、立新功。需要与大家共勉的是：抱残守缺是没有前途的！拒绝与排斥是不可能的！自怨自艾、无所作为是不可取的！徘徊观望将错失发展良机！唯有按照直接面对的、既定的、所继承的条件作开拓进取，我们才可能获得少数民族网络文学的突破性发展。

毋庸置疑，中国少数民族文学的发展进步永远只能是以人民为本、生活为根、内容为王、文质统一，不断创新。在此过程中，网络文学取代不了传统文学，传统文学也需要注入其他文学新鲜血液。传统文学与网络文学的珠联璧合，必将给当今中国文学以新的气象、新的色香、新的生命力。基于此，中国少数民族文学期待着在网络文学领域作以下努力：一、改变传统文学至上至尊观念，以平等观与平常心接受、善待、共享、发展网络文学；二、尽快争取国家支持，将少数民族网络文学纳入国家文化战略、文学整体发展规划中，以求地位、有作为、获支持；三、尽快建立有关机构、确立组织领导主体，并将之纳入中国作协少数民族网络文学建设体系；四、制定有关战略，设计有关战术，找到符合实际的切入口，确定具体操作实施的时间表、路线图；五、在遵从中国网络文学发展共同规律的同时，针对少数民族网络文学的特殊性作精准扶持与指导、交流；六、尽快建立包括政治、意识形态、文化、市场、技术、权益在内的少数民族网络文学安全体系、评价体系，确保其服从服务于国家战略，有利于国家统一、民族团结、社会和谐；七、强化少数民族网络文学与国际网络文学的交流交往，既坚守自己、发展自己、壮大自己，又绝不游离于当代世界网络文明之外。

2017 年 8 月 20 日

对谈对话

繁荣发展中的少数民族文学

——与高剑秋对谈

第五届全国少数民族文学创作会议即将于 9 月 18 日到 20 日在北京召开。日前，文化周刊专访了中国作协党组成员、书记处书记白庚胜同志，请他主要谈谈 17 大以来我国少数民族文学事业的繁荣发展情况。

高剑秋：中国少数民族文学近年来取得什么样的成就？

白庚胜：少数民族文学事业是中国特色社会主义文学事业的重要组成部分，是党的文艺政策与民族政策的丰硕成果。自 2003 年召开上一届少数民族文学创作会议以来，在以胡锦涛同志为核心的党中央领导下，各级党政部门对发展、繁荣少数民族文学事业高度重视，"各民族共同团结进步、共同繁荣发展"的伟大实践为少数民族文学创作提供丰富的源泉，改革开放的伟大成果为少数民族文学事业繁荣发展提供了良好的外部环境与保障。

高剑秋：近年在少数民族文学人才培养方面进行了哪些举措？

白庚胜：我们已建立起一支多民族、多语种、多文类、多梯次的少数民族创作队伍。目前，在中国作协 9488 名会员中，少数民族会员有 1121 名，占总数的 11.8%。这 10 年间发展的会员就有 463 名。22 个人口较少的少数民族都已涌现出本民族作家。

具体来说，中国作协主要是依托鲁迅文学院以引导培养少数民族作家与翻译家为重点，通过各种形式，使少数民族文学新人得到学习与再提高的机会。如，鲁迅文学院举办的历届中青年作家研讨班中都吸收少数民族作家参加培训，并曾专门举办两期少数民族中青年作家研讨班、一期少数民族文学翻译研讨班，还分别举办了新疆、内蒙古作家短训班以及各地的研讨班、讲习班、翻译班等。

对于人口较少民族作家的培养，中国作协一直采取倾斜政策，在参加鲁迅文学院培训、"骏马奖"评选中都给予适当照顾。许多人还多次受到中央领导同志的接见。

高剑秋： 国家近年来在少数民族文学设施建设与资金扶持方面进展如何？

白庚胜： 设施属于硬件，比较具有代表性的是在内蒙古师范大学投入近 3000 万元建立了中国少数民族文学馆，以收藏大量近现代少数民族文学史料。那里同时成立有中国少数民族作家研究中心。另外，新疆、贵州正在建设本地的文艺家之家。特别要介绍的是云南正在建设包括少数民族文学在内的中国少数民族艺术馆，中央民族大学少数民族语言文学院所设立的少数民族文学文库于近年又有很大充实。《民族文学》杂志还在有关地区建立了一批创作基地，使得接待少数民族作家体验生活、培训交流、从事创作的能力大大增强。

党和国家对少数民族文学的财政支持力度于近年不断加大。比如目前正在组织筹备的"少数民族文学发展工程"就获得了财政部专款资助。在新疆，自治区党委提出"以现代文化为引领"的文化方略，并且每年提供1000 万元专项经费。其中，500 万元用于原创文学作品编辑出版，另 500万元用于文学作品"双译工程"。在云南，省政府每年都拨款 120 万元作为支持青年作家创作、培训专项资金，少数民族作家获益最多。在内蒙古，自治区党委每年投入 200 万元实施为期 5 年的"草原文学重点作品扶持工程""优秀蒙古文文学作品翻译出版工程"。

高剑秋： 请您举几个例子就近年我国少数民族文学出版与期刊建设情况加以介绍。

白庚胜： 近十年来，少数民族文学出版情况十分良好，各类文学作品成就斐然，各种代表性丛书应运而生。比如中国作协编写的《新中国成立60 周年少数民族文学作品选》，共分中篇小说、短篇小说、报告文学、散文、理论与批评共 5 类 20 卷，精选了 60 年来除长篇小说以外的所有少数民族文学优秀作品。从 2011 年起，由中国少数民族作家学会主编的《中国少数民族文学年度选》正式出版，为少数民族文学又添一道亮丽风景。

就我所知，我国现有少数民族文学期刊 80 多种，其中有民族语文期刊 36 种。它们有的是文艺、文化综合性期刊，有的是专门性文学杂志。这些期刊生动活泼、特色鲜明，成为推动少数民族文学健康成长的重要园地。

在这里，我要特别介绍中国作协主办的《民族文学》杂志。它已于 2009 年在汉文版基础上创办了蒙、藏、维文版，并于今年新创哈、朝文版，成为我国唯一的 6 种文版文学期刊。不久前，该杂志藏文版还分送到 1000 多个藏传佛教寺院，深受藏区僧俗各界群众欢迎。

高剑秋：请谈谈未来几年中国作协对发展、繁荣少数民族文学事业的举措。

白庚胜：在中宣部的领导下、在国家民委的支持下，中国作协将以第五届全国少数民族文学创作会议为一个新起点，肩负使命、理清思路、抓住机遇，在八个方面真抓实干：实施少数民族文学精品战略，加快培养少数民族作家步伐，推动少数民族语言文字作品原创和翻译出版，完善少数民族文学评奖，扶持少数民族文学刊物网站建设，支持少数民族地方作协工作，加大对少数民族文学作品宣传推介，加强少数民族文学理论探究和评论。我们将组织实施"少数民族文学发展工程"，在国家专项经费支持下，鼓励作品创作、扶持翻译出版、组织队伍建设、加强理论研究、推动海内外交流。我们坚信，它的完成将使少数民族文学发展跨上新台阶，为推动社会主义文化大发展大繁荣做出新贡献。

高剑秋：请您谈一谈少数民族作家的成长情况。

白庚胜：今年纪念延安文艺座谈会期间，少数民族作家代表被中国作家协会请到北京，这是他们时隔两年时间再次相见。在召开的座谈会上，很多故友重逢分外亲热，大家拥抱合影相互阅览两年来创作的作品。这就是 2009 年举办的第 12 期鲁迅文学院少数民族作家班的成员。

2009 年正值国庆 60 周年，为展现新中国成立以来少数民族作家培养成就，中国作协从各地选取了 55 个少数民族作家代表到北京进行深造。少数民族作家学员 9 月 1 号开学的一个月后赶上了国庆 60 周年庆典。学员们参加了国庆观礼，还受到中央首长接见。这都体现了党对少数民族文学事业的重视，对少数民族作家培养的鼓励。新中国成立 60 年之际，55 个少数民族都有了作家代表，这可以说是空前绝后的。

国庆 60 周年之际，在京作家代表举行了庆祝晚会。令人印象深刻的是，鲁迅文学院 12 期少数民族作家班的学员的表演。作协少数民族作家与他们的汉族老师一起象征着祖国 56 个民族，学员穿上自己从家乡带来的民族服装，边跳边唱《五十六个民族五十六朵花》，这让在场所有人都激动万分，大家亲眼看到了 55 个少数民族的作家代表。而学员们载歌载舞唱出"五十六种语言汇成一句话——爱我中华"的同时，还体现在他们的文学作品里。

学员们虽然程度不同，但很多人是本民族书面文学第一代的代表者。56 种语言绝不是简单地写首诗、写篇文章，而是体现了少数民族文学的成就。唤醒对本民族的自觉同时，用笔书写出对祖国的热爱。4 个半月的学习结束时，学员们依依惜别，还将一面大织锦送给了鲁迅文学院少数民族文学班。织锦上绣着每个学员的名字，"献给鲁迅文学院"几个字分外醒目。

"少数民族作家大多来自乡间地头、各族村寨，他们不缺少生活体验，他们更需要文化的比较。"少数民族作家学员走出校园，走出国门浏览文化的差异性来激发创作。

2011 年，中国作协组织少数民族作家访问团走访美国，走访异国他乡的少数民族作家站在世界平台上回望自己的民族文化、回望自己的文学成长道路，更增加了创作热情。而在一场与美国朋友的座谈会上，少数民族作家畅谈"文学如何改变生活"。普米族的鲁偌及迪是个诗人，他现场朗诵起诗歌，讲述小凉山的生活。瑶族作家潘红日聊起自己从农村孩子成为地区的文联主任的经历……

这些来自基层的少数民族作家，讲起自己走上文学道路的经历。大家感到，文学创作不但改变了自己命运、生活，特别是把对民族文化符号似

124

的认识改为切实对民族的热爱和弘扬。而作家的亲身经历也让国际上切实地感受到少数民族作家的茁壮成长，它成为中国少数民族文学事业繁荣局面的真实写照。

2012 年 9 月 12 日

有新思路才能上新台阶

——白庚胜与杨鸥对谈

第十届全国少数民族文学创作"骏马奖"近日揭晓，获奖作品展示了近年来少数民族作家的实力和佳绩。这些作品对各民族的历史命运和现实生存，以及在这个过程中形成并发展变化的民族文化心理等方面进行了多维度的开掘和表现，展现了少数民族的生活风貌和精神气质，反映了少数民族的历史进程和对美好未来的殷切向往。作品以其丰富多样的艺术表达和探索，承载了少数民族作家的家国情怀和文学理想；以其深邃的民族文化底蕴和对民族历史与现实的观照，传达了少数民族作家对乡土中国的温暖怀想和深情凝望。

记者日前（2012年9月15日）专访了中国作家协会书记处书记、第十届"骏马奖"评委会副主席白庚胜，就推动少数民族文学发展新思路进行了访谈。

杨鸥：据悉，我们已建立起一支多民族、多语种、多文类、多梯次的少数民族创作队伍。目前，在中国作协9488名会员中，少数民族会员有1121名，占总数的11.8%。这10年间发展的会员就有463名。22个人口较少少数民族都已涌现出本民族作家。中国作协在推动少数民族文学发展方面有哪些新思路？

白庚胜：推动少数民族文学发展，首先要推动少数民族文学出精品，中国作家协会实施了少数民族文学精品战略，包括以下几个方面：

一是做好少数民族作家深入生活、收集创作素材、提供创作条件，协助修改作品、推荐翻译出版、组织研讨推介一条龙服务，鼓励少数民族作家参与"中国百位文化名人传记创作工程""影视戏剧创作工程"，在中国作协所属杂志、报纸、网络推介少数民族作家作品。

二是加快培养少数民族作家步伐。整合鲁迅文学院和各省文学院的培训资源，创新培训模式，包括创作、研讨、评论、翻译，建立培训基地，联系东部省份与西部少数民族聚居省区结对子，近年来先后有西藏与山东、新疆与上海、宁夏与江苏、内蒙古与广东、青海与浙江等省区市的作协结成对子，开展互帮、互助、互访，开拓了少数民族作家的视野，激发了他们的创作灵感，有力地促进了西部少数民族文学的发展。还要进一步扩大培训数量，提高培训质量，一边学习，一边改稿，一边研讨，使学员从素质上得到提高。继续组织少数民族作家深入生活，采访采风，参加国际写作营，加大出国访问力度，特别组织人口较少民族作家到东南沿海采风。

三是尊重少数民族的语言文字，推动少数民族文学作品的翻译出版。《民族文学》杂志加大出版少数民族文学原创作品的数量，提高质量。《民族文学》以外的刊物和出版单位多发少数民族文学的作品。抓好少数民族文学作品的翻译工作，积极邀请翻译家参加作协活动，建立合作交流平台，加强翻译家与出版单位之间的联系，有计划地翻译出版少数民族文学作品。

四是完善少数民族文学作品评奖。全国少数民族文学"骏马奖"每4年评一次，要总结经验，修改条例，评出水平。在鲁迅文学奖、茅盾文学奖、儿童文学奖评奖中更重视少数民族文学作品。

五是扶持少数民族刊物和网站。目前全国有80多家少数民族文学刊物，少数民族文字的文学刊物有36个，有几百家少数民族文化文学网站。进一步办好中国作协所属的《民族文学》杂志，《民族文学》杂志现有汉、蒙、维吾尔、藏4个语种版本，还将增加朝鲜文和哈萨克文版，这是全世界最多语种版本的国家级文学杂志。不久前，该杂志藏文版还分送到1000多个藏传佛教寺院，深受藏区僧俗各界群众欢迎。继续推动少数民族文学作品的阅读，举办诗歌朗诵会、农家书屋、征文、评奖等活动，吸引读者。

六是支持少数民族地区作协工作。继续完善少数民族地区作协与经济发达地区结对子，继续建立西南六省区与西北五省区少数民族文学工作联动机制，请内地知名作家、评论家与少数民族作家对话，互帮互学。

七是扩大少数民族文学作品的宣传推介。中国作协所属的《民族文学》杂志和其他杂志多推介少数民族文学作品，《文艺报》办好少数民族文学专版。与海外媒体合作介绍少数民族文学作品。

八是加强少数民族文学理论研讨和评论。做好理论评论工作对作家创作有引领作用。中国作协创研部、《文艺报》、中国现代文学馆少数民族作家协会每年提出研究选题、研讨计划，与社会上的单位合作每年出版一批研究成果。

杨鸥：中国作协将用 5 年时间实施少数民族文学发展工程，包括哪些方面？

白庚胜：少数民族文学发展工程包括鼓励创作，每年扶持少数民族作品 100 部。推动少数民族文学翻译，包括由少数民族文字译成汉文、汉文译成少数民族文字、少数民族文字互译、汉文译成外文，少数民族文字译成外文，每年出版 100 部。培训少数民族作家、翻译家。每年由鲁迅文学院与少数民族集中省区合作举办翻译培训班。组织巡讲团请内地文学大家到各省讲课。加强少数民族文学理论评论，每年资助一批选题，安排研讨会，出版一套中国少数民族文学精品文库，出版中国和世界文学名著少数民族文学翻译丛书。举办海峡两岸少数民族文学交流，定期举办论坛，组织团队去西方交流。总之要真抓实干，切实推动少数民族文学的繁荣发展。

2012 年 9 月 17 日

民族文学　美美与共

——与舒晋瑜对谈

采访手记：白庚胜是中国作协大楼里唯一的"双博士"。可是，多年来他所从事的工作与学术若即若离。所以，白庚胜幽默地说，自己是个"三不像"。

不像学者。40岁之前，他在中国社科院工作，已在学界风生水起，一路走下去可能是很好的学者，可他走上了仕途；不像官员。他曾在中国民间文艺家协会任分党组书记、在中国文联任党组成员与书记处书记，但干的是组织"中国民间文化遗产抢救工程"、出版与后勤管理等工作；不像作家。他现为中国作协主席团委员、书记处书记，出了几十种专著、主编了几十种几千卷丛书，却大都是民间文学、文化类成果。

30多年间，他的工作因组织安排而经常变动，旧的梦想尚未实现，又不得不转移新的战场。但是，他从未放弃自己最初的人生选择，他的志向一直在学术。他有很多理想未能实现，比如建立中国民间文化艺术大学，编写50卷中国民间工艺教材与《中国色彩学概论》……但聊以自慰的是："不论安排我在哪里工作，都没有过一分钟的懈怠，自己都能时刻保持积极进取的精神，做一点对国家与人民有用的事情。"

近日（2014年10月20日），白庚胜接受《读书报》专访，坦陈了自己几十年的学术道路及目前所主持的少数民族文学发展工作情况。

性格决定命运。来自云南丽江的白庚胜，自青少年时期就勤奋多思。当他坐着摇摇晃晃的火车长驱三天三夜从昆明驶入北京时，未承想自己将与这座古老而陌生的城市维系一生。

舒晋瑜：从一个不懂汉语的少数民族大学生到一个研究者，您其间都经历了什么？

白庚胜：20 世纪 80 年代初，我在中央民族学院上汉语系。到毕业时，尽管连毕业论文的样式都没见过，但我已能勉强舞文弄墨，指导老师还给了我"有创造性发现"的评语。在校期间，我在汉族老师的耐心指导下，从语音到词汇、语法严加训练，大量阅读中外名著、系统学习中外文学史与美学史，加强写作锻炼，用较短的时间攻克了语言关、写作关。

刚入中国社科院少数民族文学研究所工作时，所里没有学科规划，没有老师指导，我只好如饥似渴地去图书馆阅读中外作家作品和少数民族文学相关图书，去民院、北大、北师大找钟敬文、段宝林、马学良这些名师听课；民间文艺家协会孙剑冰和刘超关于纳西族民歌的专集对我起到了引领的作用；刘再复、何西来等学者的课，充实了我的文学理论知识。更重要的是，我还被贾芝所长与王平凡书记送去旁听中国作协文学讲习所少数民族作家班的课，不仅认识了一大批名师名家，还与 80 年代初活跃于全国各地的各民族作家群建立起联系。那时，由于大学时没念过外语，我还每天晚上去北京西城区福绥境外语夜校学习日语、英语。我知道，生活在改革开放的年代，开放在某种意义上说是对懂外语的开放，而开放才能开拓，开拓才能有事业发展的空间与前途。

舒晋瑜：听说自学不到一年，您就为日本民间文学家伊藤清司先生做过翻译？

白庚胜：刚学习日语半年多，我就迎来一个难得的机会。也就是日本学者伊藤清司来北京访问，急需有人给他做翻译，但当时这方面的人才稀缺，所里就仅凭我学过半年日语要我承担这个任务。一次，伊藤先生要作叫"古典与民间故事"的报告，我便借助《现代日语词典》先将讲演稿全部译出，然后再查对《山海经》《史记》《列女传》《淮南子》等古文献分段标记，最后将每一段编好号码交还伊藤先生，采取他讲一段我念一段的方式翻译，较顺利地完成了任务，增强了学好外语的自信心。

1986年，我有幸考取公派留学资格，并于1987年前去大阪大学留学，专攻日本学，导师是日本学界名噪一时的青年学者小松和彦先生。留学使我的视野一下子打开，在学术理念、方法、知识、意识上都有很大的收获，并与国际学术界建立起初步的联系。

考取双博士学位后，白庚胜以为自己将在学术事业中一展宏图，却没想到于21世纪初被调到民间文艺家协会任职。他欣然从命，服从社会召唤。

舒晋瑜：1989年回国后，您于第二年考入中央民族大学研究生院，先后获得硕士、博士学位；1992年考取日本筑波大学历史人类学系博士研究生，并于1997年获文学博士学位；此后，又跟随民俗学大师钟敬文在北京师范大学从事民俗学专业博士后研究，取得不少成就。您为何要在21世纪初转入民间文艺保护工作中？

白庚胜：学术的目的是什么？不就是与实际相结合，解决实际的与理论的问题吗？每个时代有每个时代的文化任务。我以为，我的专业在我们的时代的任务，首先是对包括民间文化在内的传统文化进行保护、传承，然后再对它们加以利用、发展。

在我担任我们所副所长后不久，中宣部决定把我调到民间文艺家协会任书记、常务副主席，给我一个学术报效社会、学术与社会实际相结合、学术为人民服务的平台。我乐而从之，愉快接受了任务。

舒晋瑜：从事组织管理工作与您的学术追求有没有冲突？您是怎么解决二者间的矛盾的？

白庚胜：当上级调我到中国民间文艺家协会任职时，有一些朋友就说："中国少了一个学者，却多了一个官员。"我也知道李方桂曾对傅斯年说过"一流人才搞研究，二流人才搞教学，三流人才搞行政"。但我认为，知识分子的使命是服从社会召唤，社会需要你搞学术就搞学术，社会需要你搞行政时就要搞行政，社会需要你上战场甚至牺牲生命时，你就要上战场为国捐躯。当然，社会不会乱召唤，它一定是根据你的个性与才华提出需求。从古至今，我国知识人历来有"学而优则仕"的心结，但又有多少人有机会实现"居庙堂之高则忧其民"？"处江湖之远则忧其君"的倒是大有人在。致仕可满足一些人谋一己之私的欲望及虚荣心，但也可以使一些人实现学术为社会、为人民的宏愿。我没有理由拒仕于千里之外，重要的是做一个正直清白的仕，做一个有学术品位的仕，做一个有益于人民、有益于祖国及人类的仕。

这些年，我自己的学术研究成果变少了，但我用另外一种方式开展学术工作，仅为中国民间文化遗产主持策划的丛书就有 10 余种 1000 多卷，为社会上组织丛书近 20 种近 1000 卷，为纳西文化组织丛书 6 种 300 余卷。我的研究空间在民间，我的导师是那些民间文化的传承人，我的读者是千千万万渴望中华文明基因延续的普通民众。令人欣慰的是，由于我们的推动，至今我国已有 12580 多种文化遗产类专著出版，公布了 1000 多项口头与非物质遗产名录。

白庚胜对整个世界充满兴趣和关爱，他喜欢天文学、地质学、生物学，他关心地球上每一天发生的大小事，对民间文艺、民间文化、少数民族文学更是全力以赴。

舒晋瑜：您从 20 世纪 80 年代开始就从事少数民族文学研究，20 年后又奉调主管少数民族文学创作，两者之间有何联系？

白庚胜：我的一生都听组织安排，从来没有过主动选择。我大学毕业后的前 20 年，主要从事少数民族文学研究及管理，现在到中国作协主要负责少数民族文学创作。前者具有传统性、基础性、口头性，后者具有当代性、前卫性、书面性，乃至数字性。但是，它们都是文学，都是中国文学的组成部分。搞研究，离不开对现实创作的关注；搞创作，不能缺少理论观照。对于我，它们有区别又有联系，是互补互动的关系。学者生活让我学会独立思考，让我具有较扎实的文学知识基础、理论修养，近几年来的组织领导工作则让我更注重少数民族文学的实际工作问题。从体制、机制建设健全，到具体组织队伍、培养人才、鼓励创作、作品翻译、理论批评、文学影视转换、对外推介、开展评奖等等，我都要一一组织实践。好在我有许多好领导、好同事的指点与支持。没有前者的基础，就没有后者的展开。它使我的学术生态更完整、学术生命更灿烂。

舒晋瑜： 在中国文学版图中，少数民族文学是非常亮丽的一抹景色。您认为中国少数民族文学在中国文学中处于怎样的地位？

白庚胜： 中国少数民族文学是中国文学的半壁江山。没有中国少数民族文学的中国文学是不完整的。古典文学是这样，近现代文学是这样，当代文学更是这样；民间文学是这样，经籍文学是这样，作家文学也是这样。在古代，少数民族神话、史诗、叙事长诗在中国文学乃至世界文学园地独放异彩，少数民族经籍文学体量庞大、蕴藏极丰，藏、满、彝、傣等民族的诗论文论独具特色，关汉卿、蒲松龄、纳兰性德、曹雪芹、阿拜、仓央嘉措、喀什噶里、纳瓦依以及《福乐智慧》《真理的入门》《突厥语大辞典》《蒙古秘史》《红楼梦》《一层楼》《泣红亭》《清史演义》都是举世闻名的作家作品。在现当代，少数民族文学对中国文学的贡献更加巨大，老舍、沈从文、玛拉沁夫、韦其麟、李乔、乌日尔图、张承志、扎西达娃、阿来等又续写新篇，丰富了中国文学宝库。对此，我引以为自豪；对有幸从事这项工作，我深感责任重大、使命光荣。

舒晋瑜： 中国作协拟用五年时间实施的少数民族文学发展工程，包括哪些内容？

白庚胜： 中国作协一贯重视少数民族文学事业。在党和国家的领导、关心、支持下，我们至今已吸收 1000 多名少数民族作家入会，从 20 世纪 80 年代初起创办的《民族文学》杂志已发展至汉、蒙、藏、维、哈、朝六种文字版，已连续多届召开少数民族文学创作会议，早已成立少数民族文学委员会，并已举办多期鲁院少数民族文学创作、翻译、理论培训班，举行十届少数民族文学创作"骏马奖"评奖活动。在 2012 年"少数民族文学年"，我们又正式启动少数民族文学发展工程，它包括人才培养、鼓励原创、推动扶持出版、作品翻译、加强理论建设几个部分。其中，人才培养由鲁迅文学院承担，每年至少培养 300 名学员到该院深造；鼓励原创为每年扶持原创作品 100 部；推动作品翻译由少数民族语文作品与汉语文作品互译、少数民族语文作品互译、汉语文作品少数民族语文作品与外文互译三项构成；加强理论建设主要是每年举办一个专题论坛，并资助出版一批有关理论批评著作。

舒晋瑜：中国少数民族文学有多大的读者市场？另外，少数民族文学发展是否存在参差不齐的情况？

白庚胜：今天的少数民族文学，拥有强大的创作队伍，文学报纸杂志有七十多种，内蒙古、新疆等少数民族地区成立有文学翻译家协会，许多民族自治州和区投入了大量资金强化创作。另外，中国少数民族作家中有一批非常优秀的代表作家，这几年还涌现出许多文学群落，光云南就出现了小凉山诗群、昭通文学现象，四川涌现出康巴作家群，甘肃八骏中有近一半为少数民族作家……过去，少数民族文学创作带有很强的体裁特点，如诗歌散文比较繁荣。而现在，小说、报告文学、影视文学创作势头良好，作家们大都强有力地介入现实生活，比如在伤痕文学、寻根文学、打工文学、生态文学创作方面都有不俗的表现，有不少作家作品已跻身我国当代文学创作的第一方阵，并在历次全国文学大奖中择金夺银，甚至出现了蜚声国际文学界的精品力作。当然，少数民族文学发展的不平衡性依然突出。这既表现在整体上，也表现在个体上，在各个民族之间、在同一个民族的不同地域之间、在不同题材之间、在不同体裁之间都有不平衡现象。所以，我们要继续采取各种手段，在入会、培训、评奖、推介、鼓励母语创作、扶持翻译、对外交流等方面，既着力整体推进，又加大特殊扶持，以实现共同进步、共同繁荣。

舒晋瑜：您认为中国少数民族文学目前存在哪些问题？存在哪些有利因素？

白庚胜：目前理论研究滞后于文学创作，为了弥补这一弱项，我们每年举办一个主题论坛，增强少数民族文学理性思维能力，今年的论坛主题是"少数民族影视文学的呈现"。现在少数民族文学取得了辉煌的成就，但发展很不平衡，在发达城市和沿海地区，作者队伍强、平台强，文学品种、样式多样，名作家名作品也比较突出。一些弱小的少数民族支持力度不够。有些地区的作协，编制很少，经费投入只是象征性的，呈现出发展不很平衡的状态。少数民族文学很重要的特点是作品题材广泛、视野开阔，但博大的现实主义作品不多，魔幻现实主义的写法比较适合少数民族文学写作，革命现实主义，干预生活深入生活的作品不多。

有些少数民族将本民族的文化认识寄托在神的身上，少数民族创作中，有很多描写土司、巫师的作品，对现实很冷漠。作家有时候成为一个民族的精神领袖，他们的一言一行对国家对民族有重要的影响，要加强对少数民族文学思想政治理论的引导，把握好创作题材；还有一些作家模仿汉语创作的情色描写，出现了一些低俗、庸俗、媚俗之作；有些作家把民族看得比国家高，把文化看得比政治大。这是需要引导的非常重要的方面，不能用民族利益代替国家利益。

2014 年 11 月 5 日

民族文学新声

作品鉴赏

爱国团结大风歌

——评电视连续剧《茶马古道》

　　23集电视连续剧《茶马古道》，是我国近年来影视舞台上不多见的黄钟大吕。它通过讲述20世纪上半叶发生在茶马古道上的木石罗等纳西、藏、白、汉各族马锅头组织"抗日马帮运输队"支援前线的感人故事，深刻揭示了茶马古道的生命内涵，热情赞颂了滇藏各民族的团结和友谊，光大弘扬了感天动地的爱国主义精神，堪称爱国团结大风歌。

　　该作品描写的茶马古道，实际上指以丽江为中转站、以大理与拉萨为两端的茶马古道南干线。它从拉萨往西伸延则进入尼泊尔、印度，从大理往西的延长线直抵缅甸，从丽江往东便是号称天府之国的巴蜀。这段南干线大约形成于唐代中期，是吐蕃与南诏间当时政治、经济、文化交流的产物。其主要作用是以骡马为动力、茶叶为主要商品，进行游牧民族与农耕民族间的经济交流。自从日本帝国主义对我国发动侵略战争并封锁海上交通线，迫使国民政府迁都重庆后，这条古道一跃而成为当时我国与反法西斯同盟国保持联系的唯一国际陆上通道。于是，作为抗战大后方，茶马古道已经不再是单纯的商贸通道、文化交流长廊、民族团结纽带，而且还具有了国家安全生命线的意义。《茶马古道》正是在这样一个特殊的时空中，基于这样的历史意识与政治高度，塑造尼玛次仁、贡布、木石罗、花依、格桑这些形象，并演绎他们在大敌当前危急关头的各种悲欢离合。

　　在如此高远的立意下，《茶马古道》写大事、明大义、求大利、讲大情，使整个作品大气磅礴、势若长虹，起到感人肺腑、催人奋进的艺术效果。

本来，木石罗等马锅头走茶马古道不过是个人的经济行为而已，但一旦将它与抗日战争联系在一起，使之成为国际反法西斯战争的一个部分，其意义就发生了质变，其行动就成为争取国家独立与民族解放的伟大壮举。

茶马古道上的各马帮间自古就存在着民族间的隔阂、地方利益的冲突，更有各商家间的尔虞我诈。但在中华民族遭受日本帝国主义侵略之际，以尼玛次仁为首的拉萨商会以及以木石罗为代表的各民族马帮共赴国难，无偿运输抗日物资，义薄云天。

追求各自利益的最大化，是各个马帮所代表的各种势力作茶马互市的最大动机。但《茶马古道》在承认这种利益追求的合理性的前提下，很好地处理了民族利益、地方利益、个人利益与国家核心利益之间的关系，并把政治、经济、文化利益有机地结合起来，让短期的、局部的、暂时的利益服从于长远的、整体的、根本的利益，即中华民族的生存发展。尼玛次仁就是这方面的优秀代表。他身为拉萨商会会长，富甲一方，但为了保持拉萨的稳定繁荣，为了不让江孜保卫战的悲剧重演，也为了不让千千万万的同胞像自己的儿子那样惨死于日寇的铁蹄之下，他牺牲小家为大家，不顾个人助国家，不断协调各方力量，团结各族兄弟，排除各种干扰建成抗日马帮运输队，甚至不顾年迈力衰，率领运输队出征，踏上漫漫抗日道路。

《茶马古道》也描写了木石罗、花依等人物丰富多彩的亲情、友情、爱情，他们有的恣肆汪洋，有的婉约深沉，有的单线流动，有的多头交织，但都充满了人性美、人情美，而这些感情最终又都统一于不同民族、不同地域、不同阶层、不同集团的国家认同，即爱国主义热情之中。许多矛盾于是得到解决，一些人物的性格在其感召下实现了转变、发展，前者如木石罗与格桑的世仇。它缘于1903年藏、白、汉、纳西四个民族共同抵御英国入侵者的江孜大战。由于后来成为日本特务的静安编造木石罗之祖父木庚老爷出卖十八勇士，致使格桑的祖父等被英军所谋杀的谎言，致使两个家庭乃至在丽江和迪庆的纳西、藏两个民族之间埋下了仇恨的种子，并不断发生械斗。正是在又一次国难当头之际，他们经由十八勇士之幸存者，即当年误杀木庚报仇的苏达公揭开真相，木石罗与格桑的手又紧握在一起，化干戈为玉帛，同仇敌忾，共同参加到抗日救亡的伟大斗争中。后者如陈佩雄。他是一位驻藏官员的后代，由于自负、贪婪，他曾陷害木家人藏马帮倾销假茶叶、杀害木茨格、火烧云南会馆、假借运送抗日物品之名行走私之实，但一旦他的师傅——日本特务静安原形毕露，要他去剪除抗日马帮运输队，他迷途知返，反戈一击，没有最后堕落为汉奸。这一设计，既符合陈佩雄作为英雄之后的逻辑，也强调了在爱国主义旗帜下各种消极因素出现转化的可能。

《茶马古道》对这些大事、大义、大利、大情的描写与表现并不标签化、程式化，而是通过一条古道，即茶马古道；两次战争，即江孜抗英战争与抗日战争；三国关系，即中国、日本、印度三国在第二次世界大战期间的关系；四个民族，即汉、藏、白、纳西；五组矛盾，即木石罗与格桑之间的世仇情恨、尼玛次仁与贡布之间的政治冲突，以静安为代表的日本帝国主义与中华民族水火不容的斗争，陈佩雄和格桑、杨云鹏、木石罗之间的利益竞争，丽江木氏与大理杨氏、迪庆格桑家族之间的民族矛盾等而实现的。

《茶马古道》之所以震撼人心，还得益于它的文化高度与精度。作品对佛教文化、东巴文化、本主文化，对纳西、藏、白等民族的民俗文化作了广度展示、深层挖掘，并予以充分的理解与尊重，充分肯定了它们在多元一体中华文化格局中的地位与作用。

2005 年 7 月 29 日

平等团结"金凤花"

——电视连续剧《金凤花开》获奖感言

前不久，景宜团队精心打造的电视连续剧《金凤花开》荣获中宣部颁发的"第12届社会主义精神文明建设'五个一工程'奖"。这是期待中的喜事，也是意料中的收获。这是因为它在为新中国成立60周年献礼于2009年12月首播中央电视台一频道黄金时段之际，已在国内影视界广受好评，并在全国各地，尤其是少数民族地区广受欢迎。根据有关调查，它在当时的收视率创下同类题材的最高纪录，并至今未有其他作品相比肩。可以说，《金凤花开》摘取此桂冠，实属实至名归、名副其实。

一部《金凤花开》何以有此迷人的魅力？关键在于作者用影视的手段、全新的视觉，生动讲述了新中国成立伊始中央人民政府派出以王坚为团长的中央民族访问团西南分团，深入云南边疆彝、白、傣、独龙、怒、布朗、哈尼、傈僳、藏等14个民族地区报道新中国成立的喜讯、宣传党的民族政策、了解边疆地区的民族情况，为即将进行的民主改革、建立民族区域自治制度、振兴民族经济、创制民族文字、保护民族文化、邀请民族参观团进京参观做准备的真实故事，充分展示了新中国民族关系的最初结构过程，揭示了中国共产党及中华人民共和国政府所制定的民族政策的精神实质，形象阐释了"国家的统一、国内各民族的团结，这是我们的事业必定要胜利的基本保证"这一伟大真理，让各民族观众为我们共同拥有一个平等团结的社会主义大家庭而自豪，并继续激励我们为进一步构建平等、团结、互助、和谐的新型民族关系和努力实现"共同团结奋斗，共同繁荣发展"的民族工作伟大目标而努力。

《金凤花开》充分肯定了我们党解决错综复杂的民族问题的能力和驾驭民族关系全局的高度，始终把坚持民族平等视作实现民族团结、民族进步、开展一切民族工作的前提条件，把实现全中国境内各民族一律平等视为我们国家制度的巩固基石。正如从"炎黄""华夏"之称中就可以看出的那样，中华文明从一开始就多元一体。由于多元，就有关系存在。各单元之间互相尊重、互相包容、互相交融，就能促成一体、强化一体、推进一体，就是国家之福、民族之幸；各单元之间互不平等、互相对抗、以强凌弱、以大欺小，就必然国破家亡、民生凋敝，就是社稷之害、人民之祸。为此，历代有作为的统治者大都致力于其治下民族关系与民族问题的处理，留下移民实边、和亲、土司制、改土归流等制度、政策、措施遗产，以及昭君出塞、文成公主进藏、唐南会盟等佳话。然而，由于政治的、经济的、文化的原因，从总体上讲，历史上的任何统治者都不可能从根本上解决民族问题与民族关系，因为他们的基本点都不是出于平等的理念，而是为了一时的权变，大都流于局部性、表面性、实用性，"夷夏之辩"下的蛮卑汉尊、以夏治夷、以华化狄等观念根深蒂固。即使那些曾经入主中原，或曾建立过地方政权，或在某些区域居于主体地位的民族，也无不主张对其统治下的其他民族作政治压迫、经济剥削、文化歧视，造成中国历史上始终不解的民族关系紧张、民族矛盾尖锐，并为此付出了巨大的代价，不少民族只好揭竿而起，或迁徙逃亡，小少文化消失灭绝。只有中国共产党人才有理论、有政策、有措施彻底革除造成这种种不幸的物质基础、社会条件、精神障碍，并且在建党宣言、长征路上、延安民族学院即宣誓之并不断实践之，留下彝海盟誓、系统培养民族干部、尝试民族区域自治等多少佳话。

这部作品中，面对历史上遗留下来的错综复杂的民族关系，以及来自境外国民党反动派的干扰破坏、来自各民族间的隔阂与互不信任、来自民族反动头人的挑唆和干扰、来自民族普通群众的不解与疑惑，访问团从滇东到滇西、从绿浪无边的亚热带森林到白雪茫茫的高黎贡山、迪庆高原走村串寨、访寺谒庙，深入于千百年来受尽苦难、欺凌、压迫的各族各界中间，通过送盐送茶、行医治病、护水护鸟、剿匪平叛、调解矛盾冲突、迎返土司头人等一个个细致感人的行动，致力于从政治上、经济上、文化上、情感上宣示平等、实现平等，把作为中华民族成员的尊严还给各族人民，以达到各民族大团结、大繁荣的目的。这充分表明：只有新中国才有信心、有能力、有希望推翻千百年来的民族统治，只有共产党指引的方向才是各民族一律平等、共同繁荣进步的方向。

作品还突出表现了文化尊重在实现民族平等团结中的特殊作用。它对白族建筑艺术与商业文化、彝族的家支制度与火文化、布朗族茶文化、傣族贝叶文化与佛教信仰、十七代佤王对保卫佤山所做的巨大牺牲、独龙族文身文面等做了充分展示，所强调的是我国各民族对中华文明建设的积极参与与贡献，突出说明的是这些文化及其民族特点不仅不是我们今天进行固边安边、和谐社会、先进文化建设的负担，而且还是不可多得的资源与动力。它一改同类题材最容易走偏的倾向，让人们在差异中照见光芒，在多样中各美其美、提振信心，在包容中美人之美、发现价值，在理解中美美与共、获得尊严，而不是居高俯视、"同情""玩赏"异文化，也不是在沉湎于本文化中扬扬得意、不可自拔，而是以平等的态度、平常的心境、平直的眼光去客观、冷静地审视多元一体的中华文明之结构、意义，从而赢得人心、取得共识、实现认同。《金凤花开》对此的具体表现是中央访问团经过艰苦、细致、卓绝的工作，终于促成普洱区第一届兄弟民族代表会议的召开，并由参加会议的 26 个民族代表共同立碑盟誓：从此同心同德，团结到底，在中国共产党的领导下，誓为建设平等、自由、幸福的大家庭而奋斗！这是开天辟地以来的最强音，也是中华民族的共同心声。

《金凤花开》还以白族姑娘金凤与慰问团警卫连连长张东海之间的爱情故事贯穿始终，在他们相识、相知、相恋、相爱过程中设置众多的人物、情节、悲欢离合，表现了党、人民军队与人民群众的鱼水深情，各民族之间的心心相印，中央与边疆之间的血肉联系。金凤不仅是党的民族平等团结政策的最初受惠者，同时也是它在云南边疆的最早实践者。她从一个受剥削受压迫的赶马人之女成长为一个女工作队员、女医生、女共产党员的过程，正是 20 世纪中叶我国各民族人民命运发生根本转变的缩影。跟党走，才能民族平等、社会和谐、让每一个民族成员得以成长进步；沿着中国特色社会主义道路前进，炎黄子孙才有美好的现实、灿烂的未来；坚持平等、团结、互助、和谐，华夏儿女才能共同繁荣进步；只有培养、依靠千千万万像金凤、腊波、召龙、勒沙这样的领路人、引头羊，中国共产党的民族工作才会生根开花，更加辉煌。这就是历史的结论。

《金凤花开》本身就是一朵歌颂民族平等团结的"金凤花"。它在承认差异、尊重差异、包容差异、超越差异中坚守党的民族理论，回顾社会主义民族工作历程，歌颂党的民族政策伟大成果，呼唤新的历史条件下的民族团结，并作了高品位的民族文化审美，高高树立起了一座民族题材影视剧创作的新丰碑。我们有理由坚信，在党的十八大精神浩荡东风的劲吹下，一花引来万花开，我国文艺园地将有更多更好的歌颂民族平等团结、繁荣发展的优秀影视金凤花尽情怒放。

2010 年 1 月 20 日

145

民族文学新声

小说《嘎达梅林》的生态意义

郭雪波先生历经四十年积累、六易其稿创作而成的长篇小说《嘎达梅林》，是一部以嘎达梅林及其起义为题材的文学精品。它既继承了对英雄的社会性、政治性、民族性的传统表达，又为嘎达梅林及其起义注入生态意义与文化意义，进行了深度挖掘与全新的诠释，使这部作品充满现代思想光照，唤起人们对自然生态与社会生态的双重关注。

作品采用双线性蒙古长调结构展开情节。前一条主线按嘎达梅林起义前、中、后三个阶段推进，后一条主线循白尔泰追寻"二爷爷""内人党"与嘎达梅林起义之关系而发展，所索解的是人与自然的依存互动问题。这两条主线间的关系是：它们是两个时代延续的同一个灾难；它们是两代蒙古族英雄群体对同一灾难的生命应对；它们都呼吁结束自然与社会间的恶性互动，并重建它们间的良好关系。作者在以往"爱国保家、反帝反封建、求解放、争民主自由"之基础上，为嘎达梅林及其起义主题增添了"保护自然生态、维护游牧文明"的新内涵。

在作者看来，一个公平正义、和谐美好的社会，除了有良好的政治制度、强大的经济基础、民主法治的社会条件，还必须建设全新的生态文明，有文化与文化之间的互相尊重与平等对话，而不是简单地互相代替、粗暴地互相否定。因为，现存的任何一种文化形态都是各个文化主体长期适应自然并互相适应的结果；生态乃是自然生态、文化生态、社会生态、政治生态的集合体，居基础地位的是自然生态，具重要职能的是文化生态，发挥基本功能的是社会生态，起决定作用的是政治生态。它们互相依存、互相作用，维系着主客体的存在，构成我们所生存的整个世界。假如其中一环生变，尤其是一旦自然生态受创，建筑在其基础上的整个生态大厦将全部坍塌。

小说《嘎达梅林》用科尔沁草原从"绿草长得比人高，骏马跑得风一样快"，"风不吹、草不动，牛羊躺在草尖上长膘"，到退化、碱化、沙化，直至发生多年不见绿草的黑驴追逐治沙专家并吞食其草绿色衣物，最后被联合国确定为世界十二大沙地，造成威胁北京、为害东北亚各国的悲剧，揭示了 20 世纪两次政治动荡、社会失序、文化缺范、全球化冲击导致当地环境恶化并加剧了自然与人的冲突、人与人之间的矛盾，付出了巨大生态代价。

可以看出，科尔沁草原在民国初年遭受的破坏主要来自外部力量的残酷掠夺、无情侵略，以及来自内部以达王、韩舍望为首的利益集团的积极出卖。而发生于"文革"期间强行推广"以粮为纲"的盲目开垦，则主要源于思想认识问题，即不懂得尊重生物多样性及文化多样性，一味以农业思维代替牧业思维、以农业文明否定游牧文明，致嘎达梅林等英雄用鲜血和生命保护下来的达尔罕草原残片遭受彻底毁弃，甚至连英雄们曾经跃入冰水壮烈牺牲的乌力吉木仁河，都因开渠筑库引水农灌而完全干涸，使追求天人合一的中华文化精神饱受重创，并在几十年后与伴随着"工业化"污染而来的"以钱为纲"相合流，造成空前的环境破坏、生态挑战、生存危机。

可怕的是有的人，尤其是有的干部在"文革"之后仍不能坚持实事求是，延续旧思维，推脱责任，不能拨乱反正。治沙必先治愚，治愚必先改变观念。可以说，恢复生态之本质意义乃是人的精神重建，即提高人们的科学文化素质，尊重规律，善待自然，善用自然，而不是狂妄地鼓吹"人定胜天"。

科尔沁沙化虽然由农业文明与游牧文明相冲突造成，但就全球范围而言，自然环境恶化的终极性杀手还是以工业文明为内核的资本主义生产关系。如果说农业文明与游牧文明的冲突只造成对自然环境与自然生态的局部、个别破坏，并尚可修复，那么工业文明对自然的破坏则是全面的、彻底的、全球性的。它从外太空至海底、地下无所不至，从采集狩猎文化至游牧农耕文明都难以避免。由于它，今天的世界正处在高温、污染、荒漠化、公害的重压之下令人窒息，无节制的利益追求正在吞噬着所有的海洋、草原、林地、田野，并摧毁一座座建筑在其基础之上的精神家园。这表明，以工业化为标志的资本主义生产在其本质上是反自然、反生态的。在其背景下的所谓自然中心主义生态保护、以人为中心的生态保护，以及所谓名目繁多的环境保护行动只能杯水车薪、治标不治本。资本主义制度下的环境保护主义理论及其实践不但只能延长耗费地球资源的时间，而且将本国环境危机通过跨国公司、国际金融转移到境外，将环境代价及生态灾难转嫁给发展中国家，使环境灾难日益国际化、全球化。

这正是嘎达梅林及其起义必然归于失败、王治安书记与王复光教授等人的治沙事业艰难重重的原因所在。

要保护自然、改善环境，唯一的出路在于坚持马克思主义生态观，致力于建设以人为本的生态文明，在科学发展观的指导下正确处理人与自然的二度关系，确保人与自然的和谐相处，在尊重生物多样性的前提下尊重文化多样性与文明互补性，杜绝无节制掠夺自然与无止境地追逐利润，坚持低碳、无公害生产，坚持无污染、绿色消费，建设资源节约型、环境友好型社会，通过改变思路、调整结构、转换模式，让社会发展繁荣更全面、更协调、更可持续。

为了实现这一根本目标，我们必须吸取教训、总结经验，包括总结萨满教尊重自然万物的思想观念，边防边治、边护边建，再造秀美河山，不使嘎达梅林等英雄的鲜血白流，让白尔泰、老那头、德吉、奥拉坦等所祈求的政治清明、经济繁荣、民族团结、社会和谐、生态良好的愿望成为现实。

这是弥散在郭雪波长篇小说《嘎达梅林》中的生态意识，以及给读者的启发。

2012 年春于寓所

文化自觉　成果丰硕

改革开放 30 多年是中国少数民族文化全面发展繁荣的黄金时期。其间，在党的民族政策指引下，一支高素质、多学科、多梯队、多民族的少数民族文化工作者队伍不断成长，并涌现出许多领军人物，丹珠昂奔同志就是其中最具代表性的一位。

丹珠昂奔同志出生于一个藏族农民家庭，成长于青藏高原及博大丰厚的藏文化沃土，从小受到良好的汉文化熏陶。自 1981 年大学毕业后，他先后经历从学、从教、从政三大阶段，先以文学为起点，继之在文化研究领域发力，接着于组织领导民族文化工作中大有作为，在藏族文学创作、藏族文学评论与研究、藏族文化史钩沉方面建树比比，尤其是在民族文化保护传承、中国藏学建设方面取得了突出成就。

这六卷本八分册《丹珠文存》内涵丰富，其"文"既指文学又指文化。文学分创作、评论、研究三个部分；其创作始于 1976 年，有小说、诗歌、散文、戏剧；其研究涉及民间文学、作家文学、文学史，民间文学中又包含神话、传说、史诗、歌谣。至于文化，涉及藏族文化史、宗教、艺术、民俗、科技、思想、哲学，以及民族文化诸多领域之研究成果。它让我们幡然照见的是作为作家、学者、官员三位一体的丹珠昂奔同志博大的胸怀、宽广的视野、坚定的信仰和严谨的学风、创新的意识。

固然，丹珠昂奔同志的创作及学术贡献主要以藏族为基点、以藏族文艺及文化为中心展开，但其中包含着强烈的地球情怀、生命意识、中国责任。用他自己的话说，就是他先从藏族看中国、从中国看东方、从东方看世界，然后站在全球的高度看东方、站在东方的高度看中国、站在中国的高度看藏族，做到"一览众山小"、纲举目张。《藏族文化发展史》《佛教与藏族文学》《藏族文化志》等成果所体现的正是丹珠昂奔同志这种非凡的气象、超拔的境界，而不是囿于一时一事一人一物的不可自拔，也不是拘泥一己一族一地一说的偏颇放言，确保了对微观的宏观观照、对普遍性的特殊性辩证，避免了狭隘性与盲目性，力求使自己的精神劳动有利于人类进步、国家统一、人民幸福、民族团结、社会和谐。

与之相关，丹珠昂奔同志的创作与研究有十分宽广的视野。无论是对现实生活的表现还是对历史文化的挖掘，也无论是就藏文化所做的探究还是对整个民族文化工作的思考，他都能够调动多学科的知识与多方面的力量、吸纳各领域的意见和成果、兼顾各方面的材料与关系，较客观全面地运思问题，多角度多层次地切中肯綮，较准确地再现历史文化的精神，发常人所不能发之微，阐别人所不能阐之幽。他就羌与吐蕃关系的研究，他就藏族信仰结构的分析等，都无不是在极广阔的背景、极丰富的材料及多学科成果基础上进行，从而使有关结论"譬如北辰，众星拱之"，充满了说服力，具有了穿透力。

丹珠昂奔同志的文学创作及学术活动，始终贯穿着共产党人坚定的信仰。在记者招待会上的发言、在国际交流访问中的对答、在各种会议上的讲话、在各种序跋中的陈述是这样，在各种体裁文学创作中、在庞大的民族文化关系梳理间、在对待藏传佛教与藏族文学藏族文化的关系里、在民族文化遗产的复杂性认知方面也是如此。他对马克思主义真信、真懂、真坚持，善于用其立场、观点、方法观察问题、分析问题，处理复杂的社会及精神问题、经济与文化问题、历史与现实问题。他坚决拥护社会主义制度，坚决执行党的民族政策、宗教政策、文化政策，坚定地恪守社会主义文化的原则与前进方向，让自己的思想和行动自觉服务于社会主义核心价值体系的建设，将高度政治原则与高深的文学创作、学术研究融合在一起，使学术有灵魂和方向，使信仰有浸润与滋养。他的学术让人产生向心力、向上心，提振自尊心、自豪感、自信力。读了《文艺、人民、尊严》《解决好人的问题》《为民族地区全面建设小康社会而努力》《捍卫学术的尊严》等文章，谁还能不为他的理想信仰所感动？

丹珠昂奔同志的创作、从学、为政都十分严谨。这得益于他坚持辩证唯物主义与历史唯物主义这一科学武器，并经历过多部门的锻炼、多岗位的磨砺、多领域的探究、多学科的训练。他在材料运用、分类求证上十分严肃认真、严格规范。他的概念使用、逻辑推理相当缜密审慎、精专本色。这都保证了他的成果经得起时间的、实践的检验。从而，其藏族文化史的分期、藏族文化类型划分、藏族文化精神揭示都有理有据。其民族文化主体论、本体论、结构论、方法论、功能论、精神论都落地有声、有金玉之质。他所建立的独具个人特色的藏族文化史观及藏族宗教观、藏族史诗观、藏族文学史观、民族文化论等一座座大厦，都是其秉持科学理念、科学态度、科学方法、科学精神的具体构建。

创新是一个民族、一个国家、一个学科的生命力之所在，也是一个成功的作家、学者必备的精神。丹珠昂奔同志善于将继承与创新有机统一、理论与实践高度统一，他就藏族文化一个定义两个圈的设定，他对藏族文化三层次的划分，他对藏族文化特点、精神的诠释，他的"吐蕃"新解，他的"白狼王歌"点评等，都无一不是其学术创新的结果，具有筚路蓝缕、开启山林的意义。

强烈的责任感跃动于《丹珠文存》的每一篇章之中。在丹珠昂奔同志那里，学术是天下公器，是服务于祖国与人民的重要形式。通过总结前人与同时代人的学术成果，也通过自己的创造性劳动，他无可辩驳地证明了中华民族多元一体的历史客观存在及各民族文化的价值意义，证明了西藏自古以来就是中国领土的一部分、藏族及其文化乃是中华民族及其文化的优秀成员；面对藏区经济上的贫困与落后，他在正确评价佛教曾经发挥积极作用的同时，也分析了其在塑造藏族民族性方面产生的消极影响，指出了藏族人民在党和国家正确领导下通过解放思想、改革开放、改变落后面貌的正确方向；面对民族地区的生态恶化、传统文化解体，他为贯彻党和国家的文化政策与民族政策而奔走呼号，以唤起民族地区的文化自觉，并通过保护自然生态与文化生态保证各民族文化的存在发展，顺应了全球性多元文化保护浪潮；为了回答来自内部与外部对藏族、藏文化、民族文化，以及党的民族政策的种种模糊认识，他著书行文作不遗余力的理论阐释与实际指导。

在《当代藏族双语创作研究·序》一文中，作者曾经评价德吉草的有关研究具有"科学的思想基础""深厚的民族感情""扎实的文化功底""良好的艺术修养"。这其实也可视之为丹珠昂奔同志对自己文学创作、文化研究、行政管理工作的很好概括。他的"思想基础"是马克思主义的世界观、方法论，以及古今中外一切积极的学术思想成果；他的"民族感情"既指他作为藏族优秀儿子的"民族感情"，也指他作为中华忠诚儿女的民族感情；他的"文化功底"包括了社会科学、人文科学乃至自然科学等多种知识，藏、汉、外等多种语言文字功力，创作、教学、研究、行政管理等多种能力；他的"艺术修养"涵盖了文学创作评论、艺术审美等各个方面。故而，阅读《丹珠文存》不仅让我们收获思想、知识的营养，而且让我们感受到他的道德情操的力量，并享受智慧与美的愉悦。

我们这个时代是需要民族文化英雄而且能够创造民族文化英雄的时代。让我们在以习近平同志为核心的党中央领导下，在文化强国建设的伟大进程中共同努力，让我国民族文化园地催生更多像丹珠昂奔同志及其《丹珠文存》这样的大家精品。中央民族大学是我国少数民族人才培养的摇篮，也是少数民族文化研究的孵化器，我衷心祝愿母校发展进步！

2013 年 3 月 10 日

岭南文学多风华

祖国的广西，桂林山水甲天下，说不尽的漓江秀，看不够的阳朔美。

八桂大地上，汉、壮、瑶、苗、侗、仡佬、仫佬、毛南、京等各兄弟民族，从久远的洪古起便生息于斯、耕耘于斯、创造于斯。从物质到精神、从文化到艺术，一切都精彩无比，一应均灿烂辉煌，更兼文学艺术"风景这边独好"。

他们开山盘田，首创稻作农耕；他们培树植木，初成茶叶文化；他们天工开物，发铜鼓之宏响；他们萦海循江，作龙舟竞渡。于是，花山岩画铭刻下岁月沧桑，七彩壮锦编织满恩怨情仇；风雨桥流溢生产生活的烟火，红七军再造理想信仰的砥柱。于是，"盘古歌""布洛陀"开启文脉，"三月三"歌墟、"刘三姐"歌仙天降传奇，《大宅颂》《智城碑》兴隆文运，区革、三覃遂成高峰，《瓶山全集》直追唐宋文章，《平澜诗集》直比李杜诗篇。

春雷阵阵换人间，解放、改革文苑新，文学桂军新征程，数千万生民尽舜尧。他们尽情放飞激情与灵感、挣断精神枷锁，他们"伤痕"累累、"寻根"历历，他们驾驭过"魔幻"、曾直指"荒诞"，他们赶漂"意识流"、穿行"后现代"，他们叩问"环境生态"、守望"精神家园"，他们化"数字"技术为神奇、借"网络"形式以通灵。不变的是对真善美的坚守，对文学的忠诚，对现代文脉的接续，对民族精神的传承。春光明媚中，《玫瑰的故事》朵朵绽放；春风习习里，《美丽的南方》妩媚动人。

喜看今朝岭之南，各民族文学又突围：从题材到体裁，从内容到形式，从意识到技法，全方位创新结硕果；冯艺、黄佩华、李约热、严凤华、黄土路等壮族作家一马当先，光盘、潘红日等瑶族新秀茁壮成长，杨仕芳、梁露文等侗族、毛南族写手崭露头角，纪尘、陶丽群等瑶族、壮族文学女将不让须眉。他们志趣坚定，坚守着本土的精神，又熔全球性、现代性、传统性于一炉；他们潜行于历史深处，又光照着生命的灵性与民族的暗语。秉承着习近平总书记的教导，先觉、先知、先行是他们的追求，有筋骨、有道德、有温度是他们的目标，精深的思想、精湛的艺术、精良的制作是他们的向往，为民族而书写又拥抱世界、为故乡而歌唱又与祖国共同着命运是他们的境界，深入生活、扎根人民、反映时代、以人民为创作导向是他们的情怀。

这样的情怀、这样的境界、这样的追求让我坚信：岭南作家更加茁壮，广西文学必大复兴。

《民族文学》2015年第1期"广西中青年作家专号"推出以来，受到少数民族文学界的广泛关注。不仅如此，三年来，在中宣部、财政部的大力支持下开展的少数民族文学发展工程，及其培养人才、鼓励创作、加强译介、扶持出版、理论批评建设等方面，作为少数民族文学重镇的广西，也贡献了诸多作家作品资源。如其中的壮族卷、仫佬族卷、京族卷、毛南族卷就由广西作协具体主持，受到新老作家的好评。近年来，广西作协在繁荣发展少数民族文学方面，做了许多扎实有效的工作，为少数民族作家办了不少好事、实事。就我所知，除了自治区内专门扶持鼓励少数民族文学创作"花山奖"外，还多次举办少数民族文学和作家研讨会；参与承办鲁迅文学院少数民族中青年作家培训班；在全国性的文学培训和作家作品推介会上特别注意推荐有实力有潜能的少数民族中青年作家；多位广西少数民族作家入选中国作协作家定点深入生活创作项目、中国作协少数民族文学重点作品扶持项目；特别是由广西文联策划、广西作协组织编辑的《广西少数民族新锐作家丛书》10卷本，收录了梁志玲、陶丽群、黄土路、周耒、杨仕芳、潘小楼、何述强、林虹、费城、黄芳等十位少数民族优秀青年作家的代表性作品，集中展示和总结了广西新生代作家的最新创作成果，堪称少数民族文学一个亮点。应该说，广西作协繁荣发展少数民族文学的实践经验值得我们重视和总结，也值得兄弟省区借鉴与学习。

我们注意到，这一期广西专号的入选作者中不仅有我们比较熟悉的作家，也有一些第一次露面的新面孔，比如"大学生诗页"推出的33位青年诗人就是其代表。阅读他们尚显青涩、但激情澎湃、想象力十足的诗作，仍使我感到广西多民族文学的未来充满生机和希望。

我认为，广西少数民族文学的整体实力与精神风貌受到各界瞩目与好评，并非平白无故的偶然之为，而是多方努力的必然结晶。其一，广西自古人杰地灵、才俊森列，又是少数民族文化的富矿区和少数民族文学人才的重要摇篮，在文学界产生影响的很多作家，大多来自少数民族。广西作家普遍质朴、扎实、不浮躁，生活底子厚实，艺术触觉灵敏，仿佛集山川之灵秀，笔下才情四溢，情感丰沛。这是广西少数民族文学取得成就的重要原因。其二，中国作协和广西作协在繁荣发展少数民族文学方面所提的政策支持与培养机制，也是广西少数民族作家健步成长、集群亮相于文坛的有利条件。特别是广西作协真心实意为作家办事的态度和风格，让少数民族作家感到了家的温暖，有了集体荣誉感和凝聚力。其三，少数民族文学阵地建设功不可没。中国作协主办的《民族文学》等全国性少数民族文学刊物，在约组力作、推荐新人方面具有先天的优势，广西很多少数民族作家正是先被《民族文学》发现、培育，然后才顺利地走向全国文坛的。当然，《广西文学》《南方文坛》《红豆》《南方文学》《三月三》等广西地方性文学期刊在培养广西少数民族作家、评论家方面，也发挥了不可替代的作用。

"历尽天华成此景"。有了作家的勤勉躬耕，有了文学组织的热忱帮助和文学氛围的营造，有了文学阵地的挚诚坚守与凝神聚力，广西少数民族文学璀璨夺目。

2014年2月10日

一曲《茶颂》动心魂

——电视连续剧《茶颂》观后感

　　中国是茶祖之国，也是茶文化的起源地。大约从 6000 多年前起，我们的祖先就逐渐栽培茶树，并建立起茶文化体系，对人类文明产生了深远的影响。遗憾的是，比之对酒、玉、瓷、丝绸的关注，对茶文化的"文学表达"一直很少，对它的影视表现更是非常少见。好在这一局面于近年始有了一定的改观，先是一部电视剧《茶马古道》走红一时，近日又有洋洋 32 集连续剧《茶颂》在中央电视台黄金时段热播，使茶文化再次成为人们瞩目的话题。

　　《茶颂》以中国社会动荡不已、中国历史最初转型的 19 世纪下半叶至 20 世纪初为时点，以中国、印度、西方大三角及北京、云南、西藏中三角，昆明、大理、普洱小三角为空间，生动讲述了半封建半殖民地化日益深重背景下的中国茶文化的多舛命运、中国茶产业的饱经风霜、中国茶农的悲欢离合、中华民族的负重前行，充分展示了中国茶文化的丰富内涵，深刻揭示了中国茶文化的社会、政治、经济、军事意义，从而触动了茶神经、触摸到了茶脉搏、张扬了茶精神，令人惊心动魄，并痛定思痛、警顽起顿，既为之自豪，也"哀其不幸"，更喜其奋起抗争与鼎新，看到了它的光辉前景。

　　这部作品以讴歌团结与维护统一、礼赞文化与颂扬情义、崇尚文明与坚持进步为主题，充溢着爱国主义的热情，激荡着昂扬奋进的精神，对从京城到昆明、大理、普洱、拉萨，从汉族、满族、藏族、白族到布朗族、傣族、哈尼族、彝族、佤族、基诺族，从皇帝、总督、驻藏大臣、知府到普通商人、贫民百姓、贩夫走卒在国家利益与民族大义旗帜下排除干扰、求同存异、共度时艰的壮举进行了宏大的叙述，并具体设置为布朗族女子南波娅与勐撒傣王的婚姻，普洱府各族人民反对外敌入侵、反抗官府压迫的同生死、共患难，以及云南边地与朝廷间通过贡茶等而建立的政治关系，滇藏间籍边茶而强化的中国国家认同，云南各地因茶产业及茶文化而交织为一体的共生性，朝野进步力量共同为捍卫国家主权、民族尊严、维护民生所做的努力。从而，它所张扬的爱国主义，有自尊、自豪、自信，充满使命感与责任意识，闪烁理性之光，绝不妄自菲薄，也不盲目排外。这样的爱国主义深厚庄严、温润雅致、从容淡定，一如中国茶的品性。这样的爱国精神，能够呼应全人类的利益诉求，在尊重与被尊重中"各美其美"与"美人之美"；乃是中国社会和谐统一的基石，中华民族自立于世界民族之林的根本，也是全世界和平发展的福音。

礼赞文化、颂扬情义是《茶颂》的又一主题内容。而且，这一文化主要是茶文化，这一情义乃是大情与大义。它所涉及的茶文化，包括茶政、茶制、茶市、茶史、茶经、茶文、茶艺、茶技、茶俗、茶具等多个领域，关乎茶之种植、加工、流通、保存、饮用、审美等多个方面，触及开发、利用、传承、推广等多个层面，并被一一组织于故事之中、渗透在人生之间，将其历史、际遇、内蕴演绎得淋漓尽致。比如说，在国际上长期争论不休的茶起源问题于此以托马斯发现有关玉兰科古茶树化石而有了定论：中国才是茶及其文化的祖地；关于《华阳国志》等对贡茶历史的记述、陆羽《茶经》等对中国茶文化精华的阐释，均借助秦公公、段子苴等的吟哦、对白做了精彩的呈现；关于中国各种名茶及普洱六大茶山的知识、趣闻以及茶与水之关系、茶与意之联系、赏茶标准等，通过贡茶比赛大典和慈禧太后六十寿辰茶宴两个场面一展风采；关于种茶、采茶、拜茶神、压茶、焙茶、沏茶等民俗活动以秦公公亲历景迈山的所见所闻巧妙展示，堪称用神来之笔说尽茶业无限事，挖掘了中国茶文化的丰富内涵，立体、多角度地彰显了中国茶文化的多重价值，起到了俯瞰茶文化历程、点化茶文化精神、普及茶文化知识、唤醒茶文化主权意识、维护茶文化安全，以重振中国茶文化雄风的作用。

　　《茶颂》并非言情作品，却充满了对人间美好情义的描写，并始终将林林总总的男女之恋、亲子之爱、师生友谊、同党关怀、主仆相守、民族相亲都置于国家利益、民族尊严的旗帜下进行审视，凡符合这一大情大义者，均予以真诚的肯定、高度的评价，令其超越私性、灿然生辉，凡违背这一大情大义者，虽手足之间如同冰炭，凡同胞关系亦断然离析，并予以无情抨击，真是凛然大义，决不沉溺于卿卿我我、儿女情长，更不唯利是图、见利忘义、以情害义。这些义利与情义价值关系在主人公段子苴身上处理得最为成功。他与父亲段寿苍的父子情不唯靠血缘来维系，更重要的是他们同怀振兴国茶之梦想；他与乌云珠的恋情，源于他的清正廉洁、以民为本、以国至上、志存高远；他与南波娅终成秦晋之好，既有青梅竹马的基础，更因为他们在护茶山、保茶民、反侵略、抗压迫、斗贪官、拒奸商的过程中心心相印、互相声援；他与托马斯的友谊建立在一同对科学的服膺，以及互相尊重、平等相待之前提下；他与陈敬的忘年之交，主要出于他们都致力于为维新求变、同挽国难；他与丹珠大喇嘛力办边茶，是由于他们都有此举关乎稳定藏区、巩固边防、强化西藏与内地一体化作用之共识。而段子苴曾经与钱春阳矛盾重重，就是因为这位舅舅见利忘义、连铸大错；他之所以与巴图鲁父子为敌，乃是一方代表革新、一方代表守旧，一方以天下为己任、一方以利己为根本。与之相似，托马斯与哈里叔侄的恩断义绝、巴雅尔与乌云珠兄妹的反目成仇，也都由于他们的情义取向相左，甚至根本对立。尤为可贵的是，在张扬大情大义的背景下，作品对"好人"的"毛病"也做了一定程度的揭露、对"坏人"的"人性"也给予了适度的表现，从而有了矛盾的辩证、转化的可能，并有了段子苴对钱春阳浪子回头的宽恕、南波娅对刀昆罕回心转意的示好，以及巴图鲁对乌云珠的舐犊情深，凸显了人性及人类情感的丰富性、复杂性。

　　崇尚文明、坚持进步是这部作品的鲜明主张。在当时的历史条件下，中国茶文化振兴的主题是，在确保国家主权的前提下，大胆学习与引进西方的先进生产、加工、管理、经营技术与理念，革除不利于茶产业及茶文化繁荣发展的制度、体制、机制，与世界同步增强自己的生命力、竞争力，确保茶祖之国的国际政治地位与经济利益、文化品质。对此，以光绪、陈敬、段子苴为代表的维新派与以慈禧、巴图鲁、巴雅尔为代表的守旧派之间展开了激烈的斗争。作为维新派的代表之一，段子苴精通中国茶史、茶业、茶文化，又曾留学印度、考察英国，是"睁开眼看世界"的茶界精英及政界干臣。他看到了我们的优势，也深知世纪之交的危机，提出了种种茶政革新的主张，规划了其振兴的方略，并在自己治理下的思茅及普洱、云南政司内艰难地实施。其中，最具意义的是：废除贡茶制度；保障茶农利益；引入种植技术及加工机械；改进包装形式；保障边茶供给；惩治官商勾结；取缔皇室庆寿茶宴，并改行茶业博览会交易；实行公平国际贸易。无疑，这些主张极具政治经济价值，富有国际战略考量，充满进步意义。然而，它们却遭到以慈禧太后为总代表的腐朽、保守势力的压制。她们只管图茶利、享茶福，不思进取、罔顾国计民生，并贪官与奸商相勾结，导致茶业萎缩、国运不振、民族危机。这两种力量较量的结果是：慈禧太后复辟；光绪皇帝遭禁；段子苴茶政改革失败，他虽成功阻止英帝国借印度茶染指雪域高原，却入山成为茶农。反之，巴图鲁被免官、流放新疆，巴雅尔血债累累、死于亲妹妹的刀下，乌云珠舍身救恋人、殒命于黄泉，秦贵在累累罪行告破之后被社会彻底遗弃，秦公公被赶出宫廷、守陵终老。也就是说，除了普洱"青山依旧在"，所有人事都归于悲剧。正如鲁迅把封建社会归结为"吃人"一样，它深刻揭露了晚清社会腐朽透底的本质，强化了崇尚文明、坚持进步才能救国救民、振兴茶业及茶文化之必然性，诚可谓"入木三分"。

　　可以说，《茶颂》正是通过对以讴歌团结与维护统一、礼赞文化与颂扬情谊、崇尚文明与坚持进步为内涵的爱国主义精神的生动表现，以茶业命运为线索、以茶人为主体、以茶文化为对象，深刻描写了世纪之交的时代风云及时代精神，在新旧两种势力的较量与斗争中揭示了"新桃换旧符"的历史必然及中华民族必然披荆斩棘走向光明的发展趋势，发出了求光明、求进步、改善民生、改良茶业、振兴茶文化、振兴中华的时代强音。特别重要的是，作品不是平视、更不是俯视，而是仰视云南边疆少数民族在茶业及茶文化领域对中华文明的伟大贡献，以生命的谱写充分肯定了他们在物质文明与精神文明、在保卫家园与守护边疆、在反对帝国主义与封建主义、在反对民族压迫与争取独立解放过程中所发挥的重要作用，对他们的生活美、风俗美、心灵美给予尽情的歌唱，使观众确信各族人民手拉手、心连心是国家之幸，各阶层、各行业、各派别大团结、大联合才是中华民族的繁荣富强之本。谁怀疑这一点，谁就将迷失人生的方向；谁不珍惜这一点，谁就将被历史的发展所抛弃；谁破坏这一点，谁就将被社会进步的车轮所碾碎。而且，《茶颂》所反映的边疆与内地、民间与官府、地方与中央、少数民族与汉族之间的血肉联系，不仅借助于政治、经济、社会的力量，还充分发挥了传统的、文化的作用，从主题到立意、从内容到形式、从思想到艺术所生发的都是正能量，令人心魂激荡。

在艺术上，《茶颂》结构庞大、题材重大、人物形象鲜明、情节曲折、语言生动、矛盾冲突尖锐复杂、内涵丰富、文化底蕴深厚，展示了作者扎实的生活基础、充分的知识储备、雄大的社会视野、宽广深厚的人类情怀，把言情、玄怪、宫廷、文化影视剧的各种要素、形式、手段巧妙熔为一炉，实现了作品思想性、艺术性、观赏性的最佳统一。当然，这部作品的艺术表现并非没有进一步完善的空间。比如说，段子苴虽然光彩照人，但不免过于理想化、过分高大全，有伤于他的典型意义；他又留学海外又遍历内地各大茶产地，又精通中国茶史、茶文化又广识当下世界茶叶状况，又是清官廉吏又是儒生神探，集一切优秀品质与才华于一身，令人怀疑其真实性。另外，对茶文化无所不包的渲染，虽能显示作品的文化厚重与力度，但也容易产生炫耀学养、卖弄知识之嫌。在刻画光绪帝形象方面，仍旧脱不掉夸张其意气用事、刚柔失度、智勇欠足等脸谱化弊病。这样的不足，还见诸其他一些人物身上。如果能对这些加以完善，《茶颂》之思想文化内容必能与精良的艺术表达实现更好的结合，从而增强其感染力，产生更好的效果。

总之，《茶颂》是一部表现重大历史文化题材的大制作，它以鲜明的主题、深刻的思想性、厚重的文化性、精湛的艺术性，颂扬了中华文明的博大精深，颂扬了中华民族的创造精神，颂扬了边疆各个民族对祖国的多重贡献，颂扬了中国茶文化的灵魂与品性。它所体现的是中华儿女热爱和平、独立、自由的坚强意志，以及维护团结、统一、和谐的美好愿望。它所昭示的是伟大祖国光辉的未来与美好的前景。

2014 年 10 月 25 日

精彩纷呈　发展繁荣

——《新时期中国少数民族文学作品选集》选编出版寄语

经过一年多的努力，作为"中国少数民族文学发展工程"的首批成果，《新时期中国少数民族文学作品选集》于近期通过终审，并将由作家出版社正式出版。

2012 年 5 月 22 日，正值毛泽东同志《在延安文艺座谈会上的讲话》发表 70 周年之际，鲁迅文学院第 12 期少数民族中青年作家研讨班各民族学员们重回母校欢聚一堂，时任中共中央政治局委员、中宣部部长的刘云山同志专程前来看望少数民族作家并亲切交谈。当有几位作家提出希望中央继续加大对少数民族文学事业的支持力度时，云山同志当即表示，随着国家的经济飞速发展，每年投入一定力量专门用于繁荣发展少数民族文学是完全有条件、有可能，也应该的。

云山同志的讲话深刻传达出一个强烈的讯号：在新的历史条件下，党和国家对少数民族文学事业的关爱与扶持是文化强国语境下集结多元文化智慧的一种时代召唤，是促进民族团结进步、建设美丽中国的一种生动隐喻，亦是祖国母亲对各族儿女源自肺腑、情同骨肉的文学呵护。正是这次谈话，成为一个值得历史记忆的宏大工程的缘起。随后，中国作家协会党组、书记处通过深入调研、积极准备，于第五届全国少数民族文学创作会议上正式决定实施"少数民族文学发展工程"5 年计划，就少数民族文学培养人才、鼓励创作、加强译介、资助出版、扶持理论批评建设等方面给予政策支持和经费投入。李冰同志指出："繁荣发展少数民族文学不能空喊口号，而要真抓实干。要立足长远，科学规划，全面部署，力求实效。"其目标，就是"经过5年努力，使我国少数民族文学跨上一个新台阶"。为此，中国作协制定了《中国作协扶持少数民族文学发展工程实施方案》和《中国作协扶持少数民族文学发展专项资金管理暂行办法》，建立了相应的扶持评审程序，以最大限度发挥国家扶持资金的使用效益。于是，在中宣部及财政部的大力支持下，在中国作协党组、书记处的坚强领导下，一项浩大且前所未有的文学盛举正式启动。"新时期少数民族文学作品选集"丛书，正是其率先启动项目。

35年来，中国社会在政治、经济、文化、生态领域都产生了许多前所有未的变革。这也是少数民族文学大显身手，其创作最为活跃、作品最为丰富、队伍最为齐整的一个时期。此间，在党的文艺路线指引下，广大少数民族作家紧扣时代脉搏，深入挖掘本民族文化资源，大力弘扬优秀传统，热情讴歌在社会主义新型民族关系中平等团结、共同发展的情谊，创作了一大批思想性艺术性俱佳、具有鲜明民族特色、充满爱国情感、深受各族人民喜爱的优秀作品，小说、诗歌、散文、报告文学等创作都取得令人赞叹的收获，成为我国文苑的绚丽奇葩。除了55个少数民族都有作家获得全国少数民族文学创作"骏马奖"，在鲁迅文学奖、茅盾文学奖、全国优秀儿童文学奖及全国"五个一工程"奖评奖中，也屡有少数民族作家作品入围获奖。另外，一支多民族、多语种、多门类、多梯次、具有实力和才华的少数民族作家队伍已经形成，一些少数民族作家成为当代中国文坛的领军人物。到2013年，在中国作协9901名会员中，有少数民族会员1176名，占会员总数的11.9%。一些过去只有口头文学而没有书面文学的民族，开始产生本民族书面文学作家作品。面对如此激动人心的历史成就，以集体的阵容，梳理和检阅新时期以来少数民族优秀作家作品，集中展示55个少数民族文学发展的历史面貌与巨大成就，这是时代的迫切呼唤，也是各民族人民的强烈期待。党的十七届六中全会明确提出建设社会主义文化强国，党的十八大进一步吹响了社会主义文化大发展大繁荣的嘹亮号角，第五届全国少数民族文学创作会议又为少数民族文学指明了前行的方向。在这样一个中国多民族文学前所未有的大时代，编辑和出版这套丛书，必将以文学特有的方式与力度，唱响共产党好、社会主义好、改革开放好的主旋律，向中华人民共和国成立 65 周年及改革开放 35 周年献礼，对进一步沟通各民族人民的心灵、增进中华民族的凝聚力和认同感起到重要作用。我们相信，总结这一时期的中国少数民族文学成果不仅是对历史的一种尊重和回应，也是对现实的一种映照和鞭策，更是对未来的一种寄语和期冀。

"新时期少数民族文学作品选集"丛书以民族立卷，所选作品为粉碎"四人帮"以来至 2011 年年底在我国大陆地区公开发表的由少数民族作者创作的优秀中短篇小说、报告文学、散文、短诗作品。由于篇幅有限，长篇小说、长篇诗歌、长篇报告文学等只好存目，伺机另行选编出版。该丛书所收均为汉语文作品，其中包括汉语文原创和少数民族语文原创翻译两类。它们普遍反映了改革开放以来少数民族地区的历史巨变、建设成就和发展轨迹，反映了新中国成立 60 余年来少数民族人民与时俱进、开拓创新的昂扬风貌和坚定不变的道德信仰与精神气质，反映了对中国历史做出贡献的少数民族重大事件、杰出人物的珍贵记忆与时代留声，反映了祖国统一、民族团结、社会和谐、人民幸福的美丽图景与生动影像。它们携带着草原、山川、河流、森林的气息，携带着泥土深处的湿润与沉厚，携带着穿越城市喧哗的一角安静与淡定，携带着来自骨髓深处的温热血脉，向中国、也向世界传达了一个美美与共的天籁和声。它们在艺术上有着孜孜不倦的探索，在 30 余年的潮流跌宕中留下或深或浅的文化烙印，为新时期中国乃至世界文学画廊增添了许许多多耐人寻味和记忆的鲜明形象。它们中的很多作品，珍藏和留传于各民族读者的心灵深处，已成为每一个民族最真诚、热切、质朴的灵魂呼唤。正如中国作协主席铁凝在第十届全国少数民族文学创作"骏马奖"颁奖典礼致辞中所说的那样："各民族作家壮美、深情的创造感动和陶冶着各民族人民，文学因此成为中华民族紧密团结的重要精神纽带，而少数民族文学更是这纽带上不可或缺的环节"；"少数民族文学是中国文学创造前行的重要动力，我们为拥有如此丰富多彩、如此充满活力的少数民族文学感到骄傲和自豪"。我们所诚恳期望的是：这些中国少数民族文学精品，不仅能够在中华大地落地生根，泽被神州大地和各民族人民，而且能够乘"中国文化走出去"的东风走向国际，成为代表中华文明和中国各族人民生活的真实记录和最佳窗口，与世界人民共享。

这套丛书的选编工作一直在中国作协党组、书记处的领导下，并委托有关省、自治区、直辖市作协具体实施，得到广大少数民族作家的热忱响应。丛书总编委会以中国作协少数民族文学委员会为基础组成，适当聘请有关专家学者参加。各卷编委会设立于相关省、直辖市、自治区作协，并聘请有关最具影响力的著名作家、评论家、专家、学者、编辑家担任编委，进行作品的遴选和审定。在历经几度审读之后，中国少数民族文学发展工程办公室才将选定本最终交付作家出版社编校、出版，尽最大努力确保其科学性、严肃性、权威性，以期为国内外广大读者、科研工作者、教育工作者提供一套全面展示中国少数民族文学成就的典藏读本。在此，我谨对所有为此丛书之组织、策划、编辑、出版工作付出辛劳的各界朋友表示感谢，也对有关作者、译者表示崇高的敬意。

刘云山同志在第五届全国少数民族文学创作会议上谈道："繁荣少数民族文学、发展少数民族文化，是社会主义文化大发展大繁荣的题中应有之义，是促进民族团结和谐、实现人民幸福生活的时代要求。"我们相信，这套"新时期少数民族文学作品选集"的出版，以及"少数民族文学发展工程"的全面展开与推进，必将进一步开创少数民族文学繁荣发展的新局面，为我国文化发展增添新的生机和活力，为实现中华民族伟大复兴的"中国梦"送上一份来自少数民族文学工作者的深深祝福。

2015 年 5 月 5 日

民族团结进步的壮丽史诗

——简评电视连续剧《丝绸之路传奇》

又是一年秋风劲。继《茶马古道》《金凤花开》《茶颂》之后，景谊创作团队又于近期推出一部 30 集电视连续剧《丝绸之路传奇》，为新疆维吾尔自治区解放 60 周年、2015 年中央新疆工作会议，以及方兴未艾的"一带一路"建设，平添了来自天山脚下的文艺色香，令民族团结进步的伟大号角在秋高气爽中"声声切"，更激越，更雄壮。

《丝绸之路传奇》，生动讲述了南疆丝绸业及其几代少数民族干部职工在新中国的发展、成长故事，热情礼赞了新疆解放 60 年来"天翻地覆慨而慷"的社会巨变，雄浑书写了西部儿女在中国共产党的英明领导下团结进步、"敢教日月换新天"、重振丝绸之路雄风的壮丽史诗。

关于前者，作品以维吾尔族传统丝织工艺品艾丝莱提及其纺织技术、传承人苏莱曼一家三代人的命运为主线，追溯了其源流变迁、价值意义，令人"滴水鉴大海"，感知到"布谷鸟的翅膀"所承载的是维吾尔等新疆各民族的大命运，艾丝莱提中所织缀的是全体中国人民的大梦想；对于新疆社会巨变的回放，作品聚焦于翻身解放、社会主义革命与社会主义工业建设、"文革"、改革开放四个阶段，尤其是以改革开放时期为重中之重，讲述了内地干部对守疆、援疆、建疆作出的巨大贡献，他们与当地各民族群众的鱼水深情、血肉联系，以及艾拉提等各民族干部职工在政治上、思想上、技术上、文化上的不断进步与成熟。还从艾丝莱提从手工作坊制作到现代工厂大机器生产、昆仑丝绸厂从计划经济到市场经济体制的转变，折射出我们伟大祖国当代社会的沧海桑田、蒸蒸日上；在讴歌民族团结进步事业方面，作品赞美党的民族政策给予少数民族地区生产关系、生产力、民族关系，以及思想观念、行为方式、生存状态所带来的根本变化，并以方凯、帕夏汗、卫守仁三个家庭，汉、维、哈、柯、塔等众多民族，南疆、江南两个空间，新疆、中国、世界三大市场，艾拉提与卫明霞、刘浩、迪丽娜尔与马俊、刘小峰等多组人际关系为焦点，表现了他们在阶级斗争、发展经济、保护文化遗产、应对市场经济等过程中的恩爱情仇、复杂关系，以及对民族团结进步事业的珍惜与维护，对党和国家的忠诚。它始终传达正能量，始终坚持大方向，"不畏浮云遮望眼"，张扬了爱国主义的伟大精神。正由于这些因素，使这部作品极具时间深度与空间广度、政治高度、文化厚度、艺术精度，成为近来不多见的少数民族题材影视剧"高峰"。

这部作品还在题材选择、文化观照、民族交融表达等方面给观众留下深刻印象、多种启示：

首先，它选材新疆，表现出其创作团队强烈的政治责任感与文化使命感，勇于在党和国家最需要文学艺术为文化援疆、文化戍边，为维护新疆的稳定与发展、促进新疆各民族大团结及五个认同聚精会神、强力发声之际，以精深的思想、精湛的艺术，反映了新疆的社会主义革命和现代化建设伟大成就，塑造了新疆各民族人民的美好艺术形象，展示了新疆美丽的风光、悠久的历史、灿烂的文化，在凝聚各种共识与各种力量等方面发挥了不可替代的作用，弥补了当代影视领域新疆题材相对缺乏的不足，使我国多民族、多区域、多领域的社会主义文艺呈现更加丰富和绚烂的景象。

其次，《丝绸之路传奇》对少数民族影视，甚至少数民族文学创作中长期鲜少的工业题材进行涉足，并有不俗的表现。在较长一段时间里，出于生产生活的限制，也囿于作者们的生活阅历、生命体验，以及观念误区，人们习惯于少数民族文艺创作题材集中于传统生产生活，在旧风俗、旧习惯中寻找灵感，以表现所谓的民族个性、民族特色，而对现实社会中的工业化、都市化、现代化题材缺少必要的关怀，对市场与商品经济、技术革命背景下的社会问题、人际关系、精神阵痛、观念冲突等关注与表现乏力。而《丝绸之路传奇》坚持社会主义现实主义创作原则，异军突起，勇敢面对工业化的挑战与考验，揭示了工业化之于少数民族地区现代化的不可逾越性，只是强调了它必须选择低碳、绿色、环保的产业，既要金山银山，又要青山绿水、蓝天白云，既要传承民族基因、文化生命，又要克服封闭性、狭隘性，实现传统与现代化的最好对接。为此，作品中的方凯等老一辈南疆党政领导，从解放伊始就致力于振兴民族工业，表现出非凡的胆识；艾拉提等少数民族干部职工则与时俱进，致力于开发新技术、新产品、新市场，使艾丝莱提为代表的维吾尔族传统产业获得新生、走向世界。而实现这一目标的支点是：南疆坐落于丝绸之路的区位优势；它有近千年的种桑养蚕历史、"布谷鸟的翅膀"织机及其纺织技术、艾丝莱提品牌，乌苏曼和艾拉提等一代代丝织传承人的存在，以及维吾尔、哈萨克等民族对它的长期市场需求，国际贸易对它的期待，从卫守仁到江南纺织女工等将江南种桑养蚕丝绸知识与技术源源引入，新疆与祖国内地的生命共同体构建，社会主义市场经济体系的不断形成与完善。

《丝绸之路传奇》还以影视的形式观照文化，围绕丝绸的生产、加工、行销、消费全过程，对南疆地区的种桑、养蚕、信仰、传说、艺术等物质文化与精神文化、有形文化与无形文化尽行展示，突出说明了它们在丝绸之路及其文化历史中的特殊地位，以及南疆丝绸之路文化作为中国丝绸之路文化的重要部分为人类文明作出的重要贡献，令观众在人与事的传奇中感知到文化的筋骨与温度，在物与象的故事外品味到精神的意蕴与美感，并确信丝绸之路除了在东西方之间具有商业通道的功能外，更重要的是在祖国内地与西部边陲之间具有平原农耕文化与草原游牧文化、沙漠绿洲文化之间的桥梁，儒教、道教信仰与萨满教、伊斯兰教信仰之间的纽带，尤其是各民族之间的生命线等等作用。可以说，这是我们重振丝绸之路雄风的历史文化基础，也是建立社会主义市场经济共同体的精神支撑，更是国家文化安全的磐石、精神家园的屏障。

它还引发人们对艾丝莱提及其加工技术等文化遗产保护的冷思考：必须在抢救、保护、传承、利用等方面分清先后、厘定主次、辨别缓急，并在转化与活用上狠下功夫，让它在利用当中传承，在传承当中实现活态保护，而不是空谈保护，令文化遗产于自然与人为双重作用下不断消解。最好的办法便是在党和国家的正确领导下，充分依靠法律与政策优势，找到文化遗产与高科技、市场的结合点，使其存之久长、传之广远，记忆于生命中、精神里，保存在生产、生活间，成为民族文化的标识与符号，转化为全人类的物质、审美享受，一如方凯、热合曼、艾拉提、卫明霞、迪丽娜尔等几代南疆儿女所作的探索与实践。他们的奋斗，不仅使古老的艾丝莱提及其纺织工艺生命力得到了赓续，而且还因实现与现代工业生产的结合、与现代职业培训的联袂、与现代市场的互动互促、与现代种植养殖业的联手，使之在生产规模、产品质量、信誉度、知名度等各方面老树新花、推陈出新、走向世界。这对那些富集文化遗产资源的少数民族及其地区启示良多：保护文化遗产就是保护民族生命的基因；文化遗产在现代理念、技术、市场条件下，完全可以活化与转换为巨大的社会、学术、文化、艺术、经济效益；文化遗产无用论、不可动论、可乱作为论都是没有根据的。

继承着以往的传统与风格，景谊创作团队在《丝绸之路传奇》中以南疆为主要艺术空间、以维吾尔族和汉族为主要审美对象，演绎了从新中国成立到改革开放半个多世纪间为中华各民族之间友好交往、交流、交融的精彩故事，尤其对民族间的交融浓墨重彩，使昆仑丝绸厂成为这种交往、交流、交融的熔炉，让汉、维、哈、柯、乌各民族的观念、行为、习俗、情感互相影响，不断提炼与升华共同点，并使之置于党的领导、民族平等团结奋斗、共同发展进步的目标之下，让真善美始终贯穿于广大干部职工的生产、生活与精神追求之中。其结果是虽然语言、服饰、行为、观念、习俗等文化表象各具特色，但在国家利益、政治原则、民族关系等根本方面及大是大非面前，南疆丝绸业广大干部职工都能共同坚守、共同承担、共同追梦圆梦，其交往、交流、交融程度不断深化，昭示出民族团结进步、社会和谐安定乃是大势所趋、人心所向，顺之者昌、逆之者亡。

这部作品的成功，还体现在以结构复杂多样的社会关系、设置生动曲折的故事情节、展开各种矛盾与冲突、锤炼鲜活的个性化语言等手段，塑造了方凯、哈斯木、卫守仁、热合曼、帕夏汗、艾拉提、卫明霞、马宽利、方卫国、迪丽娜尔、马俊等人物形象,并在他们身上展现人性美、人间情,对人性的弱点则予以善意的揭露,对社会的假、丑、恶给予坚决的否定,让历史的天空闪耀着丝绸之路文化的奇光,以及各民族人民心心相印、息息相通、同舟共济、共建精神家园、同铸生命共同体的异彩。

《丝绸之路传奇》之所以充满思想上的感召力、情感上的催化力、审美上的冲击力,是由于其创作团队坚持以社会主义核心价值观统领艺术生产的全过程,坚持民族题材创作审美的时代化、大众化、生活化,并始终以人民为表现、服务、评价的中心,将爱国主义作为时代的最强音,把全国各族人民追求中华民族伟大复兴中国梦的探索实践,表现得艰难曲折、波澜壮阔,而又生机勃勃、前景灿烂。它在艺术上的精彩呈现,主要得益于主创人员长期从事少数民族题材创作并积累起丰富的审美经验,得益于她深厚的生活功力以及在南疆地区长期的生活体验;得益于她对丝绸之路文化的潜心研究,对丝绸之路历史命运的空前关注。同时,没有她对祖国的无限忠诚与对历史的高度负责、对文艺价值和品质的坚守,没有她对南疆的深爱与对新疆各民族的深刻理解,《丝绸之路传奇》是断然不能如此发金玉之声,受到社会各界的喜爱与赞誉。

2015 年 11 月 10 日

会当凌云顶　遥看一千河

——《新时期中国少数民族文学巡礼》出版抒怀

　　一个人的一生能遇上一次历史性的机遇并不容易。我能受任担纲"中国少数民族文学发展工程"组织领导工作，就是一个很大的幸运。这里结集成册出版的《新时期中国少数民族文学巡礼》，便是这一盛举之子项《新时期中国少数民族文学选集》丛书的所有序文和后记，意在以飨关心中国少数民族文学事业的朋友们会当凌云顶，遥看一千河。

　　"中国少数民族文学发展工程"，堪称新中国成立以来我国少数民族文学事业的空前行动。它在时任中共中央政治局委员、中共中央宣传部部长、现任中共中央政治局常委刘云山同志的直接过问下促成，为期5年，投资上亿，覆盖原创、翻译、出版、理论批评4大板块。编辑出版《新时期中国少数民族文学作品选集》，属于该工程"少数民族文学作品出版扶持"专项的先期部分，并于2015年全部完成。

　　具有创新意义的是，《新时期中国少数民族文学作品选集》以民族立卷，做到了55个少数民族均有自己的作品专卷，这是有史以来的首次；它包括长篇小说及长诗、网络文学、微型小说、理论批评以外的几乎所有文学样式，覆盖面不可谓不广；它所收作品以1976年10月为起点，以2011年12月为终点，足以俯瞰粉碎"四人帮"至党的十八大召开之间的少数民族文学创作基本面貌；它的选编团队均是该民族文学创作或学术研究领域的最高权威。如果用一组数字加以说明，我们可以对此作以下量化：它由中国作协主办、中国作家出版社出版、18个省市自治区作协承办；它由500多位各民族作家、专家、学者参与选编；共收录2218位作者的4279篇作品，其中小说792篇、散文1413篇、诗歌2010首、报告文学63篇（部）、影视剧本1部，总计约3000万字，且为汉语文创作与母语创作翻译作品的有机集合体。如果能在今后进一步创造条件，把新时期中国少数民族文学中的长篇优秀作品亦加以收录，那该是一幅多么浩大壮阔的美学景象！

在我们国家从事这项国家级文学行动的重要支撑是：改革开放使我们民族充满了创造活力，使我们国家积累起强大的物质与精神财富；中国作家协会在党的民族政策的指引下，在党和政府的全力扶持、关怀、爱护下，采取一系列重要措施，对少数民族文化进行大力呵护、培育，使中国少数民族文学从仅有若干民族拥有书面创作进入到每个民族都有书面创作，都有作家荣获少数民族文学奖，都有作家进鲁迅文学院学习，并有一批批作家在国内文坛独领风骚、摘取各种桂冠，已拥有1285名中国作协会员，整体实力不断壮大与提升；我们国家从中央到地方，业已建立起《民族文学》等少数民族文学期刊、报纸、网络群落；每年发表的有关文学作品达数以万计，每年出版的有关文学图书数百种；中国少数民族文学作家学会等全国性、区域性、民族性、领域性、综合性少数民族文学创作、研究、翻译团体一如雨后春笋，不胜枚举；国家级"少数民族文学创作骏马奖"所引领的评奖体制机制早已得到确立并不断改善；从中央民族大学到地方民族院校，大都已经建立起从本科到硕士、博士、博士后的少数民族文学教育体制；从中国社科院到全国众多学术部门都纷纷设立了少数民族文学理论研究及文艺批评机构；已经先后编纂出版"中国少数民族文学史、文学概况"丛书、选编出版《中国少数民族文学作品选》等大型丛书数十种；从1980年至今，已经先后召开过4次全国少数民族文学创作会议，以全面研究少数民族文学建设的理论与实践问题；作为最具代表性的文学工程，"中国少数民族文学发展工程"各专项已经精选并翻译出版蒙古、藏、维吾尔、哈萨克、朝鲜5种民族语文"中国当代文学作品选粹"100卷，以及"中国当代少数民族文学翻译作品选"40部，资助出版少数民族文学原创作品20部，扶持民族文学重点作品创作项目近400个，举办"中国少数民族当代文学论坛"4届，对外翻译达15种语文70余种，培训鲁院学员25期1000多名。

选编《新时期中国少数民族当代文学作品选集》，旨在全面巡检55个少数民族在新时期的文学创作基本情况、文学发展整体面貌，以国家工程的形式进一步促成中国文学版图的构建，真正实现中华各民族文学的大团圆，并对强化国家统一、民族团结、社会和谐有所助益；为少数民族文学的进一步发展繁荣注入自觉、自信、自尊、自豪的力量；于各民族间的交流、交往、交融发挥催化的作用；更为重要的是为各民族写作者提供启示、引领和鼓舞，为圈内外鉴赏者奉献各民族文学审美的独特感受与经验，为文学传播者供给精神产品扩散、转化、传播的源泉与可能，为文学教育工作者选粹高端教育范本，为学术研究者夯实新鲜、翔实的资料基础，更是将新时期我国少数民族的发展历程、社会面貌、精神世界以文学的形式集中展现给外部世界。从而，这套丛书也就具有了典礼的性质、礼敬的意义：它标志着中国少数民族文学从局部到整体的崛起，从个别到普遍的进击，从口头创作为重到书面创作为主的跨越，从幼稚到青壮的成熟；它是中国共产党所推行的民族理论与民族政策的伟大成果，是中国文学由我国各民族人民共同创造及共同拥有的雄辩说明，是中华各民族都充满美丽的梦想、美好的追求、无限创造活力的文学象征。

作为《新时期中国少数民族文学作品选集》之有机组成部分，由总编及各卷负责人分别撰写的总序、分序、后记，对这项工程及其各分卷的编选过程、指导思想、工作原则、投入力量等作了充分的表达。不少卷本回顾了该民族的社会、历史、文化，尤其是文学的发展历程，对该民族在新时期的文学发展盛况做了理性的总结和精准的梳理，表现出与创作水平相对应的编选能力。我们于其中所照见的是他们对祖国，以及对时代、对文学的忠诚度、责任感、感恩心、感激情。如独龙族卷编委李金明、拉祜族卷主编李梦薇感谢党、感谢改革开放伟大时代，让他们实现了出版各自作家群文学作品选集的零突破。阿昌族卷主编孙宝延由衷赞美道："这（阿昌族卷）是一部迄今为止全方位展现阿昌族作家风貌，以文学形式充分展现阿昌族内心隐秘的不可多得的文学读本，填补了阿昌族当代文学历史的空白，大大提升了阿昌族文学的影响力和知名度。"怒族卷编选组亦在本民族卷"后记"中写道："这是我们怒族历史上第一次以群体的面貌，在国家级的层面和场合与全国甚至全世界各民族读者进行书面的精神交流。"所以，这套丛书自启动以来，尤其是出版之后，一直在国内外好评如潮，不仅有藏族卷、达斡尔族卷、鄂伦春族卷、鄂温克族卷、维吾尔族卷、哈萨克族卷等先后举行了首发式，国家图书馆、北师大图书馆、中央民族大学图书馆、中国社科院图书馆、国家民委图书馆、西藏民族大学图书馆等数十家大型图书馆纷纷典藏，更有韩、蒙、哈等多国出版机构表达了他们翻译这套丛书的强烈愿望。

为了纪念这项文学工程的启动实施，并回顾中国少数民族文学在新时期的发展进步历程，且对其在未来的再创辉煌进行展望，我们在此特将这套丛书的所有序文、后记汇总成册，以供始终关注、关心、关怀中国少数民族文学事业发展进步的各级领导和朋友们检阅，共享我们共同创造的新时期中国少数民族文学审美成果，以期提供按图索骥之便。如果诸位朋友能够借此得"背负青天朝下看，到处人间城郭"之快意，我将无比欣然。

最后，让我们对促成此项工程创意、组织、实施的刘云山同志，中宣部、财政部，以及铁凝主席、李冰同志、钱小芊同志表示衷心感谢！对悉心支持有关卷本在当地选编的有关省、市、自治区文联、作协表示崇高的敬意！对用全部的忠诚、智慧具体参与每个卷本每个环节每个细部构建工作的所有选编者表示无限的感激。

2016 年 7 月 20 日

专题研究

一代宗师　文德垂范

一

少数民族文学自古就是中华文学的有机组成部分。

我国是一个统一的多民族国家。然而，这种事实却长期得不到客观的肯定与正确的评价。直至新中国成立前夕，我国学界从未建立起少数民族文学学科，研究少数民族文学的学者及成果寥若晨星，少数民族文学始终被排斥在中国文学的宝库之外。

而今天，少数民族文学学科已是一簇娇艳的鲜花，盛开在学术百花园中。我们不仅拥有一个为数壮观的学者群体，而且还建立有体制完备的研究机构与学术团体，开办有专门性的学术刊物，设置有从学士到博士的人才培养基地，每年都有大量的论文、专著问世，有关少数民族文学的国际性学术交流活动方兴未艾……这对繁荣少数民族文学创作，加强民族团结，维护国家的统一与安定，促进精神文明建设，推动社会主义学术事业的进步发挥了巨大的作用。

少数民族学学科命运的这一历史性转变，固然是近半个世纪来社会进步与历史发展的必然结果，是我国建立社会主义制度、推行民族平等、民族团结、"百花齐放、百家争鸣"政策的产物。但是，它更直接得益于一些远见卓识、实事求是、对祖国的学术事业无限忠诚且富有强烈责任感与使命感的学者的锐意创新、开拓进取。马学良先生，就是其中杰出的一员。

回顾少数民族文学学科走过的历程，我们会惊奇地发现它的许多个第一都与马先生的学术生涯紧紧地联系在一起：新中国成立伊始，他便参与创办我国第一个培养少数民族语言文学专门人才的摇篮——中央民族学院少数民族语言文学系，至今已是弟子五千，桃李遍地；20 世纪 50 年代中期，他参与领导了国家对少数民族语言文学的第一次调查，为党和政府制定有关规划与政策提供了重要的根据；"十年动乱"甫定，他便与钟敬文先生在四次文代会上首倡建立中国少数民族文学研究所；进入 20 世纪 80 年代后，他先后负责主编第一部高校文科参考书《中国少数民族文学作品选》以及第一部《中国少数民族文学史》；中国社会科学研究生院第一次创办少数民族文学系，马先生首任系主任；同时，在中央民族学院（大学）首次招收少数民族语言文学硕士研究生、博士研究生……

这一项项开创性的工作，无不凝聚着马先生的智慧、对祖国的忠诚、对少数民族文学事业的热爱。

那么，马学良先生是怎样走上研究少数民族文学道路，又是怎样接受了历史赋予他的重任并参与建立少数民族文学学科的呢？

二

1913 年 6 月 22 日，马学良先生出生于山东省荣成县一个贫寒的市民家庭。那时，辛亥革命刚刚过去两年。荣成虽远离北京、南京、天津、武汉、广州等革命浪潮涌动的城市，但因地处东海之滨，也受到新思想与新文化的冲击。其主要标志是新式教育已有一定程度的萌生。他于 1918 年 2 月入荣城县县立模范小学学习。

由于处在由旧式教育到新式教育的转型期，当时的荣成县县立模范小学虽实行新的教育体制，但教员与教材大都还是旧的。如马先生的启蒙老师是一位晚清秀才，高小国文老师也是一位晚清贡生，所讲授的课程不外乎是《三字经》《百家姓》《千字文》《左传》等。不过，也正是由于这些教员有良好的国学基础，使马先生从小接触到了许多优秀的传统文化。令他终生难忘的是启蒙老师教授纪晓岚的《阅微草堂笔记》的情景，直到现在，他仍能熟练地背诵其中的许多篇章。《阅微草堂笔记》是纪晓岚"采掇异闻"做成的"笔记"，都是作者直接或间接记录下来的民间故事、传说、寓言等作品，充满了有异于《三字经》《百家姓》《千字文》《子史经传》的生动内容与活泼情趣。加之纪晓岚清新、流畅的文笔，给马先生幼小的心灵以极大的感染。从此，他对民间文学的热爱之情已深植于心田之中。

在因病辍学两年之后，马先生于 1927 年 2 月毕业于荣成县县立模范小学，并于当年 9 月由威海齐东中学转入济南齐鲁中学学习，1930 年 9 月考入山东省立高级中学。1931 年，日本帝国主义发动"九一八"事变，马先生虽年仅 18 岁，但在中华民族面临着空前的危急关头，他毅然投身于抗日运动之中。他参加山东与北京大中学生联合组成的南下请愿团前往南京，吁请国民政府奋起反抗、保卫祖国。但是，请愿团首先在山东受到省政府的阻挠，继而在南京又受到警察与宪兵的武力弹压，不但有大批请愿学生被逮捕，而且有数十人被打伤打死。爱国学生的热血，染红了雨花台前的沙沙石石。马先生本是抗倭英雄戚继光麾下战将之后代，素有"爱国济时"的家风，故，在这次运动中临危不惧，表现出色。这段人生的经历，为他以后学术活动奠定了坚实的思想基础，确定了以爱国主义为核心的人生方向。

1934 年 9 月，他返乡治病并在县立师范讲习所任教。不到一年，旋北上求学，一举考入北京大学中文系。他先攻文学，写成《袁中郎年谱》一书，由周作人写序，文学院院长兼中文系主任胡适推荐出版。但是，卢沟桥事变的炮声打碎了《袁中郎年谱》的出版计划，同时也使他深刻体会到：只要国家贫弱、民族蒙受欺凌，不仅学术无由救国，而且学术本身也无由存在！

1935 年，北京爆发了中国共产党领导的"一二·九"爱国学生运动，马先生又一次投身于运动之中。他进一步看清了国民党反动政府的丑恶嘴脸，并在思想上一天天接受共产党提出的各种政治主张。

就在这一时期，马先生的学术兴趣从文学转入语言学。这主要是由当时任教于北京大学中文系的罗常培先生以渊博的知识、充满魅力的授课艺术诱发的。从 1935 年至 1938 年，他先后师从罗常培、魏趣功、沈兼士、唐兰等先生选修语音学、训诂学、文字学等课程，继又写成《方言考原》一文，纠正了前人关于"方言"仅源于《尔雅》之旧说，认为扬雄所述"方言"之源头还有《仓颉篇》《急就篇》诸书，引起罗常培先生的注意，并在其毕业之后留在身边任研究助教。

就在这时，日本帝国主义悍然发动"七七"事变，中国历史终于揭开了全面抗战的序幕。国民政府被迫从南京迁往陪都重庆，故宫博物院的文物从北京运往贵州等地，而清华大学、北京大学、南开大学则组成了联合大学迁往云南昆明。作为联合大学的一员，马先生亦跻身于迁徙的队伍之中，历尽"八千里路云和月"的艰辛。所幸的是他与著名诗人、学者闻一多先生为伴，在行旅间隙采风问俗，尤其到了湘黔地区第一次接触到了苗族、布依族等的民俗与民间文学。后来，在闻先生的指导下，他将沿途收集到的素材整理成了《湘黔夷语掇拾》一文，发表在 1938 年出版的《西南边疆》第三期上。这成了马先生从事少数民族语言文学研究的光辉起点。

无疑，对于马先生的成长，罗常培先生的影响是巨大的。罗先生不仅改变了他的学术志趣，而且还在治学态度、治学方法上，将汉语研究与少数民族语言研究相结合、将语言研究与文化研究相结合、将现代语言学的方法与我国音韵学传统相结合、将古代语言研究与现代语言研究相结合等方面引导了他。作为罗先生的嫡传弟子，他也忠实地师承了罗先生的学风以及治学精神，作出了创造性的贡献。

除罗常培先生之外，马先生的学术思想及治学方法还主要得益于李方桂先生。在少数民族文学资料的收集、整理与翻译介绍方面，他受李方桂先生的影响更为直接。

话还得从 1938 年说起。那年夏天，刚刚从云南宣威调查彝族社会历史与民俗、宗教归来的马先生匆匆报考了以罗常培先生、李方桂先生、丁声树先生为导师的北京大学文科研究所研究生，结果榜上有名，一举成功。当时，一代语言学大师李方桂先生刚从美国讲学归来，正致力于对中国传统语言学作革命性的改造。李方桂先生曾师从国际上著名的语言学权威萨丕尔先生，精通现代语言学的理论与方法，尤长于语言调查与比较研究。

1938 年年底，马先生随李方桂先生赴云南省路南县实习，调查记录彝族支系撒尼人的语言，在田野作业中掌握了语言调查方法及记音技巧，熟悉了整理归纳语音系统的基本原理。1941 年，在李先生的指导下，他以这次调查为基础，完成了毕业论文《撒尼彝语研究》。这部著作对撒尼彝语作了整体的描写与细致入微的分析，为汉藏语系藏缅语族语言研究树立了典范。它不仅是国际彝学研究的一座丰碑，而且也对我国少数民族语言研究产生了深远的影响。李方桂先生对该书的评论是："撒尼倮语语法一书颇为详尽。从一向出版的倮罗语法书籍及论文上来看，这是第一部合乎现代语言学原理的著作。"

值得特别指出的是，这部著作之末尾附录有 35 则撒尼人的民间故事、传说、歌谣、谚语等。它们均按音标注音、逐字对译、归纳意译三个层序加以组织，是不多见的民间文学科学版本。马先生附录这些民间文学作品的主要目的是以此作长篇语言材料，但在客观上大开了忠实记录、翻译、介绍少数民族民间文学的先河，并为我们国家的民间文学收集整理工作树立了科学精确的典范。

1941 年 9 月，马先生以优异的成就结束了研究生生活，供职于当时的中央研究院历史语言研究所。从 1941 年下半年至 1944 年年初，在李方桂先生的建议下，他先后赴云南省武定、禄劝、寻甸等地学习研究彝族的语言文字。在实践中，他深感于少数民族语言文字的研究必须与对少数民族社会、历史、宗教、习俗、文字、艺术等的全面了解与认识结合起来；少数民族文化的研究者还必须是少数民族社会发展与进步的参与者；少数民族文化的研究与少数民族社会的进步需要培养与依靠大量的少数民族知识分子。因此，他通过收集、记录彝族民歌、故事、礼俗来学习彝语、彝文，并通过对彝族社会作民族学性调查，加强自己的识字通经能力，加深对彝族文化、彝族文学的认识。他还通过办小学、办彝文讲习班等方式推广教育，为彝族培养人才。彝文经典《劝善经》译注本以及后来发表的《倮文祭经的种类述要》《倮族的巫师"呗耄"和"天书"》《倮民的祭礼研究》《从猓罗氏族名称中所见的图腾制度》等文章，即是他这段时期的主要成就。马先生关于少数民族文学研究须与少数民族语言、文化研究融于一体、互为表里这一理论思考，大大扩展了少数民族文学研究的视野和开掘的深度。

三

1949 年春天，马先生在南京喜迎解放。这一解放，使马先生感慨良多：自己终于可以去圆学术强国之梦想了！

人民政权刚刚建立，马学良先生便以饱满的热情迅速投身于新中国的民族文化建设事业，首先协助南京博物馆举办了新中国成立后的第一个少数民族文物展览，受到党和政府的高度赞扬。不久，他经罗常培先生推荐，举家迁往北京，在北京大学东方语言文学系任教。1951 年，他被借调到刚刚成立的中央民族学院主持筹建少数民族语言文学系，开始了长达近半个世纪潜心于少数民族语言文学教学、科研的事业。

20 世纪 50 年代，马先生将主要精力投入到少数民族语言文学人才的培育上面，因为只有拥有高素质的人才群体，少数民族语言文学事业的兴旺发达才有可靠的保证。当时在无师资、无教材的情况下，谈人才培养是何等的困难！但在他的努力下，中央民族学院少数民族语言文学系在筹建当年便实现招生，并从 1952 年起正式参加全国高等院校统一招生，走上正规。到目前，当年的中央民族学院已经发展升格为中央民族大学，少数民族语言文学系则发展为拥有 20 个语言专业方向、1 个研究所、2 个语言文学硕士点、1 个语言文学博士点及博士后流动站的少数民族语言文学学院。著名的少数民族文学研究家佟锦华、耿予方、梁庭望、张公瑾、郎樱、胡振华、耿世民等教授都是少数民族语言文学系最早的学生，都是亲聆马先生的教诲成长起来的。

马学良先生在 20 世纪 50 年代所从事的又一项工作是结合少数民族语言普查对少数民族民间文学进行调查收集。这既是为语言研究提供长篇材料，也是为了建立独立的少数民族文学学科做资料准备。难能可贵的是，马先生还身体力行，对所收集到的民间文学作品进行了翻译整理的尝试。《民间文学》1956 年 8 月号上所发表的马先生及其苗族学生邰昌厚、今旦合译的苗族史诗《金银歌》便是这方面的范例。为了适应少数民族民间故事收集、整理、翻译工作的需要，并对此给予科学的规范，马先生还与邰昌厚、今旦合写了《关于苗族古歌》一文介绍有关经验。

20 世纪 60 年代，本应是马先生在学术上的黄金年华，然而，当他刚刚发表过《谈少数民族民间文学的翻译问题》一文不久，中国大地便受到了"四清"运动与"文化大革命"的冲击，不仅有一大批致力于收集翻译少数民族民间文学的学者受到批判，就连少数民族民间文学本身也被等同为"牛鬼蛇神"与"封建迷信"而遭到批判。作为少数民族民间文学工作的实际领导者与代表人物的马先生自然在劫难逃，被打成了少数民族语言文学界最大的"反动权威"。直到 1976 年粉碎"四人帮"前的 10 余年间，他失去了为自己所挚爱的事业工作的权利。他挨过斗，住过牛棚，被下放到五七干校，也曾被派往云南和青藏高原做成年人扫盲教育工作。于是，光阴似箭，银灰的发丝开始爬上他的双鬓。

历史性的浩劫使马先生变得沉默，但正是在这沉默之中，他逐渐完成了少数民族文学学科建设的构想。1979 年，在"文化大革命"刚刚结束两年多之后，马先生便勇敢地站出来声讨"四人帮"对少数民族间文学工作的摧残，清算极"左"路线的余毒，呼吁人们去"迎接少数民间文学的春天"！在他全国第四次文代会上作长篇发言，建议党和政府有计划地对少数民族民间文学进行调查搜集，并将重点放在对重点作品的抢救之上，提出要慎重地翻译介绍少数民族民间文学的优秀作品。而且，为了做好上述工作，必须改变各地区、各部门各自为政、散兵游勇式的工作状况，强调整体性的大力合作；为了促成少数民族文学学科的建立，他认为"必须要有一个专门机构"，"必须要有一支专业队伍"，"必须要有园地发表少数民族文学作品"。具体地讲，"最好成立一个少数民族文学研究所"，"在各少数民族地区的文化部门和有关高等院校的文学专业中，建立某个少数民族的文学研究小组"。此外，"积极培养和尽快组织一支少数民族文学的工作队"，"各民族地区的文学刊物和报纸副刊要有计划地发表少数民族文学作品和评价文章，培养少数民族作家队伍"，编辑出版一套"中国少数民族文学丛书"，"长篇的出单行本、短篇的出选集"；为促进有文字的少数民族发展自己的文学事业，他呼吁出版一些少数民族文字版本的文学作品，或者出版汉文与少数民族文字对照时文学作品版本。上述建议在现在看来已属"老生常谈"，在当时"却是难能可贵的远见卓识"。在少数民族文学学科建设史上，这是一个划时代的里程碑！它不仅提出了少数民族文学这一新学科的概念，而且将其内涵界定为民间文学、作家文学、翻译文学的综合体，纠正了过去对少数民族文学内涵的片面理解，强调了在新时期扶持作家文学的迫切性与重要性。应该说，18 年来，我国少数民族文学学科基本上是按照马先生的这一构想走过来的。

四

20 世纪 80 年代，马学良先生已经进入古稀之年，"老垂垂而至"。但在少数民族文学学科建设上，他宝刀不老、学思弥精、成果丰硕。他在组织领导上培养人才、学术交流、理论研究等方面都取得了突出的成就。

就组织领导而言，他在 1979 年参与筹建中国社会科学院少数民族文学研究所，任筹备组组员，并于 1980 年 8 月被正式任命为该所的副所长；于 1981 年主编了《中国少数民族文学作品选》；1982 年任中国社会科学院少数民族文学研究所学术委员会委员；1983 年出任中共中国社会科学院少数民族文学研究所党组成员；于同年出任中国社会科学院少数民族文学研究所《民族文学研究》杂志编委会委员、中国社会科学院研究生院少数民族文学系主任。为了办好中国少数民族文学研究的最高机构——中国社会科学院少数民族文学研究所，他废寝忘食，从专业人员考试到学术规划的制定，从学术成果的鉴定到专业职称的评定，丛学术园地的建设到对外学术交流，都倾注了大量的心血，并于 1979 年起当选为中国少数民族文学学会第一、二两届副理事长，于 1987 年改任学会顾问至今。1986 年至 1988 年，他任《中国大百科全书·中国文学·少数民族文学》主编。这些繁重的组织领导工作虽耗去他不少精力，却使他建立少数民族文学学科的构想日趋现实化。

怀着让中国少数民族文学走向世界的宏愿，他继 1979 年赴巴黎参加国际汉藏语学会期间访问国际著名的《格萨尔》研究家石泰安先生之后，又于 1981 年应日本口承文学学会之邀访问东瀛，向国际学术界广泛介绍我国少数民族文学的蕴藏情况、研究成果，并与有关机构和学者建立联系，为促进我国少数民族文学研究的国际合作架桥铺路。

在培养人才方面，马先生力主在中央民族学院建立起培养少数民族文学教学研究人才的体制。另外，经过他与其他许多同志的努力，在中国社会科学院研究生院也争取到少数民族文学专业的硕士、博士点。10 多年来，他已经为我国的少数民族文学学科输送了 10 余名硕士、博士。当一些刚刚成长起来的中青年学者取得一些成就时，马先生总是以其宽广的胸怀、长者的慈爱给予热情的鼓励。仅在 20 世纪 80 年代，经马先生作序而出版的少数民族文学作品集、著作、译注本等便有六部。另外，在马先生所主持的《中国少数民族文学作品选》的选编工作中，在马先生任主编的《中国大百科全书·文学·少数民族文学》及《中国少数民族文学简史》《中国少数民族文学史》等项目中，都吸收了大量的中青年学者参与选编，体现出他关于人才培养与使用相结合，通过培养进行使用，通过使用来进一步培养的一贯思想。

作为一名严谨的学者，马先生绝不仅仅满足于上述这些工作的成就，他还身体力行地作少数民族文学的宏观研究与微观研究，及时回答少数民族文学学科建设中出现的理论问题与实际问题。比如，在 1981 年，他撰写了《关于少数民族民间文学的搜集、整理问题》及《谈少数民族民间文学的翻译》等文章，指导重新开始的少数民族民间文学搜集整理、翻译工作，并为编写少数民族文学史和文学概况创造条件。由于历史的原因，少数民族文学的主要部分是民间文学，而民间文学的重要特点是以口头的方式传承于人民群众之中，并与民俗、宗教、生产生活等相结合。如果不承认民间文学的这一复杂性与特殊性，就不可能正确理解民间文学的思想内容、艺术性、美学价值。然而，因极"左"路线的影响仍根深蒂固，20世纪 80 年代初的少数民族文学界不仅不敢谈论宗教问题，甚至连民俗学与少数民族民间文学之间的关系也得不到正确的阐述。这不可避免地使一大批与宗教有关的少数民族文学作品被打入冷宫。针对这一情况，他发表了《研究原始宗教和神话，发展民族文学、增强民族团结》等文章，对少数民族文学与宗教的关系作了科学的分析。他既反对对宗教全盘否定，也反对全面肯定，认为应当作历史的、具体的分析。就其起源而言："原始宗教和原始的民间文学是同时、同一基础之上产生的甚至可能是同一个东西。"即使在现代宗教的经典中，也"充塞着许多动人的、流传千百载的文学故事和诗歌"。反之，在"传世的文学作品里，有许多流露出离奇而又虚幻的宗教迷雾"。所以，要以历史唯物主义的观点对待民间文学，不能一涉及与宗教有关的作品就统统斥之为宣扬迷信。这些文章的发表，对少数民族文学界解放思想，力除简单化之弊，澄清理论是非产生了十分重要的影响，引起了学术界的高度重视。

不囿于宗教问题，马先生还先后发表过许多文章，论述我国各族民间文学与民俗学、民族学、语言学的关系，民俗学与精神文明建设之间的关系等，对综合研究民俗学、民族学、语言学、民间文学起到了指导作用。在《民族文学研究的新课题》一文中，马先生对少数民族诗歌的格律作了富于开创性的研究。

马先生就少数民族文学的微观研究主要体现在对彝族、苗族民间文学的翻译、介绍上。1983 年 1 月，中国民间文艺出版社出版了他与今旦先生合译的《苗族史诗》。1985 年，他与罗希吾戈、金国库、范慧娟等先生合作译注的科学版本《〈阿诗玛〉彝文写本译注》亦由中国民间文艺出版社正式出版。它们凝结着马先生数年乃至数十年的汗水。《〈白狼歌〉中的"倮让"考》《楚辞研究小议》等文章，考据严谨，论述深刻，代表了 20 世纪 80 年代少数民族文学个案研究的最高水平。

20 世纪 90 年代，马先生已经从教学与研究的领导岗位上彻底退出，但他仍以惊人的毅力克服各种疾病的折磨，继续为少数民族文学教学与少数民族文学研究作贡献，仍有大量的成果问世。其中，最值得大书特书的是他与梁庭望、张公瑾等先生主编的《中国少数民族文学史》。这是一项前无古人的伟大创举！它以社会发展及文学本身的演变为经线，以地域及语言系属为纬线，纵横捭阖，天南海北，对我国少数民族文学作整体的把握，对我国少数民族文学的发展规律作了深刻的揭示与分析，并在分期断代、体例设置等方面作了大胆的探索与创新，填补了我国文学史研究的一项空白，为将来撰写包括55个少数民族的文学在内的中国文学通史等奠定了基础！

五

马学良先生对我国社会科学事业的建树是多方面的，他对少数民族文学研究及其学科建设，只是马先生所做的众多工作中的一小部分而已。

他给20世纪的中国学术界，尤其是少数民族文学界留下的精神文化财产是丰富的。对此，请允许我冒昧加以概括：热爱祖国，实事求是，专志治学。

的确，爱国主义始终像一条红线贯穿于马先生一生的学术活动之中。马先生的青少年时代均在战乱中度过，他多次参加过学生的爱国民主运动。他"风餐露宿"，攀越崇山峻岭，与当地人共生活，是为了认识边疆，保卫边疆，与前方浴血奋战的将士并无二致。他以切身体会写出《帝国主义怎样摧残我兄弟民族的文化》一文，愤怒揭露了一些帝国主义传教士、"学者"等掠夺西南少数民族文化宝藏的罪行。在我们拜读马先生关于少数民族文学的论文与论著时，往往会发现这样一种有趣的现象：它们大都以"中国是一个统一的多民族国家"之类的语句开头，以表明自己从事少数民族文学研究，服务于巩固祖国统一、维护民族团结的爱国主义宗旨。他十分尊重少数民族对中国历史的贡献，盛赞少数民族文学对中国文学的贡献，认为"中国境内的各个民族，在漫长的历史发展过程中，通过各自的勤劳和智慧，共同缔造了伟大的祖国，创造了辉煌灿烂的物质文明和精神文明。就中国文学发展史而言，汉族文学是其主体，但各少数民族文学也有其不可忽视的地位和作用"。他大声疾呼："抛开各族文学的所谓中国文学是不完全的！"他之所以孜孜不倦地在少数民族文学园地里辛勤耕耘，就是要"位卑不敢忘忧国"，通过促进文学的统一来维护政治的统一，

民族文学新声

通过坚持政治的统一来保障文学的统一，不再重复旧社会那种各民族之间互相对抗，少数民族文学被排斥于中国文学之外的历史。

马先生将自己的一生与祖国的命运紧紧地联系在一起，将自己的事业扎根于祖国的大地，并以学术的形式忠心耿耿地为祖国服务。他最推崇民族英雄，鄙视那些奴颜婢膝的汉奸卖国贼。他常常教导他的弟子：知识分子是民族的良知与灵魂的体现者，无论是在大半个中国沦亡的时期，还是在国家获得独立、扬眉吐气的岁月，都必须保持民族的尊严，一身浩然正气！特别是在改革开放的形势下，千万不能将从 1949 年高高站立起来的身体重新跪下。他对那些利用手中的权力与学术地位在出国讲学、接待外宾、送子女留学、接受外国学生等等方面丧失国格、人格的行为深恶痛绝。

在学术研究中，马先生最赞赏乾嘉学派提出的实事求是原则。他说过，要做到学术上的实事求是，必须先在做人上说老实话、做老实人、办老实事。心诚才能人实，人实才能学正。做学问当然要继承学习，但不能唯书，不能唯圣，更不能随风倒，而是要根据实际情况作出科学的分析与判断。他是这样说的，也是这样做的。他所翻译发表（出版）的民间文学作品绝大多数都是他亲自采集整理的，为了正确译释一个词汇、句子，他还了解与其有关的民俗、宗教、社会、历史等情况，虚心地向有关学者请教。马先生之所以力主将语言调查和语言研究的方法引入少数民族民间文学的收集整理与研究中来，就是为了杜绝随意改编、随意杜撰、信口雌黄，以捍卫学术的严肃性。

20 世纪 50 年代末，我国一度被狂热情绪所笼罩，不仅在生产上搞大跃进，在民间文学领域也搞大跃进，"放卫星"。有的人一天就能"收集"到上百首民歌。对此，马先生不以为然，他并不去赶浪头。1959 年，他发表了《更多更好地翻译少数民族民间文学》一文，强调对传统的少数民族民间文学进行认真的搜集、翻译，而不是争着放收集来的假卫星，更不能恣意"创作"，冒充民间作品。20 世纪 80 年代初期，我国民间文学界曾经进行过一次长达两年的所谓"改旧编新"问题的讨论。在这次讨论中，正方与反方都力陈己见，作了激烈的争辩。马先生由衷地支持这种平等的争鸣。但是，当这次讨论以"权威论定"而收场时，马先生表现出强烈的不快。他不赞成以权威定是非，坚持认为真理只能越辩越明。正是抱着这样的态度，在整个争论过程中，他未写一字表示对任何一方的反对或支持。但他却通过这次讨论反思了我国民间文学工作中的许多理论问题。

中国知识分子素有甘于寂寞、甘于坐冷板凳的传统，他们不畏权贵、不慕金钱，不求虚名、道德高尚，为中华文化留下了丰富的精神遗产。马先生继承这种优秀的品质，专志治学，心无旁骛，从不为学术以外的虚名所累，更不屑于去追逐学问以外的蝇头小利，始终保持着独立的人格与高尚情操。还在 20 世纪 40 年代初到云南彝区调查时，国民党云南省党政一些要员曾试图让马先生出任专员，遭到马先生的断然拒绝。继之，他们又试图成立彝学研究所并任命马先生为所长，同样也被马先生严词回绝。这不仅仅是由于马先生看透了国民党政府反动官员们的丑恶面目，不愿与之同流合污，而且还因为他一直认为学者的使命在于用知识为社会服务。只有超脱了名利权力的诱惑与羁绊，学者才能确保心灵的自由，以及学术的公正性与客观性。怀着这样的信念，他一次又一次放弃了从政的机会，直到耄耋之年，仍以治学为乐，笔耕不辍。人到晚年，虽仍不免有俗务羁绊，但马先生耻于声闻过实，不慕虚名。他像一方深山中的美玉，冷峻、质朴、无雕无饰，一切都自自然然。近年来，每逢马先生的生日，总有许多单位、朋友、弟子提出要为他祝寿，但他总是委婉谢绝，保持着内心世界的平和与宁静、纯洁与高雅。

马先生的一生是追求真理、坚持正义、热爱祖国、勇于进取的一生。他筚路蓝缕，高风亮节，勤勤恳恳，为中国少数民族文学事业进行了艰苦的开拓与辉煌的奠基。他的道德文章，足以垂范后世，成为我们继续推动少数民族文学学科繁荣发展的楷模。我们衷心祝愿马先生健康长寿！

1995 年 10 月 25 日

先秦至隋南方少数民族书面文学^①

先秦两汉以至隋代，居住在我国南方的各少数民族大多还处于原始氏族社会阶段，大多都没有本民族的文字，懂得汉语汉文的人也为数极少。所以，这一时期南方少数民族以汉文创作并流传下来的书面文学为数极少，目前存知的只有《越人歌》和《白狼歌》等。

早在中华文学的黎明时期，我国许多古老民族之间就存在不同程度的文化交流。春秋战国之际，这种交流得到了进一步的发展与深化。《越人歌》的出现，便是一个很好的证明。

《越人歌》是最早见载于汉文献中的我国南方少数民族诗歌。它以越语与汉语并记的形式，首开了我国翻译文学的一代先河。

据汉代刘向编著的《说苑·善说》记载，《越人歌》由楚大夫庄辛引述于为襄成君受封而举行的舟游盛典上："襄成君始封之日，衣翠衣，带玉剑，履缟舄，立于游水之上。大夫拥钟，钟悬，令执将号令，呼谁能渡王者于是也。楚大夫庄辛过而说之。遂造托而拜谒，起立曰：'臣愿把君之手。其可乎？'襄成君忿，作色而不言。庄辛迁延盥手而称曰：'君独不闻鄂君子晳之泛舟于新波之中也？乘著翰之舟，报满芘，张翠盖而捡犀尾，班丽袿衽。会钟鼓之音毕，榜枻越人拥楫而歌'。"所歌者，也就是我们现今所称的《越人歌》：

---

① 本文原载张炯、邓绍基、樊骏主编：《中华文学通史》，北京，华谊出版社，1997。原称《早期书面文学》。

今夕何夕兮？

搴舟中流。

今日何日兮？

得与王子同舟。

蒙羞被好兮，

不訾诟耻。

心几顽而不绝兮，

得知王子。

山有木兮木有枝，

心悦君兮君不知。

这是经"越译"翻译为汉语的《越人歌》歌辞。用汉字记音的原歌辞为：

滥兮抃草滥予？

昌枑泽予，

昌州州甚州焉乎，

秦胥胥缦予乎，

澶秦踰渗，

惿随河湖。

从刘向所引述的"拥楫而歌"及歌辞内容看，这个作品似是"应制"性即兴口头创作。其作者既可能是普通的船夫，也可能是临时"拥楫"为乐的越人贵族。其具体创作时间已不可考，仅可推为约在楚灵王元年（公元前516年）至十年（公元前527年）之间，即子晳任鄂君之后，任楚国令尹之前。

"榜枻越人"当是古越人的一个分支。在我国历史上"越"又称"粤"，因支系繁多，所居地域辽阔，还称"百越"或"百粤"。除"榜枻"之外，先后见于史书中的越人支系还有"瓯越""骆越""于越""句吴"'杨越"'东越"'闽越"'南越"'西呕（瓯）"'夫越"'夔越"'山越"等等。春秋战国时期，越人便分布在长江中下游南部的广大地区。子皙管辖之下的"鄂"，即现今武昌一带，可知当时此地就有越人存在。古越人断发文身，悬棺葬，住干栏，长于冶金与造船、纺织、制陶，主要从事水稻农耕及渔猎生产，当是现今汉藏语系壮侗语族各民族的共同祖先。

近年，曾有学者对用汉字记音的《越人歌》越语歌辞进行过深入的探讨，经过"对汉字的上古音拟构，把歌中的每一汉字的中古音和上古音（即隋唐时代和周秦时代的音）用国际音标记下来，然后与有关壮语逐个对照"，发现原歌辞的越语记音和现代壮语语音、构词法基本相同或相近。

并且，用古、现代汉语对其进行翻译所得到的内容与用现代壮语对其进行解翻所得到的内容基本一致：

> 今晚是什么佳节？
> 舟游如此隆重。
> 船正中坐的是谁呀？
> 是王府中大人。
> 王子接待又赏识，
> 我只有感激。
> 但不知何日能与您再来游？
> 我内心感受您的厚意[①]。

这首《越人歌》在先秦诗歌中独放异彩，它的词序和虚词造句、押腰韵、取长短句式等特点，都不同于中原诗歌形式，而更接近现今壮侗语族各民族的民歌。就其内容而言，生动地表现了作者"得与王子同舟"时的受宠若惊。"今日何日兮"与"今夕何夕兮"两个诘问句的运用，突出表现了"今日"与"今夕"的不平凡性，以及作者忘情于舟游的激动与兴奋。"山有木兮木有枝，心悦君兮君不知"；更是比兴自然，音韵和谐，真

---

① 韦庆稳：《试论百越民族的语音》，载《百越民族史论集》。转引自欧阳若修等著的《壮族文学史》，南宁，广西人民出版社，1986。

切地表达了作者因语言隔阂而不能向鄂君子皙一吐爱慕之情的遗憾。

总之，《越人歌》反映了楚、越两个民族的友好交往，表达了他们团结友好的愿望。也正因为这样，在"越译"将越语原歌翻译成"楚语"之后，鄂君子皙不禁"檐修袂而拥之，举绣被而复之"①，对歌者待之以重礼，足见其艺术感染力的强烈②。

《白狼歌》又称《白狼王歌》或《筰都夷歌》，是古代羌人创作的作品，古代羌人又称"羌戎"，许慎《说文·羊部》释羌："羌，西戎，牧羊人也。从人，从羊，羊亦声"。商周时代，古羌人分布于现今新疆南部、青海、甘肃、四川西部一带，部分入居中原；秦汉时代，古羌人部族林立，有"先零""烧当""卑南""卑禾""蜡""参狼""白马""牦牛""钟""越巂"等，仍以"逐水草而居"的游牧为主的生产方式。一部分与汉人杂处者，则早在战国及秦汉时代就已逐渐定居，从事农业生产。由于受汉文化影响比较深刻，春秋时期就已经出现了驹支这样能赋《诗经·小雅》中的作品《青蝇》，以刺晋国大臣无理指责与要挟的羌人首领。③

两汉时期，随着中央王朝不断开边，活跃于西南地区的古羌人各个部落与汉民族的交往日渐频繁。朝廷继秦人常颇开五尺道之后，先后令唐蒙通夜郎，司马相如"建节往使"、安抚邛筰，使"邛、筰、冉、駹斯榆之君皆请为内臣"。④东汉时期，"永平中，益州刺史梁国朱辅好立功名，慷慨有大略。在州数岁，宣示汉德，威怀远夷。自汶山以西，前世所不至，正朔所未加。白狼槃木唐蔎等百余国，户百三十余万，口六百万以上，举种贡赋，称为臣仆"。⑤这就是古羌人白狼部落首领作《白狼歌》以献朝廷的背景。

"白狼"指白狼羌，东汉时分布在牦牛徼外，相当于现今四川省汉源

① （西汉）刘向：《说苑·善说》。

② 欧阳若修等编：《壮族文学史》，南宁，广西人民出版社，1986。

③ （春秋）左丘明：《左传·襄公十四年》。

④ （西汉）司马迁：《史记·司马相如列传》

⑤ （南朝宋）范晔：《后汉书·西南夷列传》。

以西的大渡河流域，与现今汉藏语系藏缅语族，尤其是其中的彝语支诸民族有族属关系。永平年间（58—75年），白狼王唐菆向汉朝入贡，并献诗三章，是为《白狼歌》：

一、《远夷乐德歌》

大汉是治，
与天合意。
吏译平端，
不从我来。
闻风向化，
所见奇异。
多赠缯布，
甘美酒食。
昌乐肉飞，
屈申悉备。
蛮夷贫薄，
无所报嗣。
愿主长寿，
子孙昌炽。

二、《远夷慕德歌》

蛮夷所处，
日入之部。
慕义向化，
归日出主。
圣德深恩，
与人富厚。
冬多霜雪，
夏多和雨。

寒温时适，
部人多有。
涉危历险，
不远万里。
去俗归德，
心归慈母。

三、《远夷怀德歌》

荒服之外，
土地饶埆。
食肉衣皮，
不见盐谷。
吏译传风，
大汉安乐。
携负归仁，
触冒险狭。
高山岐峻，
缘崖磻石。
木薄发家，
百宿到洛。
父子同赐，
怀抱匹帛。
传告种人，
长愿臣仆。

与《越人歌》相同，《白狼歌》的原歌辞也是"远夷之语，辞意难正"。故而，朱辅招犍为郡掾田恭"辄令讯其风俗，译其辞语"。因为田恭从小生活在少数民族地区，"与之习狎"，颇晓白狼语言及民俗文化。①田恭的翻译，采用了逐字逐句对译的方式，有别于《越人歌》的意译，不仅保留了白狼语的语言风貌，而且如实地再现了原诗的体裁形式，成为我国文学史上又一座翻译文学的丰碑。刘珍在《东观汉记》中如实地记录《白狼歌》的白狼语原歌辞（用汉字注音）与汉语译文，也是对我国翻译文学的一个贡献。

在内容上，这三首诗通过对白狼羌在内附之前"土地烧埆""食肉衣皮、不见盐谷"的原始游牧生活与通汉之后所得到的"甘美酒食""缯布""富厚"的对比性和夸张性描写，自然流露出作者对东汉天子的景仰，以及对中原文化的向往。作者之所以要不顾"高山岐峻，缘崖磻石"，"涉危历险，不远万里"，"木薄发家，百宿到洛"，就是要率族人参加到中华民族大家庭中，维护统一，坚持团结，"长愿臣仆"。这是一曲诞生于1900多年前的民族团结的颂歌。

由于真实地记录了白狼羌人内附的史实，生动地描绘了大渡河两岸特有的风光及白狼羌人的生产生活，作品富有浓郁的高原气息和鲜明的民族特色。在艺术上，它以赋的手法直言其事，直陈其情，显得朴实而庄重；"心归慈母"之类的比喻，生动贴切，韵味隽永；四言句式的运用虽受制于白狼羌人的诗歌形式，但仍强化了作品的音韵和谐。

正因为具有这样一些特色与价值，《白狼歌》一直受到人们的重视。宋代王钦若、杨德的《册府元龟》，明代的《永乐大典》，清代的《云南备征志》等都收录有《白狼歌》。19世纪末，它还同整个《后汉书》一道被翻译为英文，传播到西方国家。自明清至今，已有不少中外学者从汉字注音的《白狼歌》之白狼语与藏缅语族各民族语言的比较、白狼部落地望考释。歌辞校勘、内容及艺术分析等方面对《白狼歌》进行了立体的研究，并取得了许多成就。②

---

① （南朝宋）范晔：《后汉书·西南夷列传》。

② 李明、林忠亮、王康编著：《羌族文学史》，成都，四川民族出版社，1994。

魏晋南北朝的氐羌文学

一、前秦氐人的诗歌创作

氐人往往与羌人合称为"氐羌",与我国现今的藏缅语族各个民族有一定的历史文化渊源,共同为中国文学作过巨大贡献。

从殷商至战国时代,氐人分布在相当于现今甘肃、青海、陕西、四川交会处的广大地区。其中,大部分集中在武都(现今甘肃省成县西北部),主要从事畜牧与农业生产。到东汉建安十九年(214年),曹操曾攻伐武都,并迁部分氐人至略阳(现今甘肃天水东北部)。到魏晋时,关中之扶风、始平、京兆等郡皆有氐人分布。这些氐人在汉族经济文化的影响下逐步着汉装、说汉语、取汉姓,从事农耕并定居。十六国时期,氐人中的地方豪强乘乱而起,不断扩大自己的势力,先后建立了仇池、前秦、后凉等政权。氐人的诗歌创作正是在这样的历史背景下登上中国文学的舞台。

据目前所见的资料,氐人的诗歌创作集中出现在前秦。前秦是由苻氏氐人建立的政权,其开国君主为苻坚。这一时期的氐人诗人有苻融、苻朗、苻秦,均是苻氏统治集团的代表人物。他们的诗作分别保存在郭茂倩编的《乐府诗集》以及《全晋诗》中。另外《乐府诗集》还保存了一些氐人的民间诗歌。

(一)苻融与《企喻歌辞》

苻融(?—383年),字博林,生于略阳临渭(今甘肃秦安县),为前秦创立者苻坚之胞弟，曾辅佐苻坚统一北中国。在苻坚死于淝水之战后，苻融亦殒命于乱军之中。《晋书·苻坚载记十四》附有《苻融传》一文，称其"聪辩明慧，下笔成章"，"未有升高不赋，临丧不诔。朱彤、赵整推其妙速"。他的作品有《浮图赋》《上疏谏用慕容暐等》赋、文、诗歌。但是，在历经战乱之后，保存至今的已经只有收录于郭茂倩编《乐府诗集》中的《企喻歌辞》组诗中的最后一首："男儿可怜虫，出门忧怀死；尸丧狭谷中，白骨无人收。"据郭茂倩引述，后两句"本云'深山解谷中，把骨无人收'"，在此之后，还有两句："头毛堕落晚，飞扬百草头"。对于为何要改、删，郭茂倩并未做任何说明。不过，删去最后两句之原因，似乎是为了与其他三首《企喻歌辞》在句式上保持统一。在这首诗中，诗人用极简练的文字描写了一个士兵对战争的恐惧，并以此反映出他的强烈的厌战，乃至反战情绪，对战乱中的下层群众寄予了无限的同情。

其他三首《企喻歌辞》与苻融所写的作品风格迥异，第一首的内容为"男儿欲作健，结伴不须多；鹞子经天飞，群雀西向飞"。显然，诗中的"鹞子"比喻"勇士"，其"经天"之飞，拟驰骋疆场、冲锋陷阵，"群雀"乱飞，暗写勇士的横扫千军之势。第二首与第三首表现的是前秦军队的军容军威："放马大泽中，草好马著膘；牌子铁裲裆，钮鍱鹯尾条"。"前行看后行，齐著铁裲裆；前头看后头，齐著铁钮鍱"。这些作品都闪耀着英雄主义的光彩。由于语言生动，形象鲜明，诗歌平淡中见雄奇，充满了勃勃的生气。

（二）苻朗及其《临终诗》

苻朗（？—389 年），字元达，为苻坚之侄。他先后担任前秦镇东将军、青州刺史。淝水之战后，他向攻伐青州的晋淮陵太守高素请降。"既至扬州，风流迈于一时，超然自得，志凌万物，所与悟言，不过一二人而已"①，全然没有一丝败军降将的可怜相。不仅如此，他还敢痛斥在吏部任官的王忱、王国宝二人是"人面而狗心""狗面而人心兄弟"。最后，他

---

① （唐）房玄龄等撰：《晋书·苻坚载记第十四》附《苻朗传》，2936 页，北京，中华书局，1974。

被王国宝杀害。

《晋书·苻坚载记》附《苻朗传》称苻朗"性宏达，神气爽迈，幼怀远操，不屑时荣"，又称他"耽舐经籍，手不释卷。每谈虚语玄，不觉日之将夕。登涉山水，不知老之将至"。他能文工诗，曾著《苻子》一书，专论老庄哲学。《临终诗》是他唯一一首传世诗作，吟诵于临刑之际："四大起何因？聚散无穷已。既过一生中，又人一死理。冥心乘和畅，未觉有终始。如何箕山夫，奄焉赴东市！旷此百年朝，远同嵇叔子，命也归白天，委化任冥纪。"原诗无题，所补之题目乃是丁福保收此诗入《全晋诗》时所加。作者在前三句中以道教思想解释生死之道，视死如归，表现出异常的恬淡、安详：既不知生，又何必忧死？生生死死，无始无终，归焉自然，顺乎天理。接着作者用6个诗句引述许由隐居箕山及嵇康受诬遭杀身之祸的典故，愤愤责问道：自己为何欲隐居而不能，求出世而不得，反遭荼毒？他还以此狠狠地嘲笑了东晋的"清明盛世"。最后两句与开头四句相呼应，发出低低的慨叹，决定从容赴难。整首诗情感顿郁，仿佛乌云承压下的秋山，激愤而又低回，慷慨而又苍凉。这首诗在情感的表达、引用典故、遣词造句等方面都达到了一定的高度，堪称前秦时期的优秀作品。

（三）《慕容垂歌辞》

《慕容垂歌辞》共3首，见载于《乐府诗集》，属"鼓角横吹曲"。慕容垂曾被慕容隽封为吴王，生活于东晋末年。《乐府诗集·梁横吹辞序》云："梁鼓角横吹曲多叙慕容垂及姚泓战阵之事。"明人胡应麟在《诗薮》中指出，乐府所载《慕容垂歌辞》三首具体描写的是慕容垂攻苻丕之战。在败于刘牢大军之后，"雀人盖因此作歌嘲之"，"此歌亦出苻秦也"。第一首写道："慕容攀墙视，吴军边无岸；我身分自当，枉杀墙外汉"。表现了慕容垂身陷重围之际的内荏色厉，焦虑不安。第二首描写慕容垂在人力不济、回天无力之情况下拜佛行乞的可怜相："慕容愁愤愤，烧香作佛会；愿作墙里燕，高飞出墙外"。第三首中，慕容垂怨天尤人，坐等毙命："慕容出墙望，吴军无边岸；咄我从诸佐，此事可愞叹"。

这三首诗是一个统一的整体，完全按时间及战争过程逐一展开，活灵活现地勾画出慕容垂自负、怯懦、寡谋、暴戾、迷信而又骄横的丑态。作品的语言生动活泼、形象鲜明、讽刺辛辣，继承了《诗经》以来的讽刺文学传统，并将它提高到了一个新的水平。[①]

二、后秦羌人的作家文学

战国时期，曾有不少羌人部落从黄湟流域南迁，进入现今的云、贵、川，分别成为现今藏缅语族各个支系的祖先。一部分仍游牧于西北高原的羌人，则于汉以后不断内迁，并与汉人杂处，逐渐转化成农耕民族，汉文化对他们的影响日渐深刻。至公元 386 年，迁入关中地区的姚氏羌人崛起于渭水流域，在长安建立了后秦政权。以此为契机，羌人的作家文学宣告诞生，并一度出现了繁盛局面。

后秦政权的建立到灭亡，对应于东晋至十六国。这一时期，中国文学有两大成就："一是佛教文学的输入，二是新乐府辞的产生"[②]。后秦羌人的作家文学有机地融汇入当时的中国文学大潮之中，无论在宗教文学方面，还是在新乐府辞的创作方面都有一定的贡献，如后秦姚氏统治集团曾不遗余力地翻译包括佛教文学在内的佛教经典，许多人的散文创作无论在题材上、思想上，还是表现形式上，都深受佛教的影响。又如《乐府诗集》中收录有后秦羌人的民间诗歌《琅琊王歌辞》《钜鹿公主歌辞》。

（一）散文创作

散文创作集中体现了后秦羌人作家文学的成就。这些散文，多是书表，一类是招贤求仕的诏文，如姚兴的《与恒标二公劝罢道书》《与僧迁等书》；一类是谈论佛理的论表，如姚兴的《通三世论》、姚嵩的《后秦姚主佛义表》；一类是处理军政事务的文书，如姚弋仲的《上石勒书》、姚苌的《下书禁复私仇》、姚兴的《敕关尉》、姚泓的《下书复死事士卒》。其中，第一类作品内容充实，情感深厚，文句典雅，其成就最高；第二类作

---

① 祝注先：《十六国时代少数民族的诗人和诗作》，载《民族文学研究》，1985（3）。
② 郑振铎：《插图本中国文学史》，北京，人民文学出版社，1982 年。

品虽然内容玄奥，但比喻生动，富于形象，仍充满文学情趣；第三类作品具有历史价值，但文学性要相对逊色一些。在众多的散文作家中，姚兴与姚嵩最负盛名。

1. 姚兴及其散文创作

姚兴（366—416年），字子略，于394年继父亲姚苌之位任后秦国国王。他的一生，积极有为，在恢复生产、完善国体、稳定社会、弘扬佛儒、发展文化教育等方面都有建树。由于自幼随父征战于秦陇，他受到中原文化的很大影响，不但熟悉读汉文经史，还精于佛理，常常"讲论道艺，错综名理"①。他还曾迎请龟兹国高僧鸠摩罗什入长安讲法译经，为佛经的翻译作出过重要的贡献。

姚兴的散文创作虽限于书表诏文，但可读性很强，文学情趣浓郁。如《与恒标二公劝罢道书》，以恳切的言辞、饱满的情感劝诱恒、标二公还俗从政，将自己求贤若渴的心致表现得淋漓尽致：

> 卿等乐道体闲，服膺法门，皎然之操义，诚在可嘉。但朕临四海、治必须才。方欲招肥遁于山林，搜陆沈于屠肆。况卿等周旋笃旧，朕所知尽。各抱干时之能，而潜独善之地，此岂朕求贤之至情；卿等兼弘深趣耶？昔人有言："国有骥而不乘，方惶惶而更索。是之谓也。"今敕尚书令（姚）显便夺卿等二乘之福心，由卿清名之容室，赞时益世，岂不大哉？！苟心存道味，宁系白黑，望体此怀，不以守节为辞。②

作者首先肯定了恒、标二僧"服膺法门"是"皎然之操义"，"诚在可嘉"，但是，为了富国强兵，恒、标二僧应作更崇高的选择，即积极有为，"赞时益世"。言辞恳切，情感真挚。

遭到恒、标二僧的婉拒之后，姚兴又连连写下《诏恒标二公》《再诏

---

① （唐）房玄龄等撰：《晋书·载记第十七》，2979页，北京，中华书局，1974。

② （南朝梁）僧佑撰：《弘明集》，载《钦定四库全书·子部·释家类》一〇四册，167页，上海，上海古籍出版社，1965。

恒标二公》等诏书。最后，姚兴甚至写了《与僧迁等书》一文，试图借僧迁之力达到令恒、标二僧归附出仕之目的：

> 省疏所引，一二具之。朕以谓独善之美，不如兼济之功；自守之节，未若拯物之大。虽子陵颉颃于光武，君平傲岸于蜀肆，周当辞禄于汉朝，杜微称聋于诸葛，此皆偏尚耿介之士耳。何足以开默语之要领高胜之趣哉！今九有未乂黔黎荼蓼。朕以寡德独当其弊。思得群才，共康至治。法师等虽潜心法门，亦毗世宣教，纵不能导物化时、勉人为治。而远美辞世之许由，近高散发于谢敷。若九河横流，人尽为鱼，法师等虽毗世宣教，亦安施乎，而道桓等伏膺法训，为日久矣。然其才用，足以成务，故欲枉夺其志，以辅暗政耳！若福报有征，佛不虚言，拯世急病之功，济时宁治之勋。功福在此而不在彼。可相诲喻，时副所望。①

在这篇文章中，作者除继续表达自己"思得群才，共康至治"的愿望外，还阐述了对政教关系的看法："独善之美，不如兼济之功；自守之节，未若拯物之大"，"拯世急病之功，济时守治之勋"，即：入世大于出世。对于这些观点，作者引用了大量的历史典故，言之有据，说理充分、情采丰茂、气韵生动。"若九河横流，人尽为鱼，法师等毗世宣教，亦安施乎?"一句，反问有力，入木三分。

姚兴的另一部分作品为谈论宗教义理的书表，包括《与安城侯姚嵩议论佛书》《能三世论——咨什法师》《通不住法师船若》《通圣人放大光明普照十方》《通三世》《通一切诸法空》《答安城侯姚嵩书》《重答安城侯姚嵩》等。这些作品的内容玄之又玄，缺乏生活气息，文学成就并不高。

姚兴的散文代表了后秦散文的最高水平，但因种种原因，缺乏鲜明的民族特色及艺术个性。

---

① （南朝梁）僧佑撰:《弘明集》，载《钦定四库全书·子部·释家类》一〇四册，169页，上海，上海古籍出版社，1965。

2. 姚嵩

姚嵩为姚苌之子、姚兴之胞弟，生卒年不详。他曾任秦州刺史、司隶校尉等职，并受封于安城，故又称为安城侯。

姚嵩文武兼备，通佛理，博涉内外事务。他的传世散文均是表文，著名的有《谢后秦主姚兴珠像表》《上后秦主姚兴佛义表》《重上后秦主姚兴表》，其内容大都是与兄长姚兴探讨禅理。其文学成就并不太高。在姚兴死后，姚嵩曾一度辅佐新继位的姚泓治理国家，但最终战死于与叛将杨盛的交战之中。

（二）诗歌创作

诗歌在后秦文学创作中所占的比重不大。史称"姚泓博学，善议论，尤好诗咏"[①]，但其诗已殆然无存。我们现在可以看到的后秦羌人创作的诗歌已经只有载于《乐府诗集》中的《琅琊王歌辞》与《钜鹿公主歌辞》。这两组诗歌的作者已不可考据，但大体可以推知是出身羌人贵族的诗人或民间诗人。

1.《琅琊王歌辞》

有关琅琊王的记载，最早见于《晋书》卷三十八中的《琅琊王伷传》，可知在晋武帝于公元 265 年即位之后即封司马伷为东莞郡王，不久又改封为琅琊王。司马伷为司马懿之子，其孙司马睿就是东晋元帝。

《琅琊王歌辞》共 8 首，皆为五言，是古羌人所创作的第一批五言诗。第一首"新买五尺刀，悬挂中梁柱；一日三摩娑，剧于十五女"。以一个武士对宝刀的酷爱，生动体现羌人的尚武精神，颇有清壮颈直之气，正与《新唐书·党项传》中的"俗尚武"、《华阳国志》中的"羌叟之地，土地山险，人民刚勇"等记述相吻合；第二首："琅琊复琅琊，琅琊大道王；阳春二三月，单衫绣柄裆"；第四首："琅琊复琅琊，琅琊大道王；鹿鸣思长草，愁人思故乡"；第六首："琅琊复琅琊，女郎大道王；孟阳三四月，移铺逐阴凉"。结构大抵相同，先以"琅琊复琅琊"起头，然后表现由时

---

① （唐）房玄龄等撰：《晋书·载记第十九》，北京，中华书局，1974。

序变化引起的生活变化，只有第四首中的"愁人思故乡"一句，透露出被迫背井离乡的难民的淡淡哀愁；第三首对连年战争给人民带来的灾难作了真实的表现："东山看西水，水海盘石间；公死姥更嫁，孤儿甚可怜。"这是一幅多么悲惨的景象！第五首美化了战火硝烟中的后秦都城长安："长安十二门，光门最妍雅；渭水从垄来，浮游谓桥下。"这与其他诗的风格抵牾甚大。第七首表现的是离乱中的游民对英雄的渴望："客行从主人，愿得主人强；猛虎依深山，愿得松柏长。"由于个人失去了独立生存的一切基础，身如浮萍，流离失所，人们将幸福与生存的希望寄托于强大的"主人"。第八首塑造了一位英勇善战的骁将——广平公："快马高缠鬃，遥知身是龙；谁能骑此马，唯有广平公。"作品对广平公的刻画是不露痕迹的，先写身如飞龙的健骏，再点出只有广平公能驾驭这一神驹，展现了主人公非凡的风采。所谓的"广平公"，也就是《晋书·载记》所载的姚弼："广平公，姚弼。兴之子，泓之弟也。"此人有文韬武略，镇压叛将赫连勃勃的战斗中，"独弼率众与战，大破之"[1]。后来，他于公元 416 年丧生于宫廷内乱之中。由此可以证明《琅琊王歌辞》确是后秦羌人所作。

2.《钜鹿公主歌辞》

《钜鹿公主歌辞》亦载于《乐府诗集》中，共 3 首。第一首："官家出游雷大鼓，细乘犊车开后户"；第二首："车前女子年十五，手弹琵琶玉节舞"；第三首："钜鹿公主殷照女，皇帝陛下万公主"。对于这组诗，《唐书·音乐志二》认为"似是姚苌时歌，其词华丽，与北歌不同"。作品所表现的是皇族出游的情景，文辞华丽，但内容苍白。虽然如此，作为后秦羌人诗歌创作中的第一组七言诗，还是具有一定艺术价值的。

---

① 李明、李忠亮、王康编著：《羌族文学史》，成都，四川民族出版社，1994。

唐代南诏与岭南少数民族文人文学①

　　唐代，南方各少数民族与中原汉族人民的交往更加频繁。随着汉族文化的不断传入，南方少数民族的文人文学有了较快的发展。本节重点介绍南诏和岭南的文人文学。

　　南诏是公元 738 年至 902 年建立于云南境内的地方奴隶制政权。② 其疆域"东面与贵州西部、越南北部相接，南面包括西双版纳，西达现在缅甸的北部，西北与吐蕃神川（今丽江北）为邻，东北抵四川西南部的戎州"。③ 以洱海地区为其中心，所辖民族有属于百越系的金齿、黑齿、茫蛮（傣族），属百濮系的朴子（布朗族、德昂族）、望蛮（佤族），属氐羌系的乌蛮（彝族）、和蛮（哈尼族）、么些（纳西族）、裸形（景颇族）、寻传（阿昌族）、施蛮、顺蛮（傈僳族）。其中，王室统治者为"乌蛮"（彝族），主体民族为"白蛮"（白族）。

　　由于境内各民族的共同努力，加上唐、吐蕃、天竺（印度）等文化的强烈影响，南诏的国力十分强大。除有发达的农业、畜牧业外，冶金、纺织、造纸、制革等手工业也取得较高成就。商业活动的范围直抵印度、波斯、交趾。在宗教上，先有道教传入，后以佛教代替道教，崇圣寺三塔、宏圣寺佛塔等建筑至今依然栉风沐雨，屹立于洱海之滨，诉说着当年的

---

① 本文原载张炯、邓绍基、樊骏主编：《中华文学通史》北京，华谊出版社，1997。

② 邵献书：《南诏和大理国》，长春，吉林教育出版社，1990。

③ 禹驰：《南诏文化的特点及其在云南历史上的地位》，载《南诏文化论》，昆明，云南人民出版社，1991。

辉煌。

　　以统一的地方国家政权以及经济的繁荣作为前提，南诏的文化艺术空前兴旺。在绘画方面，流传至今的《南诏图传》场面宏大，形象众多，描绘细腻，堪称我国绘画艺术的瑰宝；在音乐舞蹈方面，曾产生了像《南诏奉圣乐》这样的精品，一度轰动长安；在雕刻方面，石钟山佛像及其他木雕、铜雕等的艺术水平都达到了很高的地步；在文化方面，汉字被确定为官方用文字，还创制了白文，大批贵族子弟被派往成都去接受教育。南诏统治集团还"非圣贤之书不读"，汉文化知识已经相当丰富。南诏的文人文学正是在这样的历史背景下产生和发展起来的。

　　南诏的文人文学包括碑铭文、书表、诗歌等形式。作者和诗人均是南诏国的最高统治者，他们的创作均使用汉语文及汉文学形式。最著名的作者有异牟寻、寻阁劝、赵叔达、杨奇肱、段义宗等。他们或出身"乌蛮"，或出身"白蛮"。下面，分散文、诗歌两个部分对南诏的文人文学进行论述。

　　南诏的散文作家以南诏王异牟寻最具盛名，他的老师是郑回。《旧唐书》载："郑回本相州人。天宝中，举明经授巂州西泸县令。巂州陷，为所虏。阁罗凤以回有儒学，更名曰蛮利，甚爱重之。命教风迦异，及异牟寻立，又令教其子寻梦凑。回久为蛮师，凡授学，异牟寻、梦凑，回得箠挞。故异牟寻以下皆严惮之。蛮谓之清平官，凡置六人。牟寻以回为清平官，事皆咨之，秉政用事。"[①] 可见，郑回为汉族，蜀人，是在巂州任县令期间因巂州被南诏所破而被俘的。由于负有才学，他不仅被任命为清平官，参与军国大事的决策，而且还是南诏之国师，先后为风迦异、异牟寻、寻阁劝三位南诏王授教。郑回还富有文学才华，曾撰写著名的《南诏德化碑》碑文，为南诏作家文学的崛起进行了伟大的奠基。

　　《南诏德化碑》碑文约撰写于公元766年，共三千余字，除开头结尾略陈作者的身世外，正文按时间顺序记述南诏王阁罗凤继承父王皮罗阁之王位于前，扫荡五诏于后，与诸爨、唐边吏发生冲突，直至天宝年间大败

---

① （五代后晋）刘昫等撰：《旧唐书·南蛮传》。

唐军，归附吐蕃的一系列历史事件。既将阁罗凤描写成富有胆略、讲仁重义的一代"圣主"，同时也强调他"不得已而叛"唐的苦衷。忽而层递叙事，娓娓动听，忽而侃侃论道，有理有节，忽而款款抒情，笔走千里，使全文富有极强的感染力。晚近学者评论说："此碑文章，胎息左氏，其辞令之工巧，文体之高洁，俱臻上乘。三千余言，一气呵成，各章隽句，处处有之，在有唐大家中亦不多觏。"① 没有郑回及其《南诏德化碑》的垂范、哺育，南诏的散文创作是断然不能迅速产生并得以发展的。

异牟寻是阁罗凤之孙，凤迦异之子，于大历十四年（779 年）继承父位，成为南诏国国王。他自幼受教于郑回，"颇知书，有才智"。流传至今的散文有《与韦皋书》与《誓文》两篇。《与韦皋书》以"异牟寻世为唐臣，曩缘张虔陀志在吞侮，中使者至，不为澄雪"开篇，行文一波三折，既声讨了吐蕃的背信弃义，作者的忍无可忍，又在权衡南诏与吐蕃、唐王朝的利害关系之后，追溯南诏发展过程中"人知礼乐，本唐风化"，表达了弃蕃归唐、重归旧好的愿望："竭诚自新，归款天子"。关于异牟寻写此文的动机，《新唐书》中有这样的记述：大历十四年，新立为南诏王的异牟寻配合吐蕃进攻唐王朝边城，不幸大败。吐蕃王朝不但不存恤南诏军队，反而"责赋重数，悉夺其险，立侯营，岁索兵助防，异牟寻称苦之"。加上郑回规劝，异牟寻于贞元四年（788 年）起与时任西川节度使的韦皋密通书信，于贞元九年（793 年）"遣使者三人暑道同趋成都"，正式缔结归附盟约。这篇《与韦皋书》实际是异牟寻当时写成的归唐宣言书。

《誓文》写于贞元十年（794 年），即南诏归唐后的第二年。当时，唐王朝遣使崔佐时赴南诏。异牟寻作此文，与崔佐时盟誓于点苍山下，以示永不叛唐之心。

除此之外，在南诏后期的丰佑、世隆时，南诏王常有表、牒、木夹文呈奉唐王朝，它们虽然篇幅短小，但"辞藻焕然"②，不失文学色彩。这表明，南诏的散文创作已经达到了一定的水平。

南诏时代正值我国诗歌艺术走向顶峰之际，光辉灿烂的唐代诗歌孕育

---

① 徐嘉瑞：《大理古代文化史稿》，北京，中华书局，1978。

② （唐）胡曾：《代高骈回云南牒》，见《全唐文》卷八一一。

了众多的南诏诗人及其诗歌。南诏诗人积极吸收中原诗歌的营养，筚路蓝缕，努力探索，创作了许多描绘故乡田园风光、人文习俗，以及抒发自己思想感情的诗篇，丰富了我国的诗歌宝库。

据目前所掌握的资料，著名的南诏诗人有寻阁劝、赵叔达、杨奇肱、段义宗、郑昭淳等人。遗憾的是，由于沧桑演移，他们的诗章已经百不余一，尤其是郑昭淳的作品未能传于后世，仅《五代史》及《五代会要》中留存有其工诗并创作有"转韵涛"等记载。这些诗人都是南诏统治集团的主要成员，有的是国王，有的是清平官（军政大事决策者），绝无中下层知识分子。又因南诏是一个多民族的地方政权，有的诗人出身"乌蛮"，有的诗人出身"白蛮"，前者是彝族先民，后者是白族先民。使他们所创作的诗歌作品具有浓重的贵族气息及民族特色。从目前存世的作品看，南诏诗人已经熟练地驾驭五、七言诗的创作技巧。杨奇肱及段义宗的某些作品，还被收入《全唐诗》中，代表了南诏诗歌创作的最高水平。

寻阁劝，生卒年不详，乌蛮，为异牟寻之子。又名新觉劝，或寻梦凑。父子曾受教于郑回，唐宪宗元和三年（808 年）继父位为南诏王。《旧唐书》及《新唐书》均称异牟寻于点苍与唐使节崔佐时缔结盟约之际，"赋诗以饯之"，但此诗无传，流传至今的作品，仅有《玉溪编事》及《锦绣万花谷》中收载的《膘信星回节游避风台与清平官唱和诗》。"膘信"为南诏语，意为王，是寻阁劝之自称；"星回节"为南诏民俗节日，时在每年十二月十六日；"清平官"是南诏政权中的军政大事决策人，这里指赵叔达。由于寻阁劝仅在位一年，可以推知这首诗写于公元 808 年底，而且属于君臣唱和之作：

避风善阐台，极目见藤越，悲哉古与今，依然烟与月。自我居震旦，翊卫类夔契；伊昔颈皇运，艰难仰忠烈。不觉岁月暮，感极星回节；元昶同一心，子孙堪贻厥。[1]

---

[1] （清）曹寅、彭定求等编纂：《全唐诗》卷七三二。

这虽是一首汉文五言诗，却使用了不少南诏语词，如"震旦"指"天子"，"元"即"朕"，"昶"相当于"卿"，"翊卫"之意为"辅佐"，故而充满鲜明的民族特点。诗人先描写自己于星回节登高望远引起的见星回斗转、时光流逝的慨叹，接着表现自己继承王位以来的任贤用能、励精图治，最后，表达了君臣一心，再创辉煌的愿望。整个作品层次分明、语言流畅、情景交融，显得气势沉雄，意象超迈，颇得曹孟德诗之神韵。

赵叔达，生卒年不详，白蛮，任寻阁劝之清平官。他的诗作亦仅有和寻阁劝《骠信星回节游避风台与清平官唱和诗》的《星回节避风台骠信命赋》一首：

> 法驾避星回，波罗毘勇猜；河润冰难合，地暖梅先开。下令俚柔洽，献睽弄栋来；愿将不才质，千载侍游台。

为了与寻阁劝诗相对应，作品中也使用了许多南诏语汇，如"波罗"为"虎"之意，"毘勇"即"野马"，"猜"为"射"，"俚柔"指"百姓"，"弄栋"为部落名，在今云南姚安。作者对寻阁劝竭尽赞美之词，写他的万夫不当之勇，以及当时南诏社会的政通人和、威服邻邦，也表达了自己愿为明主竭诚的忠心。在艺术上，这首诗对仗工稳，音韵和谐，取得了较高的成就。

杨奇肱，生卒年不详，又作杨奇混或杨奇鲲，白蛮，为南诏王隆舜之清平官。他极有诗名，代表了南诏诗歌创作的最高成就。他的作品有《北梦琐言》所载的《途中诗》（七律），以及载于《大理府志》的《岩嵌绿玉》二首。其中《途中诗》收入《全唐诗》：

> （前两句缺）风里浪花吹更白，雨中岚色洗还清。江鸥聚处窗前见，林狖啼时枕上听；此际自然无限趣，王程不敢暂留停。

这首诗的创作背景大约是这样的：公元877年，南诏王隆舜与唐修好，并于次年遣使向唐僖宗求和亲。公元880年6月，经反复争论，唐王朝决定将宗室女封为安化长公主嫁与隆舜为妻,并派李龟年出使南诏。公元881年7月,南诏王隆舜遣重臣杨奇肱等赴成都迎避乱于此的安化长公主。这首诗便是作者在奉命赴成都迎公主途中写成的。

这首诗的颔联与颈联均描写沿途水光山色,轻快而又清丽,时时处处、事事物物充满无限的情趣。最后,以"王程不敢暂留停"一句收尾,恰如其分地突出了诗人使命在身,急匆匆、喜洋洋地前去迎接公主的欢悦心情。全诗如行云流水,寓情于物,在炼字、平仄、对仗、意境等方面都卓有成就,即使在《全唐诗》中,也不失为上乘之作。

《岩嵌绿玉》是一首歌咏大理石的作品,生动记述了有关大理石的传说,显得浪漫瑰丽,充满传奇色彩,在引民族民间故事入诗方面作了大胆的探索:

　　天孙昔谪下天绿,雾鬟风鬟依草木;一朝骑凤上丹霄,翠翘花钿留空谷。

段义宗,生卒年不详,白蛮,他先后任南诏王隆舜及大长和国国王郑仁旻之清平官。段义宗之诗,大多写于大长和国时期,但仍应将他视为南诏诗人,因为大长和国始君郑买嗣原是南诏王舜化贞之干臣,在舜化贞于公元902年去世之后,他才用计害死舜化贞之子改建大长和国。大长和国仅存在了二十六年即被大天兴国、义宁国等所代替。[①]其兴也急,其亡也忽,形不成独立的历史体系。

关于段义宗的生平,时人何光远在《鉴诫录》中略有记述,称他于前蜀乾德(919—924年)年间被派往蜀地出使,后削发为僧。在蜀期间,他与蜀地文士常莹辨、黄光业等多有往来,史称其"谈论,敷奏道理,一歌一咏,捷应如流"。他的作品亦所传不多,仅有《题三学经院经楼》等五首。其内容多关佛理,缺乏个性,如《题大慈寺芍药》:"浮花不与众花同,为感高僧护法功。繁彩夜铺方丈月,异香朝散讲筵风。寻真自得心源

---

① 邵献书:《南诏和大理国》,长春,吉林教育出版社,1990。

静，观色非贪眼界空。好是芳馨堪供养，天教生在释门中。"除了自我欣赏之外，别无深刻的社会意义。《题判官赞卫有听歌妓洞云歌》的基本情调也与之无异。

段义宗写得最好的一首诗是《思乡》：

> 泸北行人绝，云南信未还，庭前花不扫，门外柳谁攀？坐久销银烛，愁多减玉颜；悬心秋夜月，万里照关山。[①]

这首诗真实、传神地表现了作者客居异地、身入空门后抑制不住的思乡之情，落花、残烛、秋柳、夜月等景象无一不透露彻骨之"愁"，泸北、云南、庭前、门外等无一不牵动着自己的"悬心"，具有极强的感染力。当然，就总体而言，段义宗的诗篇缺乏鲜明的地方特色与民族特色，只是这不影响他作为杰出诗人在南诏诗坛所占据的重要地位。何光远就曾赞誉段义宗及其诗歌曰："如此创作，实为高手。"[②]

岭南地区素为越人故地，早在远古时代，越人先民就生息在红水河、融江、黔江、浔江、桂江流域，创造了灿烂的越文化。著名的花山崖画、铜鼓等，便是古老的越文化的伟大见证。

公元前214年，秦始皇开岭南，并建置郡县，统一了"瓯越"与"骆越"部落，有力地促进了岭南地区政治、经济和文化的发展。这些被合并的"瓯越"与"骆越"，当是现今壮族、布依族的祖先。从秦代以来，随着政治上的一体化，以及内地移民的不断入迁，汉文化对岭南地区的渗透日深。到隋唐五代时期，已有李尧臣、赵观文、梁嵩等汉族进士活跃于政治文化舞台。在此基础上，以使用汉语言文字进行创作为主要特征的壮族作家文学应运而生。不过，由于草创，远离内地，接受汉文化教育的权利又为统治阶级所垄断，这一时期的壮族作家文学形式单一。虽传曾有诗人冯智戴、宁纯等，但仅有一些碑文存世，而且作者均出身贵族，作品所反

---

① 此诗见清编《全唐诗》卷七三二，作者署为布燮，小注曰：布燮为官名，大长和国宰相也。兹录以备考。

② （五代蜀）何光远：《鉴诫录》。

映的内容大多为这些贵族的文治武功，基本上游离于当时的中国文学主潮之外。

《大宅颂》与《智城碑》是最早的两篇壮族散文作品。它们均创作于唐永淳元年（682年），并被分别刻写在两块摩崖上，立于现今广西上林县境内。《大宅颂》的作者为韦敬办，《智城碑》的作者为韦敬一，他们都是韦厥的后代。韦厥为汉人遗裔，后融入壮族之中。唐初，他任官于澄州，后受朝廷之命招抚附近分散的部落，立下汗马功劳，被封为澄州刺史。这两篇文章都是为庆贺韦敬办。统一全境、继承首领之职之后修建六合大宅而写成的。其内容重在夸赞主人建造大宅合于天时地利人和，并足以加强其权威，绥抚人心。

《大宅颂》共313个字，记述了作者的家世，以及自己的文韬武略："传文则物色益新，用武则悬峨斩绝"，指出"其近修兹六合坚固大宅"，乃是"以助世澄居"。虽然多有歌功颂德之词，却能较好地抒发自己的豪情壮志，且有六朝辞赋之风韵。全文分序、正文、结尾三部分，正文又分颂与结尾两小部分。颂先用四言，次用杂言，后用四言的形式。所述内容颇多重复，表现出壮族作家文学在开创时期的幼稚性。

相比之下，《智城碑》的思想、艺术成就都高于《大宅颂》。全文分六段：第一段是序；第二段历数日月星辰、山河岳渎以为起兴，自然引出第三段的内容，即层层展示智城山之高、之广，以及岩、岫、峰、壑、石、波、溪、卉、藤、竹、灵芝、茅桂、珍禽、歌莺、舞蝶之姿、态、音、色，妙不可言；第四段与第二段相呼应，突出反映廖州智城山乃人间"真名胜境"；第五段落笔于"人杰"，将韦敬办奉为一代英杰，描写其所建六合大宅之墙、壁、门、沟及其所处之地势、位置、战略意义；第六段在触及韦敬办兄弟之间的骨肉亲情之后，用一首四言六十八句的长诗收尾，对二至五段的内容作了重复与补充，使得全文典雅凝重，使自然—人文、人物之间浑然一体，达到了高度的和谐。文章中的遣词造句、写景状物、感情表达等都十分精彩。汉魏六朝辞赋及四言山水诗对这篇文章的影响清晰可见。①

---

① 欧阳若修等编著：《壮族文学史》，南宁，广西人民出版社，1986。

两宋南方少数民族碑铭文学与文人文学^①

两宋时期，南方少数民族的文人文学已经有了较大的发展。由于目前掌握的材料有限，本节只能介绍大理国的白族碑铭文学和岭南地区的壮族文人文学。

自公元 902 年郑买嗣发动政变、推翻南诏王室以来，洱海地区在短短的三十余年时间里先后出现了大长和、大天兴、义宁等一些短命政权。公元 937 年，南诏贵族后裔段思平联合三十七部首领，推翻杨干贞所建立的义宁国，建立了大理国。从此，西洱海地区进入了长期安定发展的封建社会，并一直持续到公元 1253 年被蒙古铁军所击破为止。

大理国的存在，几乎与宋王朝共始终。其间，二者之间一度来往密切，后因宋王朝疑心重重，交流渐疏。及至金兵南下，南宋小王朝偏安江南，与大理国的往来愈渐稀少，宋人赴大理出使者极为罕见。有关云南见闻的文章，仅见北宋初年应募到滇接洽买马事宜的杨佐所写的《云南买马记》等有限几篇。即使这样，汉白两个民族及其文化在民间的交往仍然不绝如缕，有增无减，不仅有大量的汉人由四川等地迁居大理国境内，汉文经籍也源源不断地传至云南各地，促使白族社会的政治、经济和文化获得了高度的发展。

大理国时代，段氏统治者将佛教定为国教，白族文化主要为僧侣集团

① 本文原载张炯、邓绍基、樊骏主编：《中华文学通史》，北京，华谊出版社，1997。原称《碑铭文学与文人文学》。

民族文学新声

所垄断，白族文学也就主要表现为宗教性的文学。不仅其作家大都是僧人，其内容大多记述宗教僧侣的生平事迹以及宗教建筑的来历等，而且它们都镌刻于碑石之上，保存于寺观之中。所以，我们不妨称之为宗教性碑铭文学。想来，发轫于南诏时代的诗歌创作应该比较发达，但目前已经找不到任何存诗。两宋与大理国分庭抗礼，政治、经济、文化都不能一体性发展，使得大理国白族作家文学不能与内地同步前进，宋代文学中的词和话本创作等对大理国白族作家文学几乎没有任何影响。

大理国时代的白族碑铭文学作品大体有《护法明公德运碑赞》《兴宝寺德化铭》《嵇肃灵峰明帝记》《渊公塔之碑铭》《大理国故高姬墓铭》等。

《护法明公德运碑赞》，刻于现今楚雄城西约二十里处的徽溪山摩崖上，作者佚名。"护法明公"指的是大理国贵族高量成。从《南诏野史》等史料考之，可知碑文撰写于公元 1148 年高量成去世后不久。碑文分两部分：第一部分讴歌高量成仕宦期间的德政：由于他的德化之功，"虽夷狄之深仇，部曲之怨恨，到此善归方寸，恶竟冰释。袖刃怀刀，一时捐弃；甘辞艳语，以发嬉戏"；第二部分写高量成退隐之后的超迈淡泊："明月侍座，清风扫行；善听法鼓明心，不闻尘嚣聒耳。"碑文散骈相间，文句简约，不失清丽之气。

《兴宝寺德化铭》与《嵇肃灵峰明帝记》同刻于一块碑，立于姚安城西兴宝寺内，镌刻时间为公元 1186 年。作者杨照才为"释儒"，白蛮（白族），其生卒年不详。前文记述兴宝寺重建过程，并歌颂了高喻城光的功德；后文描绘高喻城光祀嵇肃山山神之盛典。它们不仅是研究大理国时代宗教与文化的重要资料，同时也是文学名篇。作品气势磅礴，挥洒自如，"溶禅境文境为一"。有的学者曾评价《兴宝寺德化铭》为"文章之上乘也"。

《渊公塔之碑铭》的作者为赵佑，白蛮（白族），其生卒年不详。由于渊公塔碑立于公元 1220 年，这篇文章的写作时间应也当其时，或稍稍提前。文中所叙说的是"护法明公"高量成之子皎渊的生平及其出家的经过。文章使用了大量的比喻，字句精粹。"用真心修无上菩提，如将金为器，器器皆金；用妄心修无上菩提，如将瓦为器，器器皆瓦"，"出声闻之清水，擢凡夫之淤泥，如波莲花斗，顿馨香无物以喻也"等都是名句。

《大理国故高姬墓铭》的作者为杨俊升，白蛮（白族）。考《杨俊升碑》，可知他也是"释儒"。石碑立于大理五华楼，铭文当写于公元1239年前。"高姬"即高金仙贵，她是段政兴之婿妙音护之女。铭文为骈体，引齐姜助重耳成霸业等典故，暗喻高金仙贵夫妇为其父夺取大理国相位所作出的贡献。这篇铭文不仅音韵铿锵，而且用典确切，堪称优秀散文。[①]

宋代，居于岭南的壮族先民被称为"僮"或"撞"，如范成大《桂海虞衡志》有这样的记述："庆远、南丹、溪洞之民呼为僮"。李曾伯在上宋理宗之奏折中亦提及宜山有"撞丁"。这些"僮""撞"或"撞丁"，也就是"自昔骆越种类"、隋唐时代的"俚""僚"。就在这一时期，壮族社会开始进入封建社会，并完成了从封建领主制到封建地主制的过渡。

两宋的壮族作家文学，主要是诗歌创作。出现了区革、覃光佃、覃庆元、覃昌、韦旻等诗人。其中，三覃生活于北宋，为广西融州人，都博学能文、工于诗章，如覃昌著有《祭酒文集》，覃庆元曾官至监察御史，所写的诗歌曾受到西昆派首领杨亿的高度评价。然而，除了覃庆元的《登立鱼峰》外，其他人的作品均已荡然无存。《登立鱼峰》诗如下：

> 载酒听莺语，
> 春风到处吹：
> 鱼峰如有钓，
> 蜡屐正相宜。

这是覃庆元登桂林西山立鱼峰写下的诗篇，作品貌似平淡，却有其独到之处。它不正面描写立鱼峰，而是通过和着酒香的"莺语"与"春风"，自然天成地表现了诗人的怡悦之情，婉约而又细腻，深沉而又丰富。

韦旻生活于北宋后期，生卒年不详。他学富五车，时人有"书笥"之

---

① 张文勋等主编：《白族文学史》，昆明，云南人民出版社，1983。

誉，但应试不第，终生隐居于广西上林、武鸣之间的大明山罗洪洞，曾与贬黜于广西宾州的龙图阁学士许德探讨修身养性之学。后人张鹏超曾在纪念这位自号为"白云先生"的诗作《白云洞怀古》中称其"胸中罗二酉，弗茹九芝茎；公卿不能见，楷模为世师"。韦旻的诗作亦仅传七绝《和陶弼思柳亭韵》：

> 白云暧暧结姻缘，
> 半夜镆锵舞醉仙；
> 五百年来得书记，
> 罗洪溪畔浴沂年。

作品所描写的是自己的隐逸生活，以及自己与大自然的关系，自己对大自然的理解等，创造了一个天人合一、心物相偕、超凡脱俗的境界，情致高远，令人心旷神怡。

由于缺乏资料，我们已经很难对宋代的壮族文学作出全面的评价。在以上所介绍的作品中，很难发现它们与两宋诗歌有多少密切的关系。不过，由于诗人的大量出现，发轫于唐代的壮族作家文学无疑在原有的碑铭文学的基础上大大前进了一步。①

---

① 欧阳若修等编著：《壮族文学史》，南宁，广西人民出版社，1986。

西夏党项羌作家文学述略

西夏是由党项羌于公元 1038 年至 1227 年建立于我国西北部地区的地方政权，如果从"虽未称国而王其土"[①] 的拓跋思所建立的夏州政权开始算起，共历时 347 年（881—1227 年）。其所领疆域，奄有现今甘肃大部、宁夏全境、陕西北部，以及青海、内蒙古之部分地区，"方二万余里"，"东据河，西至玉门，南临萧关，北控大漠"。[②]

西夏王朝具有明显的仿唐性，其社会性质属于封建制。其政治、经济一度获得巨大发展，文化教育事业亦蒸蒸日上。在与中原文化及西域文化的交流之中，党项羌统治者推行开放政策，允许佛、儒、道三教在其境内传播，并致力于翻译有关经典。西夏王朝还在推行汉字教育之基础上创造了西夏文，并扩大西夏语言文字的教育、创造了灿烂的西夏文明。

党项羌为古羌人后裔，与现今的藏缅语族各个民族拥有共同的历史文化渊源。南北朝时期，党项羌先民活动于甘肃、青海、四川、西藏交接处，逐水草而居，从事游牧业。至隋末，他们的生活空间逐步拓展，"东至松州，南界春桑，北邻吐谷浑，有地三千余里"，但其社会形态仍停留在原始状态。唐初，党项羌各部落先后归附朝廷，后因受吐蕃之挤迫，先后迁入今甘肃东部的庆阳及陕西北部地区，与汉民族相杂居，从事农耕生活，到唐末，已出现了拓跋氏这样爵号为夏国公的定难军节度。宋初，党项羌首领李继迁曾一度与宋王朝相抗衡，并于公元 1008 年攻占今宁夏灵

---

① （元）脱脱等编撰：《宋史·夏国传》。

② （清）顾祖禹：《读史方舆纪要》卷七。

威县西南，改设灵州为西平府。1038 年，李元昊更是公开称帝，国号大夏，定都于兴庆府，即现今之银川市。西夏王国的建立，使党项羌完成了从奴隶制社会向封建制社会的过渡。

西夏时代，党项羌的作家文学获得了发展与繁荣，不仅涌现出像李元昊、谋宁克任、婆年仁勇、骨勒茂才这样的散文名家，像嵬名瓦、丁嵬、乾顺、仆王仁忠这样的诗人，像浑嵬名迁、仁孝这样的碑文作家，而且还出了像《西夏诗集》《西事宫廷诗》《忍教搜（寻）颂》《新集金碎掌直文》《圣立义海》等诗集，像《三世属明言诗文》《贤智集》等诗文集，像《列贤》《新集锦合辞》等文集，以及大量的翻译作品。需要指出的是：这些诗集、诗文集、文集有不少出自汉族及其他民族诗人作家之手。下面，从散文、诗歌、碑文三个方面对西夏党项羌作家文学作一论述：

一、散文创作

早在西夏政权建立之前，党项羌的作家文学即已经开始，它们都是党项羌贵族首领向中央王朝所上的表，全部都用汉语言文字写成，较著名的有李克文的《上宋太宗表》、李继迁的《上宋太宗表》、李德明的《上宋真宗表》。李继迁是一位羌族将领，他的《上宋太宗表》写于公元 995 年，作者针对李克文于公元 982 年 5 月向宋太宗上表建议朝廷尽收夏、绥、银、宥、静五州，以解除李继捧（作者胞兄）所造成的恶果，进言宋太宗归还其土地。文章时而柔波细浪，叙述家世及党项羌人世代臣属中原王朝的事实，时而柔中带刚，劝谏宋太宗皇帝"垂天心之慈爱，含兹弹丸，矜蓬梗之飘零，俾以主器"，并且，"诚知小人无厌，难免僭越之求"，具有感人的力量。李德明生于公元 980 年，死于公元 1031 年，他的《上宋真宗表》力陈党项羌与汉人守臣各自守土保民、稳定边境的重要性，表达了自己永远"内守国藩，外清戎部"，不敢"违盟负约，有始无终，虚享爵封，取消天下"的耿耿忠心。文章结构严谨，笔力雄健，令宋真宗叹为观止：

"布露恳诚，条成章疏"①。

在建立西夏政权之后，党项羌的书表等散文创作空前繁荣，仅有作品传世者就达 33 人，各类作品 50 多篇，其体裁从过去仅有诏文书表发展到诏、书、表、序、记、契、碑、铭等一应俱全，其艺术表现也更加丰富，除固有的叙事、议论、比喻、对仗、排比之外，还增加了描写、对话等手法，并将民间故事等引入散文创作，增强了表现力。②在西夏散文创作中，最具代表性的作家是李元昊与谋宁克任，最著名的作品是《黑水守将告近禀帖》及《番汉合时掌中珠》之序文等。

1.李元昊。李元昊（1004—1048 年），又名曩霄，为李明之子，党项羌人。他不但是西夏王国的开国君主，在政治、军事上才华盖世，而且在文化上也多有贡献，史称他"颇具文才"，精通汉、藏语言文化及佛理，还主持创制了西夏文字以推行"蕃学"，为灿烂的西夏文化进行了伟大的奠基。李元昊创作有不少散文作品，最著名的是《宋史》所载的《上宋仁宗表》。此文写于公元 1039 年正月，是时，离作者称帝仅三个月，其目的在于向宋王朝作登基通报。作品之开头叙述自己之世系："本出帝胄，当东晋之末运，创后魏之初基"，以此强调当今立国称帝之合理性。接着，作者叙述从唐以来历代祖先臣属中原王朝及其所建立的功勋："衣冠既就，文字既行，礼乐既张。器用预备。吐蕃、塔塔、张掖、交河，莫不从优。"夸耀其足以称帝之实力，并自然引出当今建"大夏国"的事实。最后，作者劝宋仁宗"许以西郊之地，册以邻国之音"，承认既成事实，平等交往，友好相处，以"鱼来雁往，任传邻国之音；地久天长，永镇边方之患"。文章层次分明，刚柔兼备，气势磅礴，极富于表现力。

他的《嫚书》一书，是对宋王朝下诏对他"剥夺赐姓和官爵"并下缉杀令进行声讨："蕃汉各异，国土迥殊。幸非僭逆，嫉妒何深？！况之昊为众所推，盖循拓跋之远裔，为帝国皇，有何不可？"此文虽然感情充沛，滔滔雄辩，具有一定的艺术才情，但其内里的分裂主义的主张须加否定。

① （南宋）李焘：《续资治通鉴长编》卷八十八。
② 李明、林忠亮、王康编著：《羌族文学史》，成都，四川民族出版社，1994。

219

2.谋宁克任。谋宁克任，生卒年不详，党项羌人，为西夏王崇宗皇帝乾顺之御史大夫。《上夏崇宗皇帝乾顺书》是他仅存的一篇汉文书表，写于公元1112年。之所以写此书表，是因为乾顺曾于是年下诏，令臣僚直言朝政之得失。《上夏崇宗皇帝乾顺书》原文如下：

> 法治之要，不外兵刑；富国之方，无非食货。国家自青、白两盐，不通互市，膏腴诸壤，寝就式微。兵行无百日之粮，仓储无三年之蓄，而惟持西北一区，与契丹交易有无，岂所以裕国计乎？自用兵延、庆以来，点集则害农时，争斗则伤民力，星辰示异，水旱告灾，山界数州，非浸即削、近边列堡，有战无耕。于是满目疮痍，日呼庚癸，岂所以安民命乎？且吾朝立国西陲，射猎为务，今国中养贤重学，兵政日弛。……臣愿主上既隆文治，尤修武备，毋徒慕好士之虚名，而忘御边之实务也。①

作者出于"愿主上既隆文治，尤修武备"之愿望，劝谏崇宗皇帝：去"徒慕好士之虚名"，而致力于"御边之实务"，对"自用兵延、庆以来"的天灾人祸、连年战争给各族人民带来的灾难进行了有力的揭露，具有一定的现实主义精神。全文言简意赅，生动明快，激情澎湃，排比句、诘问句的连连使用，使人振聋发聩。

3.《黑水守将告近禀帖》。《黑水守将告近禀帖》是现存的唯一一篇用西夏文创作成的书表。作者婆年仁勇之生卒年已不可考，但从文章中可以推知他是一位出身党项羌的战将，大约生活在西夏末年，即13世纪初。

"黑水"指现今内蒙古额济纳旗境内的额济纳河，西夏时曾筑黑水城于此。公元1224年，作为守城将领的婆年仁勇突然接到母亲重病的消息，不禁心中戚然，只好向朝廷上表，以求"请遣"。作者坦诚地记述了自己"请遣"的理由：即，母亲粮缺，无心卒守。他乞求"别遣将军"以守黑水城，而自己则"遣往老母近处司任大小职事"，以"尽心供职"，做到忠

---

① （清）吴广成：《西夏书事》卷三十三。

孝两全。该文不仅"文从字顺，条理分明"，而且还情真意切，委婉动人，充满了浓郁的人情味。

4.《番汉合时掌中珠》"序"及"人事下"。《番汉合时掌中珠》为党项羌出身的骨勒茂才（约1139—1211年）编著的辞书。全书收录800多个词条，"共有一百二十五面"，分"天""地""人"三大类，其下又各分上、中、下三章，各章所列词条均从西夏文、汉译文、西夏文汉字注音、汉字西夏文注音四个方面进行介绍，内容涉及西夏王朝的语言、文字、社会、历史诸多方面，其中有不少篇章是优秀的散文作品，最有名的是"序"及"人事下"两篇。这里，谨录《番汉合时掌中珠》"序"于此：

> 凡君子者，为物岂可忘己，故未尝不学。为己亦不绝物，故未尝不教。学者以智成己，欲袭古迹。教则以仁利物，以救今时。兼番汉文字者，论末则殊，考本则同，何则？先圣后圣，其揆未尝不故也。然则今时人者，番汉语言可以俱备，不学番言，则岂和番人之众？不会汉语，则岂入汉人之数？番有智者，汉人不敬，汉有贤士，番人不崇。若此者，由语言不通故也。如此则有逆前言，故愚稍学番汉文字，曷敢默而弗言，不避惭怍，准三才，集成番汉语节略一本，言者分辨，语句照然，言音未切，教者熊整；语句虽俗，学人易会，号为《合时掌中珠》，贤哲睹斯，幸勿哂焉。时乾祐庚戌二十一年×月×日骨勒茂才谨序。

文中指出了教育的目的在于教者"以仁利物，以救今时"，而学者则提高修养、继承传统。虽然学分"番""汉"，但各民族文化"考本则同"。关键是"语言不通"，造成了互相之间的陌生："番有智者，汉人不敬；汉有贤士，番人不崇"。要加深彼此之间的了解与信任，只能通过沟通语言加以解决。这，也就是作者编纂《番汉合时掌中珠》的意义所在。

文章虽然短小，但辞句精悍，行文朴实，思辨冷静，全然没有一丝民族沙文主义的情绪，强调各民族文化的平等，尊重各民族文化的价值，力主互相交流，达到共生共荣的目的。不能不说，这种对待己文化与异文化

221

的态度至今仍具有现实意义。

如果说以上的序文重于说理，那么，"人事下"则以叙事而见长，它以通篇四言的句式，生动记述了一个民事案件的发生及审理过程。文章先以强调司法部门执法如山、清正廉明的一段文字开头，接着记述一个犯人"失其道故，朝夕趋利，与人斗争，不敬尊长，恶言伤人，持顽凌弱，伤害他人"，被"枷在狱中"。面对犯人在刑具之下"不肯招承"，司法官引《孝经》进行"攻心"，迫使犯人心理防线崩溃，低头伏法。虽然在处理犯人由顽抗到屈服的转变过程方面有简单化的倾向，但文章还是基本上体现了作者刑礼相成、以礼为主的治世主张，具有一定的进步意义。这篇文章因有人物、情节、对话、议论，可读性很强，在西夏散文创作中独树一帜。

二、诗歌创作

诗歌创作是西夏党项羌作家文学中的重要部分。在近两百年的时间里，党项羌诗人辈出，群星灿烂，如《梁史·夏国传下》中就提及乾顺所作的《灵芝歌》，与之相和的诗人有濮王李仁忠，《西夏书事》中也称"濮王仁忠，诗才超妙"。著名诗人还有嵬名瓦、丁嵬等，前者结有宗教诗集《忍教搜（寻）颂》，后者则在《西夏诗集》中专列有"丁嵬诗"部。嵬名瓦的诗用西夏语文写成，而丁嵬的诗则用汉语文写成。西夏时期的党项羌诗人的诗歌形式也丰富多彩，有四言、五言、七言、九言、十四言、十五言诸种。遗憾的是，由于屡经战乱等洗劫，这些诗作几乎都"付与苍烟落照"，仅有三首传世。它们分别是用西夏语文写成的《颂祖先诗》及《颂师典》，用汉语文写成的《灵芝颂》。

1.《颂祖先诗》。《颂祖先诗》原诗保存于苏联科学院亚洲民族研究所列宁格勒分所，作者已不可考。迄今为止，用俄文翻译发表的诗句仅有十余行：

黔首石城漠水畔，

红脸祖坟白河上，

高弥药围在彼方。

母亲阿妈起（族）源，

银白肚子金乳房，

取姓嵬名俊裔传，

繁裔崛出"弥瑟逢"，

出生就有两颗牙，

长大簇立十次功，

七骑护送当国王。①

开头的"黔首""赤面""弥药"都是党项羌的不同自称。从所描写的内容看，这是一部党项羌人的史诗，它不但"描写了党项羌人的发源地"，而且还"叙述了西夏皇族繁衍过程和历史业绩"②。作品的主人公为"弥瑟逢"，他是弥药羌人之后裔，生而神异，长大之后，威震草原，被拥立为国王，成为西夏王国的奠基者。这些叙述寓神奇与史实于一体，充溢着英雄主义与浪漫主义的气息，无论是内容还是形式都具有鲜明的民族特色。

2.《颂师典》。《颂师典》亦保存于苏联科学院亚洲民族研究所列宁格勒分所，作者佚名，由俄文翻译发表的有五个诗段，它们分别是第一诗段、第五诗段、第六诗段、第十五诗段、第二十诗段。可以推断，全诗共有二十诗段。

在第一段中，作品以"羌汉弥人同母亲"开篇，叙述了羌汉两族各自所处的特殊地域，以及所拥有的独特文化；第五、六段歌颂了"伊利"这位西夏王国的"伟大名师"，赞扬他创制西夏文字，并"招募弟子三千七"，使得"礼仪道德"遍行于西夏全境。"伊利"也就是史书中所载的野利仁荣，他是李元昊之重臣，曾奉命创制西夏文字，并兴办"番学"，培养人才、翻译各种典籍，在西夏文化史上建立了卓著的功勋；第十五段

---

① 陈炳应：《西夏文物研究·西夏的文学作品》，转引自李明、林忠亮、王康编著：《羌族文学史》，成都，四川民族出版社，1994。

② 李明、林忠亮、王康编著：《羌族文学史》，成都，四川民族出版社，1994。

炫耀西夏的强大以及自立自主性，祈愿王朝昌盛，"弥药皇储代代传"；第二十段劝诫人们永远铭记一代大师伊利的功绩，继承发展西夏文化。

《颂师典》篇幅较长，虽有一些不太健康的民族优越思想，但主要还是强调了"羌汉弥人同母亲"，即我国各民族之间具有不可分割的联系性，这是十分难能可贵的。作品语言质朴，无论叙事还是议论都明白晓畅、自由奔放，取得了较高的艺术成就。

3. 乾顺及其《灵芝颂》。乾顺，生于公元 1084 年，卒于公元 1138 年，是西夏惠宗皇帝秉常之子，三岁便继承父位，成为西夏王国的第四代君王，当政 40 年。他不但注重文教，广扬佛学，而且还长于写诗作文，喜好谈经论道。

《灵芝颂》是乾顺与中书相王仁忠的唱和之作，刻有这首诗的残碑于1975 年出土于银川市西贺兰山东麓的西夏帝陵碑亭遗址。由于历尽沧桑，石碑残破，现今已经只能识读"俟时郊祉，择地腾芳""德施率土""赍及多方"等句子。我们可以于兹了解到《灵芝颂》为四言诗，其句式整然，音韵铿锵，文辞典雅，表现有"西夏宫廷诗体的特点"[①]，属庙堂文学。

三、碑铭文创作

碑铭文是散文的一种，但因其在西夏作家文学中数量众多，成就较高，这里特加以单独论述。这些碑铭文主要为纪念建造寺院、佛塔、桥梁、佛像等工程之竣工而写成，包括碑文、铭文、题刻等等。

据统计，保存至今的西夏碑文有《凉州重修护国寺感通塔碑》《黑河建桥敕碑》《西夏帝陵残碑》三种，铭文有《夏国皇太后新建承天寺瘗佛顶骨舍利碑铭》《大夏国葬舍利碣铭》，见于莫高窟及榆林窟中的刻字题写共有 50 多处。其中，有不少碑文、铭文、刻字题写出自党项羌作家之手。有的用汉字写成，有的则用西夏文写成，有的还采用汉文与西夏文并题的

---

① 史金波：《西夏文化》，长春，吉林教育出版社，1989。

形式。在这些碑铭文中，最有影响的是《凉州重修护国寺感通塔碑》及《黑河建桥敕碑》之碑文。

1.《凉州重修护国寺感通塔碑》。《凉州重修护国寺感通塔碑》立于甘肃武威县文庙内，碑文分两面，一面为西夏文，一面为汉文。从西夏文碑文所记的"书者旌记典集阁门令枢臣浑嵬名迁，书汉碑铭者供写南北章表臣张政思"以及汉文碑所记的"书番碑旌记典集令枢浑嵬名迁、供写南北章表张政思并篆额"的文字看，西夏碑文的作者为党项羌出身的浑嵬名迁，而汉文碑文的作者为张政思，后者疑是汉族。这里仅讨论浑嵬名迁所写的碑文。

《凉州重修护国寺感通塔碑》碑文是作者于1084年奉乾顺皇帝之诏，为当年竣工的西夏王国凉州护国寺感通塔修复工程而写成的。护国寺感通塔于1082年发生的武威大地震中出现倾斜，正当准备整修时，感通塔竟自行恢复原状。但是，乾顺皇帝及皇太后仍然于1083年诏命工匠对护国寺及感通寺进行修饰。

碑文篇幅很长，内容亦十分丰富，开篇引述了一段佛教经文，讲述"六道轮回""三界流传"之理。接着，讲述凉州感通寺之来历：为阿育王所造，用于安奉佛祖舍利。张轨为天子时，曾造宫殿于兹，张天锡继张轨之位后，舍其宫殿而改造"七级宝塔"。其后，党项羌人复"修造"此塔。结果，此塔屡现灵瑞，成为"国土支柱"。作者借此宣扬佛法，论证西夏王室之天命在身。最后所记述的是主持修缮工程之各级官员、工匠、僧侣，以及书写碑文者之姓名、立碑时间等。虽然碑文内容缺乏积极的思想意义，但在艺术上不乏传神之笔。如对感通寺的描写就十分惟妙惟肖："妙塔七级七等觉，丹壁四百活四河。木于复瓦扣飞腾，金头玉柱映映现；七珍庄严如星耀，诸色庄校殊美好。绕觉奇宝光奕奕，悬壁菩萨治生生。一院殿帐呈青雾，七级宝塔惜铁人。细纬垂幡花簇簇，白银香烛明晃晃。法物种种聚诉善，供具一一仓且足"。读后，令人仿佛身临其境，高瞻其塔。"五色瑞云，朝朝自盈噙金光；七级悉察，福智俱得到佛宫。……圣宫造毕，功德广大前无边；宝塔修成，善因圆满泽量高"一段，将描写塔身与阐发佛旨结合起来，突出说明了修造感通寺的重要意义，不仅想象独特，比喻生动，叙事与抒情得到有机统一，描写与议论实现了高度的和谐，其句式变化多端，时而为长短句，时而为五言对偶句，时而为四言对偶句，时而为七言对偶句，时而又是四言与七言相错，并且对偶铺排无一定之法，非常活泼自由，既师承骈文，又能大胆突破骈文的呆板沉滞。

2.《黑河建桥敕碑》。《黑河建桥敕碑》碑文当写于1176年，或稍前一二年。碑文分两面，一面为汉文，一面为藏文。汉文碑文的作者为仁孝（1125—1193年），是乾顺之子，西夏第五代皇帝夏仁宗。仁孝主政期间，重视文教，推行了一系列的"崇儒""尚文"政策，推动了书面创作与宗教经典翻译事业的繁荣与发展。他还撰写过《"观弥勒上先兜率天经"施政发愿文》等文章，《黑河建桥敕碑》是作者在修建河桥工程结束后写下的告神敕文。黑河桥位于现今甘肃省张掖县境内，它是根据仁孝皇帝之诏令重新建造而成的。原文如下：

> 敕镇夷郡境内黑水河上下所有隐显，一切水土之主，山神、水神、龙神、树神、土地诸神等，咸听朕命：昔"贤觉圣光菩萨"哀悯此河年年暴涨，漂荡人畜，故发大慈悲，兴建此桥，普令一切往返有情感，免徒涉之患，皆沾安济之福。斯诚利国便民之大端也。朕昔已曾亲临此桥，嘉美贤觉兴造之功，仍罄房恩，躬祭汝诸神等。自是之后，水患顿息，固知诸神冥歆朕意，阴加拥祐之所致也。今朕载启神房，幸冀汝等诸多灵神，廓慈悲之心，恢济渡之德，重加神力，密运威灵，庶几水患永息，桥通之长，令此诸方有情，俱蒙利益，祐我邦家，则岂惟上契十方诸圣之心，抑亦可副朕之弘愿也。诸神鉴之，毋替朕命。大夏乾祐七年岁次丙申九月二十五日立石……①

这篇"敕碑"碑文写得非常浪漫，作者喝鬼令神，令山、水、龙、树、土地诸神"廓慈悲之心，恢济渡之德，重加神力，密运威灵"，保佑

---

① 陈炳应：《西夏文物研究·黑河建桥敕碑》，银川，宁夏人民出版社，1985。

新建成的黑河桥，以使"水患永息，桥通久长"。忧国恤民之心，照见于飞扬的文采之中；指点江山之气势，奔涌于碑文之字里行间。尤为可贵的是，作者还将有关黑河桥来历的口头传说引入文中，开创了西夏党项羌作家文学与民间文学相结合的范例。

西夏党项羌作家文学所取得的成就是巨大的，尤其是用西夏文创作的一大批文学作品的问世，极大地丰富了我国多民族、多语种的文学宝库。但仅就用汉语文及其形式创作的那部分文学作品来说，显得模仿多于创新。又因作家诗人均是西夏王朝的最高统治集团的成员，他们所创作的作品也就缺乏生活的气息，所反映的社会面十分有限。为了突出自己的民族性，西夏党项羌作家诗人们不能将自己的文学创作与两宋的文学创作有机地结合起来，许多题材、体裁、表现形式、描写手段等也就得不到应有的开拓。①

---

① 李明、林忠亮、王康编著：《羌族文学史》，成都，四川民族出版社，1994。

云贵高原少数民族古典文学品读

　　云贵高原秀丽的山川、多彩的民族生活，孕育了灿烂的文学传统，从学会用"哼唷哼唷"的劳动号子协调劳动动作的那一天起，云贵高原各民族的祖先便开始运用语言艺术，表现自己的生产生活，表达自己的心理感受，建造起一座座美的大厦、文学的圣殿。

　　云贵高原少数民族文学既有口头创作，又有书面作品。前者主要存活于无文字社会、无文字民族以及无文字阶层中。它离人们的生产生活最近，除审美之外，还发挥着文化传承、调节社会、宗教信仰的功能，常有的体裁有：神话、歌谣、史诗、传说、长诗、故事等。其中，表现原始人类认识自然、征服自然、解释自然，以及氏族部落历史、文化起源的神话作品是云贵高原文学中最闪光的部分。云贵高原众多的韵文体原生性史诗对我国史诗宝库是一个重要的丰富与补充。歌谣在云贵高原仍可追寻到它的初级发展形式，许多民族都存在诗、歌、舞三位一体的情况。翻开中国文学史，叙事长诗是一个比较薄弱的部分。而在云贵高原，几乎每一个民族都有数十乃至数百部此类作品。它们反映复杂的社会生活及人与人之间的关系，无论就思想内容还是艺术成就而言都堪称文学珍品。

　　书面文学是文学发展到一定高度的标志，彝、纳西、傣等民族有成千上万部用本民族文字书写成的书面文学。它们集中体现了本民族的社会认识能力及审美水平、民族性格，在中国文学史上占有极重要的地位。用汉字进行的文学创作，最早可以追溯到汉代，但作家文学的起步要晚一些。它是中原文学在云贵高原的移植与再生发展，各少数民族诗人作家，都为繁荣汉字书面文学作出了有益的贡献。云南及贵州在清代编选成的几部诗集文集对它们作了较好的记录。

神话史诗

神话是人类社会发展到氏族公社时期的精神创造。它以低下的生产力及社会组织、原始思维为存在条件，对人类所赖以生存的自然界，对人类自身的物质性与社会性做了形象、浪漫的解释。它虽荒诞离奇，却折射出早期人类的思想闪光。它以奇特的想象、宏富的内容、非凡的表现力，将原始文学推向了极致。可以说，神话不仅是民族艺术的土壤，而且也是民族精神的武库。许多文学传统都是吸吮着神话的乳汁发展而成的。

云贵高原是神话的宝库。由于气候复杂，地形多样，各种神话在此获得了丰富的表现对象以及生态环境。加之山高林密，地域封闭，云贵高原神话之稳定大于变异，文化积淀深厚。长期以来，滇黔社会发展缓慢，除大部分民族已不同程度地进入封建社会外，尚有一些民族分别处于原始社会、奴隶制社会、农奴制社会状态。即使那些较发达的民族内部，也因各支系所处地域的不同而呈极不平衡的发展状态，往往是先进与落后并存。这使得神话存在的社会条件没有受到严重的，或完全的破坏。在许多民族中，神话是一种活生生的存在形态。不过，在相对分离与静止的状态下，云贵高原从久远的时代起就已受到多种文化的辐射。中原逐鹿以及由此引起的周边地区民族移动，使这种辐射在春秋战国以来变得更加强烈。战争、移民、宗教传播等文化交流，使昆仑神话与蓬莱神话两大体系在这里对话，中原神话、滇濮神话、氐羌神话、百越神话、荆楚神话、巴蜀神话于此地共熔一炉，并派生出种种神话变体。

云贵高原神话可以分为创世神话、人类起源神话、洪水神话、解释神话、征服自然神话、远古社会生活神话等。在许多民族中，神话是被视为"根谱"——一种文化体系的源头而被讲述于重要的祭典仪礼，或记载于宗教经典之中。其短至三言两语，长及洋洋数万言，既有散文体，也有韵文体，既有一事一议的单纯体，也有将种种事件、类型汇总于一的复合体。

一、创世神话

创世神话主要解释天地的形成、自然万物的来历，其实质是构建宇宙秩序，为建立人类社会提供空间条件。从云南禄丰、元谋出土的古人类遗骨以及石器中可以得知，云贵高原是我国境内最早的文化发祥地之一。从学会直立行走、打制第一件工具、说出第一句话的那天起，生活在这片红土地上的原始人类便从自然界中逐渐分离出来，开始将自然万物对象化，对天地日月山川河流发疑问古，形成了巨人造天地、神灵造天地、动物造天地等多种宇宙观。限于当时的社会发展水平及思维发展水平，他们的认识无疑幼稚虚幻，但在人类文化史上，这毕竟迈出了具有决定意义的一步。

布依族神话《力戛撑天》塑造了一位神力无边的创世英雄。他生活的时代，天地之间仅有三尺三寸三分之隔。为了整治天地，使人类及自然万物有一个良好的存在空间，这位巨人吃了三石三斗三升糟粮，喝了三缸三壶三碗酒，睡了三天三夜。待攒足力气后，他与众人合顶苍天，将天顶高三尺多。接着他又狠吸一口气，再将天顶高九万九千九百九十九丈，将地蹬下九万九千九百九十九丈。他左手撑天，右手拔牙钉天，其牙变成星，血变成霞，喘的气成风，流的汗化成雨；眨眼为闪电，咳嗽作轰雷，花格帕子变银河，白汗衫成云朵。待天体稳定后，力戛将自己的双眼挂在天空，左眼为日，右眼为月。劳碌九九八十一天，力戛终于劳累死去，但他身上的各个部位仍然继续化生，变成了自然万物。

与力戛独自创世不同，《苗族古歌》中的创世者是一个英雄群体，月星都无一不是劳动的产物：宇宙初开，天地合一，巨人剖帕首先挥斧将它们分开，然后把公、样公、把婆、廖婆将天地修整吻合，府方把天地撑开，由篙杆和五倍子换作擎天柱后，天仍不稳，宝公、雄公、且公、当公等只好从东方运来金银，用山谷当风箱、以风作扇、岩石当锤、黄泥为炉，铸造成了擎天柱，使天体不再动荡。接着，老鹰量土地，修妞划江河，养优垒山，耙公治岭，绍公平地，绍婆砌坡，火耐击石生火，宝公、雄公、且公、当公等用金银铸造了日月星辰。

显然，《力戛撑天》与徐整《三五历运记》中所记载的盘古神话同属一类，充满了对个人力量的崇拜。从力戛又叫"翁戛"，"翁"在布依话中为"王"之意的情况推测，力戛很可能是根据某一氏族首领塑造成的形象。由于生产力低下，图腾崇拜盛行，人们对自然万物起源的解释也就只能以人度物、以己及物。《苗族古歌》则不然，它是社会发展到更晚时期的产物。那时，社会分工已经相当精细，制陶业、冶金业、建筑业、农业等都已经非常发达，图腾化生已为人类的创造所代替，个人的神力已变为群体的合力。

除了巨人造天地万物的神话之外，云贵高原上还传承有动物创世神话。独龙族的《大蚂蚁把天地分开》称，远古时期，天地紧连，人类可以沿九道土台登上天。有一天，嘎姆朋在"姆克姆达木"处上天去造金银。当他踩在土台快要上去时，一群蚂蚁突然奔来索要嘎姆朋的绑腿带，嘎姆朋不允。入夜，蚂蚁报复，扒倒土台，使天地永远分离。这个神话是适应高黎贡山深处原始狩猎、采集生活而创造出来的。它内容简单，并无复杂情节及众多人物，更无日月星辰、自然万物的起源部分。在楚雄彝族的眼中，老虎是化生万物的母体，具体为：虎头作天头，虎尾作地尾，虎鼻作天鼻，虎耳作天耳，虎的左眼为日、虎的右眼为月，虎须为阳光，虎牙为星星，虎油作云彩，虎气成雾气，虎心作天的心胆，虎肚作大海，虎血作海水，大肠作大江，小肠变成河，筋骨变道路，虎皮变成地皮，硬毛变成树木，软毛变成草卉，毫毛变成秧苗，骨髓变成金，小骨变成银，虎肺变成铜，虎肝变成铁；腰子变成磨石，虎身上的大虱子变成水牛，小虱子变黑猪黑羊，虱子蛋变绵羊，头皮变雀鸟。

比之巨人创世神话与动物创世神话，以神灵为主角的创世神话更见普遍。傈僳族的《创世纪》、白族的《开天辟地的传说》、瑶族的《密洛陀》、彝族的《梅葛》、哈尼族的《奥色密色》、拉祜族的《牡帕密帕》、纳西族的《崇般图》、基诺族的《阿嫫晓白》等都是这方面的作品。

瑶族的创世神密洛陀是一位女性。她立于宇宙缝隙，双臂向上顶、双脚向下踩。结果，上缘变成天，下缘变成地，上顶九千九百次，下踩九千九百次后，"天拱地圆两分离"。又经九千九百年，她创造了火球及银子。火球挂天变日月，撕下红、白、绿三色云彩为太阳做帽子、衣服、被子，撒银向天空变星星。接着，密洛陀派遣九子治大地、罗班开山川与洪水，大地上出现了平原和沙洲。大亨搬动山岭、挑石填土，造成了平坝，完成了开天辟地的壮举。这个作品明显带有从母权制向父权制过渡的痕迹，在分天地方面与布依族的《力戛撑天》相似，在整治大地方面与《苗族古歌》相近，反映出苗瑶语族及壮侗语族神话的互渗性。

将神灵创世活动描写得最为艰难曲折的是纳西族的《崇搬图》。与其他神话中的二次性创世相异，《崇搬图》中的创世经历了三次。第一次开天辟地，因九兄弟懒惰而开小了天，因七姊妹勤快而开大了地，使天不合地，地不载天；第二次开天辟地，九兄弟与七姊妹竖起五方柱子擎天，用绿松石补圆天空，用黄金铺平大地，但因恩余恩买神生的最后一个蛋孵出野牛，天被顶破，地被踏裂；第三次开天辟地，九兄弟与七姊妹运来各种土石金银，在大地中央建起神山——居那若倮，终于完成了开辟大业。这里，一次次顽强超拔的努力与奋斗，生动展现出纳西族文化生生不息的韧性。气生、卵生及神灵开天地的融合表现，说明《崇搬图》乃是在吸收多种文化的背景下形成的作品。阴阳、黑白、善恶、真假、虚实等的对立统一，使它充满了较强的思辨色彩、哲学意味。

二、人类起源神话

在探讨宇宙秘密、天地万物来源之同时，云贵高原上的许多文化集团早已开始了对人类自身起源问题的探讨。可以说，对"天"的认识是对"人"的理解的延伸，而对"人"的探讨又是对"天"的说明的深化。人类起源神话在云贵地区呈现为植物变人、动物变人、水生人、气生人、卵生人、神灵抟土造人、洪水遗民等形式。植物变人神话与动物变人神话往往与动植物图腾崇拜密切相关，歪曲地反映了人与自然界，尤其是与动植物之间的关系。

拉祜族的《牡帕密帕》讲述道，天神厄莎种了棵葫芦，它因藤被野牛踩断而滚到海里喝多了水，肚子又圆又大。厄莎遂将葫芦搬回家中。77

天后，葫芦里传来人声，厄莎让一对老鼠来破葫芦。经过三天三夜的努力，一男一女从老鼠啃通的洞中爬出，成了人类的祖先。基诺族传说的《玛黑和玛妞》与此大体相同，只是葫芦孕人安排在洪水之后，破开葫芦的也不是动物，而是烧红的火钳。葫芦中一个名叫阿姙牙的老妈子还为能破开葫芦、让人类走出葫芦献出了自己的生命。据说，基诺族中有种对阿姙牙的怀念方式：人们在击鼓时要叫她的名，大鼓称"耳哎采嘎"，唱歌时要先唤其名"耳……哎……"。最初从葫芦中走出的人类有基诺族、傣族、汉族、布朗族。就其本质而言，无论是对葫芦的崇拜，还是对阿姙牙的种种崇拜，都无疑是母系社会的女性崇拜与生育神崇拜的遗存。彝族及布依、仡佬等民族在流传有葫芦生人神话的同时，还流传有竹子生人的神话。夜郎国王便被说成竹子所生，许多地方还建有竹王祠、竹王庙。从空腹、可作容器这一功能上看，它同葫芦都与母体存在联系。

苗族自古崇尚枫木，因为他们相信人类与万物同出自一株由神人劳公所栽种的枫木。《枫木歌》说，在这株枫木被伐后，化生出了鼓、鸡、燕子、蜻蜓、蜜蜂及人祖蝴蝶妈妈。蝴蝶妈妈妹榜妹留与水上的泡沫"游方"交配，生下12只蛋，并孵化出了姜央、雷公、龙、虎、蛇、蜈蚣等12兄弟。

德昂族的《历史调》是一个讲述各种花草树木共同变人的神话。在很古的时候，世上本无人类，只有花草树木。一天，狂风乍起，刮落102片树叶，它们各自变成了人，并互配夫妻，开始繁衍人类。起初，人们吃树叶果实为生，后来才学会了耕种五谷。

动物变化成人的神话见于白族、纳西族纳日人等。白族神话称，古时候，大海中落入太阳，海水被煮得沸沸扬扬，惊醒了海中的金龙。当它发现水中的落日后，便将它吞入肚中，谁知太阳在龙肚中继续燃烧，使金龙疼痛难忍。当太阳变作一大肉团从腮中进出、撞在山岩上炸开时，碎肉四溅，飞到天上的成云，悬在空中的成鸟，落在箐里的变兽，掉入水中的变鱼虾，还有两块变成了一男一女，后人就叫他们为劳泰（祖母）劳谷（祖父）。从此以后，人类开始主宰大地。纳日人认为，人类是女始祖与公猴婚配繁衍起来的。独龙族神话《女始祖茂英充》中的女始祖茂英充是蜂蛇交配所生。后来，她自己也与虎、蜂、蛇、麂子、马鹿婚配，生下的子女各成了虎、蜂、蛇、麂子、马鹿等氏族。

彝族的人类起源神话比较丰富，《六祖源流》说"人祖来自水"；《雪族十二支》认为红雪化人祖："结冰成骨头，下雪成肌肉，吹风来做气，下雨来做盆"；《西南彝志》及《宇宙人文论》则说人由气所生。尽管水与雪、气在形态上各异，但它们在本质上相同，无论是雪还是气，都不过是水在不同温度下的变体而已。

抟土造人神话亦见于云贵地区的傣族、基诺族、独龙族等当中。傣族的《英叭开天辟地》称，人是由天神英叭用汗泥创造的；独龙族天神嘎美与嘎莎在"姆逮义垅嘎"取岩石上的土壤造人。后来，他们又教人类干活及生育后代。在这里，人们看不到女娲神话中那样的贫富差别、健残殊异，没有对社会生活中的不平等现象做宿命性的解释。

卵生神话以纳西族的《崇搬图》最具代表性。这部作品一开始就讲述道："人蛋由天生，人蛋由地孵"，人蛋落入海，方才化神人，构成了一个类同殷王室谱系那样的神人相承谱系，以至于被纳西族土司木氏转载于《木氏宦谱》中，以作为自己的历史源头，神化自己的统治地位。

三、解释自然神话

在云贵神话中，解释自然神话丰富多彩，自然界的一切事物及现象都可以成为其解释的对象。其最常见、最基本的是对日月运行、谷种火种起源、洪水成因等进行解释的神话。

关于日月运行，瑶族是这样解释的：密洛陀创造日月星辰后让它们各司其职。她对日月说："你们是兄妹，不能做夫妻，要各自走一方，只准三年一见面。"日月遵命，各自东升西落、年复一年。在苗族神话中，宝公等用金银铸造 12 对日月后，让它们按十二地支轮流照耀大地。可是，它们不守诺言，一并升空曝晒，烧焦了禾木。人们只能射落 11 对日月，仅留一对在天间。这既是苗、瑶族祖先在长期农业生产中建立起来的天文历法知识的生动反映，同时也渗透着汉族古代天文历法知识的深刻影响。

火的应用是人类历史上具有重要意义的一步。水族神话认为，火乃神仙阿旭所赐。据称，水族定居贵州三都九阡之后，因无火而度日艰难。女神阿旭同情水族的不幸，决定为他们传火种。她先下凡与水族后生阿宝结为夫妻，然后回天界把火石带到人间。可是，当大地上的火烟腾升至天宫，天母大怒，派雷公炸死阿宝，并捉拿阿旭回天宫。阿旭不从，她跃入烈火殉情，为爱情、也为人类的幸福献出了生命。

由于云贵高原是我国农业文明的最早发祥地之一，有关谷物起源的神话也相当丰富；其中，傣族的《九隆王》、水族的《谷神》、布依族的《茫耶取谷种》最为出名。从大体上讲，云贵地区的谷物起源神话有神授型、盗取型、化生型、进化型几种。

《九隆王》最早记载于《华阳国志》与《后汉书》中，但傣族民间所传者自有一番特色。它主要讲述蒙伽独的幼子斩杀毒蛇、报杀父之仇的故事。主人公在长老的指点下，用宝刀利剑胁迫毒龙屈服，从龙宫中取到一粒谷种。当他将种子抛向田野，到处长满了碧绿的庄稼。解释谷物起源的神话，最能集中体现农业民族那种坚强不屈、深沉细腻的文化气质。对于农业民族来讲，讲述谷物起源实际上也就是讲述文化的起源。

云贵多山水，山水成为神话中经常出现的话题。山呈常态，沉稳而又肃穆，往往作为顶天巨柱出现在创世神话中。水易变体，或雨或雪，不仅与宇宙及生命起源有关，而且还单独构成了洪水神话类型。在哈尼族的《兄妹传人类》中，洪水乃是毁灭与再造的临界点。它由天神所降，目的是改进原生人类。原人直眼睛、膝朝后、嘴如鸭，洪水之中仅有兄妹二人藏于葫芦逃生。在漂流 99 天后，兄妹二人不得不遵从天神之命成婚，生下了横眼睛、膝朝前、嘴扁平的新人。它肯定血缘婚，却强调被迫性，是早期神话的后期补释，保留有较多的原生神话面貌。

对于洪水的起因，我们还可以看到种种解释：傈僳族认为是神猴念咒所致，纳西族称是天神为惩罚兄妹相婚所造成，土家族神话中则说成是雷公的报复，景颇族与德昂族各认为降洪水之罪魁祸首为魔鬼、螃蟹。主洪水者及洪水起因的多样性是由各民族不同的居住地域、不同的社会进程、不同的文化传统所决定的。

四、征服自然神话

人们解释自然，是为了最终征服自然，从自然力的奴役下解放出来。云贵高原上的征服自然神话也不胜枚举，常见的有射日月、请日月、补天地、战洪水、伏干旱、斗自然神等神话。它们瑰丽豪迈，生动表现了人类英勇顽强、进取向上、改善生存环境的斗争精神以及对美好生活的追求，处处闪烁着人定胜天的思想光彩。

太阳是生命之源，也是神话的基本表现对象。布朗族相信，天上本有九个太阳，她们都是女性，又有十个月亮，他们都是男性。日月并照，杀禾稼，焦山川，企图破坏顾米亚开天辟地。顾米亚不甘屈服，他张弓搭箭，将日月一个个射落，只留一对在天空。这个作品不仅歌颂了勇与力，而且还充满了对弓的赞美，因它不仅增大了臂力，扩张了人类控制自然的范围，而且也大大伸延了原始先民的想象空间。此类神话甚多，我们较熟悉的有瑶族的《怀格射日月》、阿昌族的《遮帕麻与遮米麻》、苗族的《九十八个太阳和九十八个月亮》《铸日造月》《顶洛丁沟》《杨亚射日月》等。

与取消过量日月相反，有的神话专门讲述在欠缺日月的情况下人们对它的企盼。布朗族创世英雄顾米亚在射落八对日月后，吓得仅剩的一对日月逃之夭夭躲进石洞成了夫妻。大地一片黑沉沉。经由百鸟百兽恳请、公鸡保证，日月最终重返天空中。壮族亦有救月亮的神话。古时，刚都与玛霞正在月下唱山歌，突然间，月亮消失在一道闪电之中。几个月后，玛霞进山找月亮。她看见月亮正被狐狸绑在石壁上，便挥刀断绳，救出了月亮。然而，玛霞却落入了狐狸精之手，变成了一条花蛇。后来，刚都找来一粒龙珠让花蛇吞下使玛霞变成龙。他俩杀死狐狸，飞向天空。从此，他们便形影不离地守护在月亮旁，让银色的月光永远洒满人间。

云贵多雨，常有洪水袭扰人们的生产生活。各族人民在企图控制日月运行、风雨雷电的同时，也幻想着制服洪水，从水害中解脱出来。瑶族女神密洛陀在创造天地时因大地沉于洪水而令二子罗班排洪。罗班用"耳朵"和"指甲"当"扇斗"排水，但收效不大。一气之下，罗班抓住地壳大吼一声，地盘即刻向东倾斜，漫天洪水向东流泻。布依族认为洪水由孽龙所起，要治水先治龙，因而有了《锁孽龙》神话。《苗族古歌》称最初雄公等造金银柱擎天，因柱子都一样长，天地平展展，使水难流动。后来，宝公锯短了东方的柱子，又将西方的柱子垫高，洪水才被排掉。这些在建筑工艺相当发达以后所发的"奇思妙想"，与汉族古代共工怒触不周山，引起"天柱折，地维绝，天倾西北，故日月星辰就焉，地不满东南，故水潦尘埃归焉"（《淮南子》）的神话如出一辙，都是根据我国地理西高东低的结构特点而成的。

与涝相反的旱也是云贵各民族的天敌。布依族流传有降伏干旱的神话《捉旱精》。据说，布依先民原住在一座火焰山上，一个旱精常常夜出汲水，使大地连年干旱，庄稼歉收。英雄翁夏从山上扯来藤条做活扣套旱精。第一次，旱精逃脱。第二次亦逃脱。第三次，翁夏改在水坑上安活扣，终于逮住旱精，并将它烧死。从此，人间再无干旱之虞。

补天地的神话见于彝、纳西、土家等族中。彝族用松毛做针、蜘蛛网做线、云做补丁，补好天体；纳西族用绿松石堵塞天缝；苗族、瑶族神话中，因天小地大，创世神灵便用针线将天缘地边缝合在了一起。毋庸置疑，这种"补"实际上是"缝"，只有纳西族神话才与女娲炼五彩石以补苍天有共通之处。

237

五、远古社会生活神话

远古社会虽然组织程度不高，生产力低下，生产关系简单，但毕竟已经建立起以图腾及其信仰为中心的各种制度。伴随着私有制的产生，部落与部落之间开始发生冲突。由于种种原因，一些社会集团背井离乡，到新的地域去开创新的生活。这一切都或直接或曲折地反映到了远古神话之中。云贵高原上所流传的远古社会生活神话中最常见的有图腾神话、血缘婚神话、民族迁徙神话、部落战争神话、原始家庭形态神话等。

图腾神话与人类起源神话相交叉，讲述氏族社会的社会组织及原始信仰。怒族在解放前保留有氏族组织和图腾崇拜。有一个神话称，腊普因妞兄妹相婚后生下许多孩子，因他们之间不能匹配，只好与会说话的蛇、松鼠、鱼、蜂、虎等婚媾，生育下一代。这样，他们各自的后代就分别成了蛇、松鼠、鱼、蜂、虎等氏族。傈僳族及白族勒墨人也有人与动物婚配，生下虎、蛙、熊、鼠氏族的神话。在他们看来，这就是自己历史的起点。

有关血缘婚的神话，几乎充斥于任何一个古老民族的口头传承之中。这便是洪水神话中的兄妹婚。白族《人类起源》说，自有万物之后，观音将兄妹二人藏在金鼓里漂浮海面，后来让老鹰抬出金鼓，叫老鼠取出两兄妹。观音让他们成婚，但兄妹不允。后经烧香、抛棒、滚磨盘等神占，兄妹二人不得不结为夫妻。十个月后，他们生下一个皮口袋，内有十个儿子，由他们繁衍起了人类。如上所述，这类神话的基本结构为：洪水→两兄妹逃生→议婚→神占→成婚→怪胎→人类。关于藏身的器物，白族为金鼓，纳西族为皮鼓，苗、布依、仡佬、水、瑶、哈尼等族为葫芦，佤族为船，彝族为桐木桶，侗族为瓜；关于神占，有的是一次，最常见的是三次；怪胎在白族中为皮袋，苗、纳西等为肉团；所生之子一般都是邻近民族的祖先。

在纳西族《崇搬图》中，血缘婚受到否定，怪胎被说成是人祖从忍利恩与竖眼天女所生，并以不符合道德原则而被严加排斥。怪胎所生者乃是蛇、蛙、虎、豹等。真正的人类是洪水遗民从忍利恩与天女衬红褒白命结合的产物。在他们的婚姻过程中神并不成为主宰，而是成了反抗的对象。

反映家庭形态的神话与反映婚姻形态的神话具有密切的关系。佤族神话《西岗里》称，格雷诺与格利比结婚之后，妻子格利比创造了"道理"，有了兄弟之序、男女之别。女子比男子先懂"道理"，因此男人听女人的话。后来，女子不愿支配一切，改让丈夫管理家庭。但是，男子不懂事，还要常常向女子请教。女子共统治30代，男子只统治了20代。可以看出，母系家庭的存在历史远较父系家庭长，从母系发展到父系是经过了几多反复的。壮族神话《三星的故事》所表现的是男性在家庭与社会中获得绝对统治权后的放肆：从前，日、月、星是一家人，日为夫，月为妻，星辰是子女。因太阳是一家之长，十分严酷，妻子白天不敢与他在一起，子女被他吞掉，流下的血染红了云彩。于是，妻子和剩下的子女都躲着他。只有到了太阳落山，月亮才敢领着孩子们到天空中玩，天亮后又匆匆隐去。当然，这个作品更像一个拟人化的童话。

云贵高原是人类历史的一个大舞台，从元谋人到现代社会，这里有一条持续不断的文化链，尽管有的文明衰落了，但并不因此而绝迹，有的文明渗透进来，在新的环境获得了发展。濮僚系统遗民当是云贵高原最早的主人，而氐羌、百越、三苗诸系民族则分别迁自西北、东南、中南地区，汉族迁入的时间更晚。漫漫千万年，无数鲜血染红迁徙者的道路。侗族神话《祖先上河》所反映的正是侗族先民在王素率领下迁居他乡的艰苦历程。苗族的《跋山涉水歌》也是这方面的作品，但它并不表现刀光剑影紧相逼，而表现苗族在人丁兴旺之后去寻找新的生活空间。纳西族神话《崇班沙》中，死者要通过100多个地方回到祖灵所居的居什罗神山。这100多个地方连成一线所构成的是纳西族长期的迁徙路线。

总的来讲，在云贵高原神话中，藏缅语族以创世神话、图腾神话、物种起源神话最为丰富，其描写也最细腻，充满了浓厚的神幻色彩。而在壮侗语族中，他们的神话大多有完整的神灵谱系，并与中原神话具有千丝万缕的联系。其洪水神话都有兄妹婚内容，在情调上壮怀激烈。苗瑶语族的神话主要反映原始狩猎、采集、农耕生产，创世神话与征服神话相交织，通过对早期冶金、制陶、纺织、建筑等在创世及征服自然过程中的巨大效力的描写，赞美了人类的伟大创造力。南亚语系民族的神话与以上三个语族的神话有所不同，在洪水神话中，缺乏兄妹婚及神占的内容，在人类起源神话中，土、石、木等成为最重要的构成人体的物质，人、工具、技术等在创世、征服自然过程中的作用并不突出，自然力与神力更受人们的尊重。这种种差异是由地理环境、社会发展程度、生产形态、文化传统等的不同而引起的。

六、史诗

史诗是在古歌谣、神话及早期传说基础上形成的一种文学体裁。从其内容看，主要记述各民族生存发展的历史，渗透着全民族的意志与精神，歌颂人类的创造力、认识力。在形式上，它采用诗体，结构严整、场面庞大、形象鲜明，充满神奇的色彩。因此，黑格尔说过："史诗就是一个民族的'传奇故事''书'或'圣经'。每一个伟大的民族都有这样绝对原始的书，来表现全民族的原始精神。"（《美学·诗》）

史诗分创世史诗和英雄史诗两种，前者叙述天地起源、宇宙谱系、人类起源、民族迁徙，与神话在内容上重叠，可称之为韵文神话。后者则以民族战争为主要题材，以歌颂民族英雄为基本特征。英雄史诗产生于创世史诗之后。云贵高原的史诗大都是创世史诗，如白族的《创世纪》、彝族的《梅葛》、哈尼族的《奥色密色》、苗族的《苗族古歌》、侗族的《侗族祖先从哪里来》、拉祜族的《牡帕密帕》、瑶族的《密洛陀》等都是这方面的作品。英雄史诗在云贵高原并不多见，目前所收集到的只有纳西族的《黑白战争》《哈斯战争》及傣族的《兰嘎西贺》、傈僳族的《古战歌》等。

《兰嘎西贺》共4万诗行，20章，流传于西双版纳、思茅、德宏、临沧等傣族地区，有手抄本及贝叶经两种形式。作品叙述于兰嘎国十头王与沓达腊国王子召朗玛和猴子嘎林联盟之间为争夺甘纳嘎国公主西拉所进行的战争，反映了傣族社会从"英雄时代"向阶级社会过渡、国家取代部落联盟、人权向神权提出挑战之际傣族人民所进行的艰苦斗争及其英雄主义精神。据比较，可知其题材脱胎于印度史诗《罗摩衍那》，但其所反映的社会内容及作品所表现的民族气质是傣族性的。《兰嘎西贺》仍然扎根于傣族社会生活及傣族文学土壤之中。

纳西族于战国时代开始南迁，至秦汉已生活在川西地区，后来继续移动，到隋唐时代才定居于目前的分布地区。其间，饱受战火的洗礼。嗣后，纳西族一直处于汉、藏、白三大政治势力之间，经常与周边民族处于时战时和的状态。这样，纳西族古代文化一直以"战"为核心，纳西族古代社会也就一直充溢着对英雄的崇拜。《黑白战争》就是在这样一种背景下产生的纳西族英雄史诗。东与术是远古时代的两个部落，他们本相安无事，老死不相往来，后为争夺交界处的神树、日月以及为了报血仇，发生了规模空前的战争。术部落曾经一度攻占东部落的地域。但因东部落奋起反抗，保卫家园，最终战胜了术部落。"把术族的天割下来做地，把术族的地翻起来做天，把术族的水源截断，把术族的火种灭掉"，堪称天翻地覆。表达了纳西族先民对自由和平的向往，对侵略战争的痛恨。

《黑白战争》这部作品仍带有浓厚的神话色彩，但它无疑已经具备了英雄史诗的基本条件。它以人为中心，以氏族社会的斗争生活为反映内容，塑造了东若瓦路、东主等性格鲜明的人物形象。残酷的战争与崇高的爱情互相交织，力量与谋略都受到赞颂，战争场面波澜壮阔，故事情节引人入胜，"具有至今仍然不可超越的思想与形式完全和谐的高度的美"（高尔基语录），充分展示了纳西族人民的思想成就与艺术才能。

歌谣长诗

云贵高原是一个诗的世界、一片歌的海洋。每个民族都用诗歌记录自己的生产生活经验。传承传统文化，激扬民族精神。每个民族成员都借助诗歌诉说人生的悲欢离合，表现对生活的态度，表达对自由幸福的追求。景颇人说："不怕山上无柴烧，不怕没有牛与米，……就怕嗓子哑了没有歌。"拉祜人唱道："听见芦笙脚就痒了，月亮上来就想唱了。吃饭可以不要盐，不跳不唱的日子难过。"

云贵高原的歌谣种类繁多，应有尽有。人生仪礼歌、习俗歌、祭祀歌、情歌、生产歌、生活歌、时政歌、儿童谣谚等是较常见的品类。它们都适应于各个民族的社会形态、宗教信仰、生产发展水平而存在，并有特定的表现形式，在格律、演唱、传承等方面表现出极大的丰富性与多样性。长诗是在歌谣的基础上发展起来的韵文作品，它篇幅长、规模大、适于表现生活中的重大题材和复杂的社会内容，一般要依赖特定的歌手阶层而存在，其演唱也局限在一定的时间空间之内，不像歌谣那样灵活自由、不择地而出。与北方民族拥有丰富的史诗相反，云贵高原上的民间长诗往往是抒情长诗和叙事长诗。其数量之众，思想艺术水平之高，堪称我国文学之最。

一、歌谣

（一）人生仪礼歌

生、婚、死是人生三部曲，以此为中心的歌谣十分丰富。一个生命呱呱落地，哈尼母亲便用诗歌迎接他："哦嘿嘿，乖乖地睡，你的腿赶快长呢，腿长壮了，好跟着阿爹去撵山。孩子哦，你的手臂快长粗壮，手臂长粗了，才能攀上高大的彻干树，帮阿妈把柴砍……"于是，沐浴着父亲的慈爱，吸吮着母亲的乳汁，孩子茁壮成长。当长及13岁，永宁纳日人开始为其举行成丁礼。背靠母柱，脚踩五谷猪膘肉，受礼者陶醉在达巴美好的祝福声中："我的左手端着精美的金碗，金碗里装着香醇的美酒；我的右手端着吉祥的银碗，银碗里装着清香的油茶。老人们坐在虎豹的皮绒上，儿孙们坐在牛羊的白毡上，祝福孙儿孙女长大成人！"接着，他（她）穿上表示成人的裤（裙），正式跨入生活的门槛。类似的仪式及歌谣还见于普米、瑶、彝等民族之中。

婚礼是婚姻生活中极富戏剧性的部分。普米族以系列性婚歌表现了整个婚礼的程序。婚期来临，男方的接亲队伍来到女方家中，主人要抬出一张桌子拦在门口，主客双方开始对唱《关门开门歌》。男方唱错或失败，主人便将主唱者关进一间小屋，待新娘上路时方放出同行。如男方唱胜，主人便将客人立即迎至屋中同欢；出嫁前夜，母女泪眼相对，妈妈给女儿唱起《嫁女调》，诉尽离情别意；新娘将启程，斜挎黄带的司仪左手抚着香炉，右手挥着松枝，为新娘朗诵《祝福词》；待新娘及迎亲送亲队伍上路之际，主人要唱一支《送礼歌》，以示欢送；清晨，新娘已经出发，三天前去新娘家过礼的媒人却被锁在一间屋里陪着主方一位歌手对唱《锁门调》与《开门调》，门口站着两个手拿钥匙的姑娘。媒人唱赢，守门姑娘便立即开门放人，让媒人去追赶送亲的队伍。媒人唱输，就要去向新娘父母送礼钱或敬酒以求宽恕脱身。新娘进新郎家后，宾主手拉手围坐火塘边喝酒吃肉，由媒人开唱《团结花》。

日暮西山，渔舟唱晚，当一个人的生命结束之际，诗歌又荡起它的双桨，将劳累了一生的亡魂驶往幸福的彼岸。傣族的葬礼程序繁杂，死者停止呼吸后要立即举行倒净水仪式，并唱《滴水词》；出殡之前，要由女儿哭丧，《哭丧歌》唱得字字血、声声泪，极尽人间悲哀之情。献供品时唱的则是《敬供歌》……

（二）情歌

爱情是人生永恒的主题，情歌是民间歌谣中最具魅力的品种。它真挚热烈，醇香如美酒，纯洁胜清泉，不仅可以给人以美的享受，而且可以净化人们的灵魂。

青春来临，风吻着溪流，绿雨绽开花蕾，侗族青年开始在竹林深处偷期密约，"初相会，好比鲤鱼会长江"；初恋的感情复杂难言，一件信物往往可以"说尽心中无限事"；"跟姣借件带回还，我郎得去家中想，二回好来花园好"；爱情在顺利发展，双方信誓旦旦："要学松柏青到老，莫学桃花眼前红"，与汉族古代的"冬雷阵阵，乃敢与君绝"如出一辙；相思阶段，情之所至，寝食不安："想哥想得人发昏，在家总是坐不成，三脚出来两脚并，爹妈骂妹失落魄"；热恋之后，恋人们开始向往风雨同舟的夫妻生活，期盼着去创造美好的未来："日头出来离天离地离州离府八百里，结个好朋友好似明月离天边，朝夕思念只想早日共个铜盆来洗脸，妹在梦中和郎相会来结缘，报郎要拣占古人祥，口含黄柏苦要同苦甜同甜"；在从爱情向婚姻的过渡中，有的爱直线发展，有情人终成眷属，但也有不少青年因春感怀，遇秋成恨，酿成了悲剧："万丈深塘都有底，恩爱再好也分离！枉费当初结交你，细细想来白费燕子半天口含泥。"纳西族的《昨夜梦见你》与《小小黄铜镜》也是情歌中的精品。前者唱道："昨夜梦见你，今朝不见你，若知不见你，何必梦见你！"全诗贯穿一个"你"字，将梦与现实的矛盾加以尖锐化，表现了一个痴情者对恋人的深爱。后者则以一面黄铜镜为话题，一男一女相对唱，表现一对青年不怕"镜碎""泉浊"，要"你的眼中映着我，我的心中装着你"，去追求幸福生活的决心。除了热烈大胆、比喻贴切、形象生动、感情细腻之外，各民族情歌还往往把爱情与劳动结合在一起，以勤劳、智慧、勇敢、坚贞作为选择情人的标准，佤族情歌《我要嫁年轻的种地人和猎手》是这样歌唱的："新房三年会变旧，牛马老了没用场，我爱爬山的双脚，我爱勤劳的双手，我要嫁年轻的种田人和猎手。"

（三）生产歌

歌谣与生产劳动密切结合，不仅仅表现在它所反映的生产内容上，而且体现于它的功能上。从发生学的角度上看，生产劳动乃是歌谣之母。歌谣正是为了协调劳动动作，鼓舞劳动热情，减轻劳动的疲劳，在生产劳动中产生并得到发展的。

云贵高原上的生产形式多种多样，大致有水田农耕、刀耕火种、半农半牧三种形态。一些民族仍处在原始半原始的渔猎采集状态。反映这些生产劳动的歌谣也就形形色色，千姿百态。独龙族的《猎歌》描述了集体围猎的场面："九条红的野牛，朝我这边走来，我打中了野牛，祖祖辈辈都光彩……女人在家中，已煮了酒在等待，我打来的野牛，让全村人来分食。"另一首歌谣则表现他们的烧荒耕作："大家干活要勤快，快快地砍树烧山，大火烧过的土地，庄稼才能苗壮成长。"侗族古歌《手拉手》渔猎兼备："公上山，把兽赶，奶下河，把鱼捉，公得肉，分众友，奶得鱼，分不留。"一幅原始生产生活的画面跃然而现。布朗族不仅要在开垦土地前向氏族神占卜行祭，而且还要祈求村社神保佑五谷丰登。在开镰之前，则要去喊谷魂："谷魂啊，你在哪里？快起来吧！我们正迎接你！"弥漫着浓重的巫术气氛。

水田农耕民族的生产内容较刀耕火种民族要复杂得多，巫术色彩亦非常淡薄，人的力量在不断加强。傣族的生产劳动歌谣十分丰富，载于《傣族古歌谣》中的就有《挖井歌》《纺线歌》《穿牛鼻子歌》《栽秧歌》《栽甘蔗歌》。瑶、苗、水等民族也有大量的类似歌谣，目前所见的就有《十二月生产歌》《挖地歌》《造纸造字歌》《造船歌》《酒药歌》《原师居于老人种庄稼》《瓷器歌》《造酒歌》《桌凳歌》《种棉歌》《种麻歌》《种树歌》《造五谷歌》，几乎涉及水田农耕生产的一切领域，制陶、纺织、酿酒、历法、文字、造船、水利等也有生动的反映。当然，虽然同是水田农耕民族，也因各民族所处的自然环境、社会发展水平、民族文化传统等的差异，反映生产劳动的歌谣也各自表现出鲜明的地域性和民族特点。

纳西族是游牧民族的后裔，到近代，已经基本转变为农耕民族，但在其生产形态仍保留有半农半牧的特点。在她们的生产歌谣中，有关动物的内容就远比单纯农耕的民族多得多，《育牦牛》《吆羊歌》《牧歌》《数羊歌》《放羊调》《赶马歌》等充分说明了这一点。纳西族的《挤奶歌》这样唱道："黑眼母牦牛，奶头大又大，奶水像泉涌，挤下三桶奶呀，制成九饼酥油"，在牦牛的身上深深地寄托着自己的审美理想，那种牦牛丰乳多奶带来的欢悦是其他民族所难以有真切的感受的。

（四）生活歌

生活歌所表现的社会内容相当广泛。这里只论述阶级社会中的苦歌、反抗歌。从社会发展的总趋势看，人类社会总是从低级向高级、从落后向先进、从贫困向富裕进化。然而，在迄今为止的社会形态中，没有一种社会制度从根本上解决了人类的物质与精神需要。在自然力与阶级压迫、民族压迫的承压之下，解放前的云贵高原各民族的生活尤为艰辛。战争、疾病、贫困始终困扰着他们。"苦歌"正是人们用来表述痛苦生活的有力武器。它们是发自社会最低层的声音，是饱受创伤的心灵的悲吟。它们犹如低沉的云层，时时有雷与电的轰击；它们又似冰冷的大地，地层深处汹涌着滚滚的岩浆。而反抗歌则是愤怒的爆发，它摧枯拉朽，冲决旧世界的秩序，呼唤新世纪的到来。它英勇无畏，充满英雄主义的闪光。

彝族的《放羊调》吟唱放羊长工的孤苦："世人有家乐陶陶，牧羊儿子孤单单"；景颇族的孤儿呼唤着死去的父母："阿爹阿妈在哪里？为什么丢下我不管？没有人来照顾我，只有小鸟野兽来陪伴。"瑶族的苦歌反映的是自然灾害给人民带来的痛苦："天旱三年人饥死，高山岭头流水枯。旱地干裂有三丈，细江流水百姓苦。家家火塘熄灭了，逃往深山老林住。只见野花开三次，一年四季分不清。"哈尼族的苦歌揭示了尖锐的社会对立："养得一条好牛，土司拖去犁地。喂得一匹好马，土司拖去骑。生得一个好儿子，土司抓去当兵。生得一个好姑娘，土司抢去做小老婆。"一切都属于土司，只有灾难属于劳动群众。除了孤儿、长工、奴隶之外，受苦受难最深的莫过于各民族妇女。她们不仅身受阶级与民族压迫，还受到政权、族权、夫权、神权四大绳索的束缚，挣扎在暗无天日的生死线上。于是，苦歌中便多了一种内容——苦情歌。这种歌以婚姻为对象，哭诉广大劳动妇女的不幸："我生来命真苦，嫁到夫家受痛苦。打米进饭锅，婆婆一颗一颗数。母鸡啄去一张青菜叶，怪小妹偷给了娘家煮。"

哪里有压迫，哪里就有反抗。各族人民在与自然界做顽强斗争的同时，也与统治阶级进行殊死的反抗斗争，歌谣成为最重要的战斗武器之一："忍无可忍了，长刀抽出鞘杀出一条生路来，恶鬼达木跑不掉！"德昂族人民曾于1814年掀起反抗傣族土司的斗争，此间传唱的《起义战歌》充分表达了人民群众的坚强意志："枪能伤命，征服不了崩龙人的决心；刀能杀人，消灭不了崩龙人的仇恨。钢刀砍水暂时断，抽了钢刀复原形。永世燃起愤怒的烈火，烧尽人间的不平。"

（五）习俗歌

云贵高原各族人民在长期的生产生活实践中，建立了各种典章制度、风俗习惯，并以此维系着社会的存在、调节人与人之间的关系。习俗歌形象生动地反映了各民族的礼俗生活，较典型地体现了各民族的心理素质、伦理观念、文化气质。常见的习俗有恋俗歌、婚俗歌、祭祀歌、交际歌、节日歌等。

1.恋俗歌　我们知道，爱情并无俗套，但恋爱的程序在某些民族的某些场合则是约定俗成的。瑶族有一种习俗叫"坐歌堂"：每当村中有婚嫁喜事，外村的青年客人便来村中做客，如果来者为男子，本村的女子便由一歌头引领，前去拜访男子的住处。男客们听到动静，要用被子蒙头躺床上。姑娘们走到门口便驻足，由歌头唱起情意绵绵的歌，得到男方的允许后才进屋坐下。然后，一对对男女你来我往共赛歌，所唱的大都是情歌等，一般的程序为序歌、情歌、劝歌、赞歌、对歌、排歌、谢歌、送歌。许多人的爱情就是在坐堂歌过程中得到萌发、生长、表露的。

2.婚俗歌　云贵各民族的家庭婚姻形态异彩纷呈，反映这些婚姻习俗的歌谣亦五彩缤纷。永宁纳日人长期实行不落夫家的走访婚，男女情人叫"阿珠"。白天，他们各自在母家生产生活，夜晚则同枕共被，过着临时性"夫妻"生活。《走访阿夏》表现一个少女期盼情人来访的情态："火塘里，火熄灭了三次，还是不见他的身影。喷香的油茶泼进了火，还是听不到阿珠的步声。月亮已经落下去了，约定的哨声总没有响。鸡拍翅膀要鸣了，莫不是他又走了其他地方……"《走到半路情意散》反映了阿珠关系的不稳定性："你们家里我到过，基石不稳柱头摇，你们那里我到过，只见灰尘不见物……"人们热热烈烈地相爱，也客客气气地分手："我的身上不必多挂虑，请你对孩子多关照。我有三股高山清泉水，愿喝哪股随我的意。"纳日人的爱情婚姻无疑受到母系家庭的制约："我曾经下过决心跟你走到远方去，我又丢不下屋里的三个锅庄。只要跟你我什么样的苦都能吃，可我不忍心丢下屋里的妈妈。"

苗族的《由嫁男到嫁女歌》，追述了本民族婚姻发展的历史：最初，女权至上，男子出嫁，陪嫁品为箭。后来，女权削弱，改嫁女子。《分支开亲歌》也是这方面的作品：最初，禁止氏族内婚，后因氏族发展，血缘关系淡薄，住地分散，氏族内可以谈情说爱，实行氏族内分支祭祖开亲。女子出嫁是父系社会的产物，它标志着妇女在社会与家庭丧失了主导作用。《兄妹歌》中的女子对父母兄弟提出了愤愤不平的诘难："哥弟们分得洼洼田，妹妹分得什么？得一对项圈，就哄妹妹出了门。……我们同是一个娘生，我们同是一个娘养，哥哥弟弟啊，为什么你们得父母的田地？为什么把我嫁去遥远的地方？"出嫁之后，婚姻给妇女带来的不是幸福，而是痛苦。于是，她们咒骂逼迫自己出嫁的父母（仡佬族《爹妈逼我出嫁》），痛骂将她们引入火坑的媒人（纳西族《骂媒人》），抨击不合理的婚姻制度（仡佬族《十八岁的媳妇配三岁郎》），控诉婚后当牛做马的生活。对于悲惨的现实，人们大多忍气吞声，也有烈性的女子奋起抗争。水族青年男女在婚后仍可谈情说爱，但不能再结婚，有情人便以逃婚进行反抗。纳西族以殉情的方式表示对现实社会的不满。

3. 祭祀歌　云贵高原是一个原始宗教的王国。祭祀成为人们生产生活中不可缺少的存在。祭祀的主要对象是祖先、神灵、天地、鬼魂。纳西族每年举行两次祭天，第一次在正月，叫大祭天。第二次在七月，叫小祭天。在大祭天仪式中，要举行"点天香""供神石""立神树""射箭""除秽""生献""撒谷"等仪式。每一仪式都要在东巴的引导下吟诵祭祀歌谣。苗族的祭祀对象主要是祖先，有关歌谣有黔东南地区的《吃牯脏歌》《跳阳歌》，滇东北地区的《打牛歌》《爷力倒祭祀歌》。他们一般从找鼓、请鼓唱起，备述祭品的来历，乞求祖先保佑。吟诵这些歌谣时，气氛庄严肃穆。这类歌歌词固定，不得随意损益，其演唱也采取单向式。

4. 酒歌　在众多的交际歌中，酒歌在云贵高原最具特色。因为酒是真诚的试金石，生活的兴奋剂，所以，几乎所有的礼仪上都少不了酒。布依族的酒歌蕴藏最丰，目前已经发掘出来的有《酒歌》《吃酒歌》《敬酒歌》《谢酒歌》《向酒歌》《祝贺》《要筷歌》《敬老人歌》《客人来了要请坐》《赞歌》《问姓歌》等，它们按时间顺序和主客双方对唱，直至酒席结束为止，反映了布依人民在日常生活中彬彬有礼、热情好客的纯朴民风。

5. 说词　过去，苗族社会有这样一种习俗，如果发生纠纷，就由村中的长老或族中长老进行调解。人们把他们称为"理老"。理老所讲的"话"被称为"理词"。理词为韵文，比喻形象、说理性强、生动感人，具有一定的文学价值。侗族的款词是一种不成文的"法律"，需要款组织内的社会成员共同遵守。款词中有请神歌、族源歌、习俗歌、祝赞歌、丧葬歌、送神歌，保存有丰富的古代文学遗产。傈僳族也有与苗族相似的情况，他们也用歌谣调解纠纷。不过，歌者并非调解人，而是当事者双方。

二、长诗

民间口头长诗产生于奴隶制社会，繁荣于封建社会。到 19 世纪末，除某些民族仍保留有原始社会形态外，云贵高原上的绝大多数民族都不同程度地进入了奴隶社会与封建社会。这样，人与自然、部族与部族之间的冲突已经让位于残酷的阶级压迫与阶级斗争，人与人之间的关系及社会生活更趋复杂，它呼唤着更富表现力的文学形式表现新的时代、新的生活。民间口头长诗正是适应这种时代的要求，吸吮着歌谣、史诗、传说、故事、神话的营养而诞生的。我们一般将民间口头长诗分为抒情长诗与叙事长诗两类。在云贵高原最具特色的无疑是叙事长诗，其下又可分为反映生产生活长诗、反映社会历史长诗及反映爱情婚姻长诗几种。

（一）反映社会历史的长诗

比之原始社会，阶级社会的产生是人类历史的一大进步，但这种进步却是以人对人的残酷剥削压迫、以阶级对阶级的对抗作为前提条件的。奴隶制社会是阶级社会的发轫，也是人类历史上最野蛮、最黑暗的一页。奴隶主阶级无偿占有了社会上的一切，甚至"普天之下，莫非王土"。奴隶阶级则被束缚于奴隶主的庄园、牧场、作坊，丧失了人生的自由。布依族的长诗《十二层天十二层海》深刻揭露了这一社会中的阶级对立："红胡子的龙在海中办事，黑胡子的龙在海中审案，不准哪里把水弄脏，不准哪里把水弄浑。老实的龙就留，枉道的龙就杀。"这个"海中"实际上就是人间。奴隶主阶级就是这样通过建立极权统治而迫使奴隶阶级束手就范，"非道"莫动，"枉道"则杀，以维护自己的利益。在十二层天上："有天兵在把门，有天将在阻挡，他们拿起大刀，他们举起铁鞭，不准谁靠近，不准谁推门。"这分明是夜郎国时代布依族奴隶主贵族城邦的繁华和森严的真实写照。

奴隶制社会的各种矛盾异常尖锐，阶级矛盾还常常与民族矛盾交织在一起，加深了社会的动乱。个人的逃亡与举族迁徙往往成为人们摆脱不幸生活的重要手段。纳西族的《逃到美好的地方去》及《鲁般鲁饶》所表现的就是"誓将去汝、适彼乐土"的奴隶逃亡。傈僳族的《古战歌》记述了四百多年前滇西地区的民族战争和傈僳族被迫迁徙的史实。侗族的《天府洞迁徙歌》也是有关民族迁徙方面的长诗：天府洞人最早居住在浔州，但因种种原因而失去了家园，加上岩鹰、地蜂侵扰，强盗出没，他们只好走上迁徙之路。他们历经地坪、平江寨头、八沙脚寨、丰欠、秀流、平架、孖屋来到古州、三宝安营扎寨，谁知官家"派兵把古州占"，"攻下三宝寨，夺走侗家田"，两手空空的天府侗人只好继续跋涉，最后定居于孖尧安寨，繁衍子孙。

到封建社会，旧有的阶级矛盾已经为地主阶级与农民阶级之间的矛盾所代替，不仅阶级斗争有了新的发展，生产力也有了明显的提高。对云贵高原少数民族来讲，进入封建社会并非由于自身社会内部的力量所驱使，而是以"改土归流"那样的外力作用所致。因此，它不仅意味着生产关系的转换，而且还标志着文化体系的更替。无论是个人还是民族整体都受到封建制度、汉文化的极大冲击。丰富的生活体验，复杂的心理感受，使表现封建制度下矛盾斗争的叙事长诗光怪陆离。白族的《出门调》流传于云，描写一个木匠背井离乡、出外谋生的故事。他十年辛劳，一朝归来，却在途中遭匪劫，美好的幻想化泡影，表现了"兵荒马乱年复年"给人民带来的痛苦。彝族支系撒尼人的《阿诗玛》直接揭露了封建社会的残酷性，以及劳动人民英勇不屈的反抗。这首长诗于 1954 年整理出版后曾翻译成多种外文，在国际上享有很高的声誉。阿诗玛是一位美丽聪慧的姑娘，她是"千万朵山茶花中最美的一朵"。老财主热布巴拉仗着他有财有势前去阿诗玛家求婚，遭到阿诗玛的拒绝；狡诈歹毒的热布巴拉只好抢走阿诗玛；但阿诗玛在金钱诱惑与精神、肉体折磨面前都不肯屈服。后来，阿诗玛的哥哥阿黑背弓骑马前来救助。经与热布巴拉父子斗智斗技，阿黑的大智大勇震慑了对手，他带着妹妹回家来。在路途，不甘失败的热布巴拉放下大水，阿诗玛与阿黑双双淹死于水中。但是，阿诗玛灵魂不灭，化成了山谷中的回声。阿黑与阿诗玛是撒尼人理想的化身，他们不畏强暴、酷爱自由、反对压迫的精神，鼓舞了一代又一代撒尼青年。

集体性的反抗斗争往往表现为农民起义与民族战争。苗族的《安屯设堡歌》流传于黔东南地区，对清王朝在改土归流后的苗族地区设立营汛、"安屯设堡"，使广大苗族人民流离失所的罪恶做了愤怒的声讨。而《告刚》则成功地塑造了清雍正年间黔湘苗族起义领袖告刚的英雄形象，赞颂了他"捉住官家杀绝种"的斗争精神以及视死如归的英雄气概。布依族的《王仙姑》取材于发生在 1796 年的"南笼起义"，歌颂了女英雄王仙姑。在这类作品中，苗族长诗《张秀眉之歌》的成就最高。1855 年至 1872 年，在太平天国革命的直接影响下，张秀眉领导黔东南苗族等与清政府进行了长达 18 年的战争。作品的第一部分介绍起义的背景，讲述官逼民反民不得不反的被迫性，将张秀眉、杨大陆等农民起义领袖推上历史舞台；第二部分叙述起义的迅猛发展；第三部分讲述清王朝在帝国主义支持下对农民起义军的残酷镇压；第四部分描写起义失败以及张秀眉被叛徒出卖后宁死不屈、英勇就义的经过。全诗悲壮慷慨，令人热血沸腾。

19 世纪末，中国社会一步步陷入半殖民地半封建的深渊之中，许多帝国主义国家以贸易、传教、探险为先导，对云贵高原进行渗透，并举起了屠刀。为了保族保种，捍卫祖国河山，云贵各民族人民与之展开了英勇的斗争，在维护祖国统一的历史上写下了可歌可泣的篇章。这方面的长诗有布依族的《罗华先》等。罗华先是于1906年举起"反清灭洋"义旗、捣毁犀头岩教堂、痛歼清军的真实人物。长诗这样揭露传教士传教的实质："他来这里传教，他来这里说谎。他来这里犯罪，他来这里逞强。教士像根毒藤，他与官家勾结。他伸脚霸占土地，他伸手榨取财宝……他调戏布依妇女，他奸污布依姑娘。"忍无可忍的布依人民手持最原始的武器，在罗华先的领导下捣毁了教堂，赶走了传教士，并与用洋枪洋炮武装起来的清军展开殊死搏斗。因寡不敌众，罗华先等英雄英勇捐躯。起义最终被完全镇压，但布依人民这种彻底反帝反封建精神使帝国主义及其在云贵的侵略势力、清王朝闻风丧胆。

（二）反映生产生活的长诗

这部分长诗与反映生产生活的歌谣基本一致，只不过在篇幅上加长了一些，其叙事及描写人物的手段更加多样而已。傣族的《十二马》就是这样一部作品。它系统地吟唱1年12个月的农业生产劳动、生产项目、气候变化和应遵守的生产生活习俗。集知识性、趣味性于一体。布依族的《六月六》所讲述的是某年遭虫灾后，一对夫妇带领人们消灭虫蛾的故事。这类作品还常常将爱情与生产劳动结合一起、情节曲折、人物形象鲜明。傈僳族的《生产调》也是这样一部作品。

如果说大部分民族都用一个一个的作品反映自己的生产生活的话，那么，纳西族的"大调"所采用的是系列性的全景方式。"大调"，俗称有18部作品，其实不然，远比18部多得多。"红事调""白事调"反映的民俗生活，"相会调"表现纳西族青年的爱情婚姻，"欢乐调"寓爱情于劳动、狩猎、赶马、宗教活动、文化盛事、音乐、筑城、游艺等都于此得到全面的反映，充满了"改土归流"以后纳西族社会积极向上的勃勃生机，同时也有对封建礼教等血淋淋的控诉。

（三）反映爱情婚姻的长诗

在云贵高原民间长诗中，反映爱情婚姻的作品占了相当大的部分，即使那些表现社会历史与生产生活的作品也总是触及爱情婚姻题材。这表明爱情婚姻问题是封建社会诸多社会问题中最严重的一个。同时，以爱情婚姻为题材的作品也最能动人以情，予人以美，起到一般题材难以企及的认识作用、教育作用、审美作用。

傣族的《召树屯》是一部优美的爱情长诗：一天，勐板王子召树屯因打猎来到金湖边，与七个从孔雀南飞来游水的女子相遇，并爱上了其中最小的公主喃诺娜。他用美妙的歌声赢得了喃诺娜的爱，回到自己家中两人举行了婚礼。这时，外敌入侵，召树屯不得不告别新婚的妻子踏上征程。算命先生乘召树屯外出诬蔑喃诺娜有妖气，称只有"用她的血来祭百姓的神，才能消除百姓的灾难"。昏庸的父亲听信谗言，欲杀喃诺娜以免灾，喃诺娜请求父王准许她跳最后一次孔雀舞，并趁机飞回孔雀王国。召树屯胜利归来，听到爱人远走的不幸消息，悲愤至极。他在神猴、神龙的帮助下，跋山涉水，渡过黑水河，箭穿三座大山，飞过茫茫的海洋，终于来到孔雀王国。在王宫，召树屯经受了喃诺娜之父的种种考验，终于与喃诺娜团圆，并当上了孔雀王国的国王。召树屯与喃诺娜的爱情不受父母之命，不听媒妁之言，完全建立在双方的感情之上。由于真诚坚贞，故能百折不回，任何恶势力的干涉扼杀都无济于事。

苗族的婚姻长期受族外婚及舅权制的约束。长女必须嫁回舅舅家，联姻往往在两个氏族间固定进行。进入封建社会后，依然禁止族内婚，使许多有情人难成眷属，遗恨终身。流传于黔东南地区的《娥娇与金丹》就是反映苗族青年反抗传统的婚姻方式，争取婚姻自由的作品：娥娇与金丹同属一个古老的江略，他们青梅竹马，从小相爱。及长，他们的爱情受到长辈、寨老、亲人的反对。由于他们同去游方，全族议定惩治金丹，将他赶出村寨。但是，娥娇深爱着金丹。拒绝嫁给舅舅的儿子。舅舅进行抢亲，她仍不肯就范，逼着舅舅放走她。最后，娥娇与金丹排除万般艰难正式成婚，使首领让他们杀牛祭祖，允许在族内分支开亲。他们的抗争，不仅使自己赢得了胜利，而且改变了陈规旧约，改造了传统的婚姻制度。

在封建制度下，家庭作为最基本的社会单位，体现着封建政治、经济、文化的基本精神，发挥着压抑爱情、促成婚姻悲剧的功能。彝族长诗《我的幺表妹》中的男女主人公虽心心相印，却被父母活活拆散。傈僳族的《逃婚调》也是这方面的作品。不过，他们比《我的幺表妹》中的恋人更具叛逆的精神。他们在各自结婚后重新见面之际相约逃婚，跨怒江，过高黎贡山，历尽千辛万苦，来到了大理，并在那里安家落户、生儿育女。当然，这个光明的结局不过是理想化的表现而已。只要不改变社会制度本身，爱情婚姻的悲剧并不能从根本上得到解决。

对于广大人民群众来说，除了家庭的、传统习惯的、宗教的原因之外，对于爱情婚姻的摧残，主要来自于阶级压迫。布依族的《金竹情》流传于贵州省望谟、贞丰、镇宁、册亨一带，讲述了娜秀与凡龙坚贞的爱情、统治阶级对他们的迫害，以及他们的英勇反抗。《抱摩山》也是同类作品：抱摩是个种地的能手，他与岭三妹一见如故并定下终身。但是，间长的儿子黄山见岭三妹漂亮，便通过提媒、抢寨、告状、将抱摩投进大牢等种种手段，企图将岭三妹弄到手。经过查叔等帮助，三妹与抱摩都逃离了虎口。最后，抱摩射死了间长，三妹打翻了侯爷，他们也双双壮烈牺牲。从这尖锐激烈的阶级斗争情况可以知道，争取爱情婚姻的幸福是与劳动群众争取政治上的解放紧密联系在一起的。

三、歌手

云贵高原民间诗歌之所以繁荣，其重要的原因之一是许多民族中都拥有以创作、传播、欣赏这些诗歌见长的歌手群。歌手与生活同在，他们往往是无所不能的物质生产者。交际面广、社会阅历丰富、精通本民族的传统文化、对现实生活更有杰出的表现能力等，使他们成为民族文化的重要传承人和代表者，因而受到特殊的尊重。侗族有一首民歌这样唱道："十二种花朵茶花最艳红，十二种树木杉树最有用，十二种骨头龙骨最重沉，十二种师傅歌师最受人欢迎敬重。""歌师"就是歌手。

与所有的民族一样，在歌谣产生的较早时代，傣族并没有专门的歌手——赞哈。到了农村公社时期，开始出现善念咒语、祭祀歌的"盘赞"。进入定居农耕之后，社会趋向复杂、生产内容不断丰富、祭神词与咒语等已经不能满足人们的需要，"盘赞"便分化成了"摩赞"与"赞哈"两种职业。前者专门主持宗教仪式，后者专门传承演唱民间长诗。也就是说，傣族的歌手脱胎于最早的"盘赞"。到后来，傣族社会中已经建立起了一整套有关赞哈的制度。在管理方面，历代统治者都对赞哈十分重视，除了召片领（最高统治者）的宣慰使司外，几乎每个勐的土司都有管理赞哈的官员。他们根据赞哈水平的高低，分别授予"那宛野坦"和"章哈勐"称号。前者一般只授予最有学问和最具演唱能力的赞哈，后者为勐一级的歌手。获此称号后，便可出入于宫廷演唱，还有权管理全勐的歌手。获得以上两个称号的歌手每年可得 30—50 担谷的报酬，还可免除各种捐税劳役。在演唱方面，节日、大典、起房、红白喜事等场合，主人提前一两天前去歌手家中邀请并商定报酬数量。演唱之初，由一个歌手单独进行，随着内容不断丰富，变为男女对唱。在传授方面，凡有志学歌者，要带一些实物到老赞哈家中拜师，经目测口试，有望成为歌手者即被正式收礼认徒。此后，师父要给徒弟讲授傣族诗歌格律及演唱、创作技巧等，经常带徒弟参加演唱活动，直到他能独立演唱为止。这种传承是在不脱离农业生产的前提下进行的。傣族浩如烟海的民间长诗就是靠庞大的赞哈队伍才得以存在的。

侗族的歌手称为歌师。几乎每个侗族村寨都有若干个杰出的歌师，清代《歌师传》所载的就有 14 位歌师及他们创作的 19 部作品。此外，留下姓名的清代歌师还有吴文彩、吴大用、吴朝向、吴堂应、吴金随、张讽干、乃告化、杨老太、杨发林、李发道、吴百盛等。其中，乃告化为侗族历史上第一位有名有姓的女歌师。她于 1837 年出生于贵州省榕江县，所编《老太之歌》叙述了当地著名歌手杨老太于咸同年间率领群众保卫家乡的事迹，至今传诵不衰。吴大用的创作演唱技巧最高，他年轻时编的歌大多为情歌，如《做伴久了人也熟》《一天想三遍》等，也有《老人歌》等劝谕歌。中年时期，他编的歌大都是一些具有鲜明批判精神的时政歌，如《头人不好》等。有的作品反映爱情及人生的悲欢离合，如《结过远路情》等。他的歌不仅数量多、质量高，而且生动有趣，具有较强的艺术魅力。人们至今把他创作的民间诗歌称为"大用歌"。

歌手对于民间诗歌的主要贡献可归纳为以下几点：（1）他们以惊人的记忆力以及勤奋好学的精神，为本民族继承保存了丰富的传统文化、传统的口头文学；（2）他们以自己丰富的生活经验、杰出的艺术才能，创作了大量反映现实的民间诗歌，丰富了本民族的文学宝库；（3）他们通过师承制度，培养起一支本民族歌手队伍，使民族文学的发展获得了源源不断的推动力量。

传说故事

一、传说

传说或脱胎于神话，或取材于现实，对史事、人物、风物、山水、习俗等做了艺术的再现。可信性与传奇性的结合，写实性与幻想性相统一是传说的生命力之所在。鲁迅说："迨神话演进，则为中枢者渐近于人性，凡所叙述，今谓之传说。传说之道，或为神性之人，或为古英雄。"

（一）部族传说

居住在云南省怒江地区的白族支系勒墨人，直至20世纪40年代还保留有较浓厚的氏族社会特点。《氏族来源的传说》对此做了生动的解释：人祖阿布帖与阿约帖是一对兄妹，他们在洪水后被迫成婚，生下了五个女儿。因世上无男子，她们只好与熊、虎、蛙、蛇、毛虫等婚配，生下的孩子各成了熊、虎、蛙、蛇等氏族的祖先。显然，这与人类起源神话具有密切的关系，反映出强烈的图腾观念。将图腾崇拜与部族起源联系起来的传说还见于瑶等民族。瑶族《盘王的传说》蜕变于《搜神记》《后汉书·南蛮传》《三才会图》《玄中记》等古籍中所记载的"槃瓠神话"，将犬图腾与民族祖先、民族起源、生活习俗等交织在一起，反映了自己远古的历史。

（二）史事传说

除讲述某种文化集团的整体历史的传说外，还有一种史事传说是通过某一重大历史事件或人物去反映某一历史的片断的。白族的《火烧松明楼》正是这样的作品。在隋唐之前，滇西地区部落林立、互不统摄。737年，南诏王皮逻阁发动统一蒙巂、越析、浪穹、道赕、施浪、蒙舍六诏的战争，并于739年定都太和城，建立了南诏国。《火烧松明楼》正是以白洁夫人及火烧松明楼这个事件表现统一六诏的历史的。《南诏野史》对此的记载是："逻阁乃豫建松明大楼祀祖于上，当祭祖，不赴者罪。四诏听命，惟越析诏波冲之兄子于赠、远不赴会。而逻赕诏丰咩孙逻遯之妻慈善者，止逻遯勿赴。遯不听。慈善不得已，以铁钏穿于遯臂而行……逻阁偕登楼祭祖，祭后高咋，食生饮酒。迨晚，四诏尽醉，逻阁独下楼，焚钱遽纵火。火发，兵围之，四诏被焚，状令各诏收骨。四诏妻至，莫辨其骨。独慈善因铁钏得焉，携归葬之。逻阁既灭四诏，取各诏宫人。念慈善慧而甚美，遣兵围其城，迫取之。慈善曰：吾岂忘夫事仇？闭城坚守半月，城中食尽，慈善度不能支，即自杀。时七月二十三日也。逻阁嘉其节，乃封赠为宁北妃，并旌其城曰德源城。"在民间传说中，慈善为白洁夫人，她在夫死于非命后，起兵反抗。失败后，她假意答应与皮逻阁相婚，在洱海边祭奠亡夫后投海自尽，表现了她忠于爱情、忠于诏国、反抗强暴的精神。我们可以从这个作品了解到皮逻阁统一六诏的艰难，以及五诏人民前仆后继的反抗。

（三）人物传说

人物传说的主角常常是部落首领、民族英雄、起义领袖、文化创始人、能工巧匠等。在他们身上，人们往往集聚以高度的智慧、无比的勇气、崇高的品质，寄托着美好的理想。

木必是傈僳族莽氏族首领，他于明代率部族躲避战争，从澜沧江畔进入怒江地区，对傈僳族在怒江地区的繁衍、发展做出过重大贡献。《木必大破官兵》《木必打败藏王》《木必死不了》等生动记述了他一生的光辉事迹，讴歌了他为民族勇于献身的精神。

孟获见载于陈寿著《三国志》，是诸葛亮平定南中时被七擒七纵的南中少数民族首领。七擒之后，"亮欲遣获，获止不去"，表示："南人不复反矣。"有关他的传说，彝、布依等民族都有流传。其中，彝族《孟获的传说》称孟获之彝名为阿井笃阿热，是一位头人。他曾率众兴修水利，使龙潭水流进了干旱的昆明坝，他又用 47 年时间建成昆明城。后来，官兵来犯，他屡杀屡活，率众与官军殊死作战。最后，因小老婆告密，官军了解到他杀而不死的秘密，将他杀害后掷心于火上烤干，使之永远不能复活。这里，人们看不到"攻城为下，攻心为上"的美政，看到的是南中人民的反抗斗争，人民对民族首领的深切怀念。

侗族的"吴勉的故事"、布依族的"王仙姑的故事"、苗族的"哈氏三兄弟的传说"、瑶族的"大藤峡的传说""金龙大出洞"、白族的"杜文秀的故事"、傈僳族的"恒乍绷的传说"、彝族的"李文学的故事"、水族的"简大王的故事"、仡佬族的"山满"等所表现的是近代社会中各民族人民的反抗与斗争。这些起义领袖往往又是民族英雄，他们站在斗争的最前线，成为被压迫阶级与被压迫民族的忠实代表，受到人民群众的爱戴与拥护。这类作品大都具有系列性的特点，一个人物的形象往往是用一组作品从不同的侧面进行刻画的。壮烈的反抗、悲剧性的结果，表达了各族人民求解放、争取自由平等的愿望。

布依族的《茫耶寻谷种》所歌颂的是一位历经千难万险，为布依人找来谷种的文化英雄。侗族的《吴文彩的传说》讲述了清嘉庆至道光年间著名歌师吴文彩的事迹，通过吴文彩编歌使一对被迫离散的夫妻终得团圆以及奸臣卢托美梦难成的故事，赞扬了歌师的艺术才华。

阿昌族居住在云南陇川县户撒地区，他们擅长铁器工艺，"户撒刀"更名闻遐迩。"户撒刀"种类繁多，有背刀、砍刀、尖刀、腰刀、藏刀、菜刀、镰刀、匕首、宝剑等。据史料记载，明洪武二十一年（1388 年），明将沐英率军屯垦于户撒，阿昌人民从他们那里学会了打铁造刀剑的技术。《户撒刀的来由》将爱情与工艺发明结合起来，热情赞颂了能工巧匠阿芒。户（头）撒寨的阿芒爱上了腊（尾）撒寨的阿依。为了在泼水节上刀吹树干，战胜所有向阿依求婚的对手，阿芒请教了所有的铁匠名师，分析研究了矿石、炉煤、火色，细心观看了每个名师下锤、淬火的技术，终于打制出 99 把各式长刀。赛刀之日，阿芒大获全胜。后来，土司之主设计害死阿芒，阿依则投河殉情。为了纪念这对勇敢智慧的青年，阿昌人便把阿芒打制的各式长刀称为户撒刀。可见，能工巧匠传说往往与某种特定的工艺名胜联系在一起，物因人名，人因技显。

（四）山水传说

山水本无情，一旦被人们注入情感，进行合理的、美的解释，江河湖海，山石草木便立即获得了生命，蕴含有情趣，充满了风韵。"杂乱无章的自然风景是不能用任何别的方法欣赏的。它没有真正的统一，所以需要幻想来提供它这样或那样的形式。"

云南路南在约三亿年前还是一片汪洋大海，经过长期积沉，这里形成了一大片海相石灰岩，并于二亿八千万年前渐成陆地。历经千百万年的风吹雨淋，石灰岩不断溶化，出现了许多纵横交错的石墙、石沟。由于雨水不断下渗，石墙被不断切削，雨水将岩石溶蚀成了种种形态的洞窟，被切割的石柱石片则簇拥成了天下奇观石林。在撒尼人的《石林》中，这一奇观是这样形成的：很久以前，天神格兹见撒尼人生活艰难，便挑一担土，赶一群石头、一匹骡子，想把路南的长湖围成平坝，让撒尼人耕种五谷，安居乐业。但轰隆隆的走石声惊动了一位半夜推磨的老阿妈。见满坡石乱走，老阿妈大惊失色。忙拍打大簸箕诱鸡啼鸣。雄鸡高唱，走石驻足，无论天神格兹怎样抽打也无济于事。这样，骡子变成了狮子山。天神肩上所挑的土变成了双肩山，走石变成了石林。

贵州省镇宁县的布依族人民又是怎样编织有关黄果树瀑布的传说的呢？《黄果树瀑布的传说》说，这道高 60 多米、宽 40 多米的瀑布原来是布依龙冲入白水河时尾巴扫塌山岩致使流水凌空飞泻而形成。而在《黄果树的故事》中，这道瀑布是阿果与八哥在逃婚途中为阻止前来追赶的财主抱赛划银簪而化成的。

有些山水传说与当地宗教信仰、生活习俗至关密切，山水名大都取自人物、神灵等。永宁纳日人的《格姆女神的故事》就是这样。在美丽的泸沽湖畔，耸立着一座名叫格姆的大山，山下的纳日人实行母系家庭及走访婚，其社会形态颇具特色。与之相应，女神崇拜在纳日人中相当盛行，每年七月二十五日，人们都要在格姆山下举行转山节，朝拜格姆女神，而格姆女神的化身就是格姆山。传说，格姆女神生于者波村，是个美丽聪慧的姑娘。一天，她被一位天神看中，被龙卷风卷到了天上。她大声呼救，吓得天神连连松手，格姆从天上落到了狮子山上。从此，她再也回不到村中，永远骑着一匹白马，左手一棵珍珠树，右手一支笛，守护着永宁四境的人畜。

（五）动植物传说

云贵高原素有"动物王国""植物王国"之称。那些与云贵各民族人民的生产生活密切相关的动植物成了民间传说中最主要的表现对象。

纳西族在迁入滇西北地区之后其生产已从畜牧变成了农耕，但畜牧仍对农业经济起着重要的补充作用。《马的来历》正是纳西族这种社会历史特点的折光反映。据说，远古无马，后有一只母鸡下了几对蛋，它们被风刮到海里，孵出了各色马匹。长大后，它们走上陆地，与人类生活在一起。这个作品的存在背景是丽江纳西族地区乃远古"花马国"故地；"丽江马"驰名海内外；丽江纳西族地区自清末以来每年举办两次以骡马为主要商品的交易会；纳西族要在人死后举行"洗马"仪式。

白族从相当久远的时代开始就经营农业，对农作物等植物的栽培有极丰富的知识。《稻子树》讲述了稻子的起源问题：稻作之祖为田公地母。在他们之先，人类只能以打猎、捉鱼、采野果为生。一天，田公去打猎，在一个遥远的坝子里看见种着香喷喷的稻子树。他向一位白胡子老人要到三颗种子后，翻山越岭，回到了家乡。田公累死后，地母继承丈夫的遗愿栽种稻子树。地母死后，三个儿子种的稻子各有变异：老大种稻后拔了草，但来不及浇水、松土，他的稻子树变成了高粱；老三亦来不及浇水松土，他的稻子树变成了稗子；只有老二浇了水又松土，他种的稻子树才变成了稻子。这个作品既传播稻作生产知识、又结构五谷谱系，表明白族社会已发展到较高的水平。

水族是贵州省境内的古老民族，竹林掩映着一座座水寨，生活中流传着一个个有关竹子的传说。《凤尾竹的传说》讲述了水族姑娘彩凤顺着凤尾竹登到天界，在天河舀水，解救人间干旱之苦的故事，充满了浪漫的情调。

布依族的《茨梨的采历》是有关驯化野生植物，栽培果树方面的传说：许多年前，官家见一个叫满纳的布依寨子地肥水美，遂起霸占之心。寨老波宕带领全寨青壮男女与官军作战，保卫自己的土地。有个叫茨梨的姑娘在带母亲途中被官军抓住，并同母亲被官军杀害在路旁。第二天，在茨梨英勇就义之处长出了开满带刺花朵的一蓬刺。人们认定它是茨梨所变，所以取名为"茨梨"。后采，纳满再次遭到官军蹂躏，波宕让大家分三路逃走。出逃时，波宕让大家各带一包茨梨籽，要他们走到哪里就把茨梨种到哪里，好叫子孙后代顺茨梨找到祖地。小小的茨梨浓缩着一段血与泪的历史，充满了布依人民英勇不屈的反抗精神。

（六）风物传说

云贵高原各族人民在漫长的历史发展过程中创造了灿烂的物质文明与精神文明。斗转星移，有的文明已经付与苍烟落照，有的通过种种变异融汇进了庞大的现代文明体系，有的则历经千年百代而不衰，依然栉风沐雨，向人们诉说着遥远的过去。

鼓楼是侗寨的象征性建筑，只要走进侗族地区，你就会看到一座座雄伟雅致的鼓楼屹立于村寨之中。鼓楼分上下层，集宝塔与亭子的作用于一身，既是集会的场所，又是宴饮的馆阁。它在建筑上不用一钉一铆，全凭凿榫衔接，大木小料横穿纵贯，表现出侗族人民高度的智慧和建筑才能。《鼓楼的来历》云：从前，一伙强盗要来劫掠一个尚武好义的侗寨，一个叫姑娄娘的女子美丽而又机智，她献一妙计于寨老，诱敌深入村寨。当敌人入村时，突然鼓声大作，消灭了所有的强盗。原来，所谓鼓声不过是姑娄娘率领其他姑娘掌击兰靛桶里的水所发出的声音而已。事后，寨中建楼置鼓，击鼓报警。可见，鼓楼的建筑最主要是出于军事防卫上的需要。

铜鼓以我国西南地区为中心，广泛分布于东南亚地区。它产生于2000多年之前，发源地当在云南省境内。它最早为铜锅，后演进为军乐器、军令器、祭器，或权力的象征物。布依族对其起源的解释是：从前，有个叫布杰的李子按照太白星的托梦，历尽艰辛，前去天界索要铜鼓。当他背着铜鼓回家时，从南天门跌落摔死，铜鼓也摔破了一个洞。从此，人间有了铜鼓。布依老人死后，要敲三声铜鼓，请天神差仙人接亡魂升入十二层天成仙。后来，人们又用铜鼓请祖宗下凡。所以，铜鼓须恭敬收藏，不能乱敲，不能从鼓面上横跨，只有老人去世及过年祭祖时才能启用。过了很久，人间分贫富，富人狠心，铸了最大的铜鼓，声音所及皆为所霸。又过了很久，铜鼓成了信号物，寨中有急事，或受外敌入侵，寨老便擂鼓为号。在与敌人血战之际，寨老又猛击铜鼓，激励族人英勇杀敌。

这个传说，几乎涉及了铜鼓的所有功能，并突出了宗教方面的作用。

文字的发明是人类历史上极具重要意义的事件，它使人类突破了时间与空间的限制，使远距离、长时间的知识传递积累变为可能。云贵高原上拥有文字的民族屈指可数，而关于文字的传说却不胜枚举。

纳西族有一套古老的象形文字，用它书写的宗教经典有数万卷之多。纳西族传说称，这种文字由麦保麦琮所造。他识鸟语，旁通百蛮诸书，创制本方文字，是一个如同仓颉那样"感天地、泣鬼神"的文字始祖。彝族也有一套古老的音节文字，《洛龙歌布曲鸟》称，彝文的创制者为阿苏拉吉。他死后变成了一只五色斑斓的洛龙歌布曲鸟，飞到他的哑巴儿子拉吉格楚那里，吐出一滴滴血落在树叶上，它们便成了文字。《百解经》则称："昔日无祭祀，且无稼穑时……天遣毕摩降……自此官令行，吏临政事清"，是巫师毕摩带来了文字。

没有本民族文字的普米族、拉祜族、傈僳族、哈尼族、布朗族、佤族等也有关于文字的传说。而且，他们大都称自己亦曾拥有文字，只不过写在牛皮上，或羊皮上，因饥饿或被人或被狗吃掉，致使文字失传。《拉祜族为什么没有文字》是这样讲述的：远古，厄莎命名了九个民族，便给各民族传文字。发给汉族的写在竹片上，发给傣族的刻在贝叶上，发给佤族的写在牛皮上，发给拉祜族的放在粑粑里。拉祜族跋涉回家途中因饥饿而吃光粑粑。于是，文字失传，无论什么事都记在了心里。这是对自己在与有文字民族交往中产生的自卑感的一种美化。不过，这类传说也有一定的可信性。在历史发展进程中，或因战争，或因自然灾害，或因宗教政治等原因而丧失文字的例子是不胜枚举的。

（七）习俗传说

云贵地区民族众多、传统各异，反映各民族习俗的传说相当完备，凡服饰、饮食、居住、婚姻、家庭、节日、称谓、娱乐、工艺、宗教、丧葬等无所不包。

我们知道，人类的任何文化都是根据自然环境及生活的实际需要创造而成的。拉祜族的掌楼既不同于傣族的竹楼，白族的四合五天井，纳西族的三坊一照壁，也不同于彝族、普米族的木楞房，是拉祜人为适应自然环境及生活需要创造而成的。《掌楼的故事》讲述了这种建筑的来源：往古，一个叫扎母的青年在狩猎中放走了射伤的马鹿，马鹿报恩，让他砍33棵红毛松，55棵松毛树，77根老黄竹，99捆山茅草。扎母在老鹰等的帮助下杀死老虎，砍足了树、竹、草。一天，他狩猎归来，见原居住处已出现一座楼房，它以33棵红毛松为柱，以竹篾为墙，以茅草盖顶，上下分两层，楼下关牛，楼上冒青烟。上楼一看，正在煮饭的人正是马鹿变成的姑娘。从此，这种简单易造、干净舒适的掌房便世代相传。

傣族信奉小乘佛教，要在傣历六七月（夏历清明后十天许）举行叫"原南"的泼水节。因这天为佛祖生日，所以泼水节又叫"浴佛节"。节日的水是"吉祥水"，它可以给人们带来幸福、快乐与爱情。《泼水节的由来》说：在很久以前，有一魔王抢来的第13个妻子非常聪明。某夜，她探知魔王的致命弱点，拔下他的头发将他勒死。12个妻子为了避免此举给人间带来灾难，便轮流将魔王的头颅抱在身上守候。她们每天轮换一次，每次用水洗一次魔王的头。傣族人民为感谢这12个女子为人间除害，每个傣历新年给她们泼一次水。泼水节便传承到了现在。

龙舟竞渡是见于我国及日本、东南亚的共同文化。在我国，此俗起源极早，遍及吴越、沅湘及苗瑶语族、壮侗语族居住地区，其目的也各有不同。汉族一般持为屈原招魂说，傣族持祭龙说，苗族则持杀龙止雨说。苗族的传说《火烧恶龙窝》称：古时有一恶龙守住囊野河口，很少有人敢在此捕鱼。一次，故亚父子前去那里捕鱼，只有故亚活着回来，故亚决心为儿子报仇。他准备火镰、火草等深入龙窝，用火烧死了酣睡中的孽龙。六天六夜后，龙尸浮起，故亚忙给大家分肉吃。吃过龙肉，天昏地暗，漫天洪水就要吞没苗寨。有个寡妇因没分到龙肉，儿子日啼夜闹。她只好扎一木排放在河里哄儿子唱："冬冬哆，冬冬哆，龙来啊，龙来啊，揪住割块肉给幺幺煮汤喝……"这样一来，云散雨止。从此，苗家才兴起了划龙船。

"天菩萨"是彝族男子的一种特殊头饰，它用头帕包扎。留一绺顶发，因位于人体最高贵处，谁也不得触摸。这种习俗是怎样来的呢？从前，一个叫阿里比日的青年进山打猎，杀了两条恶龙，并将它们煮吃。之后，他头上长龙角，膝上长龙鳞。力气变得更大，人们推举他为首领。他死后，人们便在自己的头顶蓄发，编一绺"天菩萨"，并扎上"英雄髻"，以象征阿里比日的肉角，以示英武之气。除此之外，瑶族妇女的缠头、白族的凤凰帽、景颇族的筒裙、阿昌族的毡裙、纳西族的披肩、怒族的头帕等都各有美丽的传说。

（八）乐器传说

云贵民族能歌善舞，民族乐器十分发达。它们有弦类、管类、打击乐类。人们最熟悉的有苗、侗、傈僳等族的芦笙，彝族的月琴，布依族的姊妹箫、勒尤，哈尼族的牛腿琴、巴乌，傣族的象脚鼓，仡佬族的泡木筒，纳西族的口弦、伯伯（芦笛）等。由于与汉民族杂居，汉族乐器在许多民族中都被广泛使用，像纳西族的苏古笃等还与西亚乐器具有直接的传承关系。

仡佬族的泡木筒又叫"玛呜哇"，是一种长约 45 厘米、直径约 1.5 厘米、上开两孔、插有发音簧哨的管乐器，流传于贵州省镇宁县等地。仡佬族中有一则有关其起源的传说：从前，一个十口之家僻居荒野，他们穷苦不堪，玉皇大帝决定将他们接上天界。后来，玉皇大帝送给最小的一对兄妹两个金丹，让他们回人间传宗接代。阿力达勒兄妹回到人间后因思念父母而愁眉不展。一天，阿力砍了泡木筒并放上哨子为妹妹消愁。玉皇大帝在天宫闻乐，下旨定泡木筒为仡佬族乐器，不准其他民族仿制乱用。

在拉祜族人的生活中，芦笙是件离不开身的宝物，它可以为人们带来幸福与快乐。从七八岁起，拉祜族孩童就要习吹芦笙，直到死去，它与人们相伴始终。《拉祜族芦笙的传说》称，有两个起义领袖为反抗骑在他们头上的头人，而用竹子制作了两支芦笙到各个山寨吹奏，宣传斗争道理。当他们吹到第 13 个晚上，人们揭竿而起，杀死了贪官污吏。11 年后，起义失败，但人们懂得了团结反抗的重要意义。于是，芦笙在一代又一代吹奏，人民在一次又一次反抗。这则传说主要表现的是芦笙的社会功能，而不是其起源。

二、故事

比之传说，故事的幻想性、多样性、自由度更大一些。它在艺术上具有泛背景的特点，不拘泥于具体人、事、物，往往没有较确切的时间、地点、作品名称，反映社会生活非常广泛，具有相当强的艺术感染力。云贵高原上常见的故事有动植物故事、幻想故事、生活事故、寓言笑话等。其中，以生活故事中的机智人物故事及爱情故事最具特色。

动植物与人类的关系极为密切，在索取动植物以供给人类生活所需的过程中，人们既将它们视为客体，进行精细的观察，了解其习性，同时也将它作为主体，与自己视为同类，赋予它们以人的情感、行为，使本无言语思维的动植物参与到人类的意识世界之中。于是，以动植物为对象的故事也就应运而生。有的作品重于解释，如彝族的《斑鸠和公鸡》解释了公鸡每喝一口水往天上看一眼这个特点。景颇族的《蝙蝠》也把蝙蝠的生理特点、生活习惯描写得惟妙惟肖。白族的《棕树和槐树》在解释之余加上了劝善惩恶的内容：棕树与槐树原是好友，都生活在石岩上。它们约定让棕树去找好地方，然后回来叫槐树；但是，当棕树找到水土丰沃的菜园边后，忘了回来叫槐树。人们见棕树背信弃义，每年剥棕皮一层，以示惩罚。哈尼族的《铁鳞甲和乌鸦》、侗族的《老虎抽烟牛掉牙》与《羊偷角》也是这样的作品。

另一类动植物故事则重于把握动植物本身的表象性及其功能作用，以此来反映人与人之间的关系、表现复杂丰富的社会生活。这类作品篇幅较长，除白描外，还常常使用心理描写等手法，显得细腻生动。纳西族的《报谷鸟报春》赞美劳动、歌颂为正义事业献身的精神。彝族的《山鬼的礼物》中，山鬼虽小，却靠智慧诱杀老熊，是弱小战胜强暴的赞歌。布朗族的《天鹅报仇》中的天鹅，正是依靠乌鸦、苍蝇和小青蛇的帮助，才打败大象，报了杀子之仇。它强调的是团结协作的重要意义……

幻想故事以社会及自然界为活动空间，是通过人与人、人与神、人与动植物等错综复杂的关系，借助某种神奇的力量，将不可能变成可能，让理想变成现实的、浪漫性极强的故事形式。云贵高原幻想故事中的主人公有妖魔鬼怪、美丽的仙女龙媛；技艺高强的力士；法力无边的老人、千里眼、顺风耳、铁脚板及神牛神蛙等动物。作品的情节及主人公的命运往往以夜明珠、石磨、神鞭、宝伞、葫芦等的得失而产生戏剧性的变化。善良的主人公大都因舍己救人而得到厚报，最后，他们有的因破禁而酿成悲剧，有的则获得了永久的幸福。这类作品的主题往往是好得好报、恶有恶果。苗族的《驼背老老和香蕉崽崽》、白族故事《神笛》、傈僳族故事《火烧腊门》、哈尼族的《风的来历》都是这方面的代表作品，有的借神牛的力量惩治剥削者，表达劳动人民的美好理想，有的讴歌了劳动人民勤劳勇敢、正直无私的高尚品质，有的则赞美了舍己为人的英雄。

生活故事是根据真实原则，如实反映现实生活的故事。如果说动植物故事、幻想故事等还带有神奇色彩的话，生活故事就朴素、写实得多。它表现实实在在的生活现象及现实人物，再现阶级斗争与生产斗争，直接表达人民的思想感情、生活态度、爱憎观。在艺术上，它们大都有生动曲折的情节，鲜明的人物形象，强烈的感染力。长工、孤儿、妇女、农民起义、民族战争、婚姻、爱情、机智人物等都是生活故事的重要题材。

在云贵高原，机智人物故事颇多。几乎每个民族都拥有一两个代表人物，如基诺族有阿推，景颇族有仉片、南叭，傈僳族有光加桑，藏族有阿古登巴，哈尼族有阿朱尼、门帕，布朗族有艾掌来、甩坎，佤族有岩江片、达太，纳西族有阿一旦等。有的民族甚至有七八个代表人物，如傣族有艾西、细维季、巴维陀、召波柱、艾妣格、干特乃、召玛贺、艾苏。

机智人物故事的特点是主人公出身贫寒，地位低下，生活悲惨，而对立面往往是王公贵族、土司头人。在他们之间的冲突中，后者受到前者的无情嘲弄和批判。与现实生活背反的描写，产生强烈的戏剧效果，充分体现了高贵者最愚蠢、低贱者最聪明的辩证性。另外，机智人物故事往往以一个人物为中心存在众多的系列性作品，每一个作品又具有相对的独立性，便于捕捉最具意义的生活片断，从多方面、多角度立体地塑造艺术形象。许多民族都讲，机智人物确有其人。白族的艾玉据说是邓川人，生活于明代。他出身贫寒，后虽中进士，却不愿为官而退居乡里。他爱憎分明，作为人民的代言人而与邪恶势力做长期的斗争。纳西族的阿一旦也被说成是实有此人，他生活于咸同年间，出生于丽江县黄山村的一个贫农家庭，因交不起租子，从小就被送到木土司家为奴。在木府，他挨打受骂，受尽了辱骂，但他凭着聪慧与木土司展开一系列的斗争，取得了一个又一个的胜利。某年大年初一，木老爷照例又让长工佃户前来磕头送礼，他得意洋洋地说，"谁要是能让我也给你磕头，今后谁就可以不再送礼磕头"。木老爷回过头来问阿一旦："你有什么本事让我给你磕头吗？"阿一旦说："这几天我正在学戏，没时间让您磕头。"一说戏，木老爷上了瘾，说是要看看阿一旦学的什么戏。第二天，阿一旦让邻近的人都来看戏，木老爷自然坐在最好的位子上看。一开场，但见演的是忽必烈下凡重游金沙江渡口，与曾迎他入滇的木氏祖宗阿良相逢，两人共叙旧情的故事。末了，忽必烈要归去，阿良竭力挽留，要他去看看自己的子孙。这时，扮阿良的阿一旦对着台下大喊一声："谁是我阿良后代孙，快来相见莫迟延。"木老爷本十分敬祖，台上又演的祖先事，立即起身跪下磕了个头。戏演完后，木老爷乐呵呵上台问阿一旦戏名，阿一旦说"这叫木老爷给阿一旦磕头"。木老爷知道上当，忙辩解说演戏不算数。阿一旦指着地下说："不算数就不算数，要紧的是你的一锭银钱掉在了脚下。"木老爷视钱如命，马上蹲下去找银子。阿一旦又大喊一声："木老爷又给我磕了第二个头，大家看见了吗？"就这样，不可一世的木老爷连连中计，一败涂地，撕下了统治者高贵的外衣。

爱情故事在生活故事中占的比例很大。它们适应于各民族的生产生活及婚姻形态而存在，表现了各民族人民的恋爱观、婚姻观，歌颂了忠贞不渝的爱情，表达了对自由幸福的向往。无论是喜剧性的作品，还是悲剧性的作品，爱情故事都强调了家庭、社会、婚姻制度、统治阶级对爱情的压抑、对青春的摧残。只有经过斗争反抗，青年们的爱情与婚姻才得到了统一。作品中的爱情又常常与生产劳动结合在一起，人们在生产劳动中培养了爱情、赢得了爱情。纯洁的爱情是富贵不能淫、威武不能屈的。拉祜族故事《张茶有与杨小大》描写雇工张茶有与土司女儿杨小大之间的爱情，揭露了土司石志四的残忍卑劣，在不能结为夫妇的情况下，张茶有杨小大一起走上了殉情的道路。

景颇族故事《扎英姑娘》较典型地反映了他们的择偶观：从前，有一个打铁的小伙子爱上了美丽的女子扎英，但扎英不理他，嫌他没本事。小伙子告诉她："你看不上我，那你到天上去找太阳吧。"太阳说云彩本事更大，云彩说风的本事更大，风说山的本事更大，山说藤条的本事更大，藤条说："天地间最有本事的是长刀，它能把一切砍断，但长刀还是人打的，你还是去找人吧。"扎英又走了九天九夜，找到了打铁的小伙子。她说："走遍天地间，还是你最强，我愿嫁给你，请你把我留下吧！"扎英是个不切实际的女子，经过挫折与磨炼，她终于明白了伟大与渺小之间的关系，正视实实在在的生活，将劳动能力视为选择配偶的重要标准。

　　过去，德昂族的婚姻比较自由，但聘礼却极重；不少人因结婚而卖田鬻地，债台高筑，因送不起聘礼而酿成爱情悲剧的事时有发生。故事《彩虹》讲述了这样一个悲剧：一个美丽的女子与一个放牛娃相亲相爱，但她父亲嫌贫爱富，只因拗不过女儿而勉强同意婚事。为了准备聘礼，小伙子只好外出帮工。等他五年后归来，姑娘已经死去，他不禁伏棺痛哭。突然间，棺中女子变成红蛇与小伙子拥抱着飞上天空，化作了一道五色彩虹。

　　怒族的《谷玛楚与吴地布》所讲述的也是一个爱情悲剧：怒江两岸的一对青年深深相爱，但男子不幸被害身亡，女子万分悲痛，决心与情人一同绝命。死后，二人各葬一方，坟头长出两棵大树；它们紧紧缠在了一起。女方派人把树砍倒，飞出一对金色银色小鸟，飞向了远方。这个结尾颇似汉乐府《孔雀东南飞》中刘兰芝与焦仲卿死后的情况，同是赞美主人公忠贞不渝的爱情的。

　　到了清代，封建礼教对侗族青年的束缚越来越大。男女之间可自由社交，但婚姻却不能自主。因此，私奔者比比皆是，殉情者不乏其人，产生了许多人间悲剧。故事《珠郎娘美》描写了娘美勇敢反对"女还舅门"陋习，毅然与珠郎私奔他乡的故事：在黔东南辖江县三宝地区，娘美还未出娘胎就被许配给了舅舅家的儿子。长大后，她通过夜坐结识了珠郎，并生爱慕之心。母亲知道后，开始干涉娘美的爱情，并与舅舅商定提前逼娘美成婚。娘美知道后，连夜约珠郎破钱为盟，逃到了八里贯洞。当地有个叫银宜的地主见娘美长得俊俏，便雇她到家里帮工，珠郎则被支到远处打工，他企图占有娘美。但银宜最终被娘美用扁担打跑。银宜一不做二不休，设计害死了珠郎。一天，娘美去挑水，方知丈夫已经被害，她决心为丈夫报仇雪恨；娘美将珠郎的尸体背回后，走进鼓楼擂响大鼓。待全寨人来齐，娘美宣布："我的丈夫被害并暴尸野外，谁肯帮助收殓，我愿嫁谁为妻。"银宜听罢，马上说他愿帮助收尸。第二天，银宜与娘美带着锄头镰刀，背着珠郎的尸体走出贯洞，来到僻远的荒野。娘美见四周无人，便让银宜挖坑，自己割草。待挖下去四尺深，娘美见银宜整个身子都埋在洞里，只有头露在外边，便手起镰落，将银宜杀死在洞内。娘美忠于爱情，酷爱自由，充分表现了侗族妇女的大智大勇。

书面文学

文学的第一要素是语言。在无文字社会，口头文学是唯一的文学形式。在发明文字之后，人类拥有了可以记录、再编语言的符号系统，书面文学也就应运而生。最早的书面文学以龟甲、兽骨、金石、竹木为载体，到后来才书写在了布帛纸张之上。

云贵高原拥有丰富的书面文学，以其所使用的文字划分，我们可以将它区别为民族文字书面文学与汉字书面文学两种。就前者而言，它与宗教及口头文学密切相关。神坛就是文坛；巫师教徒往往就是诗人作家；韵文为最主要的文体；宗教经典便是文学总集。就后者来说，其作者之一部分为流寓云贵的汉族官员文人，一部分为汉族移民后裔，另一部分则是少数民族出身的诗人作家。这部分文学，无论在文学形式上还是在文学倾向上都是中原文学传统在云贵地区的移植与再生发展，它们更多地反映社会现实，表现作者的个性，是自觉审美的产物。

一、民族文字书面文学

书面文学的诞生有赖于文字的发明，但拥有文字并不等于拥有书面文学。云贵高原居住着近30个民族，从文字的情况看，有的民族一直实行结绳刻木记事，与文字无缘；有的民族曾借用邻近民族文字作为书写工具，但因文化体系之间的隔阂而无力构筑书面文学体系；有的民族于近现代才创制文字，更不可能功就一时。只有属于藏缅语族的彝族、纳西族与属于壮侗语族的傣族才拥有古老的文字，以及自成系统的书面文学。

傣文已有 1000 多年的历史，用它书写的文献规模庞大，凡政治历史、法律道德、宗教经典、天文历法、农田水利、科技语言、建筑占卜、文学唱词等无所不包。其中，文学唱词类的比重尤大。据统计，仅《阿銮的故事》便多达 550 部，《兰嘎西贺》《娥并与桑洛》《葫芦信》《召树屯》等叙事长诗也有近 500 部之多。它们或以经典的方式，或以手抄本的方式得到传承。尤为难能可贵的是傣族人民从很早的时候起便开始了对文学理论的探讨，《论傣族诗歌》即为其代表作品。

《论傣族诗歌》成书于傣历 976 年（1615 年），作者无名氏是一位杰出的文学家、文艺理论家，又是一位佛教高僧。他熟读 300 多部傣族叙事长诗，又曾亲自创作两部叙事长诗，还研究过早已存在的傣族文艺理论著作《谈寨神勐神的由来》。正是在这种厚实的文学修养之基础上，作者就诗歌的起源、歌谣与叙事诗的区别、傣族诗歌与佛教的关系、傣族诗歌的特点及技巧提出了一系列的见解。他认为思想产生于劳动，劳动中带有情感的呼号与语言相结合便产生了诗歌；"零零星星的民间歌谣，不可能受到社会制度的约束，它生存在全民之中；叙事诗服从于社会约束，受佛经的操纵，局限性很大"；"佛教推动了傣歌，发展了傣歌，同时也利用了傣歌、改编了傣歌"。在他看来，傣族诗歌的最大特点是比兴手法的大量运用，"无论是祝祷词、民间歌谣或叙事诗，最显著的共同点之一就是我们在讲叙事诗时谈到的比喻手法"，这种比喻有历史的和自然环境的原因，是傣族历史上的一个真实记载。作者还强调了比兴形象中的自然美与社会美之不同。虽然没有使用意境这个概念，但在一些地方仍谈及了意境这个诗歌的根本问题，表明傣族诗歌理论已初步具有美学性质。

彝族是我国西南的古老民族，其文字已有悠久的历史。据有关学者研究，彝文萌芽于东汉之前，到唐代粗具规模，用它书写的文献丰富多彩；彝文文献中的文学作品包括：歌颂祖宗或同情、哀悼死者时说唱的悼词；在举行婚礼时主客双方斗智比识的赛歌和辩词；赞颂在同自然斗争中出现的英雄人物的乐章；谈论生物起源、宇宙变幻的传说；生动有趣的童话和寓言故事；为人处世的哲理等等。《阿诗玛》《西南彝志》《洪水纪略》《宇宙人文论》《勒俄特依》等名著都是记载于彝文文献中的，与傣族的情况相同，彝族的文学理论也比较发达。而且，它的研究对象不仅仅是诗歌，还包括了文。目前已经整理出来的就有《彝族诗文论》《彝语诗律论》《纸笔与写作》《论诗的写作》《诗歌与写作谈》《论彝诗体例》《彝诗例话》《彝族诗话》等。它们涉及文学的起源、特点、功能、格律、欣赏等方面的内容，丰富了我国的文学理论宝库。

纳西族有一种古老的象形文字，用它书写成的东巴经典共 1400 多种，仅遗存至今的便多达 3 万余册，其中有相当一部分为文学作品，它们一般被称为东巴文学。东巴文学的内涵十分丰富，有神话、传说、史诗、古歌谣、故事、寓言、叙事长诗等。据有关学者研究，东巴文学产生于 8 世纪，到 9 世纪趋于成熟；而东巴文学定型并被大量书写于东巴经典传播则又稍后一些，当在 10 世纪后的唐宋时代。东巴文学中并无文学理论方面的著作，但有艺术理论方面的著作《舞蹈的起源》以及舞蹈教册《东巴舞谱》、绘画教册《东巴画谱》。《舞蹈的起源》认为，人类的舞蹈是对自然界的模仿，最早的舞蹈应该是动物舞，表现神鬼与人类生产生活的舞蹈产生较晚。

白族曾借用汉字，并对部分汉字的结构做损益创制白文，以记录白语，写成了《白古通记》《玄峰年运志》等史籍，以及《段信苴宝摩岩碑》《古善士杨宗墓志》《故善士赵公墓志》《三灵庙记》《处士杨公同室李氏寿藏》等碑文。著名诗人杨黼的《山花碑》就是用白文写成的；它全名《词记山花·咏沧洱境》，是唯一留存至今的"以方言著竹枝词"的作品。碑文前部分描写苍洱风景名胜，后部分追忆先世，感叹了自己的身世，具有很高的文学价值。遗憾的是白文在明代即已消亡，用白文写成的大量文献及文学作品均已"夜阑马嘶晓无迹"。因此，我们这里所说的民族文字书面文学也就主要指贝叶经、毕摩经、东巴经中的文学作品。

民族文字书面文学的产生是云贵文学进入较高发展阶段的标志，它们从形式到内容都具有强烈的云贵高原气息，较典型地反映了傣、彝、纳西等民族的文化气质、民族性格、审美特点。总的来讲，它们有如下一些特点：

1. 云贵民族文字书面文学与宗教具有密切的关系。作者都是巫师、宗教徒，在傣族为佛教徒；在彝族为巫师毕摩，纳西族为巫师东巴；作品往往就是宗教经典，它们用形象的手段以及诗体解释宗教内容，朗诵于宗教仪式之上，具有神圣性；"读者"往往不是用眼睛，而是用耳朵去"阅读"作品，用心灵去感受作品所赋予人们的思想感情；读者与作者之间不可能进行双向审美，读者接受作品具有被迫性的特点；"作者"在严格意义上不过是"朗诵者"与"传播者"而已；他们有限的创作具有隐名性；传承性大于可塑性，个性得不到有效的体现。

2. 云贵高原民族文字书面文学植根于口头文学的肥沃土壤之中，在作品的传播过程中；口语仍然是重要的手段。在作品的结构与艺术特点方面都时时处处以口耳记忆为本，诗便自然成为最重要的体裁。一些"书面"作品，不过是朗诵、传播者的记忆标记而已。更为重要的是，宗教为宣教的需要整理改编了大量的口头文学作品，傣族的古歌谣、纳西族的神话、彝族的历史传说等都成为这些民族各自书面文学的营养。

3. 云贵高原民族文字书面文学不是单纯的文学，而是一种混合体，它是文学，同时也是历史、哲学以及文化史、"圣经"。比之欣赏与审美，它们的宣传教育功能更显重要；不重视其多功能性及多种作用，就不可能更深刻、更准确地理解把握这份遗产的价值。

4. 云贵高原民族文字书面文学与外来文化具有千丝万缕的联系，云贵高原自古与外界的文化交往交流都于其中得到了生动、形象的反映。傣族的《阿銮的故事》共550部，几乎都是佛本生故事。通过南传佛教，傣族文学与印度及东南亚国家的古典文学形成了广泛的联系。《召树屯》与《兰嘎西贺》等许多傣族叙事长诗就是取材于《罗摩衍那》等印度文学名著的。彝族也长期受到汉文化的影响。汉族的古典文学作品《三国演义》《水浒传》《西游记》等在彝族地区广泛传播，毕摩们还将《西游记》用彝文翻译整理成了长达3700多字的《唐王书》。这部由"唐王游地府""刘全进瓜""唐僧取经"三部分组成的《唐王书》实际上是一种再创作本，因为其中的许多情节、人物、环境等已经被彝族化。至于纳西族，由于受藏传佛教及苯教的影响比较深刻，东巴经中的许多文学作品都在题材上、观念上与藏族文学具有共同性。

二、汉字书面文学

云贵高原上的汉字书面文学开始于汉代，最早一首作品当是《渡兰沧歌》。《水经注》载云：“汉明帝时，通博南山道，渡兰律，行者苦之，歌曰‘汉广德，开不宾，度博南，越兰津，渡兰沧，为他人’。”博南即今云南省永平县。这首诗不仅形象地反映了汉帝国为开发哀牢地区的物产资源而修筑从内地直抵缅甸之博南道的历史，同时，还发出了筑路者“渡兰沧，为他人”的愤怨，为云贵高原汉字书面文学定下了现实主义的基调。

自此以后，汉文化与云贵高原文化的联系不断加强。东汉永平年间，益州刺史梁国朱辅为宣示汉德而通横断山地区的少数民族。白狼部落首领唐菆慕义归化，作乐三章，请求朱辅转呈朝廷。朱辅派从事史李陵及犍为郡田恭送诗到洛阳。这首诗就是著名的《白狼歌》。全诗分“远夷乐德歌”“远夷慕德歌”“远夷怀德歌”3章，共44句，每句4言，其顺序为先用汉字记白狼语，后附译文。它是白狼部落与汉王朝友好交往历史的写照，不啻为一曲民族团结的颂歌。它理所当然地对后来的云贵高原文学产生了重要影响。也正是从《白狼歌》起，歌颂各民族团结友好、维护祖国统一的主题便贯穿在整个云贵高原汉字书面文学发展史之中。这首诗还开创了云贵高原少数民族文学翻译成汉语文的先河。

近百年来，许多学者以《白狼歌》所记白狼语为对象，对白狼部落的族属提出了种种看法，常见的有彝族说、纳西说、西夏说、缅语民族说、普米族说等。尽管各有所持，但都公认与现今的藏缅语族民族有关。这或许表明，在东汉时期藏缅语族内部的民族分化还不太明确。比之现在，当时它们之间的共同点还相当多。

早在新石器时代，云贵高原就受到中原文化的影响和渗透。到了汉代，中央王朝已对云贵地区确立了比较强有力的控制，内地的移民纷纷涌入。他们当中有百工艺匠、迁客骚人、军人罪犯。这些人不仅为滇黔地区带来了先进的生产工具及技术，而且也带来了汉族的传统文化。在建置郡县、推行移民的同时，中央王朝还在云贵高原兴办学校，推广汉学，加强了从精神上"以夏变夷"。这一切都对汉字书面文学在云贵地区的发生发展创造了重要的条件。

据传，汉代著名的辞赋家司马相如曾通西南夷，并培养了张叔、盛览这样的文人作家。《云南通志》曰："盛览，字长通，楪榆人。学于司马相如，所著《赋心》4卷；有司马相如签书云：词辞者，合綦组以成文，列锦绣而为质；一经一纬，一宫一商；此赋之迹也。赋家之心，包括宇宙，总览人物。斯乃得立于内；不可得而传。"《太平御览》记载有有关张叔的事迹："张叔，楪榆人。天资颖出，过目成诵；俗不知书，叔每疾之，思变其俗。元狩间，闻司马相如至若水造梁、遂负籍往从之，授经，归教乡人。"楪榆即现今大理，是白族先民与彝族先民的世居之地。这似乎报道了白、彝两个民族的汉字文学创作之先声。

在云贵高原上，由少数民族作者创作的汉字书面文学起始于唐代。那时，南诏与唐王朝来往频繁，唐王朝对南诏"许赐书而习读"，"传周公之礼乐、习孔子之诗书"。南诏王公贵族亦派子弟赴成都留学，《孙樵集》称："业就辄去，复以他继。如此垂五十年不绝其来，则其为学于蜀者不啻千百。"另外，大量的汉族人民流寓南诏，带来了内地的先进文化，加强了民族文化的交流。南诏王室不仅出现了像异牟寻、寻阁劝这样的诗人帝王，而且定汉文为公文的基本形式，南诏君臣之间作吟对诗皆用汉文，有的诗还被选入了《全唐诗》之中。

异牟寻为南诏王，早年受教于郑回，"颇知书，有才智"，于贞元九年（793年）写有著名的《与韦皋书》。此文表达了他不忍吐蕃"欺孤背约"，决心归唐向化之情。文字质朴，却充满感人的力量。他于次年写成的《誓文》也具有一定的文学价值。至于其他诗歌，已经荡然无存。这是十分遗憾的。

寻阁劝为异牟寻之子，他自称"骠信"，继父为王。据《唐书》载，异牟寻曾与崔佐盟于点苍山，寻阁劝在崔佐离去之际"赋诗以饯之"，但该诗不传。唯一一首留存的诗作是《星回节》："避风善阐台，极目见藤越。悲哉古与今，依然烟与月。自我居震旦，翊卫类夔契。伊昔经皇运，艰难仰忠烈。不觉岁云暮，感极星回节。元昶同一心，子孙堪贻厥。"前四句感叹光阴流逝，中四句表现景仰先王业绩之情，后四句表达继承祖业的决心，气郁沉雄，感情强烈。"震旦""元昶""翊卫"等民族语言的运用，平添了不少色彩。

在南诏，赵叔达、杨奇肱、段义宗既是位高权重的大臣，同时也是以诗而名的诗人。赵叔达为寻阁劝之清平官，杨奇肱是隆舜之布燮，段义宗则是继南诏之后的大长和国郑仁旻之布燮。杨奇肱的诗作多已逸失，仅有收入《全唐诗》的《途中诗》与载《大理府志》的《岩嵌绿玉》2 首。《途中诗》缺首联："风里浪花吹又白，雨中岚色洗还清。江鸥聚处窗前见，林狄啼时枕上听。此际自然无限趣，王程不敢暂留停。"此诗对仗工稳，用韵严谨，语言洗练，意境高洁，表现了南诏诗人的艺术才力。段义宗的《思乡》是又一首载于《全唐诗》的南诏诗："泸北行人绝，云南信未还。庭前花不扫，门外柳谁攀？坐久销银烛，愁多减玉颜。悬心秋夜月，万里照关山。"真切表达了游子的思乡之情。何光远评此诗称"如此制作，实为高手"。

如果说南诏时代的汉字书面文学以诗为代表，那么，大理国时代则以碑铭文学最具特色，《护法明公德运碑赞》《兴宝寺德化铭》《渊公塔之碑铭》《大理国故高姬墓铭》都是其中的名篇。它们与南诏时代的诗文一道表明唐宋时期的云贵高原书面文学已经发展到一定的水平。

元代，白族地区的汉字书面文学继续发展，出现了段福、段光、王升等诗人作家。其中，段福是第一个有诗集问世的白族诗人，可惜的是其诗集《征行集》并没有传至今日，我们目前所能见的只有《春日白崖道中》《世祖陟阺春山纪兴》等诗作。王升，字彦高，精通经学，长于诗文，曾任儒学提政，曲靖宣慰副使，撰有《王彦高文集》数卷。他的散文《滇池赋》以 400 余字的篇幅，尽写滇池气象以及泛游水上之情状，将登山临水之感受表达得酣畅淋漓。

到明代，经过长期的准备，纳西族的汉字书面文字异军突起。丽江木氏土司积极学习汉文化，主动接受内地先进技术，使纳西族地区的经济文化获得了发展。《土官底簿》对木氏土司的评价是："云南诸土官，知书识礼以丽江木氏为首。"在这种文化背景下，最先登上文坛的是木泰。

木泰（1455—1502），字本安，号介圣，为明丽江第六代土知府。他自幼好学，多有才干。《两关使节》是他留给后人的唯一的诗作，也是纳西族文学史上汉字书面文学的第一篇。诗云："郡治南山设两关，两关并扼两山间。霓旌风送难留阻，驿骑星驰易往还。凤诏每来红日近，鹤书不到白云间。折梅寄赠皇华使，愿上封章慰百蛮。"

继木泰之后，木公、木高、木青、木增、木靖等纷纷登场，他们以诗、词、赋、文、序等形式尽情抒发对故乡的热爱，以及忠君报国之心，在艺术上也取得了可喜的成就。

木公（1495—1553），字恕卿，号雪山，明丽江第八代土知府。著有《雪山始音》《庚子稿》《万松吟》《玉湖游录》《仙楼琼华》等诗集，为纳西族作家文学进行了伟大的奠基。杨升庵曾为他精选114首佳作，集成《雪山诗选》；并撰文予以介绍。他的诗被选入《四库全书·子部》《明诗别裁》《列朝诗选》等，曾得到后世著名诗人钱牧斋、朱竹垞等的赞赏。

木增（1587—1646），字生白，又字长卿，号华岳，世袭丽江土知府。他能诗善文，工于书法，赋也写得不错。存有诗文集《云薖集》《云薖淡墨》《啸月函》《山中逸趣》《芝山集》《空翠居》《光碧楼诗抄》等。其中，《云薖淡墨》六卷被选入《四库全书》。徐霞客为其《山中逸趣》作序云："公闲意荣禄，早谢尘缨，学老氏之知止，同孔明之淡泊……故书辞五上，天子特金币褒嘉、方许谢政……公独领山中之趣于逸，有赋、有篇、有吟、有清语，拈题命韵，高旷孤用，烟霞之色，扑人眉宇。读之，犹冷嚼梅花雪瓣也。"

白族汉字书面文学在明代进入繁盛阶段，段世、杨黼、杨金南、杨士云、李元阳等都是当时在云贵高原名噪一时的诗人作家。明代白族汉字书面文学不仅作者众多，风格多样，而且在题材、体裁、表现方法等方面得到了开拓。这里，我们着重介绍杨黼。杨黼，约生于洪武三年（1370年），卒于景泰元年（1450年）许。他曾"读五经皆百遍""入鸡足""登峨眉"，避世求佛，不应科举，每每著书吟哦，怡然点苍山下。他注过

《孝经》，著有《篆隶宗源》，写有诗集《桂楼集》，还以方言著竹枝词数千首。现今所存，仅有《回文诗》《川晴淫雨》《桂楼歌》《词记山花·咏苍洱境》等。他的诗文艺术达到了炉火纯青的地步，而且在汉字书面文学的民族化方面进行了卓有成效的探索。

明代的云贵少数民族文学中还有回族的郑四及傣族的勐田祜。郑四（1397—1470）字廷秀，号芷庵，晚号玄壶，云南嵩明人，著有《声律发蒙》《韵略易通》，还创作有传奇剧本《性天风月通玄记》，诗词作品则被收入《芷庵咏稿》及《玄壶集》中。勐田祜，于1615年用傣文写下《论傣族诗歌》。

清代，随着"改土归流"在云贵高原的全面推进，汉文化暴风骤雨般地席卷云贵许多民族地区，汉字文学也就在更多的民族与地区寻找到生长的土壤。贵州于此时出现了侗族诗人作家杨廷芳、杨昭敏、杨映去、张启良、吴政乾、吴世瀛、张启槐、张启知、张托元、张长庚、吴世光等。他们创作的作品体裁广泛，有诗、词、赋、联、墓志、碑文、散文、杂记。在内容上，从描绘山水风光转向反映社会生活，各种阶级矛盾与民族矛盾都得到应有的反映。

布依族也在清代有了自己的汉字书面文学，最著名的诗人作家有莫与俦、莫友芝、黄锦辉、韦清兰、王由孝、刘剑魂、莫庭芝等。莫与俦及其子莫友芝、莫庭芝在经学、文字学、文学等方面做出了重要贡献；莫与俦著有《声韵考略》《唐本说文木部笺异》《樗茧谱注》《二南近说》《仁本子韵》《喇嘛纪闻》。他的诗文大多佚失，所存者收录于《贞定先生遗集》。难怪曾国藩都要感叹"黔中固有此宿学耶"了。

莫友芝为莫与俦之子，字子偲，号郘亭，精"苍颉故训，六艺名物制度，旁及金石目录家言，治诗尤精，又工真行篆隶书"；其著作《郘亭知己传本书目》是对《四库全书简明目录》所做的补充和札记；《餐持静斋藏书记要》为版本学著作。他的诗文分别收录于《郘亭诗抄》《郘亭遗诗》《影山词》等，计千首诗、数十文，一百余阕词。他的诗恪守宋诗法旨，"破万卷，理万物"，主张"才力赡裕而为诗"。《贵州通志》评论其诗风曰："早期刻意二谢，中间希踪柳，晚乃苍劲古秀。"他的散文亦言之有物，挥洒自如，语言简练，具有较高的美学价值；他编选《黔诗纪略》21卷，意义十分重大。莫庭芝为莫友芝胞弟，字芷升，号青田山人。他亦于文字训诂之外，写诗作文，著有《青田山庐诗集》2卷，《青田山庐词》1卷。他还继承乃兄未竟之业，继续编选《黔诗纪略》后12卷，使其总数达33卷。与他同时代的张本刚评价其诗词"发浓纤于简古，杂流丽于端庄"，"寓沉雄于悲歌慷慨，写飒爽于天风海涛"。

这一时期，云南彝族出现了鲁大宗这位诗人。鲁大宗为云南禄劝人，著有《听涛轩诗钞》1卷，《听涛轩杂录》1卷，《听涛轩试帖》1卷，《蚕桑举要》一书。其诗文真实记录了清末民初云贵高原上的社会动荡，饱含着作者对劳动群众的同情。描绘边地自然风光与民俗风情的诗文亦生动细腻、格调清新。

与此同时，白族及纳西族的汉字书面文学获得了空前的繁荣。就纳西族而言，雍正二年改土归流之后，木氏土司对汉文化的垄断被打破，汉字书面文学也从土司衙署走入了村巷山野，其作者从头人官僚发展到中下层贫民。仅从1724年至民国初年为止的300年间，丽江县境内的纳西族诗人作家便多达30余人，所著诗文数十部之众。桑映斗、马子云、妙明、杨昌、和廷彪及其作品是清代纳西族汉字书面文学的杰出代表。在白族地区，名家辈出，驰名国内者不乏其人。杨晖吉、李崇阶、龚锡瑞、杨履宽、杨载彤、杨绍霆、赵辉璧、杨景程等都是名重一时的诗人作家，师范、王崧、赵藩的影响尤深。

师范（1751—1811），字端人，号荔扉，赵州人，先世为汉族。他在史学上极有造诣，又工诗、文、书、画，著有《南诏征信录》《滇系》及诗文集《金华山樵前后集》《二余堂诗稿》《抱瓮轩诗稿》《二余堂文稿》《抱瓮轩文汇稿》。《荫春书屋诗话》是白族第一部诗歌理论著作，录有云南诗人残篇、佚句、轶事、诗评等共65则，强调诗必须"内美""独立"，诗要"有所为而言之"。

王崧（1752—1838）是云贵高原上难得的少数民族文学理论家。他曾著有《说纬》《乐山制艺》《乐山集》《布公集》《江海集》《提淘集》《乐山诗集》等诗、文、论，汇刻过《道光云南志钞》，曾编《云南备征志》等，对云南文化的发展功不可没。他的诗成就不大，诗论强调"诗言志"，文论主张"以文载道"，无独到见解，但他反对形式主义，对六朝以来一味追求形式美、雕章琢句、模拟前人的做法进行了猛烈的抨击，对当时盲目模拟内地汉族诗人作家创作的云贵文坛不啻是一阵猛烈的警钟。

赵藩（1851—1927），字樾村，云南剑川县人，官至四川臬台，广东护法军政府交通部长。他的诗不下万首，仅存于《向湖村舍诗》《桐馆梦缘集》等的就有近 5000 首。他还刊行有《小鸥波馆词钞》《介庵楹句辑钞》等。赵藩生活在清末民初社会急剧转变的时代，并参与其中，因此，他的诗作大都内容充实，感情强烈，反帝、反复辟、反军阀割据、拥护共和等思想得到明显的反映。他对当时劳动人民所遭受的苦难是同情的。他的诗还鉴于中华民族与外国帝国主义矛盾的尖锐而洋溢着爱国主义激情，慷慨悲歌，"汪洋汇百川"。赵藩的诗不仅反映的社会面广，而且在艺术上集屈、李、杜、苏、黄等各家之长，形成了独自的风格。他还自觉地向民歌童谣学习，使自己的诗通俗易懂，明白流畅。

纵观从唐到清末为止的云贵高原文坛，由少数民族作者创作的汉字书面文学走过了一条漫长而又艰辛的发展道路。民族从白族扩大到纳西、布依、侗、彝等族，作者从民族贵族扩及中下层贫民。题材从歌颂本民族的山川风光民俗人情，发展到忧时叹世、抨击现实，体裁从诗词碑文延及各种题序杂记。文学反映的社会内容不断丰富、艺术技巧日趋成熟，从最初的模拟直至自觉的追求，最终完全汇入了中国文学体系之中。这部分作品虽用汉文学的形式创作，但仍充满强烈的民族色彩与地方特点，不唯反映的题材、内容大都是作者们熟知的生产生活、山川历史，而且在审美上也自有不同于中原文学之处。纳西族诗人们甚至创造出了一种极有趣的双语诗，它将汉语及汉诗文的形式与本民族语言及其诗歌形式同时浓缩于同一作品之中，在汉文学与本民族文学的结合方面进行了有益的探索。杨元之是这方面的代表性人物。他的《重到文峰寺》是一首意境高远的短诗："暮多好山色，庭菊冷露滋。佛心徐可觅，佳哉宜意移。"这些汉字的读音转换成纳西语，它就成了一首纳西语五言诗："不见已很久，山容喜再见。百鸟唱百曲，曲曲似礼赞。"这是一种多么有趣的创造！在这一时期，纳西族的汉语文写作达到空前的高度，凡诗、词、歌、赋、散文创作都取得了不俗的成就，周之松、李洋、桑映斗、牛涛、杨竹庐、木正源、妙明、杨昌、杨晒、杨品硕、李玉湛、杨超群、杨菊生、杨泗藻、和虎臣、周兰坪、和竹淇、和庚吉、王树和、和柏香、杨穆之等都各有专集传世，并为迎接云贵高原新文学的兴起做好了准备。

1991 年 12 月 5 日

参考书目

［1］马学良等主编：《中国少数民族文学史》。

［2］毛星主编：《中国少数民族文学》。

［3］张文勋主编：《白族文学史》。

［4］中央民族学院汉语文系编：《中国少数民族神话资料》。

［5］杨亮才等编：《中国少数民族文学》。

［6］《楚雄彝族文学史》。

［7］《纳西族文学史》。

［8］《侗族文学史》。

［9］《苗族文学史》。

［10］《水族文学史》。

［11］《布依族文学史》。

［12］《傣族文学史》。

［13］张公瑾：《傣族文化研究》。

［14］《贵州古代史》。

［15］《云南民族民间文学艺术》。

［16］刘小兵：《滇文化史》。

［17］《云南风物志》。

［18］《贵州风物志》。

［19］赵银棠：《纳西族诗选》。

［20］和钟华、杨世光《纳西族文学史》。

源头活水　彝诗常青

　　由罗曲、曾明、李平凡、王明贵、杨甫旺五同志团结协作，通过两年多时间努力完成的《彝族文献长诗研究》是国家社科基金专项资助西部地区研究项目"彝文文献中的长诗研究"的成果。这项课题在 2008 年 2 月通过验收结题，获得良好的评价。现在，他们将这一成果修改完善后交给出版社公开出版，并嘱我作序。我虽是彝族文学的门外汉，却属彝族文化的爱好者，故欣然同意作序推介。

　　改革开放以来，彝族文学研究取得了很大成绩。仅在传统民间文艺的整理发掘方面，四川省先后有《勒俄特衣》《玛牧特衣》《妈妈的女儿》等出版面世；贵州的彝文文献翻译出版工作亦成绩很大，出版了《西南彝志》《彝族源流》《彝族创世志》《夜郎史传》《支嘎阿鲁王》《支嘎阿鲁传》《阿诺楚》《漏卧鲁沟的婚礼》《彝族诗文论》《论彝诗体例》《论彝族诗歌》等大量文史著作和彝族古代文艺理论文献，引起文学界和文艺理论界的极大震动；云南出版的传统彝族文艺书籍为数可观，除了《阿诗玛》彝文文献翻译出版并流传到国外，《彝族叙事长诗选》《普帕米》《彝族爱情长诗选》《彝族阿哩》《赛玻嫫》《逃婚的姑娘》《彝族打歌调》以及其他一大批彝族文献也得到翻译出版；广西出版了《铜鼓王》这部著名的彝族英雄史诗和《开路经》等重要文献。这些都为彝族文学，特别是彝族传统文学的研究奠定了坚实的基础。

　　随着彝族古代文献的大量搜集、整理、翻译和出版，彝族传统文学的研究工作也得到展开。由李力主编的《彝族文学史》，杨继忠、芮增瑞、左玉堂编著的《楚雄彝族文学简史》，沙玛拉毅主编的《彝族文学概论》，罗曲、李文华著的《彝族民间文艺概论》，王昌富著的《彝族妇女文学概说》，芮增瑞著的《彝族当代文学》，左玉堂主编的新版《彝族文学史》等相继问世，展示了彝族文学研究的强大实力。在专门研究方面，比较有影响的专著有王明贵著的《彝族三段诗研究》，巴嫫曲布嫫著的《鹰灵与诗魂》，黄建明著的《阿诗玛论析》，李云峰、李子贤、杨甫旺等的《"梅葛"的文化学解读》，洛边木果的《彝语母语文学创作研究》，陶学良的论文集《彝族文学杂俎》。其他一些专家学者也发表了大量有分量的论文。以上这些成果，有的对彝族文学做了系统的梳理，比较宏观；有的寻求一个新的视角，着重于其中的一个方面；有的做一个专题的深入研究，用力精专。总之，它们各有所长，成就了彝族文学研究的新气象，引起了世人的热切关注。

彝族传统文学除民间故事传说之外，无论是书面形式还是口碑形式，无论是文学作品还是文艺理论，都主要是诗体形式，而且以五言体为主。所以，著名的《彝族诗文论》中就指出，彝族的古代文学形式是"五言占九成，其余十之一"。这就决定了彝族传统文学研究的对象同样是以诗体形式为主。可见，彝族传统诗体文学研究在彝族古代文学、研究方面具有极其重要的地位。彝族传统诗歌的研究在彝族文学史上已有很长的历史。除了零星的研究，成系统的研究可以追溯到魏晋南北朝时期举奢哲的《彝族诗文论》、阿买妮的《彝语诗律论》等。其后，唐朝、宋朝至明清以降，亦不乏其人其作。但是，总观古代彝族文艺理论家们的研究，皆重在对当时民间作品和文人创作总体情况做理论研究和概括。其理论有系统性、有深度，而不限于对某一个方面的研究分析。近年的诸多文学史论著作注重整个彝族文学的系统性和全面性，其他的专门研究则比较精专。这两个方面的研究方向都值得肯定，都做出了很大成绩。今后，还可能从系统性研究和精深性的研究中，开拓出一片新的领域，让彝族传统文学的某个突出方面以新的形式展现给世人。

《彝族文献长诗研究》课题走的是一条宏观研究与微观研究相结合、理论研究与作品分析相结合、地理研究与历史研究相结合、文学研究与文化研究相结合、传统文学作品（长诗）研究与传统文艺理论（长诗）研究相结合的道路。这一研究能够在短时期内取得很大的成绩，与作者研究视野的开阔和研究方法的创新不无关系。在这项研究中，五位专家发挥人员跨地域（一位在云南，两位在四川，两位在贵州）、跨行业（有大学教授，有研究所专家，有行政干部）的优势，集思广益，众志成城，广泛收集彝族文献长诗文本，分工协作，连续作战，很快形成了许多阶段性成果。

这部《彝族文献长诗研究》虽然没有标明是史论性著作，但通观全书，它却有一种史论著作的严谨与厚重。全书从彝族文献长诗的文化地理、分布情况以及特点比较、长诗的内容与特点、长诗所涵蕴的民俗内涵及艺术特点、社会功能、以文字方式传播的长诗和以口碑方式传播的长诗比较等入手，对彝族文献长诗的当代价值等诸多方面展开了比较全面而系统的研究，极富有逻辑性，又有重点，既体现了全面性又突出了主题。仅就使用文献而言，许多长诗在这部研究著作中第一次与读者见面，其中的挖掘、搜罗、梳理工作相当广泛深入，体现了课题研究人员深邃开阔的学术眼光和认真细致的工作作风。

统观全书，《彝族文献长诗研究》在几个方面取得了突破：一是在研究的范围上取得了突破。这个课题最早是以"彝文文献中的长诗研究"框架申报国家课题的。然而，在研究过程中，研究者们发现了许多有价值而又没有被以往的文学史论著述注意到的作品。这些作品虽然不是彝文文献，但为避免遗珠之憾，他们还是把这些新发现纳入了研究之中，从而使原来的"彝文文献中的长诗"扩大到了"彝族文献中的长诗"。这一突破和超越的意义在于这些文献不但包含了已有的彝族文字文献，还包含了被翻译为汉文的彝族文献；不但包含了彝、汉文古老彝族文献，还包含了口碑文献转变为文字文献的长诗；不但包含了被译成汉文的彝文文献，还包含了汉文文献译成的彝文文献。为此，课题组的同志们经过反复研究，最后把这部即将面世的著作命名为《彝族文献长诗研究》。这不只是一个书名的改变，而是让我们从中探察到了研究者如何从研究工作的实际出发不断探索前进的足迹；二是在彝族英雄史诗的研究上取得了突破。20世纪80年代，一些专家由于所占有的材料有限，在仅仅研究了《西南彝志选》之后就曾做出彝族没有成熟的英雄史诗这一结论。《彝族文献长诗研究》在广泛占有材料的基础上通过深入细致的分析研究，认为彝族不但有成熟的英雄史诗，而且这英雄史诗自成序列。它们有的叙写彝族原始社会的英雄人物，如支嘎阿鲁王；有的叙写彝族奴隶社会时代的英雄人物，如夜郎王；有的叙写彝族封建农奴制社会的英雄人物，如俄索折怒王；有的叙写彝族从原始社会直到近代社会的整个历史序列的英雄人物的群像，如一系列的铜鼓王；有的还叙写了没落英雄形象，如戈阿娄，等等。这些英雄史诗所刻画和描述的是一个完整而丰富多彩的彝族英雄人物画廊。可以说，单是《支嘎阿鲁王》《支嘎阿鲁传》《夜郎史传》《益那悲歌》《俄索折怒王》《铜鼓王》这一部部响当当的作品，就足以推翻彝族没有成熟的英雄史诗的观点了。《彝族文献长诗研究》在英雄史诗研究方面取得突破的另外一个方面是它对所有彝族文献中关于英雄史诗的成分都给予足够的关注分析，素描出一个彝族英雄史诗中的英雄"成长"谱系，即童年时代的英雄、少年时代的英雄、准英雄时代的英雄和成熟为王的英雄。这一研究方法，可以说是本书的一个独有亮点；三是把彝族古代文艺理论长诗一并纳入该研究之中。20 世纪 80 年代，彝族的十二部古代文艺理论著作被发现并且翻译出版，曾轰动了民间文艺界和文艺理论界。对此，民间文艺大家贾芝、刘魁立、刘锡诚等曾纷纷撰文予以称赞。其后，巴嫫曲布嫫以这些文艺理论为对象完成了专著《鹰灵与诗魂》。现在，《彝族文献长诗研究》又另辟蹊径从"彝族古代诗学史"的角度进行研究，基本上厘清了彝族古代文艺理论发展的脉络，并对彝族古代文艺理论中提出的一些重要范畴进行梳理，注重"诗学史"的史性渊源、继承、发展等特点，让读者清楚地看到彝族古代文艺理论发展轨迹；四是突破了彝族传统文献框架，把用彝文翻译的汉文献纳入到研究范围。就以彝文翻译为汉文的文本收集和研究而言，张纯德、朱崇先、聂鲁、杨玉芝等学者曾经发表过一些成果。这次，《彝族文献长诗研究》课题组将此亦纳入研究范围之中，突破了专门研究彝族文献长诗的局限性，让读者从另外一个全新的视角了解到彝族古代传统文学系统的开放性和包容性，了解到彝族传统文学与汉族文学的相互交流与促进。

在此还要指出的是，从文献的生产与传播的角度看，本成果所研究的对象相当于一次文献，即原始文献，而本成果相当于二次文献及三次文献。二、三次文献的作用是对大量分散、零乱、无序的一次文献做了整理、浓缩、提炼，并按照一定的逻辑顺序和科学体系进行了编排存贮，使之系统化，以便于检索利用、为社会服务。所以，本成果不但从某种角度上对彝族传统文学遗产起到了保存作用，同时也为学界进一步深入研究和开发利用彝族的传统文学遗产资源提供了宝贵的线索。

《彝族文献长诗研究》是一部彝族传统文学研究的重要著作。研究彝族文学，离不开对彝族诗体文学的研究。研究彝族传统文学，更是离不开彝族传统诗体文学中的长诗研究。研究好彝族传统长诗，彝族传统文学的主要面貌也就一清二楚，写好彝族文学史也就有了扎实的基础。当然，如果从整个彝族文学史的大视野考察，《彝族文献长诗研究》存在彝族创世史诗（有的称为原始性史诗或者活态史诗）研究不足的缺憾。不过，这只属于"维纳斯断臂"，而不是"巴特农神庙的残缺"。其总体瑕不掩瑜，不失为近年来彝族文学研究，乃至整个中国少数民族文学研究的优秀成果。

我知道，彝族文献长诗是彝族文学在新世纪继续繁荣发展的源头活水，《彝族文献长诗研究》亦将是彝族文学研究在新时代走向成熟、兴旺的源头活水，因为它已经树立了一种典范，进入了一种境界，达到了一种高度。（此文与罗焰合写）

2008 年 5 月 6 日

彝语诗歌格律透析

——《彝语诗歌格律研究》成果评述

一、《彝语诗歌格律研究》的目的和意义

彝族创造了具有独特形式的传统诗歌。这些诗歌口头形式和书面形式并存，有一定的格律形式，其中的严格格律诗以"叟口咪"即"三段诗"最为独特，为彝族所独有。对彝语诗歌格律，目前还没有系统研究的成果。因此，彝语传统诗歌格律留下了广阔的研究空间，有待于进一步进行系统深入的研究，让世界充分了解彝语传统诗歌艺术对世界艺术宝库的贡献。

《彝语诗歌格律研究》以彝语传统诗歌为具体研究对象，通过系统分析彝语诗歌格律，发掘形式独特的彝语艺术形式，丰富中国多姿多彩的民族文学宝库，推进中国少数民族文学学科建设，弘扬优秀民族文化，振奋民族精神，增进民族团结，充分展现民族文化的多样性，搞好文化生态建设，解放和发展文化生产力，致力于社会主义文化的发展和繁荣，对构建社会主义和谐社会具有重大意义。

该著的重点在研究彝语五言诗，尤其是具有彝语特色而为其他语言中没有的三段诗。难点在于：此前没有其他任何以彝文形式出现的诗歌材料的分析，即使有《彝语诗律论》等较早期的理论，但都没有关于格律的细致分析，而只是提出了一些抽象的理论，因而没有更多可供参考和借鉴的东西，属于创新的研究。

二、《彝语诗歌格律研究》的主要内容和重要观点

1. 深化彝诗理论研究

在关于彝语诗歌的理论中，彝族古代文艺理论家举奢哲、阿买妮等都有相关的理论阐释，也提出了一些关于彝语诗歌格律的理论。当代的翻译家和研究家也有一些研究。但是，这些古代文艺理论和当代研究的成果，不够细致、全面，特别是对许多重要理论概念如押韵、谐声、押调特别是扣、对、偶、连等，都没有诗歌实例加以论证，因此让读者不能完全明白理解。《彝语诗歌格律研究》对此进行了系统、深入、全面的列举、分析和阐释，通过诗歌例子与理论相结合的实证研究，使这些理论概念更加明白、更有说服力，而又使诗歌格律的研究有理论依据，能够证明彝族诗学理论并非虚妄，并且发展彝族诗学理论，能让不熟悉彝语文的读者，也能看懂。

2. 重新定位彝诗类型

在该著之前，对彝语诗歌的分类基本上局限在对内容的分类上，如把彝语诗歌分为劳动歌、时政歌、生活歌、情歌、婚歌、儿歌、山歌等，还没有发现系统地从形式上对所有彝语诗歌形式进行分类的研究。本研究通过对所有彝语诗歌形式进行全面的分析后，提出了"梅葛"（也称为"咪谷"）是彝语诗歌总的称谓，同时也是彝语诗歌的"总括"。它包括彝语诗歌中婚嫁类诗歌的阿买恩、陆外、阿硕，丧祭诗歌的克洪、打歌调（部分形式），曲谷、走谷、勒俄、诺沤、诺沤曲姐、尔比、克智、博葩、纪透、则透等形式，其中以"叟口咪"即三段诗形式的包容性最强，可以包容曲谷、阿买恩、陆外、阿硕、克洪等许多形式。因此，在科学分类并且进行适当归纳的基础上，本研究把彝语诗歌分为"叟口咪""勒俄""走谷""博葩""尔比""克智""踏歌"7 个大类，首次从形式上对彝语诗歌进行了具体归类，使其分类有据，研究有的放矢，不作盲目的无用之功。

3. 分类研究突出重点

从对大量彝语诗歌的搜集、整理的情况看，"叟口咪"即三段诗、尔比、踏歌即打歌调等三种诗歌类型所见到的诗歌数量很多，因此，这三种

类型的诗歌是《彝语诗歌格律研究》的重点。

"叟口咪"，彝语也称为"曲谷叟口咪"。"叟"的彝语意思是"三"，"口"的彝语意思是"段、节"，"咪"的彝语意思是"诗、文"等，合起来就是"三段诗"。"叟口咪"的最大形式特征，就是每一首诗歌的句子是五言句式，每一首诗歌都是三段的结构。在一首诗歌的各个段即章中，最少的有两句，最多的可以多达几十句、几百句。在没有"三段诗"这个学术概念之前，"叟口咪"往往被称为"彝族三段式歌谣"。这是彝语诗歌中格律严谨的诗歌形式，从中可以概括、提炼出标准的彝语诗歌格律形式。"曲谷"是彝族情歌的总称，它也是"叟口咪"形式的诗歌中数量最多的一类。在彝语中，"曲"是"声音、唱"的意思，"谷"是"歌唱、玩"的意思，合起来就是"玩声音""唱歌"的意思。从总体上讲，但凡歌唱都可以称为"曲"，也可以称为"曲谷"，但实际生活中，"曲谷"主要是指彝族情歌。根据一首"曲谷"的长短，往往把较短的彝族情歌称为"曲谷叟口咪"或者"叟口咪"，长篇的"曲谷"则专门用"走谷"作为称呼。"曲谷"除了作为通用的情歌的职能，它还被称作"小道理"，因此它不但普遍被谈情说爱者所重视，也为彝族布摩、摩史所重视。彝族谚语说："苍蝇是老鹰的兄弟，用不着去攫取肉食；做梦是死亡的兄弟，用不着去举办道场；曲谷是布摩的兄弟，用不着去翻书看。"在古代，"曲谷"有一套完整严密的程序，依次为：谷直吼（献酒）——谷邛赖（清根叙曲谷起源）——兜（争歌）——斗把勺（寻伴侣）——乍（试探）——哲（商议、相约）——诸（求）——诸（催）——陡朵（出门）——沟（渡）——啥（合）——足（聚会、相会）——才尼（请入座）——开（排列）——口扑（开口）——叩（入题）——诃合（开场）——姐则杜颖则措（建感情树恩爱）——［进入正题］——纠（分手）——合（送）——阁（退场）——姐则颖则给（断爱根情根）——颖写（招魂）——谷颖漏（退神）。读者耳熟能详的"曲谷"，有《天愿云不愿》《月明的三月》《开得艳的花》，等等。

"尔比尔吉"简称"尔比"，有一种说法认为"尔比"是"龙之言语"，即将"尔"解释为"龙"而将"比"解释为"鸣叫"。"尔比"是一种形式短小、可以独立成句也可以看作最短小的诗歌形式的一种"哲理诗",它和汉语所称的格言、谚语有许多相似之处。"尔比"语言生动、音节铿锵。不少"尔比"的形式具有彝语诗歌的格律特征,是彝语诗歌中一种比较普遍的形式。因此,出版了专门的《彝族尔比辞典》等书籍。

"踏歌"一词古已有之,它与彝族的联系,来源于云南省巍山县巍宝山土主庙中一幅描绘滇西彝族打歌情景的绘画《松下踏歌图》,指的是流行于滇西、滇中、滇南方言区的彝族"打歌调",是彝族民歌的一种形式,其内容丰富生动、曲调高亢优美、唱法别致、格律独特。打歌调,顾名思义,就是打歌时唱歌的一种有着固定曲调,也能即兴创作、即兴演唱的民歌,彝语为"阿曲谷",既是歌词名,也是曲调名,是歌词和曲调的总称。打歌调的格律严谨,每首打歌调都有一定的格式、一定的字数和有规律的节奏。打歌调内容丰富,形式多样,有"喜事打歌""忧事打歌""庙会打歌"等几个类别。

对于其他形式彝语格律诗,也对其格律进行了实证研究。

"走谷"是与"曲谷叟口咪"比较而言的,它是彝语诗歌的一种形式。在多数情况下,"曲谷叟门咪"往往以"叟口咪"代替为其称谓。"曲谷叟口咪"绝大多数是三段诗,如果除去格律不严谨的部分,则是完全的三段诗了。"叟口咪"的篇幅一般都较短,是彝族诗学理论家所说的"前两段写物,后一段写人"的结构形式,与朱熹所谓的"先言他物以引起所咏之辞"的情况有类似之处。但是"叟口咪"基本上是抒情作品,叙事非常简约而基本上没有故事,因此在彝族民间把它称作"小道理"。与之相应的"走谷",就被称为"大道理"。彝语"走谷"有"完整、有头有尾、成对、一整套"的意思。著名的"走谷",有《米谷姐娄哈》《娄赤旨睢》《娄克布汝与丕娄能妮》《益卧布珠与洛蒂舍芝》等。

"诺沤"是一种古老的彝语诗歌体裁,尚不能用汉语对它进行准确的对译。如果一定要"硬译","诺"在东部方言彝语中有"听、闻"之意,"沤"则有"是"之意,合起来有"诗传""史诗"等丰富内涵。"诺沤"在四川即彝语北部方言中译为"勒俄",即《勒俄特依》;在云南滇东北与彝语东部方言交界的地方被译为"依依",即《依依苏》;在许多地方的彝文古籍中,都有《诺沤》一类。道光《大定府志水西安氏本末》附录《土目安国泰所译夷书九则》中记载"夷书"中就有"曰弄恩,雅颂也"的记载,"弄恩"就是"诺沤"。"诺沤"属于摩史诗文典籍。摩史是彝族古代政权结构中"掌历代之阀阅,宣歌颂之乐章"的一种官职,"诺沤"一般在庆典、婚嫁和外交、社交场合中使用。《创世纪》《建房记》《阿可的宫殿》等都是著名的"诺沤"篇章。

"克智"也称为"克哲"等,是彝语诗歌独特的一个种类。彝语的"克"是"口、嘴巴"的意思,"智"是"移动、搬迁、退让"的意思。其特征是口头性、灵活性和机动性很强。"克智"还被称为"克史哈举""克格哈查""克波哈险"等。"克史"即夸张,"哈举"即舌头灵便、巧语盘词;"克格"即嘴里说着玩的,有开玩笑之意;"克波哈险"是辩论、交锋之意;"克智"有时还被称为"克维",即边缘语、开场白。在彝语北部方言区,"克智"相当发达,出版了若干种收集"克智"的书籍。

"博葩",又叫"纳波""博葩木咪",是彝语北部方言的称谓,意译为汉语有"起源""来源""来历""来源(或起源)论说"等意。在彝语东部方言中,这种诗歌体裁又被称为"纪透""物始纪略"等。在云南,就专门有《万物的起源》的诗歌。这是彝语诗歌中"追根溯源"一类富有哲学寻根究底思维形式的诗歌体裁。《那史纪透》《物始纪略》《万物的起源》等是这一体裁中比较常见的诗歌。

4. 强化格律要素观点

《彝语诗歌格律研究》既对彝语诗歌进行研究,也对彝语诗学理论进行了梳理和研究,提炼出了彝语诗歌格律的要素。这些研究的主要观点是:(1)彝语诗歌有基本的格律形式;(2)彝族古代即有格律诗,其代表形式就是"三段诗";(3)彝语诗歌格律有押调、押韵、押字(押音节,扣字)等音韵形式;(4)"扣"是彝语诗歌区别于其他语言诗歌的关键特质;(5)"五言"是彝语诗歌的基本句型,"偶"和"对"(不同于汉语诗歌格律的范畴)是彝语诗歌的句式特征;(6)"连"是彝语诗歌格律普遍的形式。(引号中的名称来源于彝族古代文艺理论)

5.建立韵谱格律模型

彝语诗歌格律研究的一个要务，就是要建立韵谱和格律模型。

彝语诗歌的诗韵，虽然有一些研究，但仅仅止于韵部和韵目。本研究通过对彝文的大量比较研究，在所有能够收集到的87046个彝文中，选择了17650个彝文建立了《彝语诗韵表》。同时，将彝语诗韵的韵目从360个扩展为468个。

在对彝语诗歌格律要素进行充分的例证研究之后，确定彝语诗歌的特色格律要素是"扣"，而具有代表性的典型格律形式是"叟口咪"即三段诗。因此根据三段诗的句、段、篇（首）的结构特点，构建了彝语诗歌的格律模型。这一模型是彝语诗歌美学形式的抽象，具有很大的包容特征，可以适用于彝语中所有有格律的诗歌。

彝语诗歌的格律模型的建立，也建立了创作新的彝语格律诗歌的规范，同时建立起了检验新创作的彝语诗歌是否遵循格律的标尺。

三、《彝语诗歌格律研究》的价值效益

其学术价值：一是推进彝语诗歌从零星研究向系统研究的进步；二是推进了彝语诗歌分类从理论概括向实证分类与理论概括相结合，和分类集中展示彝语诗歌类型的进步；三是推进彝语诗歌音韵从韵部、韵目的总结向韵部、韵目与全部诗韵的全面搜集和展示的进步；四是丰富了中国少数民族文学类型从而也丰富了世界文学类型；五是彝语三段诗的系统研究，为壮语三段诗、汉语俳句和日语俳句等同类结构的其他民族语文诗歌提供了类型参照，拓展了比较文学的空间；六是建立了彝语诗歌的标准格律模型，为其他语文诗歌格律模型构建提供了参照。

应用价值：一是为中小学彝语文教育提供了编纂教材的理论依据与诗歌材料；二是为高等院校彝族文学、中国少数民族文学和比较文学教学提供了编纂教材的材料；三是为彝族优秀文化、少数民族优秀文化的开发、利用、传承、创新提供了坚实基础；四是丰富了中国文学类型和世界文艺宝库。

我相信，此成果的出版，必定会在学术界产生一定的社会效益，在推动文学研究向纵深发展方面产生良好的社会影响，为民族团结进步、构建和谐社会、推动我国社会主义文化大发展大繁荣做出应有的贡献。

2015 年 1 月 23 日

附译

域外关注

《少数民族文学集》诞生记

松村一弥

中华人民共和国的少数民族政策，立足于各民族的现状，尊重他们各自的传统文化，并尽可能对应于各个语言圈、经济文化圈，建立民族自治区、自治州、自治县、民族乡，依靠各自的力量及各民族间的合作，发展其社会、经济、文化。这具有极强的现实意义。

这种针对各民族实际情况，并且从阶级斗争的观点出发正确把握与处理复杂的民族问题，进而不局限于个别民族，而是注目于其周边各民族的宏观政策，即便在 1966 年以后的"文化大革命"运动中也推行不殆。仔细考察《人民日报》《光明日报》等的有关报道，可知《中华人民共和国行政区划简册》（中华人民共和国国务院编，地图出版社出版，北京，1962 年）中，全国总计有 54 个民族自治县；到 1966 年，发展到 60 个民族自治县；到 1967 年，增加到 68 个民族自治县。

例如：中华人民共和国成立以来一直用汉字表记为僮的民族，到 1966 年停止使用带有僮奴之义的僮字，改用表示勤劳健壮的壮（与僮同音）字作为民族称谓，并将该自治区称为广西壮族自治区；1967 年，广东省亦新设连山壮族自治县。另外，居住在云南靠近缅甸边境地区的一直被通称为卡佤的民族，随着少数民族工作的深入开展，至 1967 年改称为佤族。这也是因为卡佤之卡带有奴隶之义，属于侮称。并且，除了沧源佤族自治县之外，在从来只有佤族、不允许其他民族进入的被称为卡佤山的西盟地区，新设立了西盟佤族自治县。"文化大革命"中，少数民族工作依然在中国顺利推进，汉族与少数民族之间平等相待，互相尊重各自的独特历史文化，采取了忠实于现实生活中的民族群体的态度。

我们亦非出于好奇心，而是把中国少数民族作为人类历史创造者之一关注他们，以及他们的文化。故，《少数民族文学集》既注目于他们与日本不可断绝的民间传承连带关系，同时也确认他们与我们同为人类一员的联系性，选择了19个民族的50篇具有各文化圈代表性的民间传承作品加以解说，进而加编了一章反映他们新生活的当代文学作品。

本书所选编的作品均由中国少数民族自己创作而成，因此民族传承占了较大部分，并且都从新中国成立起至1961年6月间所收集整理的作品中精选而成。担任此项任务的是千田九一、饭仓照平、岩佐氏健、松村一弥。

直到1961年6月，我们将以上所述在中国被汉译刊行的有关作品悉数阅读并一一制作成卡片。在资料汇集方面，饭仓照平的贡献尤大。1961年8月，以所汇集到的千余张卡片为基础，饭仓、岩佐、松村讨论初选出了中国各少数民族故事中的代表作品，以及在东亚或世界各民族乃至中国各少数民族民间亦广泛流传的同类型作品、其形式内容均较完备之作品、与日本故事最具亲近性的作品109篇。然而，因其中存在内容有趣但汉译有瑕疵，或整理方法有问题的作品，我们决定首先将这109篇翻译为日语。这次翻译由饭仓、岩佐、松村承担，亦请君岛久子先生分担一部分。于1962年年初秋将译稿收齐之后，我们一边探讨各种问题，一边由千田、松村进一步研究并选择出56篇进行第二次翻译，且于1962年年底加以汇总，在千田、松村再次研究之基础上确定50篇（包含长诗、叙事诗等）为本书基础作品。此时，在国内因人们对中国少数民族文学的认识视野已经有所扩大，我们就以已入选被国人翻译为日语的优秀作品为基本原则，但对某些不太如意的作品仍有所保留，以作为其不可缺少的一个部分，进而加上各民族歌谣38首与部分当代文学作品作为一编，以基本反映新中国民间文学"全面采集"的现状。最后，译文之整理由千田、松村负责，整体结构、各个作品之注释及解说、地图制作、照片图版选择、中国少数民族一览表、前言由松村完成。

《少数民族文学集》中所收作品数量有限，不过是现当代中国所收集发表有关作品中的很小一部分，但它们毕竟是经过再三讨论选译而成，其中已有中国大部分少数民族登场，故而在把握中国少数民族故事分布概况及互相关系上具有一定的作用，并在相当程度上体现了现当代中国少数民族文学研究的初步成果。此间，中华人民共和国之少数民族文学研究尚处初级阶段，在采集记录技术上还存在不足之处。比如，民间故事作品原本是原住民的口语却被译成了汉语，然后再由研究者对此加以整理。还由于研究者大多数为汉族，造成对有关民族的生活习惯缺少了解而误译，或者进行了错误整理。

但是，至少在中华人民共和国于 1950 年成立中国民间文艺研究会之初，就已经确定民间文学采集工作方针为采集所有新作品，并推动全国性、全面性的采集活动。这是十分正确的。1958 年召开的第一届全国民间文学工作者大会，再次确认"全面收集"方针与"古今并重"的原则，并刊行了收录 50 个民族 121 篇（第一版前言中误为 124 篇）作品的《中国民间故事选》（第一集）。虽有采集整理方法技术上的不足，但如此大量、广泛地记录各民族民间文学，实为历史上所罕见。这一工作也有一些杂乱之感，但各民族所拥有的神话、传说、民间故事这一民间传承世界从此不再作为残破的碎片，而是被当作一个存活的世界加以把握。

另一方面，对作为传承生存环境的少数民族社会历史的调查，亦于中华人民共和国成立后不久的至少是 1956 年开始组织实施，其规模相当巨大。全国大多数少数民族地区完成民主改革（废止奴隶制、封建制）也在 1956 年。同年，全国人民代表大会民族委员会制定《关于在少数民族地区进行各民族社会历史情况调查研究工作的初步规划》，并从同年 8 月起正式组织内蒙古、新疆、西藏、四川、云南、贵州、广东、广西 8 个少数民族调查组，在各地开始进行基本调查工作。1958 年 5 月，为了进一步优化调查，决定刊行各少数民族简史、简志、民族自治区概况三种民族丛书，并增设宁夏、甘肃、青海、湖南、福建、辽宁、吉林、黑龙江 8 个调查组。在开始将各个调查组的调查报告加以汇总整理的 1961 年 4 月，中国科学院民族研究所正式成立，并召开全国少数民族社会历史调查组工作会议。这些调查研究资料亦已刊行数十种之多。

进而，作为少数民族工作核心之一，以培养少数民族干部为目标的民族学院在各地纷纷设立。除中央民族学院（北京，由政治、语文、历史、文艺四系构成，学生数为 2784）之外，西南（成都）、云南、广西、青海等民族学院纷纷成立。到 1961 年 5 月，各民族学院毕业生已达 50 个民族、41900 余名。不用说，各民族的繁荣必须依靠各民族自身的不断努力而达成。

通过深化足以证明中华人民共和国少数民族政策正确性的民族研究、从各少数民族中育成众多研究者、成立中国科学院民族研究所等等方式，到 20 世纪 60 年代为止，少数民族文学研究亦达到民国时期主要由汉族学者、外国传教士采集整理所不可比拟的深度与广度。特别是各民族的代表性传统作品在这一时期大都得到搜集。因此，本书以中国科学院民族研究所成立作为一个指向，从 1961 年刊行的大量资料中精选那些作为各民族生命性存在的传统作品，进而针对中日民众间血脉相通的关系尚互相理解不深的现状，更多地介绍中国各民族传统性民间文学代表作品于广大日本读者，将 1962 年已出版的《中国现代文学选集》第二十卷改名为《少数民族文学集》，并修订有关有失误部分予以再版。

由于 1966 年爆发"文化大革命"之后再也购置不到中国文艺出版物，我们对少数民族文学现处于何种状态已失去了解。但是，支撑少数民族文化之花盛开的社会主义经济建设在当时确乎迟滞不前。在此大变革中，中国少数民族文学育成了站在新立场的新作品，或酿就了内容崭新的神话、传说、民间故事。例如，"文化大革命"期间在各地民众中曾培育出的"赤脚医生"，在缺医少药的边境地区少数民族中就成了本书所收《诺实与玉丹》中的玉丹那样的传说母体。云南省怒江傈僳族自治州的傈僳族赤脚医生曲登盖，既不识字也不会说汉语，但仅仅刻苦学习了 3 个月便认识了 170 种草药的效能，掌握了 70 余个针灸穴位，继而在 75 天内踏破 4500 里山路寻找特效草药，治疗了 200 余个聋哑人、胃溃疡患者、骨折病人（《光明日报》1970 年 8 月 31 日）。恐怕这样的人物事迹已经从自然讲述逐渐被创作成了民间故事。这些在变成铅字出现在我们眼前、或者在我们进行田野调查听当地人讲述之际，都会将之编入新的少数民族文学集中的。

因此，在选择民间文学作品，尤其是选择互相间有复杂文化交流关系的中国少数民族作品之际，比较研究乃是不可缺少的主要环节。本书中所收的作品也有不少在《中国民间故事选》中已做过收录者，并且有的选本比本书所选者更为优秀。如本书的《烧炭汉张保君》，原题为《辘角庄》并已选入《中国民间故事选》。它是白族大本曲故事台本、白族歌手口述本与另一个收集者所记录的合并整理本，并已被整理者作了很大的加工。与之相反，《白族民间故事传说集》所收同名作品是其产生地一位老妪所讲述。比之前者，其形式与内容都更为出色，并且它忠实反映了白族的生活。故而，本书最后改收录的是后者。显然，不能仅据一种文本就决定采录与否。另外，虽然本书所收作品截至 1961 年 6 月，但也有 1962 年才刊行的《苗族民间故事选》等作品。这是因为，它们在 1961 年 6 月前即已发表，但在本书选编过程之中被别的作品集所选录出版。至于有关不太妥当的部分，我们作了适度的处理。

中国少数民族故事，特别是西南少数民族故事中，有不少内容很容易被我们日本人所理解。这在前言、各个作品之解说中，我们都不厌其烦地作了说明。为了进一步放大这一特点，我们期待着今后不是从汉语译为日语，还要直接由各民族语言翻译为日语，并特别渴望着能到当地进行田野考察。但是，目前日本正置于复杂的国际环境中，因而我们要前去边境纠纷不断的中国少数民族地区研究他们的文化还非常困难。然而，我们与他们之间毫无芥蒂地、互相亲如一家地加以接触，并一同为作为亚洲人而努力的使命已落在我们的肩上。

从以上立场出发，本书致力于尽可能接近各民族故事的本来面貌。如，就蒙古语、维吾尔语、哈萨克语、藏语、彝语、壮语、傣语等等而言，尽量参照一切可以找到的有关语文文献；就各个地名来说，也尽可能由汉字转写成当地方言方音，使之与原来的语音更加接近。

由于对汉字所作的是用假名注北京口音，容易加大两者间的距离，因

民
族
文
学
新
声

而我们就选定与原语原文相当的译名。比如说,《石牛》中的 kaipau 山用汉字作格布山。该音在汉语广东方言中应标音为 kak-Pou,在壮语原语中近似于 kai-pau(目前作为壮语标准语音之武鸣方音),与汉语北京语音相差甚大。另外,在《纳斯尔丁·阿凡提》故事中,其主人公写作"纳斯尔丁·阿凡提"。纳斯尔丁之本名为 Nasr-ed-Din,一般发音为 Nasrdin,所以用以上四个汉字记音没有什么问题。然而,后一个阿凡提在土耳其语中为 Efendi,是对男子的尊称,尤其是用作对有学问的人的尊称,相当于汉语之先生。因此,在维吾尔语,尤其是在处于中亚的塔里木盆地突厥语方言中,阿拉伯字母 b、p、f 一般都发音为 p 音。在目前最新版本的维吾尔语版《阿凡提的故事》(维吾尔语版《民族画报》1962 年第 7 期)中,也就将之记成了 Apandi。纳斯尔丁是一位生活于 13 世纪的土耳其伊斯兰教尊师,亦为实际存在的人物。由他的趣话生发开来的笑话群到 14 世纪因铁木尔的喜好而从土耳其传至近东一带、卡夫卡斯山周边、中亚地区。在土耳其,它被称为"霍加·纳斯尔丁趣话"。霍加是对伊斯兰教知识分子的尊称,因而土耳其传承纳斯尔丁故事是为不让他们的尊师有失尊严。然而,维吾尔族的纳斯尔丁除却不失趣味性外,已将他变身成符合民众爱好的仗义豪侠人物。他们也不呼他为霍加,而是泛泛地称之为阿凡提。维吾尔语中的阿凡提成了奇人、滑稽者的代名词。在《维汉俄辞典》(民族出版社,北京,1953 年)中,也把 Apandi 译注为"①先生;②好奇之人,异人,可笑的人,愚人"。正如从中可见的那样,在新疆维吾尔族农民中,纳斯尔丁虽是伊斯兰教的导师,但也是一个嘲笑与教权有连带关系的封建统治者的自由人。从他仍被称为阿凡提看,它不仅有了语言文学之外形性变化,而且还有了内面性发展——语义变化。

在中国少数民族文学研究中,不仅要注意这些语言层面,而且还要掌握历史、社会、民俗等各方面的知识与方法。只是目前通过我们自己的手采集到的第一手资料相当贫乏,其研究也就只能是大概其然。因此,本集中存在种种错误也就在所难免,故而由衷地期待着各位方家的批评指正,以强化我们的研究,加深日中各民族之间的互相理解。

另外,由于才疏学浅,在选编本书的过程中,我们在社会人类文化领域不得不求助于东京都立大学社会分部各位先生；藏族语言文化方面则求得东洋文库多田等观、北林浦氏等各方面专家的助言，并借力于国内外各先贤的社会、历史、语言、民俗等各方面著述。特此，一并致以感谢之意。

1971 年仲秋

纳西族东巴神话与蒙古族叙事诗①

斋藤达次郎

一、引言

白鸟芳郎先生的学术成就之一是对云南石寨山文化与北方文化关系作阐释，即对所谓"咬啮兽纹等所象征的动物姿态纹样形式"作解说。②据雅纳特编《纳西族文典》③一书第476页所载可知，纳西族的图画文字中也有咬啮兽文。另外，四川省木里藏族自治县苏西人的图画文字还在兽头上载斧，云南省中甸县阮可人的图画文字则兽头上置刀，云南省宁蒗县永宁吕西人的图画文字作兽头插矛。④我们知道，阮可人与吕西人都属于纳西族。本文将以这种文化现象为线索，探讨纳西族东巴教神话与蒙古族叙事诗之间的关系。笔者的基本观点是：纳西族文化多系统、多重地复合有北方文化与南方文化。

纳西族居住在亚洲大陆南部。与相邻民族相比，其经济文化水平都比较高。据1953年统计，当时的纳西族共有143000人。其中，居住在云

---

① 本文原载《民族文学研究》，1995（3）。

② ［日］白鸟芳郎：《华南文化史研究》，六兴出版社，1985。

③ 雅纳特·克芬斯·路德维希和伊尔莎·普勒茨特：《纳西族文典》第2部分，476页，斯图加特，弗兰茨·施泰纳出版，1986。

④ 方国瑜、和志武：《纳西象形文字谱》，昆明，云南人民出版社，1981。

南省东北部丽江县的有 105000 人。到 1982 年，纳西族人口增至 236000
人。纳西族在语言上属于藏缅语族，在宗教上不仅拥有独特的宗教——东
巴教，而且还信仰藏传佛教；在家庭婚姻方面，一部分地区仍保存有母系
制，但绝大部分地区都通行父系制。纳西族的前身"摩挲"于东汉时代
活跃于现今四川省西昌地区，3—6 世纪才移居现今的云南省境内。目前，
除云南省丽江县为其主要聚居地之外，云南省维西县、中甸县、宁蒗县，
四川省木里县等也有纳西族分布。在一般情况下，以"纳西"来统称纳
西、纳亥、纳日、阮可等支系。

二、木里的蒙古与纳西

　　四川省木里藏族自治县的一部分纳西族自认为是蒙古族。对于纳西族
来说，木里是一个重要的文化中转地。当纳西族先民从青海南下之后，其
文字在木里分离为两支：一支从永宁经 V 字形庄子河传入丽江，另一支
则经由喇江传入丽江。当然，这只是多种纳西文字起源说中的一种，比如
朱宝田先生就持纳西文字中甸起源说。

　　木里纳西族虽被分为"蒙古"与"纳西"两种，但在语言上均操纳西
语，所谓的"蒙古"不过是"纳西族纳日支系"[①] 而已。从 1962 年所进
行的四川省民族调查看，这部分"蒙古族"的语言系统、亲属组织等方面
都与古么些人并无二致，其生活状况与 660 年前李京所记述的"（摩些人）
牲畜马牛羊为主，死以羊祭"完全相同。在木里，"蒙古族"内部又进一
步区分为纳日人与水田人。其中的纳日人并非土著，他们原从云南省宁蒗
县永宁及四川省盐源县左所迁来。另一部分自称为"纳西"的纳西族是数

---

① 木里藏族自治县概况编写组：《木里藏族自治县概况》，成都，四川民族出版社，
　　1989。据斋藤的调查，纳西文化在受汉语影响及制作奶酪、酥油等方面表现出多系
　　性、多重性。纳西族的独特性亦是这样。其历史过程以及东巴巫师的归属感等也多
　　种多样。所谓的"独特性"与"人相指标"就是"倾听者从讲述者的性别、年龄、
　　出身、身份、国籍进而个性、运动感觉型等得到确定的特点。换言之，它是一种声
　　音所表现的'身份证明'或'护照'"（见罗曼·雅克布逊、林达·沃著，松本克己
　　译：《语言音形论》，岩波出版社，42 页，1986）。

百年前才从云南省丽江县迁入。在这里，纳日人虽与部分纳西人相杂居，但他们自认为是蒙古族，其亲属组织形式取母系制。而纳西人则取父系制亲属组织形式，用象形文字记述创世神话《崇搬图》等。这部作品其实是天地分离神话的一种变体。

为什么同居一地的纳西族中竟会有一部分自认为是"蒙古族"呢？要弄清这一问题，不能不对作为该民族原始宗教继承者的巫师之作用加以关注。纳西族的宗教职业者因地域之不同被分为七种，纳日人之巫师叫达巴。他们分布于云南省宁蒗县与四川省盐源县、木里县等地。达巴没有象形文字写成的经典，只有口诵经。无疑，达巴与纳日人的生产生活具有密切的关系，凡婚葬冠祭等仪式均由其主持。另外，那里还有能念诵藏语经典的巫师哈巴及受彝族、白族影响较深的巫师等。在普米族与彝族之中，也有一部分人崇拜纳西族的巫师——东巴。作为文化传承的媒介及作为传统文化的承担者，东巴的作用十分重要。其修行圣地在云南省中甸县。东巴主要主持祭天、葬式、婚礼等仪式，社会地位较高。

三、蒙古族的叙事诗

"正是从属于乌蛮的么些蛮作为牧羊民族很早就移住云南，与土著民族白蛮接触交流，给爨氏所统治的晋宁等地带来了为数可观的游牧文化因素。"[1]白鸟芳郎先生的这段论述是极富于启发意义的。海西希曾经制成蒙古族叙事诗与藏族叙事诗的共通符号系统，[2]其主要素材是《格萨尔》与民间故事，其主要特点是将北方文化与石寨山文化联系起来加以考察。后来，在艾伯哈特论述中国南方少数民族及贝加论述达斡尔萨满神话之际，也都提及了北方文化与南方土著文化的关联。卡谢乌基为制作藏族《格萨尔》版本之母题与内容目录而对海西希的研究进行过考察。但是，至今还没有人对蒙古族、藏族的叙事诗与纳西族的东巴教神话进行过比较

---

① ［日］白鸟芳郎：《华南文化史研究》，六兴出版社，1985。

② 以下引自海西希的研究《关于蒙古史诗结构母题的研究》，见海西希·瓦尔特：《关于蒙古史诗中的传说及其意义》，威斯巴登出版，1979。

研究。

研究蒙古族叙事诗的先驱当推波佩，他整理出的蒙古族叙事诗母题为：

1. 英雄与怪物之争；

2. 英雄获得新娘；

3. 借超自然力而使英雄再生；

4. 为救被蟒古斯掳掠的妻子（或英雄之父母、臣民），英雄及其儿子协力与蟒古斯搏斗。

由于受资料的限制，波佩的分析未免显得太简单。

后来，在普罗普的影响下，布尔加诺夫抽象出了蒙古族叙事诗的八种类型，但它也仍未能反映叙事诗的基本状况。在此基础上发展而成的是基尔切柯夫的十二因素分类，即：

1. 无子之汗王（老夫妇）；

2. 无子之老夫妇祈子；

3. 奇迹般怀孕与出生；

4. 为出色的孩子命名；

5. 健康成长的孩童时代，显现出将要成为英雄的迹象；

6. 在少年时代选择骏马；

7. 委托使者通恋人；

8. 登程求娶新娘；

9. 为娶到新娘而参加竞技，以确定命运；

10. 为结婚而回故乡，途中经历危险；

11. 解救父亲、驱除敌人；

12. 英雄获得和平的生活，实现了对部落或国家的有效统治。

海西希将它进一步归纳为十四个构成因素：

1. 时间；

2. 英雄的来历；

3. 英雄的故乡；

4. 英雄的容貌、性质、财产；

5. 英雄的马及其与英雄的关系；

6. 出发与退出；

7. 援助者与友人；

8. 恐吓；

9. 敌人；

10. 与敌人接触并争战；

11. 英雄之策略与咒力；

12. 求婚；

13. 结婚式；

14. 回故乡之旅。

如果以此分析纳西族的东巴教神话，尤其是《创世纪》这部作品，可得以下结果：

1. 时间：远古、大地混沌；

2. 三个英雄的来历：人类之父——洪水后之祖先——高来趣（哥来秋）：父名不祥、英雄与龙为异母兄弟；

3. 英雄的故乡……荒废，乱婚；

4. 英雄的形象；

5. 马起源神话；

6. 婚约；

7. 援助与友人；

8. 对崇仁利恩的警告；

9. 敌人；

9·1 人类的敌人；

9·2 那迦（龙）；

9·3 其他敌人；

10. 与敌人的接触，发生在黑白分界处；

11. 崇仁利恩的策略；

12. 与衬红褒白命结婚；

13. 结婚仪式；

14. 返回大地，举行祭天典礼。[①]

以上主要以《创世纪》为对象，但这种构成因素分类也适用于氏族祖先高来趣（三大英雄之一）神话。

四、马的起源神话

在纳西族神话中，专门有一部作品叫《马的起源》。据李霖灿称，这部作品中的马的形象似起源于北方。笔者也曾在《纳西族的葬制》一文中对其所具有的特殊意义作过专门的论述。古代，纳西族先民善养牛马，老人及首领死后要举行献马仪式，让死者之灵魂乘于马背平安地回归祖先故地。在杀马殉葬之际所念诵的便是《马的起源》这个神话：

> 飞鸟休普为马之父，鹏鸟休母为马之母，双鸟相媾和，下九对奇蛋；蛋飞落入海，马生于大海。马儿长得快，变成好骏马；马牦骡三者，同父不同母；为争水而斗，为争饱而斗；马来附人类，骡去附龙王；人的名气大，马的名气小；为找好骏马，走遍各地方。东子阿来吉，精心来喂马，精心来备鞍；射死壮牦牛，割断野骡头；不让野牦骡，来与马争吵。生时骑骏马，死后献冥马。[②]

---

① 海西希的研究分类比之更为详细。

② 和志武：《纳西族东巴文化》，长春，吉林教育出版社，1989。关于人与马的关系，见法伊特·薇罗妮卡《神马——蒙古的灵魂》第3部分，威斯巴登，1983。

纳西文化研究家胡梅尔认为："作为种种灵魂与神灵的承担者，马在巫术信仰中是十分重要的。它还是萨满来世的乘骑。在喇嘛教中，人们在祭山神仪式上视马为神物。在布利亚特族的呼魂仪式上，灵魂被视为依附于马身。至于马生于卵之说，当属于亚洲内陆古老的传承。"[①]

在实际生活中，纳西族所饲养的名马"丽江马"属于南方系统的小马。大林太良先生曾经这样指出："正如从云南石寨山遗址所出土的贮贝器装饰中所知道的那样，传自亚洲内陆的骑马习俗，渗透到了最初的金属文化——东山文化之中。最初的金属时代对马的饲养与使用在多大程度上影响了东南亚文化，并且残存有多少这方面的遗迹等等，至今还是一个谜。"[②]

五、纳西族与基诺族

下面，我想谈谈中国南部的文化。从君岛久子及诹访哲郎等的研究中可以知道，居住在云南省宁蒗县永宁的纳西族支系纳日人到现代还保存有母系制。[③]基诺族也曾盛行母系制。在固有文化与佛教文化相混合这一文化特点上，纳西族与基诺族非常具有对应性。问题是为什么基诺族的文化英雄为女性，而纳西族却不是这样？基诺族虽是彝语支民族，但长期处于傣族土司的统治之下。她也有像纳西族的《开美久命金》那样的歌垣——"巴什"："你是多么美丽的花朵！你是祖先的灵魂赋予的天女！这个世上

---

① 胡梅尔·西格贝特：《纳西族对西藏文化研究的意义》，307—334页，摩诺门他塞默出版，1960。

② ［日］大林太良：《关于神马的奉献》，见［日］森浩一编：《马》，社会思想社，1974。

③ ［日］诹访哲郎：《中国西南纳西族的农耕民性与畜牧民性》，第一法规出版株式会社，东京，1988。［日］村井信幸：《麽些（纳西）族文献中的洪水神话》，见《中国大陆古文化研究》第8集，1978；约瑟夫·洛克：《麽些部落文学中的洪水故事》，载《中国西部边疆学会年刊》，第7：7，64—80；［日］君岛久子：《纳西族的传承及其资料——〈人类迁徙记〉为中心》，见《中国大陆古文化研究》，第8集，1978。

如果无缘相合，就让我们来生结亲。"在基诺族的创世神话中，创世女始祖为尧白阿嫫。她创造天地，并给予洪水中余生的兄妹以葫芦、谷物。据称，她还创造了动植物，并在创造大山时被刀子划破而受伤，所流之血染红了基诺族所居住的山野。另一个女祖先叫阿比，她生下七个男女，由此产生了阿西、阿胡两大氏族。几乎可以说基诺族的一切崇拜对象都是女性。与之相反，在纳西族的信仰中，人类之父（米利董主）、洪水中余生的英雄（崇仁利恩）、四氏族之祖先高来趣等神灵皆为男性。不仅在父系制的丽江纳西族东巴教神话中是这样，在行母系制的永宁也视崇仁利恩（曹治路依）这个男神为人类祖先。或许，这是由于基诺族与纳西族之生业形态及文化差异性所造成的。

六、纳西族的世界观

李国文曾经对纳西族的宇宙原始结构进行过深入的考察。他引用纳西族的图画文字指出：纳西族的天并非圆形，而是做天幕覆盖之状；地并非平原形，而是呈梯田形；天界分十八层，每层各由日月星云等构成；天为五柱所支撑，故而天地得以分离；宇宙日月处于不断运动之中。但李国文并没有论述出现于纳西族神话中的人物与天地之间的关系。在洛克编纂的《纳西语英语大百科辞典》中，描绘有连接天地的梯子。在天界，虎具有很重要的作用，如衬红褒白命之父子劳阿普（被描作虎状）曾出难题让崇仁利恩去取虎乳。这恐怕与楚文化具有密切的关系。就神话性而言，纳西族的天地分离并未完成，因而天地之间可以自由往来。这当是产生《开美久命金的故事》中所描写的殉情的原因之一。在纳西族的神话中，由于举行祭天仪礼，主人公在地界生育健康的孩子得到了保障。可以说，祭天是一种女性祖先为中心的仪礼。与之相关，纳西族并没有像彝、苗、瑶等民族那样移住东南亚。像李国文所分析的宇宙原始结构可作多重性、多层性的把握，比如有人视之为西藏人所居住的帐篷形。关于大地，有人以为所描者为田。方国瑜、和志武编著的《纳西象形文字谱》称，在纳西族图画文字中，平原与田、泥地等是不同的。将指丽江写作剑下之土地或锄耕之大地到底意味着什么？或者说是由什么原因而造成的呢？

七、结论

纳西族图画文字经典中确有咬啮兽纹等所象征的动物姿态纹样形式、斧、刀、镜、玉、箆、神树等北方文化的因素，同时也存在有锄、犁、掘棒、碗、家神等农耕文化的因素。虽然仅能解读纳西族神话中的极小部分，但我们还是有可能通过海西希先生在研究语言系属相异的蒙古族藏族叙事诗的基础上制作的共通符号系统对纳西族神话予以解释。为什么？因为英国、德国、法国、苏联、美国及中国蒙古族、藏族学者正在从事有关叙事诗的研究。我们不能不解明作为南方文化的基诺族神话整体及其女祖之作用与傣族小乘佛教的关联。目前，对纳西族口承经典的介绍以及它与象形文字经典的比较等都有待深入。

在研究纳西族神话过程中，最有趣的是那些本来看不见的灵魂、精怪、神、妖魔、兽等都用象形文字表现得栩栩如生，很容易作视觉性的了解与把握。

纳西族是个从北方南下、与土著民族相融合的民族。在神灵体系上，同时保存有男性神灵观念与女性神灵观念。由于我们还弄不清母系地区的神灵体系全貌，因而有必要在今后继续开展对作为南方文化之一的基诺族神灵观念的比较。在纳西族与傣族的关系上，象形文字的象、犁等似乎表现出二者曾有过某种交流，因而有必要予以关注。

纳西族并未南下至东南亚，她们举行以女性为中心的祭天仪礼殉情、相信人的灵魂可以按垂直方向登天，其文化表现出多样性特点。只是由于资料不足，纳西族文化的本相至今仍模糊不清。

么些（纳西）族的传说及其资料

——以《人类迁徙记》为中心

君岛久子

一、么些族与传说资料

纳西族曾被称为"么些""么夑""么蛮"。其古代历史在唐代樊绰所著的《蛮书》名类第四条中开始有这样的记载：

> 么蛮亦乌蛮别种也。铁桥上下及大婆小婆三探览昆池等川，皆其所居之地也。……此等本姚州部落百姓也。

《新唐书》中亦有这样的记载：

> 么蛮些蛮与施顺两部皆乌蛮。

从这些记载看，么些是分布于从现今四川越隽到云南丽江之广大地区的民族。他们曾建立过唐代南诏六诏之一的么些诏国[①]。

我们顺便看看有关么些族文献资料的主要部分，可知除以上谈到的

---

① 白鸟芳郎，1952 年，《乌蛮白蛮的住地与白子国及南诏的关系》，《民族学研究》17—244 页。

《蛮书》及宋祁的《新唐书·南蛮列传》之外，还有宋濂的《元史·本纪》《元史·地理志》，徐霞客的《徐霞客游记》，余庆远的《维西见闻录》等。更重要的资料是《杨升庵木氏宦谱序》，《木氏宦谱图像世系考》，《续云南通志稿南蛮志么些诏》附注的《木氏宦谱》，《木氏历代宗谱碑》。其他，在诸葛元声的《滇史略》、杨慎的《南诏野史》、张廷玉的《明史土司传》、倪蜕的《滇云历年传》《云南事略》、冯苏的《滇考》、师范的《滇系》等著作，《大明一统志》《大清一统志》等史书中都有记载。

J. F. 洛克氏与李霖灿氏曾深入当地，进行过长年累月的调查，他们还得到东巴（纳西族巫师。译者注）的协助，成功地解读了图画文字（指纳西族象形文字——东巴文。译者注），多次把该民族的传承资料介绍于世。现在，我的研究也承蒙两位先生的鼎力之助。

二、关于《人类迁徙记》的若干见解

本期所介绍的《人类迁徙记》在纳西族中流传最广，被咏诵于祭天等许多仪式上。这是一个为有关纳西族研究者所经常引用的著名故事[①]。

依我之见，可把这个故事视为中国羽衣故事之一，并可认为它是从属于华南少数民族，特别是在山地民族中流传的难题求婚型羽衣故事的。具体情况如下所记。且看天女之父对主人公所出的难题内容：

1. 一天之内把坡上的九座森林一齐砍倒；

2. 把砍倒的九座森林，一天之内都烧成灰作肥料；

3. 一天之内把九片火山地播上种子；

4. 一天之内把山地里的庄稼都收割回来；

5. 把收割来的粮食都打晒出来。

可见，从这些字面上就表现出了他们的生产方式——烧荒耕作的全过

---

① 君岛久子，1936 年，《洪水故事与羽衣》《文艺研究》4 号，《中国的羽衣故事》，《中国古文化研究》1 号。

程。在难题里，有天神让主人公去捕捉岩羊、鲤鱼，偷虎乳，并将虎乳放于鸡、牛、马、牦牛、犏牛圈上，根据这些动物的反应以试虎乳之真假的内容。对此，李氏论述道：这说明他们除烧荒耕作外，还兼营渔猎业与畜牧业，这便是么些人的全部生产方式[①]。

另外，在这个故事的结尾处，还有这样的内容：主人公与天女生了三个孩子，长子为藏族、次子为纳西族、季子为民家（即白族。译者注），说是他们骑马奔向不同的地域，成了这三个民族的祖先。

笔者认为，像这样的结尾，记录了纳西族在形成过程中与其他两个不同系统的集团，即藏族与民家（白族）之间有过接触融合的情况。从他们"骑马"去各自的地方的句子中，不是可以窥见他们作为游牧民族的特点吗？

从么些的迁徙路线也进一步可知他们是从北方迁移而来的民族。又，据"男子还有不少人留有'发辫'，盘旋头顶，喜用青布缠头；短衣短裤、裤仅及膝"[②]等等的记载观之，可知他们是有编发辫之风俗的民族。正如他们常常也被称为摩娑羌那样，我们不是可以看出他们是广义上的羌族分支，并与其原居住地——甘肃、新疆地区的游牧民族有着联系的吗？[③]关于这一点，笔者将在别的文章中从民间传承方面加以论述。

在这个故事中，天女之父对解决了全部难题的主人公进而提出要求。对这些要求的内容，李霖灿氏举他自己介绍的洪水故事中的句子"如果你想娶我的女儿，且问你带来了什么婚价？"为例，说是在此证明了买卖婚姻的存在。但是，据我们翻译的《人类迁徙记》（指《中国大陆古文化研究第八集——纳西族特集》中所载的作者与新岛翠共译的《人类迁徙记》。译者注）中的有关句子看，无论如何也不能断言它们果真表现了买卖婚姻，"你带来了什么聘礼呢"的意思是指主人公带来了什么订婚礼品，而不是其他。对此，主人公回答道：

① 李霖灿，1957 年，《么些族的洪水故事》《么些的故事》126 页。
② 胡耐安，1960 年《西南边疆民族概述》。《政治大学学报》第 9 期 28 页。
③ 白鸟芳郎，1976 年《石寨山文化中所见的斯基泰文化影响》《江上波夫教授古稀纪念论集》193 页。

我怎么能把羊群从地上赶到天上来？怎样携得动金银财宝？

他反驳天神：我怎么能把羊群、金银财宝带到天上？他说自己不就仅仅没有做这些事吗？并进而复述了他所解决的难题内容，认为这一切比羊群、金银财宝更有价值，足以充当聘礼。于是，他娶到了天女。可以说，这与在其他山地民族中能看到的难题型一样，反映了根据提供一定的劳动力而娶妻的生活习惯。像这样的习惯在现今的瑶族社会中仍在实行。关于这些，凭笔者在老挝的调查就足以证明。

无论如何，在难题中表现昔日生活是很有趣味的。

《人类迁徙记》也被称为《洪水故事》，后者是大众化的通称。纳西族的洪水故事与其他民族的传说相比具有一些自己的特色。

在华南及东西亚流传的洪水故事型，正如在苗、瑶族传说中所见的那样，往往是洪水泛滥之后，仅有兄妹二人劫后余生。后来，他们婚配（最初生下肉块）成了人类的始祖①。纳西族的情况与此相反，它是兄妹婚后才发洪水。李霖灿认为，有必要对这一特点加以探讨②。他所指出的这一点确实重要。因此，我想试述一下对这个问题的若干意见。

首先，纳西族的兄妹（姐弟）婚为什么不能站在与其他民族的兄妹婚相同的立场上加以考虑呢？在笔者看来，因为纳西族的洪水故事并不单纯，它是若干个不同故事，即天地创造、洪水故事、羽衣故事的复合体。兄妹婚并不直接关乎到纳西族自己的祖先。

从我自己手中所掌握的分布于华南、东南亚的六十七例洪水故事来看，因为兄妹婚而暴发洪水的例子绝无仅有，多数场合是雷公因什么原因降下大雨而引起洪水，无论如何也不能使人感到其中有暴发洪水的必然性。其他的多是无缘无故暴发洪水的例子。

那么，与纳西族有亲缘关系的彝族的情况究竟如何？实际上，在上面

① 君岛久子，上书《洪水传说与羽衣》1页。

② 李霖灿，上书，28页。

提到的六十七例故事中就包含有彝族系统的洪水故事七例（其中有彝族支系撒尼族的一例）。如果分析这些故事，可知彝族系统的洪水故事有两类：A.所谓兄妹婚型；B.与纳西族洪水故事有近似点的类型，即在洪水中仅存的主人公与天女结婚，生了三个孩子，他们成了各民族的始祖。例如郑氏收集的黑彝《倮倮传说中的创世纪》①中的三个孩子，长兄成了罗罗的始祖，次子成了汉族的始祖，末弟成了藏族的始祖。在云南黑彝中流传的故事里则成了干彝、黑彝、汉族的祖先。

在这 A、B 两种类型中，B 明显地近似于纳西族的洪水故事，主人公成了民族始祖。A 是所谓的兄妹婚，虽说他们最后似乎诞生了人类始祖，但实际上并非这样，在很多例子中并没有生育子女（仅在撒尼族中就有前半部分近似于 B 型，后半部分则是兄妹婚生下肉块的例子）。如果只限于以上故事例子而作结论的话，我认为彝族本来的故事大概是 B 型的，它与纳西族的洪水故事属一个系统，是与苗瑶系洪水故事不同的系统。在这个系统的故事中，毫无什么理由便发起洪水的例子是很多的。在他们看来，重要的不是因什么原因暴发了洪水，说明洪水之后人类或民族始祖怎样出现、繁荣的情况更为重要。

作为这个观点的立论根据，我们举与《人类迁徙记》（洪水故事）同型的《丛蕊刘偶和天上的公主》②这部长篇叙事诗为例。在这部长诗所描写的故事中，兄妹并没有婚配，因此它并没有成为暴发洪水的原因。在序部分简单涉及了天地的创造，六姐妹五兄弟中的末弟，被迫一个人缝制皮鼓并乘此在湖上生活。在这当中，洪水突起。当他从皮鼓中出来的时候，所有的人已在洪水中死去。不久，他与天女相遇，并与她同登天界，被天

315

---

① 郑康民，1961 年《倮倮传说中的创世纪》《大陆杂志》22 卷第二期。
如果把这个故事的结构大体分为两个部分，前半部分为天地分离，创造万物，射日月、创造人类等。后半部分中有三兄弟，有个老人填平了他们耕好的土地，预告洪水就要来到。只有末弟通过老人的指教洪水后余生，娶天女生了三个儿子，长子成了诺苏（彝族）的始祖，次子成了汉家的始祖，末子成了西番（普半族）与藏族的始祖。在分配土地时，贤明的汉族住在平地，诺苏与西番藏族则住在山地。

② 牛相奎木丽春收集，1956 年《丛蕊刘偶和天上的公主——丽江纳西族神话》《云南民族文学资料第一集》31 页。

女之父罚了三个月的苦工，顺利地解决了烧荒耕作全过程等等的难题。这是表明洪水起因并非近亲相嫁的最好的例子。

所谓洪水故事，在纳西族中就结构而言有很大的不同，其"洪水"的概念也不同。

在纳西族故事中表现出来的洪水不像湘西苗族[①]中所见的例子那样大雨连连数十日后大地被淹没，而是突然间天地炸裂、洪水袭击，即所谓的"山洪暴发"之情景。其状况是"天吼起来、地叫起来、上面山崩谷裂，连老虎豹子都不能存身，下面洪水横流，水獭和鱼也不能通行"[②]。如果借用李霖灿氏的表现方法，就是"山顶上崩出水来，深夜变成泥潭，分明是山岭重沓大忽起的一幅图画"[③]。

以上所谈的不过是自己关于纳西族洪水故事的若干见解……

《在人类迁徙记》中，欠缺藏羽衣的情节，但在李霖灿氏所介绍的图画文字以及口头流传的洪水故事中，有以下的记载：

> 老鼠教给洪水后余生的男子：
>
> "记住我的话，你去把横眼天女的翅膀割下来。她就是你的好伴侣了。"[④]

当男子按老鼠的指教想把一个天女娶为妻子的努力失败后，又作了一次同样的努力。在天女下凡河边浴水时，他拔掉她的翅膀，并让老鼠去取天女放在岸边的东西，使之成为自己的妻子。故事中有这样的描写，或者有两次娶别的天女为妻的句子。归根到底，表现有或割或偷羽衣的内容。

其次，关于"直眼天女与横眼天女"有这样的句子：

> 眼睛直生的天女美，

① 凌纯声、芮逸夫，1947年，《洪水神话》，《湘西苗族调查报告》244页。
② 和志武整理，1956年《人类迁徙记》，《民间文学》第16期9页。
③ 李霖灿，上书125页。
④ 李霖灿，上书87页。

眼睛横生的天女好。

其具体表现，在象形文字上直眼写成✲，横眼写成✲。前者被表现为美人的媚态，后者则表现了善良[1]。

最后要说的是，在《人类迁徙记》的结构上，羽衣故事难题型占有很大部分。该型在华南民族苗、瑶族中也有流传。但对他们来说，并没有发展成为民族始祖的传说，也没有被编入以民族形成的历史背景为主流的故事之中。

尽管《风土记逸文》中记载有近江余吴湖传说等丹后、三保松原为数众多、内容丰富的羽衣故事，但在史书《日本书纪》及《古事记》中并不见有这些故事记载（浦岛传说被明确记载于《日本书纪》之中）。

在具有类似于天孙降临谱系的大和王朝的历史上，如果存在一个具有同样从天而降的天女之子孙传承的家族的话，其谱系不是也会被记载于以大和王朝为正统的史书中吗？

与此相反，在纳西族中流传的羽衣故事与天地创造相联系，并进而向始祖传说的方向发展，在宏大的构思之下形成了纳西族的民族传说而被记载入统治者木氏的谱系之中，直到现在流传不衰……

317

载《民族文学研究》1985 年第 3 期

民族文学新声

注：本文译自 1978 年日本《中国大陆古文化研究》第 8 集《纳西族特集》。原文中附有著者所收集《纳西族民间传说资料》图表及《人类迁徙记与〈么些族的洪水故事〉固有名词比较表》，另单附六个形象文字。为方便起见，译文中已将这些图表及象形文字略去。

作者君岛久子为日本民族学博物馆教授，日本中国儿童文学研究会代表。她在研究民间文学方面卓有成果。她曾多次来我国讲学访问，为中日

---

① 李霖灿，上书 109 页。

文化交流及两国人民的友谊作出了应有的贡献。

在这篇文章中，作者吸取了洛克、李霖灿等学者的研究成果，并且根据自己所收集到的大量资料，把纳西族洪水故事放在一个广阔的时空中进行了剖析比较，尤其是在它的类型、原型、劳动婚，以及在与始祖故事的关系上提出了许多新见解。这对我们研究我国各民族民间文学是有一定的参考意义及启发意义的。

译者

1985 年 3 月

少数民族文学研究诸问题

西胁隆夫

在今天的报告中，我打算主要讲四点：第一点，我自己的研究情况；第二点，以日本翻译出版的中国民间故事集单行本为中心，谈谈日本有关中国少数民族的介绍、研究情况；第三点，有关少数民族当代作家文学的介绍、研究情况；第四点，少数民族文学研究诸问题。

少数民族文学研究状况

首先谈谈我自己的情况。以前，在少数民族研究中我主要关心的有三个领域：一、《白蛇传》等汉族民间传说，瑶族等少数民族的神话、传说、故事等民间文学；二、少数民族"作家文学""当代文学"；三、搜集羌、藏、维吾尔等少数民族的语言资料。但直到现在为止，很少有可请先生们提意见的著作或论文，其原因是我的研究工作开始于六十年代后半期。那时，在日本很难弄到中国的出版物，特别是有关少数民族文学、民间文学的资料。

当然，除了客观原因外，我自己的时间、能力也十分有限。在前十年中，我是步履缓慢地涉足于这三个研究领域的。除了后边要提到的一些论文、译文之外，只有以下这些成果：

1. 中国的少数民族；

2. 流传于中国西南的《咔嚓咔嚓山》；

3. 西藏的《咔嚓咔嚓山》；

4. 中国少数民族语汇。

这几年中国出版了很多民间文学和少数民族文学的图书杂志，我自己正处在难以赶上这种发展速度的状态之中。

现在，我在岛根大学中国文学研究室工作，担任中国当代文学的教学研究任务。这个研究室最初的教授是鲁迅先生的日本学生增田涉先生，教员包括我在内共三人，有专攻中国文学的学生十余人。如果与东京大学、京都大学等的研究室相比，我们的教学、研究条件都很差，学校所在地松江市通往东京、大阪的交通也不便，对于了解全国性状况的信息很缓慢。因此，我所介绍的有关日本研究中国少数民族文学的情况也就不可能很全面。近几年来，日中两国的学术交流及研究者的往来日趋频繁，我想大家对日本的有关研究情况已经有所了解。下面，我想在介绍日本的有关研究状况的同时谈一谈我个人的想法。

少数民族民间故事的翻译与研究

先请大家看看以下的《中国少数民族民间故事集》日语版目录：

1.《中国民间故事》中国文学会编，1961 年，未来社；

2.《少数民族文学集》松村一弥、千田九一编，1963 年，平凡社；

3.《巨人尼日干罗》釜屋修、新村彻编，1969 年；

4.《壮族的星》釜屋修、新村彻编，1970 年；

5.《中国民间故事与传说》，泽山晴三郎编，1972 年，太平洋出版社；

6.《中国民间故事》（上、下），松村一弥编，1972 年，每日新闻社；

7.《中国民间故事 101 则选》（1—4 册），《人民中国》编辑部，1974 年，平凡社；

8.《亚洲民间故事》君岛久子编，1982 年，讲谈社；

9.《苗族民间故事集》松村一弥编，1974 年，平凡社；

10.《藏族会说话的鸟》君岛久子译，1977 年，岩波书店；

11.《中国少数民族的传说》君岛久子译，1980年，三弥书店；

12.《阿诗玛》《百鸟衣》宇田礼译，1957年，未来社。

这些书籍主要介绍中国少数民族文学作品，但也收有一些汉族民间故事译作。在日本翻译介绍的中国少数民族文学作品中，《阿诗玛》的影响较大。这个故事不仅曾在杂志上发表过，而且还出版过民间故事、诗歌、童话等各种形式的译本。

中国在解放后出版的被译成汉文的少数民族故事集很多，如果再加上在《民间文学》上发表过的作品，其数量更是多不胜数。已用日语译成的作品不过是其中的一小部分有代表性的作品，并且还有重复的现象。出于译者的不同职业、动机，翻译的质量亦有较大差别，各自把握的视点或者理解也都不同。仅就语句而言，为了满足读者的需要，要把文学作品译得既有文学价值，同时又能耐人阅读是相当困难的。从我自己的经验而论，民间故事及少数民族民间故事的翻译十分困难。如果译者对该民族的历史、风俗习惯、社会生活、语言了解不深，而且不站在创造了民间故事的民众的立场的话，尽管一部作品都能翻译出来，但很可能在什么地方产生错误。

翻译汉族民间文学作品也同样如此。在中国民众中妇孺皆知的《孟姜女》《白蛇传》《梁山伯与祝英台》等民间文学作品，至今没有在日本翻译出版。这固然有日本读者及出版界的原因，但翻译上的困难也是其中的原因之一。

我感到日本的中国文学研究者们对民间文学还不够重视。倒是其他研究领域的学者对民间文学的关心正在加强，如著有《中国民俗学》的直江广治先生是民俗学家，著有《开花爷爷的源流》与《日本神话》《中国神话》的伊藤清司先生是东洋史研究家，汇编了《稻作神话》的大林太郎先生是民族学家。其他，蒙古语、藏语、缅语、傣语等语言学家亦翻译并著述有有关民间文学的作品及论文，在东洋史研究中也有人开始对《突厥语大辞典》作研究。但是，不管怎样，他们都不是从文学研究的立场出发研究少数民族文学作品的。

日本有东京大学东洋文化研究所、东洋文库、东京外国语大学的亚洲

民族文学新声

语言文化研究所、京都大学人文科学研究所、国立民族学博物馆等研究机构，但还没有像中国中央民族学院少数民族文学艺术研究所那样集中研究少数民族文学与语言专门学者的研究机构。在众多的民族学专家中，专门研究中国的学者也还很少。

在研究团体中，把中国民间文学当作主要研究对象的学者也实在太少，而且也没有全国性组织。"口承文艺研究会"的主要成员只研究日本口承文艺。不过，在民俗学会、民族学协会，或各地大学、研究机构中，却有一些致力于研究中国民间文学的学者。例如，在我们所属的"日本比较民俗学会"中即汇集了一些各学科的研究者，也成立有研究日本、朝鲜、中国等东亚民间传说的小组。

近几年来，日本出现了一些希望从事民间文学研究工作的学生。前面列举的 12 种翻译书籍中的《少数民族文学集》，就是他们不可忽视的研究成果。它是"中国现代文学选集"中的一本，其中不仅有中国民间故事，还翻译有许多民族的神话、传说、歌谣、记录文学等作品。书中对流传该作品的民族的情况也作了说明，还把它同日本有关民间文学作品作了比较，对一般读者可当作入门的向导。但是，自这本书在 20 年前问世以后，日本再也没有出版过一本超过它的有关选本。这是非常遗憾的。

在上述 12 个集子中，我除了参加编选工作，还承担第 6、第 9 集中几篇作品的翻译工作。收录于这两本集子中的新故事，是译者参加了集体讨论后译出的，都很有特色。第 10 集《藏族会说话的鸟》是由田海燕的《金玉凤凰》译出的，其中的《斑竹姑娘》曾由君岛久子先生、伊藤清司先生撰文研究过。她（他）们提出了它是否就是日本最初的小说《竹取物语》原型的问题，在日本故事研究中引起很大反响。最近在中国出版的《民间文学》杂志上也登载了有关这个故事的研究文章。在讨论日本与中国的民间故事的关系时，像《斑竹姑娘》这种类型的故事在其他地方不是没有。因此，直接翻译《金玉凤凰》这本故事集当然很有意义，但同时还要考虑直接从藏语版本《奇异的尸体》（《尸体的故事》）中进行翻译。在讨论日中民间故事时，还必须考虑到它们在东亚故事中具有什么样的地位和意义。为此，日中两国各个研究领域的研究者间很有必要交换更多的意见。

少数民族作家文学

下面我谈谈有关日本的中国少数民族作家文学、现代文学的介绍、研究情况。过去，日本几乎还没有开展过这种介绍研究，只在几本有关现代白话文文学史、文学概论的书籍中有过一些有关简单介绍。

在作品的翻译方面，除了壮族诗人韦其麟的《百鸟衣》收入未来社出版的《阿诗玛》译本之外，其他的只有零星的译文登载于杂志上。我自己曾经翻译过藏族作家格桑多杰的《达瓦吉》，蒙古族作家朋斯克的《长夜》，达斡尔族作家李陀的《请你听这首歌》。满族作家老舍、蒙古族作家李准的作品在日本大多被翻译出版，但日本方面并没有把它们当作少数民族文学的一部分。因此，这里就只好避而不谈了。

在日本，对中国少数民族文学的介绍及研究论文还相当少。关于七十年代前半期的情况，我曾写了《中国少数民族文学》及《关于少数民族近况》进行介绍。遗憾的是我自己因忙于整理在很多出版物、杂志上所发表的作品，一直没有机会再发表这方面的文章。

怀着把中国当代少数民族文学介绍给日本的心情，我在今年四月创办了《中国少数民族文学》杂志。这是作为大学教科书而编辑的，其翻译编辑工作几乎都是我自己一人进行。因准备时间短、力量不足，所以错误之处一定不少。尽管如此，我确信为了能够了解解放后的中国少数民族的生活、思想感情，把这十几篇作品翻译汇编在一起是有意义的。在这本小册子的"发刊辞"中，我曾写下了下边这段话，以申明发刊的意义和我的立场：

今天在讨论中国时，我们不能忽视少数民族文学作品。在日本，有关中国的读物极多，有关少数民族的出版物也在不断增多，但人们能读到少数民族文学的机会仍然很少。这本《中国少数民族文学》，就是首先要让中国少数民族自己说话，并尽可能地把他们的声音传之于世，谨以此表示我不再让日本曾经用侵略

战争给从北端的蒙古族到南边的黎族等中国各民族带来巨大牺牲
的历史再次重演的愿望。

在这本小册子中，不仅收录了玛拉沁夫、李乔、陆地、哈迪尔等有名
作家的短篇小说，还收录了近年来登上文坛的鄂温克族乌热尔图、哈萨克
族艾克拜尔·米吉提等青年作家的作品。据读过这本小册子的读者反映，
"作品的选择是妥当的"，"更希望读到描写少数民族生活、感情的作品"。
艾克拜尔·米吉提的小说在大学生、青年中间尤受好评，因为它超越了民
族、国家的界限而倾诉青年的衷肠。

我在这本小册子中介绍的作品，只是少数民族当代作家作品中的一部
分。今后，我将尽可能把更多的优秀作品用这种杂志的形式加以翻译介
绍。我相信，这样的事业对日中两国的友好是有重要意义的。这早已成为
超越个人的工作，需要更多的人齐心协力，尤其是如果没有中国各位民间
文学、民族文学专家、作家的帮助，在内容资料的范围上就不可能得到充
实，就不能满足我国读者的要求。我愿借此机会再次希望各位先生给予鼎
力相助。

少数民族文学研究诸问题

下面我想谈谈，翻译中国少数民族文学的一些问题：

1980 年，我在岛根大学的刊物上发表了《中国少数民族文学论序说》
的论文，其中的第三部分《中国民族文学概说试辨》已由中国朋友用汉语
翻译发表。在论文中，为了论述"所谓少数民族文学到底是什么"，我提
出了"必须考虑什么问题"这样一个题目。在这篇论文的第一章中，我论
述了日本各种辞典、资料中罕见的"少数民族文学"在中国文学中的地位
问题；在第二章中，论述了还没有给"少数民族文学"这个概念以非常明
确意义之现状；在第三章中，论述了它与世界文学中与"少数民族文学"
这个概念具有同等意义的"被压迫民族文学""第三世界文学"等的共同
点；在第四章中，谈到了中国少数民族文学既与世界上其他多民族国家的

少数民族文学具有共同点，又有自己生于幅员辽阔、历史悠久的中国大地上的独自特色的问题。

总之，在讨论少数民族文学时，我们不能忘记以下三点：一、中国少数民族文学是中国文学的重要组成部分；二、要把作家文学与民间文学，古典文学与当代文学同时当作讨论研究的对象；三、既要考虑到它与其他国家少数民族文学的共同性，又要考虑到其自身所表现出来的特色。对中国的各位研究者来说，以上几点是极为平常的。而对于日本来说，尽管居住有阿依奴人、朝鲜人，以及其他民族，要认识作为多民族国家的中国并非易事，所以，我们日本人要研究中国少数民族文学，就必须对此一再强调和确认。

近年来，关于"民族文学的范围、概念"在中国亦被当作一个问题进行热议，并发表了一些文章，但我还只看到一两篇。我在自己的论文中提出的问题，有些已经不成为问题，而有些则需自己在今后更加加深认识。为此，对一些必须考虑的问题，我想提出几点看法：

其中之一就是研究、翻译少数民族文学作品时使用什么样的资料问题。这里主要指的是这些资料是用什么语言文字写成。从另一个角度来说，这也是关于少数民族作家与语言的关系问题。

少数民族文学作品可分为三种：其一是少数民族作家用本民族文字写成出版的作品；其二是少数民族作家用汉文写成的作品；其三是用少数民族文字写成后被译成汉文的作品。

以前，我们在翻译民间故事时，几乎只利用汉语文资料，在翻译当代文学作品时亦是这样。其原因是弄不到用少数民族语文写成的资料。有的译者尽量利用少数民族语言资料，作品中的人名、地名、事物名，与汉语相异的语音都被加以认真考虑，即尽量减少从少数民族语译为汉语、从汉语译为日语的重译过程中产生错误和误解。我认为，在能够利用少数民族语文的作品资料时忽视它们而只用汉语译成的作品是不大正确的。直接由少数民族语文翻译成日语更好、更理想。

举一个最近发现的例子，即维吾尔族诗人尼米希依提的诗作翻译。在戈鹰翻译的《尼米希依提》一书中有一首题为《可爱的祖国》，而在《中

民族文学新声

国少数民族文学作品》第二册中同样一首诗被译成了《祖国恋》。把这两者作一比较，就使人苦于判断它们是否出于同一首。当然，它们在总体上还是一致的。我不知道这两种译成汉语的尼米希依提的诗哪一种更好，但在进行研究时无论如何都要看看维吾尔文的原诗。如不这样，既不能弄清两种译本间的关系，也不能对此进行正确的评论。

当然，我们并不是什么时候都能看到用少数民族文字写成的原文，也并非只要不是用少数民族文字写成就不能够译成日文。我们一方面要尊重汉译作品资料，因为这些大都是由汉民族语言专家翻译而成的；另一方面又不能盲目迷信，要尽可能用可以比较的材料加以鉴别。我认为很有必要持这种科学的态度。作为少数民族文学研究者当然要根据原语文进行研究，不过一个人能运用多种语言的情况还是少见，所以日本介绍民族文学作品时也就存在着或是从原文直接翻译成日语，或是根据汉译本翻译成日语的情况。

前几天，我从出版社得到了尼米希依提的维吾尔语诗集，使我们有可能进行两种译作的比较。这是非常幸运的。平时，在日本不仅民族语文版的资料少，就是中国地方出版社出版的作品资料都难得一见。最近，中国出版了许多基本文学资料、作家作品集。我们这些外国民间文学、民族文学关心者们，期待着中国出版更多的民间文学、民族文学方面的参考资料、作家作品目录、书目、辞典、作品选、论文集等等。

《民族文学研究》1986 年 1 期

谈中国少数民族文学

牧田英二

少数民族文学的发展

1954 年，蒙古族作家玛拉沁夫（1930 年—）给中国作家协会主席茅盾和副主席周扬写信，希望中国作家协会对全国几十个少数民族的文学状况给予关心。中国作家协会对这封信非常重视，稍后不久便召集在京的彝、满、壮、东乡、侗、维吾尔、哈萨克、蒙古、苗、朝鲜等民族的十多名代表，并邀请一部分汉族代表，召开了讨论有关问题的座谈会。

这次少数民族文学座谈会由老舍主持，会期持续了一个多星期，商讨了少数民族文学状况及其问题。玛拉沁夫、彝族的李乔（1909 年—）、侗族的苗延秀（1918—）、维吾尔族的铁依甫江、壮族的韦其麟等代表出席会议。尽管他们只是中国少数民族中的一小部分民族的代表，但这次座谈会的意义却是巨大的。在某种意义上说，新中国少数民族文学正是以这次座谈会为起点出现于历史舞台之上的。1956 年 2 月，老舍以这次座谈会所讨论的内容为基础，在中国作家协会第二次理事会扩大会议上作了题为《关于兄弟民族文学活动的报告》。他在报告中谈道："有文字的民族，像蒙古、维吾尔、哈萨克、朝鲜等民族已经有了新时代的现实主义文学，没有文字的民族也产生了用汉文写作的作家。""各民族既有那么丰富的文学遗产，又有了新兴的现实主义创作，这使我们多么欢喜啊！多民族的文艺已经不是一句空话！"同时，他也指出了作家协会对兄弟民族文学工作未能给予应有的重视的问题。老舍说："我国是多民族的国家，在政治经济各方面各民族的确得到了自由平等和生活改善。可是，在文艺战线上，多民族的文艺这一概念似乎还未形成。为什么作家协会没有注意兄弟民族文学工作？为什么出版社没有出版兄弟民族的文学作品的计划？……难道不是受了大汉族主义思想的影响吗！"

在这一时期，人们将少数民族文学称为"兄弟民族文学"（据白崇人说，这是受了苏联的影响），但在 1960 年召开的中国作家协会第三次理事会上老舍作了《关于少数民族文学活动的报告》之后，"兄弟民族文学"改称为少数民族文学，并逐渐固定成了一个专门用语。与此同时，少数民族文学在中国文学史上的地位亦被确定下来。

老舍在 1960 年的报告中赞扬了五十年代少数民族文学工作的飞跃发展："我国各少数民族中都出现了崭新的社会主义文学。而且，有的已经达到相当高的水平！有的还处于萌芽状态，但是根苗茁壮，预示着本固枝荣，这些新文学都是我国社会主义文学的长江大河的条条支流，且各以独特的色彩……丰富着祖国文学！""不过是短短的十年啊，却做出了历史上百年千年所做不到的事！那些在解放初期还在丛山峻岭中过着原始经济生活的民族，今天却编写出自己民族的文学史，培养出自己的诗人和作家，创制了自己的新文字，并用以出版自己的文学书刊。"

在新中国成立 10 周年之际，中国作家协会及各地方分会所属的少数民族作家已经达到二百多位，用少数民族语文出版的文艺杂志有《花的原野》（蒙文）、《塔里木》（维文）、《曙光》（哈萨克文）、《延边文学》（朝鲜文）等。在为纪念新中国成立十周年而出版的少数民族作家短篇小说集《新生活的光辉》（1960 年）中收有以下作家的作品：蒙古族——纳·赛音朝克图、玛拉沁夫、乌兰巴干、敖德斯尔、朋斯克、扎拉嘎胡、安柯钦夫；维吾尔族——祖农·哈笛尔、库尤木·吐尔地；哈萨克族——郝斯力汗；回族——米双耀；苗族——伍略；彝族——李乔、普飞；壮族——陆地；朝鲜族——李根全；白族——杨苏、那家伦；纳西族——赵净修。这本集中共收 10 个民族、19 位作者的 46 篇作品，其中有蒙古族作者 7 人的 27 篇作品，反映了当时少数民族文学发展的不平衡状况。

1960 年，老舍便提出中国少数民族文学已经在中国文学中确定了自己的地位，并呼吁"为逐步使少数民族文学达到汉族文学的发展水平而努力"。然而，自此以后直到"三中全会"召开为止的 20 年间，少数民族文学处于长期停滞不前的状态之中。

1979 年，为活跃、组织少数民族文学活动，中国作家协会第三次代表大会确定设立民族文学委员会。同时，在各省、直辖市、自治区作家协会也设立民族文学委员会。这时，玛拉沁夫再次给中国作家协会写信，促成了 1980 年 7 月在北京召开"全国少数民族文学创作会议"。参加这次大会的有 48 个民族的 102 位代表和 25 位汉族代表。出席这次会议的云南代表占代表总数的五分之一，为 16 个民族的 22 位代表。这次会议是继 1955 年座谈会之后具有重要意义的又一次盛会。会议决定创办全国性少数民族文学刊物《民族文学》，并举行 1976 年到 1980 年这段时间所发表的少数民族文学作品评奖（今后每三年评奖一次），确定在中国作家协会文学讲习所招收少数民族作家班。在大会之后，这些设想都一一付诸实施。

在第一次少数民族文学作品评奖活动中获奖的 140 名作者，分别属于 38 个民族。其中，除了陆地、李乔从解放前就开始从事创作活动的老作家外，以五、六十年代涌现出来的玛拉沁夫等作家、诗人占大多数，也有一些像张承志那样的青年作家（此处略译具体人名——译注）。

《民族文学》在 1981 年创刊时为双月刊，1982 年起改为月刊。最初计划除汉文版外还出版藏文版、蒙文版、朝文版、哈萨克文版、维吾尔文版，只因条件不成熟，至今仍只有汉文版。创刊之初，主编为陈企霞、副主编为玛拉沁夫。从 1985 年进行机构改革以来，由玛拉沁夫改任主编，由金哲、白崇人任副主编。这个刊物直属中国作家协会，出版资金却来自国家民族事务委员会，出版单位为民族出版社。它与一般刊物所不同的是致力于贯彻党的民族文化政策，担负着组织少数民族作家，培养、发现少数民族文学新人的重任。

《民族文学》编辑部每年都要举办一次或数次"笔会"或"创作学习

会"。如前年就举办了六次。参加者一般都是比较引人注目的文学新人，每次 30—40 人，时间约为一个月。他们与编辑人员共同生活在一起，进行自己的创作，并互相讨论带去的作品。到目前为止，已经有八百多人次参加过这样的活动。在去年于烟台举办的"笔会"中，年龄最小的参加者为刘霞（苗族），仅有 19 岁，她是贵州大学中文系学生。绝大多数参加者都在二十几岁（此处略译具体人名——译者）。他们在"笔会"期间所写的作品大都已登载于《民族文学》。据说，今年的"笔会"将在内蒙古召开，40 名青年作家已被确定为参加者（此处略译具体人名——译者）。

各民族作家

据 1985 年统计，中国作家协会所属会员共 2525 人。其中，少数民族会员为 226 人，占百分之九强。按民族族别来看，最多的是蒙古族，共 37 人；其次为朝鲜族，共 35 人；维吾尔族占 20 人左右；藏族 13—14 人；壮族与哈萨克族各占 10 人左右；然后依次是白族、瑶族、侗族、彝族。如果将各地方分会中的会员加在一起，中国少数民族作家总数已近 3000 人。

有关少数民族文学的组织机构，除中国作家协会民族文学委员会及民族文学工作处之外，还于去年 12 月成立了民间团体——中国少数民族作家学会。这个学会以促进少数民族作家间的交流，发展社会主义少数民族文学为宗旨。赛福鼎·艾则孜、沈从文为名誉会长，玛拉沁夫为会长，金哲、周民震、扎拉嘎胡等 16 人为副会长，白崇人为秘书长。

少数民族文学刊物除了《民族文学》之外，还有《民族文学研究》（中国社会科学院少数民族文学研究所）、《金达莱》（民族出版社）等全国性的杂志。另有各省、各地区主办的少数民族文艺刊物八十多种，其中近百分之五十是用少数民族文字出版发行的。

《中国新文学大系·少数民族文学集》（玛拉沁夫主编）已于 1985 年 4 月问世。它从 1976 年到 1982 年发表的少数民族文学作品中精选了 48 篇短篇小说、5 部中篇小说、20 篇散文、60 首诗，使人们能较系统地了解粉碎"四人帮"后中国少数民族文学的发展概貌（下略藏族文学部分，见另译文——译注）。

结 束 语

在我们与中国少数民族作家和研究家交谈，以及阅读他们的作品、文章时，常常遇到这样的情况，他们都再三谈到苏联吉尔吉斯作家艾托玛托夫和哥伦比亚作家马尔格斯、吉尔赫斯、巴尔哥斯·略萨、霍塞·德诺松等的创作情况。艾赫玛托夫的作品大多已译成汉文，甚至可以说在中国少数民族作家中形成了一股艾赫玛托夫热。这种在汉文学中罕见的对艾赫玛托夫和拉丁美洲文学的关心，反映了中国少数民族文学的种种问题。

首先是语言问题。艾赫玛托夫 1928 年出生于苏联吉尔吉斯共和国塔拉斯盆地。他能用吉尔吉斯文和俄文进行创作，有的作品是用吉尔吉斯文写成之后再翻译成俄文的。艾赫玛托夫通过用俄文创作或将吉尔吉斯文写成的作品翻译成俄文的努力，使自己超越出某一民族共和国而成了全苏性的作家。这对新疆的柯尔克孜、维吾尔、哈萨克，或蒙古、朝鲜等民族用本民族语文进行创作的作家来说是富有启发的，也是极具魅力的。对用汉语文进行创作的作家来说，也有可能促使他去尝试用本民族语文进行创作。不过，期望中国少数民族作家用两种语文进行创作并不现实，因具备这种条件的人还为数太少。

艾赫玛托夫在《一日长于百年》这部作品的前言中说："像传说的文学作品那样，我将传说和神话等当作祖先的遗产，当作遗留给我们的先辈的经验利用于这部作品之中。进而，我还引用自己创作实践中的最初的幻想性主题于其中。然而，这些都不是我的最终目的，它们不过是一种思考方法而已，不过是一种认识与解释现实的手段而已。"（饭仓照平译）正如这段话中所表现的那样，艾赫玛托夫的文学特点引起了中国少数民族文学工作者的注意。这种特点在中国一般被称为"民族特色与时代精神的结合"。在多民族的中国，少数民族文学要在中国文学中占有独特的地位就必须突出民族特色、民族意识、民族精神。作家们又往往被视为民族的代

民族文学新声

表、民族文化的代表。可是，如果为追求所谓的民族特点而陶醉于民族传统、神话传说、故事歌谣中，就会落后于时代。因此，他们必须从 20 世纪八十年代的社会条件及其立场、观点来看待历史和现实。这就是时代精神。不过，"时代精神"是一个含意相当模糊的概念，常被一些人用来作狭义性解释，并据此创作出一些缺乏民族历史经验，一味追寻现实的功利性作品。尽管有人将"时代精神"改称为"时代感""历史趋势""时代特点""时代脉搏"等，但其意义仍是含混不清的。为什么要对少数民族文学强调连汉族作家都闻所未闻的"时代精神"呢？说实话，在我看来，没有一个作家是没有时代精神的。站在一个外国读者的立场上说，我更期望产生与本民族历史、命运紧密相关，具有浓厚民族特色并反映民族现实生活的作品。既反映民族生活、深深扎根于民族文化土壤之中，又能超越自己民族的文学作品才是不朽的。越是民族的就越具有普遍意义。在中国文坛与汉文学并驾齐驱的不正是这样的作品吗？从这个意义上说，我们对描写北疆狩猎部落猎手生活的乌热尔图，采用拉美魔幻现实主义手法、捕捉复杂的西藏生活的扎西达娃，探讨西北地区回族生活历史的张承志，致力于描写湘西土家族农民生活的孙健忠等作家予以极大的关注，期待着他们创作出更多更好的作品。

《民族文学》1988 年第 6 期

寻解龙母传说之谜

君岛久子

　　我伫立着，思绪潮涌。我脚下的这块土地就是云南大理白族聚居的地方。大理坝子铺展于飘渺宁静的洱海四周，丰姿绰约。点苍山被轻纱似的白云缠绕着，静静地耸立在坝子西面，屏风一般。唐代建筑崇圣寺三塔偎依着这道屏风。从这里眺望，洱海像明镜般横列于前：左边是绿树掩映下白墙青瓦的白族村庄绿桃村。村里有座供奉女性本主的庙宇。传说，这位女性在处女时吞下一枚溪水漂来的桃子而感生一条黄龙。后来，这条奋斗不止的黄龙成了洱海边一个村子的本主。他的庙仍在洱海西岸。

　　从大理城出发向东约两公里，我们的车子停在一棵被称为风水树的大青树下。在崎岖小路上步行约一公里，我们便来到一座紧靠洱海的古庙。这个庙当地人叫"洱水祠"，又称龙王庙。这就是我欲访的龙神话中的庙宇。参观完这座庙宇，迎着洱海边拂面的凉风，我打开中国地图册。对我现在所站的地方，地图册上这样写道："云南省是我国南部边疆的一个省，西部、南部与东南亚的缅甸、老挝、越南三国接壤。"我又翻到黑龙江省那一页，上写："黑龙江省位于东北边疆，是我国最北面的一个省，北部与苏联交界。"当我继续翻到中国全图时，我确信此刻我是站在中国西南边疆，面前就是洱海。然而，令我大惑不解的是：白族之乡大理距黑龙江省有万里之遥，但为什么两地都拥有相同主题相同情节的龙母传说？

　　流行于黑龙江省的龙传说的大义是：相传古时候，黑龙江并不叫黑龙江。原来这里住着一条凶猛的白龙。后来，一条叫老李的黑龙战胜了他，并住了下来，才改称黑龙江。传说，这条黑龙生于山东省。他刚生下时像一条黑蛇，气得父亲想一刀斩了他，但只砍断了一截尾巴。为此，他被称为秃尾巴李。一气之下，他化作一条黑龙飞腾而去，一直逃到东北。当时，东北正被一条白龙所苦。于是，黑龙决心与白龙决一死战，并取得到当地百姓的支持。村民们为他准备了大量的馒头与石块。战斗开始后，等黑龙露出头来时，人们按照事先约定纷纷投以馒头，而当白龙露出水面时则狠狠地投以石块。经过激烈的反复的搏斗，白龙终于气衰力竭遁逃而去。这样，黑龙（老李）就在这条江住了下来，也就有了黑龙江的名称。据说，老李每年清明都要返回山东老家为他的母亲扫墓。到那时，天上准会降下大雨。老李就这样一直始终为山东人尽心效力。

这个故事以其丰富性、多样性流传各地，而以黑龙江为中心的东北三省（黑龙江省、吉林省、辽宁省）流传最广。当然，山东省各地也有流传。如在山东半岛东端，以文登县为中心，包括东部、中部、西部乃至全省都有广泛的分布。

另外，关于老李出生的情况有以下几种类型的传说：少女在河边洗浴，吃了漂过来的桃子而怀孕；或母亲受龙或雷鸣的感应而怀孕等等。然而，这个故事最吸引我们的地方是黑龙江的传说再清楚不过是从山东传来。

一般来说，要具体地追溯民间传说传播的过程相当困难。像这个故事这样能够获得较为明确解答者相当少见。并且，在这背后所包含的是山东省与东北三省之间连续不断发生的移民史。也就是说，"秃尾巴老李"的故事所叙述的，实际上是以黑龙江省为代表的山东人移民东北的历史。

查《清圣祖实录》所载康熙四十六年北巡沿途所见云："今巡视边外，各处皆见山东人，或行或商或力田，以至数十万之多。"这些来自山东的移民，习惯上称之为"闯关东"，即指山东人进出关东（指山海关以东，东北三省）。一看地图就可明白，山东半岛的最北端与辽东半岛很接近，从烟台或威海到大连不过一百多公里，并且有海岛相衔接，即使小船也容易到达。

那么，这个"秃尾巴老李"的传说是从什么时候开始流传的呢？很清楚，"老李"之名最早记载于清朝吴趼人的笔记小说。它以"秃尾龙"为题，说的是山东胶州的传说。传说，李氏的妻子在溪流中洗濯，接触到游戏在水中的鳅鱼而感孕，但生下的却是条蛇。当蛇孩长大后，恰遇洱海里有一条大蛇。蛇孩的父亲想斩灭它，却不料只砍断了尾巴，令蛇孩腾跃而去变为龙，隐藏在溪谷之中。此后，每当人们祈雨的时候，他总是感应而至。

这样的故事也见于山东省的《文登县志》和袁枚的《子不语》中。有趣的是，后者传说的是因食用酸李子而受孕产龙。像这种"秃尾龙"断尾的主题故事在清代就有文字记载。在宋代的《太平广记》、唐代的《岭表录异》、晋代的《搜神后记》中，以及更早的哀牢夷的"九隆传说"中，也可以追溯到它的踪影。但是，清以前的龙母传说中未曾见过有这种断尾主题，即龙子的异常诞生及与其母亲的关系、回乡为母亲扫墓、祈雨之类。而在清以后的传说中，龙子的诞生、断尾、为母扫墓等开始出现，并流传至今。只是有关黑、白二龙斗争高潮的情节还未见记录。这种二龙斗争型主题，仅在现有的口头传说中流传。对此，我们可以把它看作是这个类型故事在以后的传说中的扩展。并且，它在故事的展开过程中占据着相当重要的位置。对此，我们试作如下解释。

335

秃尾巴老李来到东北与恶龙殊死搏斗，并在山东老乡们的援助下最终战胜恶龙，成为黑龙江的主人。每当人们的船只摆渡过黑龙江的时候，船老大总要问："有山东人吗？"若答"有"的肯定回答，他即立即开船。但我没有想到，这二龙争斗传说在我从龙王庙院子来到浩然亭的废墟前之际，竟发现它早就在那遥远的西南之隅——云南省大理地区广泛流传着。

其传说地之一就是前面已提到过的绿桃村。

据说，古时候有一位姑娘因在河边洗浴时吃了漂来的绿桃而怀孕，以后生下一个男孩。当孩子长大后，恰好洱海里有一条大黑龙暴虐无道，致使洪水泛滥，祸害乡里。这个男孩遂下决心与黑龙搏斗，并也得到村民的援助。人们为他准备了三百个面包子和三百个铁包子，他自己则戴上铜制龙头和龙爪，变成一条小黄龙潜入海中，开始与黑龙激烈搏斗。人们乘着小船前去支援，并按小黄龙所说当黄色水泡泛起黄龙从水中伸出手时就投以面包子，当黑龙从水中探出头时就投以铁包子。这样，二龙经过三天三夜的激烈搏斗，黑龙气力渐渐不支，小黄龙则趁其不备，钻进黑龙肚内一阵乱搅后又从黑龙的眼睛里蹿出来，致使黑龙只好向怒江逃去。不过，小黄龙也无法返回到人间变成人样。为此，人们为他在当地修建了龙王庙，也就是现在的"洱水祠"。另外，绿桃村还建了龙母祠，以祭祀小黄龙之母。另一种说法是：小黄龙每年都要回来，与他的母亲相会于绿桃村。届时，村里一定会下雨，人们可以开始插秧。

这个故事在洱海周围的大理各地家喻户晓，非常有名，但说法上多少有些差异，最显著的两点集中在黄龙的诞生上：有母亲因食桃子和食鱼而怀孕两种说法。不过，对二龙争斗场面的描述，即人们往水中投食物援助致使黄龙胜利的主题在任何一种故事中都是一样的。

我从龙王庙来到浩然亭的废墟前，眼前豁然开阔。远眺洱海，想象着湖上二龙相斗、上下翻腾的情景，回想起这二龙斗争的主题还见载于名为"段赤诚宰蟒"的传说。只是这个故事与小黄龙的传说巧妙地糅合在一起更增加了故事情节的紧凑感，小黄龙经过与黑龙的殊死搏斗取得胜利消除了村民们的灾难，自己却再也无法返回人间。除此之外，更有甚者，传说段赤诚乃是南诏（唐）时同洱海中所出现的大蟒搏斗，并连人带刀投身巨蟒口中，致使人龙俱亡的悲剧性英雄。从而，段赤诚也就成为这座龙王庙的主人公而受到后世人们的祭祀、崇敬。

这座风格古朴的建筑上悬挂着书写有"洱水祠"的匾额。它又名"龙王庙"。洱水神，也就是祭洱海的水神。这也许是人们将各种各样的传说糅合在一起代代相传而来！这二龙的斗争导致了黑龙的死亡，所以这块土地从此也就再没有洪水肆虐。据说，有一年大旱，人们乞灵于这座龙王庙。结果，神灵显圣，甘霖透降，人们便立碑纪念。碑上的文字现已消失，只有此碑仍供于庙内，被称为"雨洗碑"。

我试探着询问与我同行的李一夫先生，以寻求这连连不断的疑问之答案。李先生是当地的著名白族学者，又是传统文化的代表性人物，因而受到人们的尊重，故与我一起探访龙王庙遗迹。他的家就在离此龙凤村不远处的下鸡邑村。这里，麦子与绿豆的葱翠，仿佛织就了一块飞来的绿绒毯。顺着纵横的田埂小道，乘着拂面而来的快活春风（尽管时值深冬），我们来到这个村子。哦，它是那么富饶美丽！

在富集白族独特精湛雕刻艺术品的李先生家的客厅里，在欣赏了墙上装饰着的优美书画后，我迫不及待地提出问题，希望得到他哪怕是一丁点儿的线索。李先生的回答意外地对我提供了启发。这就是，连接云南白族与山东省、黑龙江省之间点与线的就是部分白族移民。

原来，在唐代，这里就已出现独立王国南诏，其后的大理国为元所灭。继元取得天下的明朝强行推行改土归流政策，但民族意识强烈的白族成为推进这一政策的障碍。为此，明朝统治者将当地势力强大的大户（豪族），强行迁往山东等地。继而，明代移居山东省的白族不断又向东北（黑龙江、吉林、辽宁）等地移居。

现今居住于东北的白族已被称为来自大理的汉族。不过，人们如要于其中逐一寻找白族血脉，则可以看其脚趾特征（李先生边说边脱下鞋袜让我看）。对这一说法，同行的李缵绪先生及我的当地陪同、大理州文联秘书长施立卓先生都表示同意，认为在东北寻找白族的识别方法就是看其脚趾特征。

那么，另一部分东北白族是什么时候移居去的呢？李先生说，大理有一位先生（白族）曾作为国民党60军的军官去到东北，抗日战争胜利后就留在那里。后来，他参加解放军，并作为西南军区后勤部主任来到成都，曾回到大理与李一夫等相见。那已是两三年前的事了。据他说，60军的一部分参加解放军后留在了东北。后来，东北人来大理找白族亲戚的人很多。这也说明东北的白族是从云南经山东省移居过去的。云南大理白族的这段移民史深深地触动了我。对我来说，不论它是否牵涉到某一传说的传播，其事实本身已给了某种启示。

从李先生家告辞出来，我一边远望着苍山之顶的望夫云，一边怀想着我明天就要开始的旅行：从大理再向西到连接缅甸的瑞丽。其间，我将越过澜沧江、夜泊古永昌（保山）。永昌是古时的哀牢国、龙母传说出典

民族文学新声

"九隆神话"的发生地。再向西渡过怒江，我就要进入边境地区德宏。那里居住着傣、景颇、德昂、阿昌等民族。

在那里，我又会发现什么样的民间故事呢？

1990 年 2 月

长篇叙事诗《阿诗玛》的形成

君岛久子

曾几何时，人们称中国文学史上并无长篇叙事诗，仅有的汉乐府《孔雀东南飞》《木兰辞》虽然内容佳美，却失之篇幅过短。

解放以后，随着对少数民族口头文学的大规模收集发掘，人们才惊异地发现：在中国大地上蕴藏着丰富的叙事长诗！除了像纳西族的《人类迁徙记》、苗族的《古歌》、彝族的《梅葛》《阿细的先基》那样被称为史诗的作品之外，藏族的《格萨尔》、蒙古族的《江格尔》、新疆柯尔克孜族的《玛纳斯》、傣族的《召树屯》、撒尼人的《阿诗玛》等作品也为人们所熟知、喜爱。其中，《阿诗玛》这部作品收集最早、也最脍炙人口。

一、《阿诗玛》的故乡

《阿诗玛》为彝族[①]支系撒尼人的民间叙事诗，流传于云南省路南彝族自治县的圭山地区。早在 1953 年，云南省文工团便组织了圭山工作组，

---

① 彝族人口约 525 万（据 1982 年调查），分布于四川、云南、贵州、广西四省。云南的彝族人口为 335 万许。彝族支系繁多，有 73 个以上不同的称呼，其中他称 41 种，自称 32 种。本文中的 "撒尼" "阿细" 为自称，指路南、双柏、弥勒、易门一带的彝族。

深入撒尼人村寨，开始收集《阿诗玛》①。经三个月的调查，他们共收集到《阿诗玛》资料 20 种。其后，他们以这些资料为基础，整理出版了汉译本《阿诗玛》。于是，这部优美的作品一举成为中国叙事诗的代表性作品名扬海外。当时，中国正处于百花齐放的时代，大量的出版物源源不断地被介绍到日本，这部优美的诗体《阿诗玛》也是其中之一。因被这部作品所吸引，我正是在那时一边想象着陌生的云南风光，一边开始了对它的翻译的。

不久，中国大地为"文化大革命"的风暴所席卷。在结束了十年动乱之后的 1979 年秋天，我终于获得了访问向往已久的阿诗玛的故乡的机会。我游览了石林名胜，聆听了撒尼少女吟咏的《阿诗玛》，还拜会了作为《阿诗玛》这个作品的收集者之一的杨智勇教授。

名胜石林是阿诗玛的故乡，奇岩怪石，耸天危立。其中最为醒目的一块，仿佛是在撒尼姑娘的发型上盖着头布的阿诗玛剪影。只要相对呼喊"阿——诗——玛——"，它就会漾起"阿——诗——玛"的回声。据说，这是因为当初阿诗玛被岩神镇于此地，化成了若呼即答的回声之故。这里，且让我先引述一下汉译《阿诗玛》的梗概：

> 在阿着底的上方，居住着格路日明夫妇。他们生下的男孩如青松，取名叫阿黑，他们生下的女孩如鲜花，名字就叫阿诗玛。阿黑英勇无比，阿诗玛姣美如玉。她心灵手巧、歌喉婉转、美名传遍了四方。在阿着底的下方，住着财主热布巴拉，他有一个儿子叫阿支。阿支日思夜梦要娶阿诗玛。热布巴拉父子依仗权势，派媒人说亲，但被阿诗玛的父母所回绝。于是，热布巴拉父子派

---

① 《阿诗玛》版本：

（1953 年《西南文艺》版本，但原资料不明）。

1954 年 7 月，云南人民出版社版本。

1954 年 12 月，中国青年出版社版本。

1955 年 3 月，人民文学出版社版本。

1956 年 10 月，中国少年儿童出版社版本。

1960 年 4 月，云南人民出版社版本。

人抢走了阿诗玛。

当长期在外放牧的阿黑归来，得知妹妹被抢走的消息后，立即前去追赶，阿诗玛已被囚在热布巴拉家的牢房中。阿黑唤妹妹，妹妹无回声。只见热布巴拉家的大门紧闭。阿支闻声出来出难题，说不解开难题决不打开大门。这些难题分别是什么是春、夏、秋、冬的季鸟。阿黑巧妙回答，阿支只好打开大门。接着，阿支又让阿黑一天砍光一座山的树，一天耕完山上的地，一天在这块地上撒完种，一天将所有撒下的种子全捡起。阿黑又一一解决了这些难题。最后，阿支让阿黑打老虎。阿黑机智勇敢，打死三只虎，彻底降伏了热布巴拉父子。

阿黑要带着妹妹回家去，但备马出大门，回头却看不见阿诗玛，却原来，热布巴拉又变卦，紧紧关闭了囚牢的门。阿黑拔箭射牢门，热布巴拉全家都拔不动牢门上的箭镞。热布巴拉告诉阿诗玛，只要拔下镞，就放她回家去。阿诗玛拔下箭镞，但热布巴拉反悔变卦。阿黑又连连射柱子和供桌，使得热布巴拉着了慌。

卑劣的热布巴拉父子仍不甘心失败，他们向阿黑兄妹必经的十二崖的崖神作祈祷：决不要让阿诗玛回家去。正当阿诗玛兄妹通过十二崖前小河时，崖神突然发洪水。洪水汇成狂怒的波澜，阿诗玛最终被冲走。阿黑焦急地呼喊"阿诗玛、阿诗玛"，传来的只是一阵阵回声。不久，阿诗玛出现在一座石岩上，她说她已变回声，不能与阿黑回家去。阿诗玛死后，只要父母、兄弟、朋友对着这座石岩呼唤阿诗玛，这座石岩就会传来"阿诗玛——""阿诗玛——"的回声[①]。

当我面对着石林的"阿诗玛"岩之际，些许疑问油然而生，宛如笼罩着岩石的片云。长诗开头所描写的阿着底是阿诗玛生长并度过了起伏不平的一生的地方，即阿着底为《阿诗玛》的舞台。但奇怪的是，撒尼人把阿

---

① 梗概参照 1960 年版《阿诗玛》。

着底说成是大理县。阿诗玛化身为岩及回声的石林位于云南省东南部，而大理却在遥远的千里之外——云南省西北部。这种现象该作怎样的解释？

据传，撒尼人的原居住地区为大理，他们先是迁徙到昆明的碧鸡关，后因反抗当地统治者的残酷剥削压迫来到了路南圭山地区①。当我寄宿石林之夜，撒尼人又告诉我，他们最早是从大理移居此地的（其后，1981年重访圭山地区时，撒尼人又告诉我同样的话）。

那么，《阿诗玛》到底是撒尼人从大理带入圭山地区并将阿诗玛的灵魂与石林融铸在一起的作品，还是从大理带来的与圭山地区早已存在的女性化回声故事融合在一起的作品？

后经阅读公开发表的有关资料，当时的疑窦方烟消云散。下边，我将对此作一介绍，并对这部作品的有关内容作一探讨。

二、兄妹乎　情人乎

在初读这部叙事长诗后的第一个疑问就是主人公阿诗玛与阿黑是否果真为兄妹？（在这个作品中还存在其他问题，这里先谈这两个人物的关系）可以说，这是每一个民间文学爱好者都会抱有的问题。因为仅就故事结构而言，在中国有关解决一系列难题后娶到女子的民间故事中，男主人公一般都是女子的丈夫或情人。就目前收集到的56个民族的资料而言，像《阿诗玛》这样以男主人公为兄长的例子绝无仅有。这里，我们只举与撒尼人同属藏缅语族的纳西族的《人类迁徙记》为例：从洪水中脱险的男子，在与变成白鹤的天女结婚之前，曾受到天父的难题考验。这些难题除砍树、焚树、播种等反映烧荒耕作的内容之外，还有打虎、打岩羊等有关狩猎、畜牧的内容。这些都与《阿诗玛》的难题相同，但男主人公并非天女的兄弟，而是丈夫。同样的故事，还见于同属藏缅语族的羌族中。另外，在男主人公不在时出现对抗者，并向女子求婚，或抢夺女子，当男主人公归来后追赶对抗者并与之决战，将女子夺回为基本内容的故事中，

———————

① 据1960年版《阿诗玛》之注。

这一对男女往往都是情人或夫妇关系。就同系统的民族而言，四川藏族的《竹娘》故事便是其例。这个故事与日本的《竹取物语》非常相似。养竹少年与竹中诞生的少女为互相爱慕的情人。少年曾外出三年，在此期间少女被五个贵族子弟所求婚。少女给这五个人出了一些无法解决的难题以示回绝，使他们以失败而告终。不久，少女即与从远方归来的少年结婚。另外，东乡族的《米拉朵黑》中的米拉朵黑曾立誓与玛芝路姑娘成婚，但因战事乍起只好应征作战。在此期间，领主的儿子设计夺走了玛芝路姑娘。战后归来的米拉朵黑得知这一消息后前去追赶，并打败了领主的儿子，夺回了心爱的姑娘。在以上两个故事中，男女主人公也都是情人。

贵族夺妻故事多不胜举。无论是《画妻》还是《龙女故事》，男主人公都以智慧和巧计夺回了妻子。其男女主人公间的关系都是夫妻或情人，而绝不是兄妹。因此，阿诗玛与阿黑是否为兄妹也就一直萦绕在笔者的脑海之中。

现在，我才知道中国也有过有关阿诗玛与阿黑关系问题的讨论。李瓒绪编的《阿诗玛原始资料集》一书已于最近出版，其中所收的作品均是原始资料，有很高的价值。我正是通过这些资料了解到这一情况的。

这本资料集分三个部分，共 41 篇。第一部分收有云南省文工团圭山工作组于 1953 年收集到的资料 20 篇；第二部分收有云南省民族民间文学红河调查队、云南大学中文系、云南省民族文学研究所与中央民族学院李德君于 1958 年到 1980 年间收集的资料九篇；第三部分为有关《阿诗玛》的资料，如《阿诗玛》民谣、诗歌《诗卡都勒玛》等 12 篇。其中，第一、第二部分为真正的原始资料。据李瓒绪的序文称，自《阿诗玛》汉译整理本问世以来，为了推进对这个作品的研究，学界一直期待着公开有关原始资料，但现在才集齐这 41 篇资料并加以出版。这些资料是 30 年来各方面苦心收集的成果，也是眼下最为完备的《阿诗玛》研究资料本。

翻开第一部分的 20 篇资料，以大理为故乡的阿诗玛为何化身成了石林回声这一问题也就得到了解决。在 20 篇资料中，除一篇彝文原诗译本之外，都没有阿诗玛化身回声的内容。那么，整理本中为何有此情节呢？

据说，这是因为整理者借用《诗卡都勒玛》①传说，对原故事作大胆的改造，形成了救阿诗玛及变回声的结尾②。《诗卡都勒玛》是流传于路南县圭山地区的一个故事。诗卡都勒玛是一个少妇，当她出嫁后因不合公婆意而受虐待。她伤心至极，投水、悬梁均没有死成，后来才跳石洞而死（后成了神）。当婆婆找到她死去的石洞，一喊她的名字，就听到了她的回声。在另一篇《诗卡都勒玛》中，诗卡都勒玛是从悬崖上跳下自尽的。

正如预想的那样，原来《阿诗玛》是与当地所流传的其他叙事诗相结合才有了变回声情节的。

下边，我们再看看阿诗玛与阿黑的关系。据李瓒绪氏称，自从阿诗玛被汉译以来，就一直存在有关这个问题的争论。当初的两个《阿诗玛》整理本都持兄妹说，但1954年曾提出过阿黑与阿诗玛为情人的意见。1955年，又有人提出，根据对圭山地区三个村落的调查表明，那里的撒尼人也把他们视为情人。此后拍摄的电影《阿诗玛》也取了情人说。

李氏的介绍是饶有兴味的。不过，笔者想进一步深究的是：如果这些意见是由直接参与收集调查的人提出的话，他们是根据什么提出情人说的？遗憾的是李氏并没有涉及这方面的问题。

这些情人说在后来的命运又到底怎样？因为1987年再版的《阿诗玛》保持了1960年版的原貌，曾在五十年代一举成名的汉译整理本几乎没有作任何修改。

1955年提出的情人说也收于这本资料集的第三部分，下边，我想对此作一介绍。《阿诗玛》收集整理者之一的公刘曾在圭山地区与撒尼人接触过一段时间。据他称，在整理过程中，他一直认为阿诗玛与阿黑并非兄妹关系。那么，这是否意味着撒尼人对此有不同的看法？通过这次访问，我终于肯定了这种猜测。现将有关异传简述于下：

异传之一：故事中的主要人物阿诗玛与阿黑并非同一家族，而是出自完全不同的家族。

阿诗玛的父亲名叫"格路日明"，母亲叫"洛娜"。阿黑的父亲叫"斯

---

① 李瓒绪（1986年），第三部分有《诗卡都勒玛》《抽牌神的故事》。

② 李瓒绪（1986年），《阿诗玛原始资料前言》，后边的李氏观点均引自此前言。

佐哈本"，母亲叫"若妮"。格路日明家住在都鲁木山（大理点苍山）北坡，斯佐哈本家住在都鲁木山的西坡。这一带均属阿着底，归酋长热布巴拉管辖。

阿黑 12 岁时，阿着底遇大旱，父母相继死去，他成了孤儿，被热布巴拉家拉去当苦差。有一天，他去山里摘野果，不幸迷路。在密林中转了一夜也找不到回去的路。正当危难之际，被一牧羊少女所发现，并给予了帮助。这个少女就是阿诗玛。阿诗玛心地善良，收容了阿黑，并待如亲兄长。于是，阿黑与阿诗玛以兄妹相称。

阿黑与阿诗玛从小相亲相爱，到了 18 岁上，阿黑向阿诗玛倾吐衷情，求她为终生伴侣。同时，阿诗玛的父亲也想把自己的神箭传授给阿黑……（以下与一般故事无异）。

这个异传流传于当甸一带。

异传之二：阿黑与阿诗玛并非真正的兄妹，而是结为义兄妹的伙伴。

阿诗玛有一个真正的哥哥叫阿沙，在他们兄妹参加节日活动时遇热布巴拉的儿子阿支。阿支看到美丽的阿诗玛后，立即求父亲派人说亲，但阿诗玛早已爱上了阿黑，发誓与他共度一生。当外出放羊的阿黑归来时，阿诗玛已被热布巴拉家带走……（以下与一般故事大体相同）。最后，阿黑救出阿诗玛，从阿着底逃到圭山安家。他们的子孙兴旺，圭山地区的撒尼人由是不断增多。

这个异传流传在耀宝山一带。

异传之三：阿诗玛与阿黑生前不是夫妇，死后才一同升天，成了仙人。他们死于一场山洪。

这个异传流传在额勺一带。

五十年代提出的情人说也采用于电影《阿诗玛》之中，但在此之后，此说已杳无声息。

对这些意见作出回答的就是这本《阿诗玛原始资料集》。编者李瓒绪明确指出，第一部分的 20 篇原始资料收集于圭山地区的小团田、额衣勺、糯黑乡、哑山、海邑、小板团等撒尼村落。它们都将阿黑与阿诗玛表现为兄妹，没有一篇说他们是情人。笔者也就这 20 篇作了认真的探讨，得到了与李氏相同的结论，但并非没有一些异议。譬如说，资料六中有"黄金十五两，郎来赎妹身"之句。从彝族的婚俗看，男子带黄金十五两娶妻并没有什么不自然。这里，将阿黑表现为"郎"，正好可以将阿黑解释为阿诗玛的丈夫。当然，正如李瓒绪所指出的那样，这个"郎"字也可能是"兄"字之误。李氏还强调说，除此之外，阿诗玛有两个兄长，阿黑为其中之一。在有的异传中，还称阿黑为阿诗玛的弟弟。总之，都肯定了阿黑与阿诗玛的兄妹关系。在 1958 年以后搜集的九种资料中，无论是古彝文本，还是口头流传本，也都称阿诗玛与阿黑为兄妹。他还说，虽不能说已搜尽了所有《阿诗玛》原始资料，但这本书所收集的 41 篇，无疑是目前最完备的材料。公刘提出的情人说虽然也是研究上的参考资料，但毕竟不是《阿诗玛》作品本身，不能作为整理与研究的依据。笔者也只能暂且接受兄妹说。这样一来，问题就算得到解决吗？……

三、用彝文记录之前

从严格意义上讲，《阿诗玛原始资料集》第一、二部分的 29 篇为原始资料，其中有 8 篇为彝文手写本以及彝文译本，其余均为口头流传本。比较这两者，可知彝文写本在作品内容、结构方面都丰富完整。这一点，笔者与李瓒绪的看法完全一致。另外，正如李氏所指出的那样，彝文本的篇幅也较长，大都超过 1000 行。而口头流传本则最短为数十行，最多不过五百行。

由此看来，现行的《阿诗玛》整理本是以彝文本为基础而形成的。那么，在写成彝文之前，《阿诗玛》之原貌究竟怎样呢？是否就是人们口传的作品？李氏对此作了如下分析：现存的彝文古本是在《阿诗玛》盛传于民间的时代，由毕摩①将它记录而成的。在记录之际，基于自己的理解，毕摩对口传作品的语言、内容均作了润色、剪裁，甚至加进了一些自己的

---

① 关于彝族毕摩：彝语属藏缅语族，分 6 个方言区，差别较大。但存在有超方言的古彝文，及用它写成的众多彝文经典。彝文为称为毕摩的巫师所使用。他们拥有许多专司祭祀的彝文经典。

《阿诗玛》原始资料中用彝文写成者均为毕摩所记录、收藏。

创作，完成了这个作品，并使其定型化。他说，这是在收集民间文学作品时必须留意的。

如果说《阿诗玛》正是这样通过毕摩之手用彝文记载下来，阿黑与阿诗玛也被表现为"兄""妹"关系的作品的话，我们就有必要探讨彝文本形成前的口头传承中的"兄""妹"的表现形式。

正当我苦于寻找彝文叙事长诗之际，发现了一部不以毕摩彝文为媒介的长诗——这就是流传于云南省楚雄一带彝族中的《梅葛》。这部叙事长诗并没有用彝文加以记载，而是作为口碑流传于彝族之中。

这部长诗的第一部分为创世；第二部分为造物；第三部分为婚事与恋歌；第四部分为丧葬。其中，第三部分最长，下分七个小部分，有寻求恋人、倾诉恋情、盘田地、建立家庭等内容。尤其以倾诉恋情、寻求恋人部分最长，且最充实。这部分取男女互相问答的形式，男子称女子为"妹"，女子称男子为"哥哥"。如：

男：妹哟，如果你愿意，　　　　女：哥哥有真心，
　　我去捕麂子，　　　　　　　　　如果来娶妹，
　　我去捕狐狸。　　　　　　　　　哥哥有金银，
　　把这些兽肉送给你父母亲吧！　　如果来娶妹，
　　哥哥有真心，　　　　　　　　　母亲会同意，
　　哥哥有金银，　　　　　　　　　父亲会同意。
　　一定去娶你。
男：妹哟！
　　哥哥娶妹妹，
　　妹妹嫁哥哥，
　　我们成一家。

流传在彝族阿细人中的长篇叙事诗《阿细的先基》也没有毕摩的介入，由记忆超群的歌手背诵。据说，有一位盲歌手潘正兴能够一口气唱诵一千多行长诗。他所讲唱的《阿细的先基》自始至终取男女问答的形

式。这首诗是从引子部分男子称女子为"爱唱歌的姑娘"、女子称男子为"会唱歌的哥哥"开始的。在讲述洪古时代时，女子改称男子为"聪明的哥"，男子改称女子为"聪明的小姑娘"；在讲述男女互相爱恋到成为一家的部分中，均互称对方为"亲爱的哥哥""亲爱的姑娘"。在成为夫妻之后，他们又互相改称对方为"亲爱的丈夫""亲爱的妻子"。特举洪古部分如下：

聪明的哥哥呃！	聪明的妹妹呃！
……	……
我听人说，	云彩有两层，
最古的时候，	云彩有两张，
没有天和地。	轻云飞上去
那个时候啊！	就变成了天。
可有生天的，	……
可有生地的？	重云落下来，
	就变成了地。

这令人想起《楚辞》中的《天问》，它也被说成是南方非汉民族的诗歌。可以想象，这种讲唱形式是多么的古老。

另外，彝族在过节时还对唱山歌。其形式类似于日本的歌垣。即青年男女汇集在一起，互相对歌。如阴历二月九日的"开花节"、五月端午的"赶花节"、六月二十四日的"火把节"、九月的"重阳节"、十月的"小阳春"等。特别是在端午的"赶花节"上，参加者多则数万人，至少也有数千人，历时三四天到七天，有些歌手连续几天几夜吟唱不止。

在这种场合唱的山歌分"相合""叙情""辞行"三类。无论是哪一类，男女均互称对方为"妹妹""哥哥"。如：

《相会歌》　　　　　　　　女：我的哥哥，

　男：我的妹妹哟，　　　　　　你家住北山，

你家在南山，　　　　　　我家住南山，

我家在北山，　　　　　　两山相并立，

两山难相碰。　　　　　　我们用歌声来搭座桥。

南山流来一股泉水，　　　哥哥的歌声做桥梁，

北山流来一股泉水，　　　妹妹的歌声做桥板，

两股泉水相遇在一起。　　哥哥哟，桥已搭好了，

　　　　　　　　　　　　啊，让我们相逢在一起。

《叙事》也用了同样的方式：

女：我的哥哥，　　　　　男：我的妹妹哟，

　　你知道么，　　　　　　　哥哥知道它……

　　太阳为何不下落……

　　《辞行》中也同样把女子称为"我的妹妹"，把男子称为"我的哥哥"。

　　可见，在没有被毕摩文字化的口头传承中，大多将情人互称为"兄""妹"。这种情况远不止于彝族。在同属藏缅语族的纳西族的叙事长诗《相会调》中，男女情人也互称"可爱的哥哥""可爱的妹妹"。白族的《串枝连》也使用了"亲爱的妹妹""可爱的哥哥"之称呼。

　　上述例子均互称对方为"兄""妹"，而他们之间的实际关系却是情人或夫妇。《阿诗玛》在口头流传过程中会是例外吗？我想它也肯定把阿黑称为了"哥哥"，而把阿诗玛称为了"妹妹"。可以说他们两个人的关系以情人最为自然。因为我们几乎还没有听到过真正的兄妹进行对唱，并以两者之关系结构长篇叙事诗的例子。这种男女对唱的形式并不只是相闻歌，更多的场合以男女对答的形式进行。

　　将情人关系用"兄妹"形式加以表现的例子在日本古代也数不胜数。这里，且引《万叶集》中的两三个例子加以说明。《万叶集》卷12称"妹"之例如下：

各寺师，
人死为良思，
妹尔恋，
日异赢沼，
人丹不所知。
（3928）
人言，
繁迹妹
不相，
情里，
恋比日。（2944）

情庭，
燎而念抒，
虚蝉之，
人目乎繁，
妹尔不相鸭。
（2932）

下面再举称"兄"的例子：

今者吾者，
指南与我兄
恋为者，
一夜一日毛，
安毛无。
（2936）

人言乎，
繁三毛人发三，
我兄子平，
目者虽见，
相因毛无。
（2938）

这里的"兄""妹"也是互相恋爱着的情人。有人认为，这些相闻歌
起源于青年男女在歌垣上的对唱（土桥宽，1968年）。正如土桥宽也说过
的那样，日本的歌垣在《风土记》中也有记载：

摄津国风土记曰：雄津之群，波比具利冈，比冈之西有歌
垣。昔者，男女登集此山，常为歌垣，因为名。

（风土记、逸文、摄津国）

在关东地区，《常陆国风土记》也记载了筑波山上的歌垣情况。另外，《风土记、逸文、肥前国》中还记载有歌垣垣上唱的歌其中也称女子为"妹"。

可见，"兄""妹"除了情人之外，还表现为"妹背、妹兄"。"妹背"指夫妇或夫妇的伙伴，也指互相缔结婚约的男女……"兄妹"有兄妹之意（《日本国语大辞典》，1972年）。

彝族撒尼语[1]是否同日本古代一样在"兄妹"中赋予了情人或夫妇的意思呢？另外，对歌时互称的"兄""妹"，是否在记录成彝文之际被毕摩直接写成了兄妹，只将真正的兄妹之意遗留于后世？

我认为，阿诗玛与阿黑的关系可作如下三种考虑：一、兄妹；二、情人；三、义兄妹，即既是情人、又是兄妹。就三而言，原始资料详细讲述了阿诗玛的出生情况、成长过程。奇怪的是对阿黑的出生情况都只字不提。在原始资料中，没有一篇从一开始就说阿诗玛与阿黑是兄妹关系，阿黑都是在半途或是阿诗玛被拐走之后才突然登场的。从这一点上，公刘提出的义兄妹说似乎更合乎情理。基于这种关系，笔者想进一步对《阿诗玛》这部作品的形成提出自己的一些看法。

正如上边所见的那样，之所以就阿诗玛与阿黑的关系存在若干不同的看法，或许是因《阿诗玛》本身由若干因素复合形成而引起的。在所有的原始资料中，没有一篇讲述阿黑的出生情况，并且阿黑都从中途半道登场说明了这一点。在这些资料中，作品的前半部分都侧重于描写阿诗玛的出生及成长过程，后半部分则出现了有智有勇的阿黑，并侧重于描写他的活动情况。这使我们敢于作出以上的推测。

撒尼人把阿黑视为男子的楷模，而把阿诗玛看作女性的典范。这一点，可以从这部作品被朗诵于结婚仪式[2]中加以肯定（由此可见，《阿诗玛》并非悲剧）。英雄阿黑还在"博巴密色"等礼仪上当作神加以祭祀，俨然如汉族的关公（公刘，1955年）。

---

[1] 马学良著有大作：《撒尼语文研究》，但对此没有论述，因此，正在向马先生打听中。

[2] 栗原悟（现为相模女子大学讲师）所言。她曾于1985年至1987年3月在云南民族学院任教，后从事彝族文化调查研究。

阿黑还作为射箭英雄存活于礼仪之中。在一个叫"恩杜密色达"的妊娠妇女之夫祈求妻子平安生产的仪式上，人们将栋树枝和杨树枝插入土中（象征热布巴拉家的大门、柱子、神牌位），其前供以酒饭。当毕摩读完经书之后，丈夫要弯弓射箭三次。第一箭射"大门"，第二箭射"柱子"，第三箭射"神牌位"，以镇邪气，确保生产时安然无恙。射箭者被视为阿黑，孕妇则被当作阿诗玛（公刘，1955 年）。

将原始资料与撒尼人习俗中的阿黑综合起来，便塑造出了一个文化英雄的形象。

流传于中国北方的《格萨尔》①及《玛纳斯》《江格尔》都歌颂一位伟大的英雄，而南方的英雄叙事诗却少得可怜。在阿黑的身上，难道不是还残留着这些为数不多的英雄的痕迹吗？或许，阿黑是撒尼人某个集团所传承的英雄。在民族迁徙的过程中，这个集团与传承有《阿诗玛》的集团相汇合，将两个故事融合成了一体，然后才被喜欢歌舞的撒尼青年唱诵于歌垣、公房、结婚仪式等场合，最终形成了现今所见的情节。接着，毕摩们用彝文对它进行记录、整理，并将记录结果再次返回民间进行传承。经过若干次这样的循环往复，到 1953 年开始被汉族文艺工作者所收集。他们参考撒尼人的习俗，将它整理成了阿诗玛化身为石林回声的作品，使之获得了永久的生命。自此，《阿诗玛》因其精巧的结构与流利的汉语译文成为一部饮誉四海的优秀叙事长诗。

参考文献：

1. 云南省民间文学红河调查队（1959 年）（1978 年）《阿细的先基》，云南人民出版社。

2. 云南省民间文学楚雄调查队（1959 年）（1978 年）《梅葛》，云南人民出版社。

3. 王寿春整理（1979 年）《串枝连》，云南人民出版社。

① 关于《格萨尔》有君岛久子翻译的《格萨尔大王的故事》，筑摩书房出版（1987年）；关于《玛纳斯》的一部分由乾寻翻译发表于《丝绸之路月刊》第七卷第一、二号上（1981 年）。

4.①君岛久子（1973年）《金沙江·竹娘故事》载《文学》，东京，岩波书店。

②君岛久子（1984年）《米拉朵黑》，载《咬月狗》，东京，筑摩书房。

③君岛久子（1987年）《天女末裔》，载《民间故事研究——日本与世界》，京都，同朋集出版。

5.公刘（1955年）《有关（阿诗玛）的新材料》，收于李瓒绪编《阿诗玛原始资料集》第三部分。中国民间文艺出版社（初出《民间文学》）。

6.徐嘉瑞、和鸿春整理（1979年）《相会调》，云南人民出版社。

7.土桥宽（1968年）《古代歌谣与礼仪研究》，东京，岩波书店。

8.《日本国语大辞典》（1972年），东京，小学馆。

9.《风土记》（1958年），日本古典文学大系高木市之助、五味智英、大野晋，东京、岩波书店。

10.《万叶集》（1960年），日本古典文学大系，高木市之助、五味智英、大野晋，东京、岩波书店。

11.杨智勇、秦家华、李子贤编（1983年）《云南少数民族婚俗志》、云南民族出版社。

12.和志武整理（1978年）（君岛久子、新岛翠共译）《人类迁徙记》,《中国大陆古文化研究》第八集，中国大陆古文化研究会。

353

《云南社会科学》1990年第2期

民族文学新声

虚幻的夜郎国

君岛久子

一、以竹王神话为中心

　　曾被司马迁在《史记·西南夷列传》中讴歌为"西南夷君长以什数、夜郎最大"之后，盛极一时的夜郎国于 2000 年前突然消失，该国的正确版图及民族情况也不得而知。诞生于竹子的竹王之裔，到底是什么地方的什么民族？对此，中国学术界进行了热烈的讨论。在前文《虚幻的夜郎国——以竹王神话为中心》中，笔者曾对有关讨论作了一些介绍，并论述了自己的看法（君岛久子·1988·1989）。

　　这里，为了讨论之方便，先让我引用司马迁《史记·西南夷列传》中关于夜郎的最古老的记载：

　　　　西南夷君长以什数，夜郎最大；其西，靡莫之属以什数，滇最大；自滇以北君长以什数，邛都最大；此皆魋结耕田，有邑聚。其外西自同师以东，北至楪榆，名为嶲、昆明，皆编发，随畜迁徙，毋常处，毋君长，地方可数千里。自嶲以东北，君长以什数，筰都最大；自筰以东北，君长以什数，冉駹最大。其俗或土著，或移徙，在蜀之西。自冉駹以东北，君长以什数，白马最大，皆氐类也。此邑巴蜀西南外蛮夷也。

这是司马迁于元鼎年（111年）到元封元年（110年）的数个月间通过实地调查而获得的有关西南夷及其周边地区的情报。这简洁的表述表明：当时存在有以夜郎为中心的集团，其西以滇为中心的集团，以及处滇以北之邛都为中心的集团，都"魋结、耕田、有邑聚"。另一方面，嶲、昆明则具有"编发、随畜迁徙"的游牧民族特色，进而筰、月骂、白马等"皆氐类也"，"此皆巴蜀西南外蛮夷也"。尽管司马迁将如此广大的范围就地理特点、民族特点作了极好的记录，但我们仍难以了解到它们的实际位置是否根据实地见闻而确定。故，关于夜郎国的位置及其周边情况、只能作朦胧的把握。

竹王神话的登场是在晋代的（《华阳国志》之中。与仅仅"走马看花"数个月的司马迁不同，该书著者常璩为蜀郡江源县（今重庆）人，其出身地离西南夷最近。因此，我们可以肯定竹王神话是由他最先加以采录的，其意义非同小可。

南中在昔盖夷越之地，滇濮、句町、夜郎、叶榆，桐师，嶲唐侯王国以什数。编发左衽，随畜迁徙、莫能相雄长。

……

有竹王者，兴于遯水。有一女子浣于水滨，有三节大竹流入女子足间，推之不肯去。闻有儿声，取持归破之，得一男儿。长养、有才武、遂雄夷狄。氏以竹为姓。捐所破竹于野成竹林，今竹王祠竹林是也。王与从人尝止大石上，命作羹。从者曰："无水"。王以剑击石，水出，今王水是也，破石存蔫。后渐骄恣。

……

武帝转拜唐蒙为都尉，开牂柯，以重币喻告诸种侯王，侯王服从。因斩竹王，置牂柯郡，以吴霸为太守；及置越嶲、朱提、益州四郡后。夷濮阻城，咸怨诉竹王非血气所生，求立后嗣，今竹王三郎神是也。

除此之外,《后汉书》《水经注》及其他文献中也有类似的记载。

我们可以从这些记载中知道:从竹中诞生的男孩不久"遂雄夷狄";竹王兴于遯水（今贵州西部北盘江一带）；竹王被杀时其所据之地民族为"夷濮"。在《后汉书》与《水经注》中,"夷濮"变成了"夷僚":"夷僚咸以竹王非血气所生"。对此变化暂且不论,关于夜郎国族属问题,我们所获得的唯一线索是夷濮、夷僚为其主要民族集团。

那么,夷濮、夷僚是些什么样的民族? 即夜郎国。竹王神话的主人到底是谁? 以此为分歧点,人们对夜郎国的认识也出现了种种差异。

以贵州省为中心的地域一般被人们视为夜郎国的版图。目前,居住在这里的有苗、侗、布依、仡佬、彝等民族。因此,人们就夜郎国族问题也就议论百出。笔者在前文中介绍过的有苗族说,百越说（尤其是布依说）,百越（壮、布依、仡佬、水、侗）夜郎部族联盟说,仡佬说,彝族说。由于以上诸说都是以古文献中记载的夜郎国资料为基础而提出的。所以,笔者将另辟蹊径,以夜郎国创世神话为依据加以考察。

一个民族集团应该在产生创世神话的背景上有其相应的必然性。在竹王神话中,从竹子中所诞生者后成伟大的帝王,这正是该民族或部族集团的骄傲,从而竹王也就不能不成为信仰的对象。另外,在口头传承领域,一篇神话不大会突然消失无踪,与该神话具有共同因素的类似的作品很可能经过变异而流传于某些地区。

基于以上的观点,笔者在前文中已以竹中诞生传承为焦点,介绍了探索的结果。这些传承分别是:本世纪三十年代采录的滇桂黔边界白罗罗的传承;包括八十年代笔者实地采录者在内的贵州省威宁县龙街区马街青彝传承三种;四川省金沙江畔藏族传承;云南省怒江畔的傈僳族传承;还有作为补充性资料的云南省彝族传承等。笔者列举了云南罗罗族白彝的调查报告,他们是特别信仰乃至崇拜竹子的民族。这种崇拜与信仰,正是竹王神话得以产生存在的土壤。接着,笔者还介绍了云南省澄江松子园白罗罗的"金竹"灵位习俗,广西隆林、那坡,以及邻近的云南富林县"竹祭"事例。可以说,这些习俗是滇、川、黔、桂彝族共有的文化现象。

虽然仅仅凭借以上所举的竹中诞生神话与竹崇拜习俗事例还不足以说

明根本问题，但就这些资料中的共同因素看，这些神话、习俗的承担者无疑都属于藏缅语族，尤其是白彝系统的人。

关于白彝，一般有两种看法：一种认为，目前的黑彝白彝都有相同的血缘关系，只是在历史发展过程中分化成了统治与被统治的关系；另一种认为，彝族为黑彝，白彝是曾经被黑彝所征服的土著民以及在战争等当中被捕俘的人，他们并非纯粹的彝族。关于这一点，在彝族构成问题的讨论处于莫衷一是的今天，不能不说是一个有待研究的重要课题（君岛・1988・761—788；1989・79—101）。

总之，在前文中，笔者仅就所掌握的资料得到了彝族，尤其是白彝为竹中诞生传承和竹崇拜习俗之最有力的承担者这一结论。

在前文发表之后，中国学术界先后介绍了布依族、侗族的有关习俗与传承。本文将从这些新资料对竹中诞生神话之发展情况作探讨。

我将首先介绍苗族、僮家、侗族、仡佬族、壮族等有关竹王的传承，然后再寻求与这些传承密切相关的竹王祠、竹王墓的线索。

二、有关竹王的各种传承

贵州省长顺县一带苗族中所流传的《夜郎王传说》是这样讲述的：

（1）过去，一个孩子因某种缘故，钻入一个大楠竹筒中顺流而下，被一个正在洗濯的女子拾起，送给女主人。一看竹筒，内有一男孩。因此，作为族长的丈夫非常高兴，将他与女儿视若亲生兄妹，并因他在楠竹（金竹）中发现而称金哥"，将亲生的女儿称为"金妹"。由于族长教他文武之道，金哥遂成名手。族长对此十分满意，将政务委托他去处理。金哥十九岁时，族长去世，他即继任族长之职，使氏族得到发展，其名声被及贵州全境。后来，为了抵抗外来部族的侵扰，贵州各族联合起来建立了夜郎国，并推举金哥为国王。夜郎王统治贵州一带，在郎山、遵义、安顺、兴义、福泉等地设首府，养兵励卒，致力于经济文化

民族文学新声

的发展（金·1989、3—4）。

下面再介绍一个与苗族一样居住在贵州省的僮家传承《僮家竹王的传说》：

（2）有一个举人在陪妻子回京途中为贼所杀，妻子被夺。该贼到京城后诈称被杀举人当上官。不久，妻生男孩，但贼恐孩子长大后报杀父之仇，命令部下将其杀害。善良的部下为救孩子之命，将其装入大竹筒放入河流。有一尼姑前来水边汲水，见一大竹筒流入了水桶。她将竹筒拿回庵中一看，发现了里面的男孩。尼姑精心养育，使男孩成长为优秀的人才。其后，尼姑告诉养子出生的秘密，他更发奋学习，最终中举当大官，战败了假冒父名的奸臣见到了自己的生母。因大竹筒给了他第二次生命，人们称他为"竹王"（何·1989、236）。

以上两例中，竹王并非从竹中所生，而是被放入竹中，获得了第二次生命。

湖南省靖县、绥宁、城步一带所流传的侗族故事《竹王杨六郎》是讲述竹王从大竹中诞生的作品：

（3）飞山寨的杨六郎本名杨竹郎。有一次，其母在河边洗濯，有一根大竹漂流而来，杨竹郎从竹子中诞生。他生后七日便会放牛，后来又战胜过猛虎，真是勇武无敌。成人之后，他从梅山学法而归。三年六个月间，每夜都去山后的竹林钻研佛法。一次，妹妹跑去一看，只见竹林的枝干上兵马尽出。因被常人所见，法力不再有效。他只好用四天时间煮三根竹制毒箭，并告诉妹妹不能在此期间开门。但因担心，妹妹在约定时间稍前开了门。不久，竹王率部与皇帝的军队争战，但其人马都不能战斗，结果大败。因此，在竹王庙的神座上至今祀有两根罗汉竹

（潘·1986、43—44）。

在贵州省道真一带流传的仡佬族《竹王》如次：

（4）过去，人们不想居住在高山，但因住平地的人越来越多，并械斗不止，夜郎带领自己的部族开拓高山、建设家园。当建成五谷丰登的乐园，平地上的人前来掠夺。夜郎多次战胜了他们。有一次平地又以更大的规模前来侵凌，山地人连晚上也难以闭眼。夜郎派人到平地假称"夜郎已死"，自己则藏于楠竹园中的暗洞。当平地人攻上山时，夜郎发起反击，并取得成功。山地人大败平地人。此后，平地人深感山地人个个英勇如夜郎，也就不再攻寨略地。夜郎开始在楠竹园栽培竹子。竹子长得很好。可是，有一年竹林突然开满白花。夜郎知道竹子已死，便砍竹编篾、织席。此后，竹子每百年开一次花。人们感激夜郎对竹子的精心照料之恩，便称夜郎为"竹王"。

在毕节地区广为流传着另一个仡佬族传承《竹王的传说》：

（5）过去，有一女子去河中洗濯，见水中浮现一大竹筒，并漂到她身边。当她伸手拾起一看，竹筒中传来婴儿哭泣的声音。破开竹筒，从里边取出了一个男孩。这个孩子也就取名为"笃筒"。由于她精心养育，笃筒不久长大成人，并成为母亲的得力帮手。有一次去狩猎，母亲在麻田中被老虎劫走。当他发现母亲的尸体与老虎后，他打死老虎，剥下虎皮，并用虎皮将母亲的尸体包裹起来进行吊葬。笃筒打死老虎的消息传遍了四面八方。应许多寨子的请求，他成了头领。他训练兵马，将所建立的强大的国家取名为夜郎国。因他生于竹子，人们称他为竹王。他将母亲拾起竹筒的河改名为"竹水"，并在母亲居住过的地方建"竹娘庙"。竹王死后，人们为纪念他而立下规矩，在水缸旁立一竹筒，插入一端开孔的葫芦中汲水，借此怀念竹王。儿子出门，母亲要用竹筒葫芦打水让他喝下。如饮"竹娘"打的水，可保一路平安。回家之际，如饮"竹娘"打的水，则可以去邪气，得长寿。（潘·1986、21—23）。

在毕节地区还流传有可称为竹王后日故事的《赛竹三郎》：

（6）夜郎国王笃筒已老，他决定用赛马比箭来确认该将王位传于七个儿子中的哪一个。结果前六人同时到达终点，射落的靶子也完全相同。最后来到赛场的竹三郎的马跑得比兄弟们快两倍，射落的靶子也多两倍。父亲也就把王位让给了他。夜郎国渐渐变得强大起来。有一年，云南的黑保部族头目率数千白罗前来攻打，竹三郎虽已防战，但最终战死在色海底。竹三郎死后，仡佬人非常怀念他，每年立春之日，村村都要举行赛马比箭，优胜者进一步参加国赛。国赛优胜者，即第一名被称为"竹三郎"。如能三连冠，名声非凡，其马也荣耀无比。这一"赛竹三郎"代代相传，作为仡佬人的初春游戏而被人们所期盼。（潘·1986、24—26）。

在贵州省西南部的布依族中有一个《竹王的传说》，虽地近北盘江流域，但其内容酷似《华阳国志》之所载。故，这里便略而不谈（黄·1985）。

下边介绍侗族故事，流传于湖南省靖县、绥宁、城步一带，叫《竹王杨六郎》。它既是竹中诞生传说，同时还与后边所讲述的《竹中育兵》有一定的关联：

（7）飞山寨的杨六郎，本名杨竹郎。其母在河中洗濯之际，他从漂流而来的大竹中诞生。生后七年便会放牛，其后还曾打死老虎，英勇无比。成人之后，他于梅山学法而归。两年六个月间，每夜都到山后的竹林中研讨佛法。当他妹妹跑去一看，只见竹林枝干上兵马尽出。因被人看见，法力失败。因此，他入一室而用毒药煮制三根竹箭。他让妹妹在四天之内不要开门，但因担心，妹妹在约定的时间稍前开了门。不久，他与皇帝的军队作战，但因兵马不能战斗而归于失败。至今，竹王庙之神座上还祀有两个罗汉（林·1985、43—44）。

这是竹王在竹中秘密育兵、图谋造反，最后与皇帝作战归于失败的故事，还讲述了竹王庙的存在。

竹中养兵，也就是所谓的"竹中育兵"的母题在仡佬族中也有流传。因后边所述的"化蜂报仇"母题也流传于仡佬族中，且让我极简略地介绍如下：

（8）在金竹茂密的竹林中养大的"竹生"，被一个仙人授予在竹林中养练兵马之秘法。他在竹林中秘密养练之际，因其母相扰，所育兵马不会动弹而遂归失败（潘·1986、88—91）。

另外，化蜂故事亦以"金竹"为题加以讲述，被金竹精心养育的竹精每夜都将他送回到滞留故乡的妻子处。后来，他在国都犯罪，被皇帝所杀。他在死前留下遗言给父亲：请将心脏与肝装入瓶中。父亲遵办。到原定日子前一天，一打开盖子，群蜂突然飞出，飞往国都，刺死了皇帝（潘·1986、83—87）。

下边所介绍的是有名的壮族英雄传说《莫一大王》，其中有"竹中育兵"与"化蜂报仇"母题。壮族民间传承研究家蓝鸿恩曾指出，它与《竹王传说》有密切的关系（蓝·1981、221）：

（9）过去，在南丹州地方有个非常聪明的放牛娃。他能力超凡，从水灾、旱灾中救起人们。不久，他被推为头领，称莫一大王。他率民众搬山造海，遂成造盐之事，并畜兵马，能挽强弓。

皇帝知道此事后，派官兵加以包围。他解下头帕一挥动，头帕变虹桥，他从一座山跑到另一座山。失败的皇帝想在任他为官之后即以造反之罪将他杀死。

他藏身于深潭岩洞之中，策划方略。他在后山种竹，在岩洞中制作纸马。这些纸马只要在三十六天之内不沾人气便会变为真正的兵马。可是，因母亲突然闯入，此事归于失败。山后的竹子因生长异常被巡视官员所砍断。于是，从每个竹节中出现了手持武器的兵马，但他们都闭着眼睛。官员砍尽了所有的竹子，兵马尽死，血流成河。莫一将头帕向天一扔，又想变虹桥逃走，但为时已晚，其法被破，其头被砍。后来，从收有莫一大王头颅的缸子中群蜂突飞，袭击京城，刺肿了皇帝、将军、国师等的头和脸。（蓝·1981、221—229）。

流传于红水河中游的壮族英雄传说《金伦》也类似《莫一大王》中的情节，但在主人公诞生于竹子这一点上具有与一系列有关传承不同的特色：

（10）金伦从母亲养植的竹林中的竹笋中诞生。其后的情节与莫一大王大体相同……他死后，将头发埋于家中，三年后，长出许多竹笋。姨娘感到讨厌，便将它给砍了。一看，所有的竹笋都是人，只是还未开眼。他们可以在七天间长头，二十一天成身，四十九天成了人。然后乘马去打败皇兵，但因天数不足而归于失败。家人将竹笋拾起来用盐腌起来，它们变成一群黄蜂，飞往京城去蜇皇帝的身体（梁·1990）。

以上，介绍了10篇有关竹王的传说。苗族、僮家、仡佬族、布依族、侗族、壮族等的传说作为前文所举的夜郎各族说之旁证材料是很有力的。它们还可以与各民族的历史与风俗相参照作饶有兴味的解释。但是，在这里，我只想单单以与竹王神话相关部分为焦点，考察它们之间具有什么关系，是怎样发展而成等问题。

首先，在（1）苗族的《夜郎王传说》、（2）《僮家竹王传说》、（3）仡佬族《竹王杨六郎》中，主人公并非直接诞生于竹中，而是作为"养长，有才武、遂雄夷狄"之竹王传承的基础，作为新的情节而加以讲述的。

（4）仡佬族的《竹王》、（6）布依族的《赛竹三郎》、（7）侗族（竹王杨六郎》（前半部分）中的主人公是从大竹中诞生的男子。他勇武，品行优良，建立了强大的国家，因而被称为竹王。从记载于《华阳国志》上的竹王神话之构造上看，这是很重要的部分。

"有竹王者、兴于遯水，有一女子浣于水滨，有三节大竹流入女子足间"。从这根大竹中诞生一男孩，长大后才武兼备，"遂雄夷狄"。这是这一神话的第一段，并且是基本部分。此后，附加上了弃所破之竹之地成为竹林，竹王以剑击石而出水等与民间传说中的英雄相适应的、表示超能力的属性。

第二段为之一变，武帝转命唐蒙为都尉开牂牁："以重币喻告诸种侯王，侯王服从。因斩竹王，置牂牁郡"。竹王为何被斩？是因为不服从帝命。他面对汉武帝的强权勇敢向刃抵抗并归于失败。怀着失败者的愤怨与遗憾，夷濮们试图进行抵抗。

"夷濮阻城，咸怨诉竹王非血气所生"，即，我们的竹王不是人间所生者，而是诞生于竹子，崇高无比。这里，明确地表现了对竹崇拜的观念。

前边所介绍的（7）侗族的《竹王杨六郎》、（8）仡佬族的《竹王》及《金竹》、（9）壮族的《莫一大王》、进而（10）《金伦》都可视为这第二段的发展。

最后，夷濮为"求立后嗣"，"封其三子列侯，死，配食父祠。今竹王三郎神是也"是第三段。这里明确指出竹王有三子，三子均被列于祠中。这一母题在（6）仡佬族的《赛竹三郎》被加以讲述，与后边叙述的《竹三郎祠》也有关联。

这里所举的竹中育兵传承，其主角或是各民族传说中的英雄，或是与历史上的英雄人物相关联，得到了如下这样广泛的发展：即，据梁庭望教授介绍，在布依族中，尤其在镇宇一带的传承中，该主角叫"德者"，在花溪叫"金竹缘"，在其他布依族地区叫"报子"或"得者"。但是，育兵的时间都是 81 天。只有"得者"将头埋于竹林育兵。

壮族最有名的民族英雄《莫一大王》流传于桂西北地区。右江地区的"岑胜"、红水河中游的"金伦"、云南省文山壮族地区的"侬智高"中都附加有竹中育兵的母题。另外，广西南部与越南边境一带所流传的同类作品叫"黄花"。

侗族将它讲述于清代民族英雄"吴勉"的传记之中。毛南族称"覃三九"，仡佬族叫"吴平大王"。这一竹节育兵主题广泛流传于壮侗语族中。北起湘西南侗族地区，南至中越边境，并常常与英雄人物相联系起来加以讲述（梁·1990）。

以上介绍的是壮、布依、侗、毛难、仡佬等，即属于壮侗语族系统的人们传说。不过，这一主题也讲述于彝族之中。据《岭表纪蛮》称：

> 其人（罗罗）迷信鬼神，有病惟服从巫之所命。供奉竹木两片于龛上以为其祖，一短一长，以长者为神公，以短者为神母。据蛮人所说："昔，有竹一区，茂密修伟，每竹节内藏有人马，弓箭极多，俟竹老即出而夺取天下。有皇帝偶过此间，因其舆粗棒折断，命斩竹。断竹则现人兵，大惊，命立即焚竹林，顷刻成灰烬，人马尽死。其首领曰'康熙支点王'乘烟上天而去。不至其时，不雨不凡。"（刘·1934、298）

可见，彝族也是竹中育兵故事的传承者。这件资料已在前文中加在了白彝（罗罗）传承资料中。

纵观以上种种资料，可知过去人们以竹中诞生为中心，只注意到了第一段。这次，终于确知这个传说的重点在于第二段的竹王悲剧及其为此而悲伤的夷濮的怨诉之声。因对抗巨大势力而失败的悲剧性英雄竹王的传说进一步向"竹王育兵"故事发展，并与不断反抗中央王朝压迫、图谋造反的少数民族英雄形象相重合，从而获得人们强烈的同感与支持，得到了进一步的展开。

　　民族英雄竹王被信奉他的人们所祭祀。下边，我想介绍一番散见于各地的竹王祠，并提出自己的一些看法。

三、竹王祠竹王庙之所在

　　正如以上所论述的那样，《华阳国志》所记载的竹王乃是民族英雄、悲剧英雄。武帝斩竹王、"后濮夷阻城，咸怨诉竹王非血气所生，求立后嗣。（牂牁太守吴）霸封其三子列侯。死，配食父祠。今竹王三郎神是也"，可见，"竹王祠"中的竹王及其儿子"竹王三郎神"在当时就已经被祭祀。在同一书中还有"夜郎县·郡治。有遯水通郁林。有竹王三郎祠，甚有灵响也"的内容。这里也可以看到竹王三郎祠的表现，而且还颇灵验。

　　另外，在《后汉书·西南夷列传》所记述的竹王神话之末尾也有这样的内容："天子乃封三子为侯，死，配食其父。今夜郎县有三郎神是也。"与前书大体相同的内容，也见于《水经注·温水》中，"夷狄咸怨，以竹王非血气之所生，为求立祠"。在竹王祠之记载后继续写道："封三子为侯，及死，配父庙，今竹王三郎祠为其神。"这说明，在这些文献产生的时代，夜郎县即已存在竹王祠，竹王之三个儿子也被加以祭祀。其后，似乎又被竹王的崇拜者们立祠行祭。那么，就目前所知的范围，都是一些什么样的民族立祀竹王祠呢？"求立祠"之"濮""僚"到底是现在的什么民族呢？我们是否能够找到回答这些问题的线索？

　　竹王祠也常常被诗人们所歌咏，最早的一首唐代诗人薛涛咏四川乐山县西郊竹公祠的《题竹公庙》：

　　　　竹郎庙前多古木，
　　　　夕阳沈沈山更绿，
　　　　何处江村有笛声，

声声尽是迎郎曲。①

　　除此之外，诗人们还吟咏了各地的竹王庙及竹王祠。宋代陆游的《入荣州境》所咏者乃四川省荣县"竹王祠"，它位于城东浣沙溪岸：

　　　　渺然孤城天一方，
　　　　传者或云古夜郎。

　　　　　　　　（王·1981.200—215）

又《湖南通志》引有《五阮亭诗》

　　　　门尘摸咿水茫茫，
　　　　洲上人家孤似里，
　　　　铜鼓蛮歌相自岩，
　　　　竹林深处拜一郎。

　　　　　　　　（何·1009）

　　在《黔游记》等笔记类书籍中也有有关记载：

　　　　竹王祠，在杨老驿，清平县西三十里，三月香火极盛。

　　我们可以从以上记载中推测到竹王祠的存在地点及大体情况：祭期在三月；祭者为当地的蛮民；行祭鸣铜鼓。但是，行祭之民族却不明确。只能从以下仅有的事例中发现其族名，贵州省"遵义府志"对竹王墓的记载为：

　　　　其墓石椁颇大，椁两壁刻花草人物类，其俗不似汉人。……

────────────

① 《全唐诗·薛涛六》第4662页，中华书局1960年版。

其人悉是苗族。（张 1979，213—224）

主张夜郎苗族说的张志英也是以此为根据之一的。关于苗族与竹王庙的关系，《湖南通志》引《乾州厅志》云：

> 竹王庙，州北五里，在雅溪，俗称白帝天皇者即此。红苗极
> 崇拜之。（何·1989）

可知此苗俗是由被称为红苗者所传承的。该神之神性十足，祭期有种种禁忌：

> 禁屠沽，忌钓猎，不着赤，不作乐，献牲，如有不谨，则为
> 疾疫瘴疠之灾，故其虔如此。（何·1989）

不过，在《酉阳直肃州志》中，还有有关雅溪（鸦溪）白帝庙的不同记载：

> 今，白帝皇中有塑像三人。……乾州（今乾城县，辖红苗
> 一百五十寨，本夜郎之地），鸦溪杨氏，感龙母生三男，或曰竹
> 王江。（王·1981.200—215）

这里的江氏，音近金氏，因此或可以视为与"金竹公多同"。夜郎巴蜀说者王家祐氏举了以上之文，并称"该志直接以巴人之白帝为夜郎之竹王"，故"竹王即巴蜀王"。另外，他还批判了《贵州苗族考》中所写的"苗族祀竹王为普遍性习惯"的说法，认为"祀竹王之苗族为西苗，西苗乃是从西土来的巴蜀人"。

将以上所举的竹王祠、竹王墓之所在作一整理，便成以下所示：

贵州：

　　清平县 （杨志驿、黄系驿）竹王祠

　　　　　《黔游记》《黔囊》

　　遵义府　竹王墓：

　　　　　《遵义府志》

广西：

　　阳朔县　竹皇祠：

　　　　　《太平寰宇记》（卷62 阳朔县）

　　苍朔县　竹王祠：

　　　　　《苍梧县志》

四川省：

　　乐山县竹郎庙：

　　　　　《全唐诗·题竹郎庙》

　　　　　《太平御览》（卷16631《蜀记》）

　　邛州　川王二郎庙：

　　　　　《元丰九域志》（卷7）

　　大邑县　竹王庙：

　　　　　《太平寰宇记》（卷75）

云南：

　　通海县　竹王祠

　　　　　《南诏野史》（引马长寿）

湖南：

　　乾州（雅溪）竹王庙：

　　　　　《乾州府志》

湖北：竹王祠：

　　　《建置志》（祠庙、引何积全）

　　（以上参照刘琳、何积全论文）

这些竹王祠以贵州省西南部为中心，广泛分布于广西、四川、云南、湖南、湖北等广大地区。对此，我们可以作什么样的解释呢？

张志英认为："竹王传说，竹王祠、竹王三郎神庙，竹王墓都是随着夜郎濮人的迁徙而广泛流传者"（张·1979、223—224）；刘琳认为"这些地区都是古僚人分布区，或是他们足迹所至处"（刘·1983、215—216）；何积全与刘琳持相同的观点，他说竹王祠等的分布大约与竹王传说的流传范围一致，该地区为僚族及其后代的居住区，或是足迹所至地区（何·1989、232—234）。作为其根据，他还引了《太平御览》中的有关

僚分布居住于牂牁（夜郎地区），兴古（云南），郁林（广西桂林、南宁地区），交趾（越南北部），苍梧（广东西部及桂林东西部）。

《御览》中的分布地域稍嫌过广而难于确定其中心，刘氏所说更为具体。关于云南通海僚人的情况，他引了《左传·昭公元年》杜撰"今建宁郡南有濮夷"，通海正位于建宁郡之南。关于四川的竹王祠的存在也与东晋时僚人十余万从牂牁入蜀的史实有关。他还举出典澄证了荣州、邛州、大邑等地曾有僚人的事实。

这样一来，我们就可以看到竹王祠、竹王庙的分布是与濮、僚人的分布相重合的。遗憾的是，仅仅了解这一点离我们解明他们到底是现今的什么民族还相距甚远。勉强寻找其线索，也只能发现祀竹王祠者非汉民族，而是被称为"苗""蛮"者使用铜鼓的民族。并且，因其根据几乎都是出自地方志书学文献资料，免不了有隔靴搔痒之感。

且看较晚近的调查记录《岭表纪蛮》，这是本世纪二十年代到三十年代，对以广西为中心的中国西南少数民族的调查记录。本书《竹三郎》项有如下记述：

黔中桂北蛮民多祀此，传为夜郎侯第三子。侯勤政爱民，不

幸蛮孔，蛮人思其德，故立庙以奉祀（刘·1934、85—86）。

这里的蛮民指的是什么样的民族呢？本书著者刘锡蕃在其序言中称，指的就是广西蛮族（今日少数民族）：

> 此等蛮族虽有苗、瑶、壮、侬、僚、狼、狆、巴、狙、罗罗、土拐、母志、仲家、蛋人……种种名称，以苗、瑶、侗、壮四族为最巨。其散布地点遍及桂省外之西南全局。

他称，罗罗只分布于广西西隆、西林、镇边数县。如将"广西罗罗"另当别论，从"黔中桂北"即贵州中部到广西北部的蛮民便成了苗、瑶、侗、壮（注）。其他的少数民族便可视为四大民族的支系，各属于其中的一个组别。

进而，在本书的《祭祀与神祇》项中，记有十余个神名，祭祀各神的民族名称被记载得非常明确。例如，"盘古大帝"为瑶族，"莫一大王"为南部壮族所祀奉，"龙神"则"不问苗瑶侗壮，皆祀之"。只有一个"竹三郎神"流传于"黔中、桂北蛮民"中之原因为何？如果以包括上述四大民族及并将其所属各少数民族为重点进行解释的话，"侬、僚、狼、狆、棘、沙、蛋人属于壮族"是引人注目的。从现今的少数民族分类看这些民族，侬人、沙人及其他大体被视为壮族支系，但仲家可以被看成布依族，狆人可以被看成仫佬族，僚为仡佬族（之一部分）。

那么，在该地域目前住有什么样的民族呢？黔中、桂北之间包括黔南，因而它们大体为现在的贵州中部、南部，以及广西北部。据现今（1980年）之少数民族分布图（君岛·1987年）看，所居住者为布依族、苗族、侗族、仡佬族、水族、瑶族、仫佬族等。在此五十年间，这并无多大的变化。或许有人至今仍在暗暗地祭祀竹王祠，使我们仍有可能进行实地调查。

以上所举民族，除瑶族之外几乎与第二章中所举的拥有"竹中诞生传承"（包括竹中育兵）的民族大体一致。并且，这些民族正是被称为"僚"

部落联盟民族集团的后裔。联盟解体之后，历经几多历史变迁，他们才分化成了今日的壮、侗、布依，仡佬、仫佬各族（尤中·1983、132—187）。

本文以有关竹王传承与竹王祠的资料的介绍为中心，但由此进行某种推论还嫌资料过少。大致可以阐述的几点想法是：所举与竹王神话相关传承资料表明，它们对仡佬、布依、侗、壮等所谓夜郎百越说更为利。另外，从所举竹王祠资料明确指出祀奉竹王祠者之族名极困难，但据《岭表纪蛮》的记载看，大体可以推定为百越系民族。以上这两点都对本稿所提出的百越说是极大的支持。

……所得到的结论是与彝族说相反的百越说。前者为藏缅语族，是山地农牧民族，后……耕民族。关于这两者间存在什么样的关系问题，我将在其他的文章中另作论述。

引用文献：

王家佑　1981　《夜郎与巴蜀》载《夜郎考——讨论集之二》200—215，贵州人民出版社。

何积全　1989　《竹王传说初探》载《贵州古文化研究》232—234，中国民间文艺出版社。

君岛久子　1988　《虚幻的夜郎国》载《神与神话》761—788，联经出版事业公司；1989《虚幻的夜郎国——以竹王神话之故乡为中心》，载《东亚创世神话》79—101，弘文堂。

金织斌　王廷扬　1989《夜郎王的传说》载《南风》1期，贵州人民出版社。

黄国瑄　1985　《竹王的传说》载《南风》，第3期。

伍文义　1989　《濮越与牂牁、夜郎关系考》，载《贵州民族研究》第3期。

张英志　1979　《古夜郎国是我国苗族先民建立的》，载《夜郎考——讨论文集之一》，贵州人民出版社。

潘定智　1986　《仡佬族文学资料汇编》，贵州民族学院编。

尤　中　1979　《中国西南的古代民族》云南人民出版社。

　　　　1989　《中国西南的古代民族（续编）》云南人民出版社。

　　　　1983　《夜郎民族源流考》，载《夜郎考——讨论文集之三》，贵州人民出版社。

蓝鸿恩　1981　《广西民间文学散论》，广西人民出版社。

刘锡蕃　1934　《岭表纪蛮》，商务印书馆。

刘　琳　1983　《夜郎族属试探》，载《夜郎考——讨论文集之三》，贵州人民出版社。

林　河　1985　《侗族杨家将的传说》，载《民间文学》第 7 期。

梁庭望　1990　《壮侗语族中的竹节育兵故事》原稿。

谢辞：

　　本稿执笔于北京中央民族学院，曾得到任院长及□□□□、□□□、□□□□□□□□□□，在此谨表谢意。同时，向送给我宝贵的原稿的梁庭望教授、为我提供参考资料的陶立璠副教授表示衷心的感谢。另外，对为我提供特殊方便的民院图书馆馆长等全体馆员表示感谢。

中国多民族文学丛书

后 记

……的……日少名年从事少数民族文学工作的部分文章选集。其中，尤以在中国作协……多，共有有关创作、研究、评论、翻译、期刊建设、评奖、组织领导等方面的文章60余篇，且不包括民间文学类，特别是纳西族文学类有关文章。

从1980年毕业至今，"从头细揣算"，我已在少数民族文学领域奋斗近40春秋，工作单位几历中国社科院民族文学研究所、中国民间文艺家协会、中国文联、云南省政府、中国作协；所任职务有中国社科院民族文学研究所副所长，中国少数民族文学学会理事长，中国民间文艺家协会分党组书记、驻会副主席，中国文联党组成员、书记处书记，中国作协党组成员、书记处书记、副主席；所作考察调研历云、贵、川、渝、藏、甘、青、宁、内蒙古、桂、琼、粤、闽等民族省区；所涉领域有民族文学学术组织研究，域外成果翻译交流，创作评论活动、设计规范管理；所主持重大项目有中国社科院"少数民族口头文学资料丛编"，"全国《格萨尔》编译工作"、中国作协"中国少数民族文学发展工程"，中国作协与国家合作项目"中国少数民族电影电视微电影动漫发展工程"、中国民协"中国民间文学'三套集成'工程"（含民族民间文学）、"中国民间文化遗产抢救工程"（含民族民间文学）；所主编有"中国民间故事全书"

（含民族民间故事），"纳西族现当代作家作品选集丛书"，"新时期中国少数民族文学作品选集"，"中国少数民族文学作品民译汉系列"，"中国少数民族文学重点作品创作扶持丛书"，"中国当代文学作品汉译民系列"，"中国当代少数民族文学论坛论集系列"；所参与撰写有《中国少数民族文学》《纳西族文学史》《中国文学大辞典》《中华文学通史》中的有关章节；所出版专著有《东巴神话象征论》《东巴神话研究》《纳西族象形文史诗〈黑白战争〉研究》《金沙万里走波澜》等；所发表论文译文有《揭开"玉龙第三国"的秘密》《〈黑白战争〉象征意义辨》《少数民族文学诸问题》《寻解龙母传承之谜》等数百篇；所创作文学作品有《泰山手杖》《雪茶》《空谷传响》《白庚胜文学作品选集》等数百件；所整理发表民间文学作品有《盘歌》《崇斑飒》等数百件；所创建基地有"'花儿'保护传承基地""瑶族竹王保护传承基地""连南少数民族文学创作基地"，所组织的书画学术会议有"□□□□西□文学□□讨会""纳藏文学关系学术研讨会""中国少数民族文学学会第六次全国代表大会"、"中国少数民族青年作家创作会议"等十余个；率团参加多个海峡两岸及中外少数民族文学交流活动……堪称"惊回首，离天三尺三"。

在这些或已完成、或仍在进行，或宏观、或微观，或学术、或创作，或纯理论的、或组织管理的少数民族文学工作中，我始终聚焦于少数民族文学学科及事业发展的体制机制创新、思想观念创新、形式手段创新，并密切关注少数民族作家队伍、流派的新成长、新气象，力求在有关文章、讲座、讲话中体现少数民族文学事业建设的新思维、新方法、新举措、新成果。这在有关"中国梦""美丽中国""一带一路"与少数民族文学发展关系的论述，以及少数民族文学原创、评论、评奖、期刊建设、翻译、影视与网络领域怎样突围等的思考中都作了一一表达。而这一切都是在少数民族文学界的实践基础上获得的，更是在党和国家对少数民族文学事业作新支持、新推动，提出新期待、新要求的背景下生发的。关于是否具有新意、言之有物，或是言不及意、无的放矢，只能交给读者们一一评说了。

需要为本集得以编选出版表示感谢的是：中国作协党组成员、书记处书记、副主席吉狄马加同志特赐序文，起到了画龙点睛的作用；鲁迅文学院常务副院长邱华栋同志积极促成其列入出版计划，使之获得出生证；鲁迅文学院少数民族文学培训中心王冰主任、赵兴红副主任，谭杰、赵飞、程远图老师，作家出版社黄宾堂总编、李亚梓编辑，中国作协创联部范党辉、孟英杰、张绍锋、郑函、林洋诸同志，我身边工作人员李春福同志，都为它的圆满问世作出了相同的贡献。

最后还要感谢的是全面保障我后勤工作的爱妻孙淑玲、爱女白羲、爱婿肖天一。

没有他（她）们的爱、理解、支持，我将一事无成。

编著者

2017 年 12 月 30 日

民族文学新声

图书在版编目（CIP）数据

民族文学新声 / 白庚胜 著 . -- 北京：作家出版社，
2018.1

（中国多民族文学丛书）

ISBN 978-7-5063-9881-7

Ⅰ.①民… Ⅱ.①白… Ⅲ.①少数民族文学 – 文学研究 –
中国 Ⅳ.①I207.9

中国版本图书馆CIP数据核字（2018）第016725号

民族文学新声

作　　者：白庚胜

责任编辑：李亚梓

特约编辑：赵　飞

装帧设计：百丰艺术

出版发行：作家出版社

社　　址：北京农展馆南里10号　　　　邮　　编：100125

电话传真：86-10-65930756（出版发行部）

　　　　　86-10-65004079（总编室）

　　　　　86-10-65015116（邮购部）

E-mail:zuojia@zuojia.net.cn

http://www.haozuojia.com（作家在线）

印　　刷：中煤（北京）印务有限公司

成品尺寸：170×240

字　　数：352千

印　　张：24.25

版　　次：2018年3月第1版

印　　次：2018年3月第1次印刷

ISBN 978-7-5063-9881-7

定　　价：38.00元